TODAS AS BOAS PESSOAS DAQUI

CB036785

ASHLEY FLOWERS

COM ALEX KIESTER

TODAS AS BOAS PESSOAS DAQUI

Tradução de

Fernando Silva

COPYRIGHT © 2022 BY ASHLEY FLOWERS
PUBLISHED IN THE UNITED STATES BY BANTAM BOOKS, AN IMPRINT OF RANDOM HOUSE, A DIVISION OF PENGUIN RANDOM HOUSE LLC, NEW YORK.
COPYRIGHT © FARO EDITORIAL, 2023

Todos os direitos reservados.
Nenhuma parte deste livro pode ser reproduzida sob quaisquer meios existentes sem autorização por escrito do editor.

Diretor editorial **PEDRO ALMEIDA**
Coordenação editorial **CARLA SACRATO**
Assistente editorial **LETÍCIA CANEVER**
Preparação **GABRIELA DE ÁVILA**
Revisão **BÁRBARA PARENTE E THAÍS ENTRIEL**
Capa e diagramação **OSMANE GARCIA FILHO**
Imagem de capa **LISA BONOWICZ | TREVILLION IMAGES**

Dados Internacionais de Catalogação na Publicação (CIP)
Jéssica de Oliveira Molinari CRB-8/9852

Flowers, Ashley
Todas as boas pessoas daqui / Ashley Flowers ; tradução de Fernando Silva. — São Paulo : Faro Editorial, 2023.
256 p.

ISBN 978-65-5957-287-8
Título original: All good people here

1. Ficção norte-americana 2. Mistério I. Título II. Silva, Fernando

23-0711 CDD-813

Índice para catálogo sistemático:
1. Ficção norte-americana

1ª edição brasileira: 2023
Direitos de edição em língua portuguesa, para o Brasil, adquiridos por FARO EDITORIAL

Avenida Andrômeda, 885 — Sala 310
Alphaville — Barueri — SP — Brasil
CEP: 06473-000
www.faroeditorial.com.br

TODAS AS BOAS PESSOAS DAQUI

UM

KRISSY, 1994

Os moradores de Wakarusa, em Indiana, eram capazes de espalhar fofocas mais rápido do que uma aranha tece sua teia. Cada vez que um deles fazia algo que não devia — como Abby Schmuckers, que foi pega roubando batom de uma loja; como o garoto Becker, que abandonou o clube de voluntários; ou como Jonah Schneider, que adormeceu e roncou na igreja — a fera fofoqueira de Wakarusa abria sua mandíbula e mastigava a notícia tão bem que, quando finalmente a cuspia, a verdade estava deformada, distorcida e irreconhecível. E, como o povo de Wakarusa frequentava a igreja, cumpria a lei e era temente a Deus, a história sempre era enfeitada com pérolas de doçura, para revestir suas pontas afiadas: *Deus a abençoe, mas... Vou orar por eles, porque, você ouviu...? Senhor, tenha piedade dessas almas.*

Mesmo antes de tudo acontecer, Krissy Jacobs já havia entendido o poder da fábrica de boatos de Wakarusa, e por isso evitou tanto cair em suas tramas. Ela ia à igreja todos os domingos, vestia a filha de rosa e o filho de azul, usava os sapatos certos e garantia que o marido estivesse com as gravatas certas. Não porque acreditasse que quaisquer dessas coisas fossem importantes; era simplesmente porque tinha muito a perder. Essa vida — sua família, a fazenda e a casa — não era o que ela havia desejado, nem de perto. Porém, era mais do que ela já havia tido antes, então ela se agarrava àquilo com firmeza.

No dia em que tudo escapou por entre seus dedos, Krissy se levantou às cinco da manhã com o som do despertador, como fazia todas as manhãs, por ser a esposa de um fazendeiro; deslizou para fora da cama silenciosamente, para não perturbar Billy, embora o alarme também fosse para acordá-lo; e saiu do quarto escuro, descendo a velha escada de madeira até a cozinha.

Ela viu a pichação na parede antes mesmo de chegar ao último degrau, o que a fez perder o fôlego. Rabiscadas em enormes letras vermelho-sangue, estavam três mensagens horrendas: *FODA-SE A SUA FAMÍLIA... AQUELA CADELA SE FOI... É ISSO QUE VOCÊ MERECE.*

O coração de Krissy batia forte contra suas costelas em um ritmo doloroso. Seu primeiro pensamento — bizarro e inadequado — foi que as palavras pareciam tão... *invasivas*, em sua velha, porém imaculada parede branca, em sua cozinha caindo aos pedaços, mas ainda bonita. Essas palavras desagradáveis e violentas não pertenciam à pitoresca Wakarusa, Indiana, cheia de pessoas boas e piedosas. Quando a cidade tomasse conhecimento disso, Krissy sabia, essas palavras manchariam cada membro de sua família pelo resto da vida.

Ela parou no último degrau, trêmula. Embora o sol ainda não tivesse nascido, e sua mente estivesse enevoada, estava claro que essas palavras eram o aviso de algo terrível. *AQUELA CADELA SE FOI*, Krissy leu novamente, e dessa vez a vergonha se juntou ao pânico. Algo estava terrivelmente errado e tudo o que ela havia conseguido pensar era: *O que os vizinhos vão dizer?*

DOIS

MARGOT, 2019

Margot estacionou ao lado do meio-fio, do lado de fora da casa de seu tio Luke, desligou o motor e recostou-se no banco.

Pela janela do lado do passageiro, olhou para a casa térrea dos anos 1970 e arrepiou-se de pavor. A última vez que ela havia passado a noite em Wakarusa, a cidade onde cresceu, foi há vinte anos, quando tinha onze anos de idade.

A cidade natal de Margot era originalmente chamada de Salem. Porém, o nome foi alterado na década de 1850, para evitar confusão com a outra Salem de Indiana. A etimologia havia se perdido na história, mas, de acordo com a sabedoria popular, o termo nativo americano *Wakarusa* poderia ser traduzido como "lama até os joelhos". Tanto o nome antigo quanto o novo impressionavam Margot, pois eram apropriados de maneira inquietante: um evocava o assassinato de meninas inocentes, enquanto o outro insinuava o quanto era difícil partir. Para Margot, porém, a lama se parecia mais com areia movediça; quanto mais se lutava para se livrar, mais ela puxava para baixo. Durante anos, ela pensou que tivesse escapado, e agora aqui estava ela, de volta.

No entanto, mais do que a cidade em si, o que deixava Margot aflita agora era a dúvida de qual versão de seu tio ela encontraria esta noite: a real ou a ruim.

Ela respirou fundo. Em seguida, pegou suas malas do banco de trás e caminhou até a entrada. No patamar da frente, uma lâmpada amarela tremeluzente cercada por uma gaiola de arame iluminava o espaço. O som das mariposas batendo contra ela fez Margot se lembrar de quando passava os verões ali durante a infância — dias longos e quentes, joelhos esfolados e panturrilhas arranhadas nos campos de milho. Ela ergueu o punho e bateu na porta.

Depois de um momento, Margot ouviu o *tum* de um ferrolho. Em seguida, a porta rangeu lentamente, abrindo-se um pouco. Seu sorriso falso vacilou.

— Tio Luke?

Pela fresta escura da porta, ela estudou as mudanças em seu tio, desde a última vez que o havia visto. As marcas em seu rosto pareciam ter se aprofundado nos meses que se passaram, e seu cabelo escuro estava anormalmente despenteado. Uma coisa que não havia mudado, no entanto, era a bandana vermelha em volta do pescoço, aquela que Margot dera a ele no Natal, há 25 anos, e que ele ainda usava com frequência.

Seus olhos passaram pelo rosto dela.

— Rebecca?

Margot engoliu em seco. Apesar de compartilhar apenas semelhanças superficiais com a falecida esposa de seu tio — o cabelo castanho curto e a compleição mediana —, Margot estava acostumada a ouvir Luke chamá-la pelo nome da outra mulher. Ainda assim, isso doía, toda vez que acontecia.

— Sou a Margot, lembra? Sua sobrinha, filha do Adam?

Dizer isso revirou seu estômago. *Filha do Adam* não transmitia a mensagem de que ele, Luke, era uma figura paterna mais importante para ela do que seu pai biológico jamais havia sido. *Sobrinha* não reiterava que, além de sua falecida esposa, ela, Margot, era a pessoa que ele mais estimava, e ele, a que ela mais adorava. No entanto, era melhor começar com pequenas informações, para refrescar sua memória, e o restante geralmente se acertaria.

— Margot… — Seu tio disse seu nome como se estivesse falando pela primeira vez.

— Esse é o meu nome, mas você geralmente me chama de "garota". — Margot manteve sua voz alegre e constante.

Luke piscou uma, duas vezes. Em seguida, finalmente, como se alguém tivesse tirado teias de aranha velhas que encobriam sua visão, seus olhos clarearam.

— Garota! — Ele abriu a porta e os braços. — Meu Deus, você está aqui! Por que demorou tanto?

Margot forçou uma risada, enquanto corria para os braços abertos dele. Porém, sentia um aperto no peito. Ela jamais se acostumaria com o medo do momento em que finalmente o perderia para sempre.

— Desculpe por isso, garota — disse ele, quando se afastaram. — Eu tenho esquecido as coisas nessa minha velhice — acrescentou sem dar muita importância ao fato, como se esquecer a família fosse tão normal quanto perder suas chaves. No entanto, havia uma sombra de constrangimento obscurecendo seus olhos.

Ela acenou com a mão.

— Está tudo bem.

— Bem, como é que você tem passado? Ah, deixe eu lhe ajudar com essas malas.

Margot fez menção de protestar, mas Luke já estava empilhando a bagagem dela em seus braços. Com apenas cinquenta anos, a mente dele podia até estar falhando, mas ele parecia forte como sempre foi. Quando o tio virou as costas, ela deu uma olhada em sua pequena casa e ficou devastada. Era a primeira vez que ela estava ali desde que sua tia, Rebecca, morrera de câncer de mama no ano anterior. Margot se sentira imensamente culpada por não ter visitado antes. Espalhadas pelo chão da sala, havia torres inclinadas de jornais, além de pratos e copos sujos na mesa de centro e, mesmo de onde estava, na porta da frente, podia ver a camada de poeira que cobria a estante embutida e a velha televisão. A cozinha, à direita, estava muito pior: pia e balcão transbordavam com pilhas de pratos, tigelas e xícaras empilhados precariamente com manchas de comida já ressecadas. O mais inquietante era a coleção de frascos de comprimidos, empilhados ao lado do telefone fixo. Devia haver mais de uma dúzia, alguns vazios, outros tombados. Um frasco grande estava cheio de uma variedade de comprimidos redondos, brancos, misturados com cápsulas alongadas verde-claras. Quanto disso era por causa de seu diagnóstico e quanto era pela viuvez recente, Margot não sabia.

— Nossa, você trouxe um monte de coisas, garota — disse Luke, com os braços carregados de malas. — É como se você estivesse se mudando para cá.

Margot olhou para ele, para ver se era uma piada — afinal, ela *estava* se mudando. Porém, havia apenas um brilho de provocação em seus olhos. Ela riu, levemente.

— Você me conhece... — Então, quando ele não se mexeu, ela acenou com a cabeça em direção à porta, no final do corredor. — Eu queria ficar no escritório.

— Claro, claro.

O escritório de sua tia e seu tio nunca havia sido muito usado, pois os dois trabalhavam em South Bend, Luke como contador e Rebecca em um museu de arte em meio período. Nos primeiros quinze anos de casamento, o quarto tinha sido de um amarelo alegre, com um berço no canto, sempre vazio. Então, quando Rebecca completou quarenta anos e perdeu as esperanças, ela pintou as paredes de cinza. Eles haviam comprado uma escrivaninha e um futon, e Margot sabia que o quarto era usado apenas por seu tio, que às vezes gostava de jogar paciência no computador antes de dormir.

A visão do quarto fez o peito de Margot doer, pois ficou claro que o tio, durante momentos de lucidez, havia começado a preparar o quarto para sua visita, embora a maioria das tarefas parecesse ter sido abandonada no meio do caminho. O futon foi puxado para fora e um lençol de elástico estava encaixado em três cantos. Havia dois travesseiros no chão. Ela teria que vasculhar para achar um cobertor e fronhas.

— Está perfeito. Obrigada, tio Luke. — Ela hesitou. — Bem, eu vim direto do trabalho, então, estou morrendo de fome. Você já comeu?

Depois de avaliar o conteúdo da geladeira do tio — a maior parte condimentos, quase todos vencidos —, ela pediu uma pizza da única pizzaria de Wakarusa. Eles se sentaram à mesa da cozinha, com copos de água e suas fatias de pizza em guardanapos de papel, porque não havia pratos limpos. Pelos seus telefonemas nos últimos meses, Margot havia aprendido que as conversas fluíam melhor quando era ela quem falava. Então, entre uma mordida e outra, ela preencheu o silêncio, saudosa de dias não tão distantes, em que ela e o tio conversavam por horas quando estavam juntos.

— Obrigada mais uma vez por me deixar ficar aqui — disse Margot, olhando furtivamente para o rosto de Luke. Mas o que ela realmente queria era perguntar: *Você sabe por que estou aqui? Você se lembra de seu diagnóstico? Como está lidando com tudo isso?* Porém, toda vez que ela mencionava algo relacionado à doença dele, a voz de Luke se tornava ríspida. Margot reconheceu aquele sentimento oculto: o tio estava perdendo a razão, devastadoramente jovem, aos cinquenta anos, e estava apavorado. Então, ela evitou falar sobre isso. Ao se convidar para se mudar para lá, ela havia dito a ele que precisava de uma mudança de ritmo e que queria estar mais perto dele. Inventou uma "nova flexibilidade no trabalho" como uma oportunidade aparentemente boa para fazê-lo.

— É claro — disse Luke, com os olhos sobre sua pizza. — Você sabe que é sempre bem-vinda.

— E lembre-se de que ficarei feliz em ajudar. Então, se precisar de alguma coisa...

Luke sorriu, mas era forçado.

— Obrigado, garota.

Margot abriu a boca para dizer mais alguma coisa, mas ele já havia mudado de assunto.

— Ei, como está Adam? E sua mãe?

Margot sufocou um suspiro. Eles haviam acabado de pular de um tópico complicado para outro, e ela não sabia como navegar por nada disso. Até seis meses atrás, ela nunca tinha hesitado em contar a verdade ao tio, sobre seu irmão ou qualquer outra coisa. No entanto, com seu diagnóstico, ele parecia frágil, e, por sua pesquisa, ela sabia que a fragilidade poderia levar a alterações de humor e explosões de raiva. Só havia acontecido algumas vezes por telefone até agora, mas a ideia de Luke perdendo o controle a assustava.

— Ele...

— Ainda é um péssimo bêbado que se recusa a ser ajudado?

Surpresa, Margot caiu na gargalhada.

— Ora, posso estar esquecendo as coisas, mas não tem como esquecer isso — disse ele, e ela riu ainda mais.

Não que ela achasse graça no fato de seu pai gostar mais de uísque do que do único irmão e da única filha. Porém, esse era o tio Luke de quem ela sentia falta. A única pessoa, em uma cidade repleta de falsidade, que sempre falaria a verdade. A pessoa que fazia Margot se sentir compreendida, sem que ela precisasse se esforçar para isso. A pessoa cujo senso de humor era exatamente igual ao dela; que uma vez a fez rir tanto, que seu refrigerante acabou saindo pelo nariz. Além disso, a ausência do afeto de seu pai — e de sua mãe, só para constar —, não era novidade para Margot. Sua casa na infância tinha sido cheia de gritos e discussões pontuados por copos arremessados contra as paredes. Por isso, ela era tão próxima de Luke. Todos os dias, depois da escola, ela caminhava até a casa do tio, em vez de ir para a dela. Nos fins de semana, ela passava a noite lá. Ela *teria* ido morar com ele e Rebecca — eles haviam oferecido, inúmeras vezes —, mas sua mãe havia ficado preocupada com o que as pessoas diriam.

Algumas semanas antes, quando Margot disse à mãe que estava voltando para Wakarusa, ela teve uma reação semelhante.

— O que vai dizer às pessoas quando perguntarem por que está de volta?

— Como assim? Vou contar a verdade, que vou ficar com Luke, para ajudar.

— Isso não é da conta de ninguém, Margot. De qualquer forma, seu pai diz que não pode ser tão ruim assim. Luke é seu irmão *mais novo.*

— Como diabos papai saberia? Quando foi a última vez que os dois conversaram? Em 2010?

— Se está mesmo tão preocupada, por que simplesmente não contrata uma enfermeira ou algo assim? Você não quer voltar para aquela cidadezinha triste, onde aquela coisa terrível aconteceu.

Margot tinha puxado o telefone da orelha para olhar a tela, incrédula.

— Uma enfermeira? Com que dinheiro?

— Meu Deus, Margot. Às vezes você é tão grossa. — Quando ela voltou a falar, sua voz havia ficado ofegante, como se estivesse acima de tudo aquilo. — Você tem um bom emprego. Tenho certeza de que vai pensar em alguma coisa.

Agora, para Luke, Margot disse:

— E a mamãe é a mesma de sempre. Delirante.

Luke bufou.

— Sobre o que Bethany está delirando desta vez?

— Ela parece pensar que sou milionária, só porque escrevo para um jornal.

— Espere aí. Você não é milionária?

Ela abriu um sorriso largo.

— Como vai o jornal, a propósito?

Margot olhou para baixo.

— Está bem. — Ela odiava esconder as coisas do tio. Mas não podia tolerar a ideia de fazê-lo se sentir culpado por algo que ele não podia controlar. Ela não podia dizer a ele que estava indo mal no trabalho havia seis meses porque sua mente estava em Wakarusa com ele, em vez de estar em Indianápolis, focada no jornal. Ela não podia dizer a ele o quanto sua editora tinha relutado em aprovar a mudança de Margot para o trabalho remoto. — Sério — acrescentou ela, mais contente, desta vez —, está ótimo.

Porém, quando ela olhou para cima, o tio a fitava de um modo estranho. Os olhos dele dispararam da fatia de pizza em sua mão para o rosto de Margot, uma ruga marcando sua testa.

— Rebecca?

Margot engoliu em seco.

— Sou eu, tio Luke. Sua sobrinha, Margot.

Ele piscou, por um momento. Em seguida, sua expressão se alterou, e um sorriso se espalhou por seu rosto.

— Garota! Estou tão feliz que esteja aqui.

— Sim. — Ela concordou com a cabeça. — Eu também.

* * *

Naquela noite, depois que Luke foi para a cama, Margot lavou os pratos, até que um lado da pia estivesse vazio. Em seguida, ela se sentou à mesa da cozinha e fez uma lista. Ela precisava fazer uma cópia da chave da casa de Luke para si mesma e organizar seus medicamentos. Precisava limpar a cozinha e a sala de estar, comprar papel higiênico e toalhas de papel, pois parecia estar quase no fim do estoque de ambos. Ela havia lido em algum lugar que colocar etiquetas nas coisas, como o conteúdo dos armários da cozinha, por exemplo, o ajudaria a encontrar o que necessitasse pela casa quando a memória falhasse. Além disso, com todo o tempo que havia levado para fazer sua mudança para Wakarusa, ela acabou se atrasando no trabalho e precisava entregar alguns artigos que não fossem um completo desastre. Ela adicionou à lista: *Faça seu trabalho.* Então, na parte inferior, escreveu um lembrete para si mesma de ligar para o sublocador que havia encontrado para seu apartamento em Indianápolis. Ele havia soado irritantemente indeciso na última vez em que conversaram, e ela precisava que ele se mudasse e fizesse seu primeiro depósito para o proprietário. Caso contrário, ela ficaria devendo o pagamento de um mês inteiro de aluguel de um lugar onde não morava mais. Só de olhar para a lista, Margot se cansou. Porém, ela teria mais tempo amanhã.

No dia seguinte, porém, a cidade estava agitada— a notícia do que havia acontecido atravessara Wakarusa como uma nuvem de tempestade —, e foi difícil fazer qualquer coisa.

* * *

Margot notou que algo estava errado na manhã seguinte, na farmácia. Ela havia deixado Luke alguns minutos antes tomando uma xícara de café e fazendo o livro de palavras cruzadas que ela tinha trazido de Indianápolis, pois lera que fazer esse tipo de atividade poderia ajudar a mantê-lo são. Um sino, acima da porta da loja, anunciou sua chegada. Então, mesmo que ninguém estivesse atrás do balcão quando ela entrou, Margot presumiu que o farmacêutico apareceria em breve. Ela ficou ao lado do balcão, passando os dedos distraidamente pelas embalagens de pastilhas para tosse, ouvindo os sons indistintos de uma TV vindo dos fundos.

— Com licença? — chamou ela, quando, depois de um minuto, ninguém apareceu. — Olá? — Ela esperou. Ainda assim, nada. — *O-lá?*

Finalmente, ela ouviu um movimento na parte de trás. Então, um homem enfiou a cabeça em um dos corredores.

— Ah! — disse ele, pegando um par de óculos pendurado em uma corrente em seu pescoço. Colocou-o na ponta do nariz, estreitou os olhos e se apressou. — Desculpe. Fiquei entretido pelas notícias, você sabe. Terrível o que aconteceu, não é? — Porém, antes que Margot pudesse responder, ele recuou um pouco como se a estivesse vendo pela primeira vez. — Não é sempre que vejo um rosto desconhecido por aqui.

Margot sorriu.

— Estou aqui para pegar alguns medicamentos para meu tio. — Ela puxou a mochila para a frente e tirou dois frascos laranja dela. Mais cedo, Margot havia vasculhado a bagunça de frascos que Luke tinha acumulado. Para seu alívio, a maioria deles era do mesmo remédio, mas de meses diferentes. Ela havia organizado todos eles em três medicamentos atuais, dois dos quais precisavam ser repostos: um que parecia ser uma estatina, um para pressão arterial e outro para glicemia.

— Quem é o seu tio? — perguntou o farmacêutico.

Margot colocou os dois frascos em cima do balcão.

— Luke Davies.

As sobrancelhas do homem se ergueram.

— *Você* é sobrinha de Luke e Rebecca? Isso quer dizer que você é a Margot.

Sua expressão era mais curiosa do que amistosa. Mesmo assim, Margot retribuiu com um sorriso.

— Sou eu.

— Sinto muito por sua tia, querida. O câncer se espalhou tão rápido. Não vejo seus pais há séculos. Mas são gente boa, gente *boa*. Como eles estão?

Seu sorriso enrijeceu, mas só um pouco. Ela sabia que isso aconteceria desde o momento em que tomou a decisão de voltar. A reação incerta quanto a Luke e Rebecca e de bajulação para sua mãe e seu pai. Seus pais tinham sido os moradores perfeitos de Wakarusa, até o momento em que se mudaram, o que supostamente era para o excitante novo emprego de seu pai em Cincinnati. Porém, na verdade, era para que ele pudesse ir para a reabilitação, o que não só não funcionou, como o deixou ressentido e mais irritadiço do que antes.

— Eles estão ótimos — respondeu ela ao farmacêutico. — Poderia me ajudar com esses medicamentos, por favor? Já ouvi falar de estatina antes, mas isso é para o coração ou para o colesterol?

Ela esperou, pelo que pareceu uma eternidade, para que o homem preenchesse duas receitas simples. Quando voltou, ele parecia confuso e ansioso, enquanto grampeava sua sacolinha branca. E então, quando estava saindo, ela passou por uma mulher que estava entrando com um telefone pressionado com força em seu ouvido. A mulher estava tão absorta em sua conversa que parecia nem ter visto Margot. Mas, pouco antes de a porta se fechar atrás dela, Margot ouviu a mulher dizer:

— Eu sei. Eu lhe disse. Os Jacobs são inocentes.

Margot virou a cabeça para olhar a mulher através do vidro. Talvez ela apenas tivesse ouvido mal. O nome provavelmente estava na cabeça de Margot, por estar de volta depois de todo esse tempo. Era impossível estar em Wakarusa e não pensar na família Jacobs. Além disso, a voz da mulher havia soado urgente e a história dos Jacobs tinha duas décadas. Ainda assim, Margot teve vontade de voltar e perguntar à mulher do que ela estava falando. No entanto, a ideia de se inserir deliberadamente na fábrica de boatos da cidade a impediu. Ela apenas procuraria na internet.

Sua busca, quando já estava no carro, não rendeu novos resultados, então ela a esqueceu. De qualquer maneira, ela já tinha muito em que pensar.

O resto do dia passou como um borrão com toda a limpeza que fez. Ela lavou os pratos, esfregou os balcões, recolheu um saco de lixo cheio de latas de refrigerante, toalhas de papel usadas e embalagens de comida. Quando entrou no quarto do tio naquela tarde, enquanto ele saía para uma caminhada, ela tapou o nariz e a boca com a mão. Seus lençóis cheiravam a azedo, com o acúmulo de suor e urina, e ela nem se deu ao trabalho de lavá-los, apenas os jogou fora e comprou novos no Walmart na cidade vizinha de Elkhart.

Na verdade, ela estava tão distraída que havia se esquecido completamente do incidente na farmácia até entrar no Shorty's Bar e Grill naquela noite para buscar o jantar para ela e Luke. Em algum momento, ela teria que tirar seu tio de uma dieta de pizza e hambúrguer, mas ela ainda não tinha conseguido ir ao supermercado. Por isso, comida para viagem teria que servir por enquanto.

O restaurante estava lotado, as pessoas envolvidas em conversas animadas. A TV, no canto do salão, estava sintonizada em um canal de notícias, no entanto, o barulho abafava o que quer que os dois apresentadores na tela estivessem dizendo. Margot se aproximou do bar cheio de clientes e tentou chamar a atenção da atendente, mas a mulher de braços cruzados e olhos arregalados estava focada no homem à sua frente, balançando a cabeça enquanto ele falava, gesticulando loucamente com sua cerveja.

— ... exatamente o que eu pensei o tempo todo! — Margot o ouviu dizer.

Ela acenou na direção da atendente.

— Com licença?

A mulher atrás do bar virou a cabeça para olhar para ela.

— Espere um minuto, Larry — disse ela ao homem. Em seguida, aproximou-se. — O que posso lhe servir, querida? — perguntou ela a Margot. A atendente parecia ter cinquenta anos, mas Margot suspeitava que provavelmente estivesse mais perto dos quarenta, com uma aparência malcuidada. Sua pele era como couro gasto, e seu cabelo tinha consistência de palha.

— Olá, quero fazer um pedido para viagem para...

— Puta merda! — a atendente exclamou tão de repente que Margot se assustou. — Um pedido para viagem para *Margot*! Você é Margot Davies. — Em sua visão periférica, Margot viu uma fileira de cabeças virando em sua direção. Ela disfarçou seu estremecimento ao forçar um sorriso. O farmacêutico havia sido rápido. Tinham passado menos de sete horas desde que ela havia dito seu nome a ele.

— Oi.

— Como estão os seus pais? Puxa, não vejo Adam e Bethany há séculos! — O rosto da atendente se entristeceu dramaticamente. — Saudade deles. Diga a eles que Linda mandou um abraço?

— Certo. Sim, claro.

— Ah, meu Deus! — exclamou Linda. Então ela baixou um pouco o tom de voz ao perguntar: — É por isso que você está aqui?

— Hum... — Margot balançou a cabeça. — Por isso o quê?

— Bem, a história, é claro. Você é repórter, não é?

— Sim... — Margot ficou tão impressionada com tudo o que essa estranha parecia saber sobre ela que estava tendo problemas para acompanhar a conversa. — Que história? O que está acontecendo?

As sobrancelhas de Linda se ergueram.

— Quer dizer que ainda não sabe? — Ela se virou procurando alguma coisa. Finalmente, seu olhar pousou no controle remoto da TV, ao lado de um pote aberto de cerejas em calda. Ela o pegou e apontou para a tela, aumentando o volume.

— ... *em um evento recente, que aconteceu em Nappanee, Indiana* — dizia um apresentador. O nome da cidade fez Margot estremecer. Nappanee ficava praticamente ao lado de Wakarusa. Se entrasse em seu carro agora, ela chegaria lá em menos de quinze minutos. — *Mais cedo, nesta manhã* — continuou o âncora —, *Natalie Clark, de cinco anos, foi reportada como desaparecida por seus pais. De acordo com sua mãe, Samantha Clark, a menina desapareceu de um playground lotado. A sra. Clark estava alimentando seu filho mais novo, um bebê, quando olhou em volta para checar Natalie e seu outro filho, mas Natalie não estava em lugar algum.*

Uma foto da garota desaparecida surgiu na tela, toda sorridente e com o cabelo castanho desgrenhado. De repente, tudo se encaixou: o olhar ansioso no rosto do farmacêutico, o telefonema da mulher e sua menção à família Jacobs. Afinal, Margot não a havia ouvido errado. Agora, ela sabia o que Linda ia dizer antes mesmo que a mulher se virasse para encará-la.

— Está acontecendo de novo: January Jacobs. Quem a assassinou está de volta.

TRÊS

KRISSY, 1994

Krissy encarou o rosto de Robby O'Neil com o olhar vazio de incompreensão. As feições dele — olhos pequenos e escuros, bochechas coradas, lábios suaves — ficaram embaçadas. Este homem, que ela conhecia a vida inteira, de repente, parecia um completo estranho. No entanto, mais confuso do que isso, foi o motivo pelo qual Robby O'Neil estava em sua porta da frente para início de conversa.

Apenas vinte minutos antes, quando Krissy tinha descido as escadas e visto as palavras na parede, ela havia acordado Billy com um grito. Tanto ele quanto Jace tinham descido as escadas correndo. January, a irmã gêmea de Jace, não desceu.

Aquelas palavras — *Aquela cadela se foi* — haviam passado pela mente de Krissy, enquanto ela e Billy procuravam freneticamente pela filha de seis anos. Então, quando não encontraram January em lugar nenhum, ligaram para a polícia. Portanto, *a polícia* deveria estar batendo em sua porta — não seu antigo colega do colégio. A presença de Robby aqui, às cinco e meia desta manhã torturante e bizarra, lançou uma luz estranha e surreal a toda a provação. Krissy havia estudado desde o jardim de infância até o ensino médio com Robby O'Neil, tinha visto ele se dar mal nas apresentações de atualidades em estudos sociais e tinha ouvido sua amiga Martha falar sobre como ele era encantador.

Jace, que estava a seu lado, enfiou o rosto nas dobras de seu roupão, e Krissy colocou a mão nas costas dele. Então, ela a tirou. Antes que pudesse decidir o que dizer a Robby, Billy se aproximou por trás dela.

— Olá, Robby — cumprimentou ele, inclinando-se pela porta, para apertar sua mão. — Obrigado por ter vindo.

Naquele momento, quando os olhos de Krissy passaram pelo uniforme de Robby, ela percebeu que ele *era* a polícia. Claro, alguma parte sombria de seu cérebro sabia disso — ele já era policial em Wakarusa fazia anos. No entanto, parecia uma pegadinha cruel, quando ela chamou a polícia, porque sua única filha estava desaparecida, e conseguiu isto: Robby O'Neil, que não podia sequer fazer uma apresentação sobre os assuntos atuais.

— Sem problemas — disse Robby, com um olhar de preocupação excessiva, como se pensasse que o chamado fosse uma reação exagerada, mas que estava tratando como se não fosse, porque eles eram velhos amigos.

Isso fez o rosto de Krissy arder. Ela havia ficado ao lado de Billy, quando ele dissera ao operador da central da polícia que sua casa tinha sido arrombada, e sua filha, levada.

— Por que você não, hã, por que não entra? — disse Billy. — Kris? — acrescentou ele, encarando-a. — Quer dar um passo para trás para que Robby possa entrar?

Krissy sentiu uma pontada de raiva do marido. Por que ele estava agindo com tanta calma? A filha deles, sua *January*, se foi, e aqui estava ele, tentando fazer com que o convidado se sentisse bem-vindo? No entanto, ela sabia que, no fundo, Billy não estava fazendo isso porque estava calmo; ele estava fazendo isso porque gostava de agradar as pessoas ao extremo. Ela sabia que, assim como ela, Billy estava o oposto de calmo. Quando ele desceu as escadas correndo naquela manhã, e viu as palavras rabiscadas na parede, ele parou tão abruptamente, que foi como se tivesse se deparado com alguma barreira invisível. Seu rosto havia se transformado em uma mistura de choque e horror, e ele lançara a Krissy um olhar inquisitivo. Então, mais tarde, quando ligou para a polícia, seu corpo inteiro tremia.

Billy os guiou até a cozinha, com Robby seguindo atrás, e Krissy na retaguarda, com Jace agarrado a seu roupão.

— Então, vocês não conseguem encontrar January? — perguntou Robby, com a voz ainda leve. Isso deu nos nervos de Krissy.

— Ela foi *levada* — disse ela. — Alguém invadiu a nossa casa.

Robby olhou para ela por cima do ombro. Ele parecia surpreso, mas também confuso, como se não fosse aquilo que ela quisesse dizer. Afinal, nada realmente ruim jamais acontecera em Wakarusa. Seus olhos passaram por Jace.

— Mas Jace está bem?

A pergunta era bastante inocente, mas fez com que Krissy quase se engasgasse. Ela não sabia o que fazer com Jace, enquanto eles esperavam os minutos agoniantes até a chegada da polícia. Ela havia considerado fingir que nada estava acontecendo, colocando-o de volta na cama. No entanto, o pensamento fez sua pele formigar de medo. Sua filha se foi, e agora Krissy estava apavorada com a ideia de deixar seu filho longe de sua vista. Havia uma energia agitada emanando dele, como um campo de força. O que ele achava que estivesse acontecendo?

Krissy olhou Robby nos olhos.

— Jace está bem.

Eles passaram pela porta da cozinha, e Krissy pôde ver o momento exato em que Robby registrou as palavras na parede e percebeu que havia subestimado a situação. Assim como Billy, ele ficou boquiaberto e de olhos arregalados. Krissy abaixou a cabeça, incapaz de olhar. Ela já sabia o que encontraria se o fizesse. Ela olhou para Jace e viu seus olhos bem fechados e seu rosto meio enterrado em seu roupão.

Robby pigarreou.

— Acho que meu supervisor deveria saber disso — disse ele, puxando um rádio de um coldre em seu cinto. Em seguida, se afastou alguns passos para avisar a central, sua voz baixa e urgente. Quando se virou, ele deu a Billy e Krissy o olhar sério que ela tinha esperado. — Meu supervisor, Barker, estará aqui em breve. — Ele engoliu em seco, seu pomo de Adão pulsando. — No meio-tempo, vocês procuraram January pela casa?

Krissy queria gritar. Ele achava que eles eram idiotas? Mas antes que ela pudesse responder, Billy disse:

— Foi a primeira coisa que fizemos.

— Está bem, está bem. Hum. Bem, vamos em frente e fazer outra varredura juntos, sim? É possível que vocês tenham deixado algo passar, dado o seu... — Ele hesitou, procurando a palavra certa. — Estado.

Billy lançou um olhar a Krissy, que não o encarou de volta, apenas deu de ombros.

— Certo. — Ela sabia que January não estava em casa, não era como se ela e Billy simplesmente não a tivessem encontrado, como se ela estivesse brincando de se esconder e fosse superesperta nisso. Porém, Robby era o especialista e ela não iria contradizê-lo.

Com Jace ainda colado a Krissy, os quatro caminharam lentamente pelo andar de baixo, parando em cada quarto, para que Robby pudesse abrir armários e apalpar travesseiros, como se sua filha de seis anos pudesse caber dentro de uma fronha. Ele continuou perguntando se algo havia sido roubado, e Billy e Krissy continuaram dizendo que não. Quando voltaram para a cozinha, onde ficavam as escadas para o segundo andar, Robby colocou as mãos nos quadris, acenando com a cabeça em direção aos degraus.

— Vocês se importam se eu...

— Por favor... — disse Billy, sem hesitação.

Robby foi na frente, agarrando o corrimão com força, a cada passo. Billy o seguiu, e Krissy seguiu os dois, segurando a mão de Jace firmemente. No andar de cima, Robby continuou sua busca, abrindo todas as portas e todos os armários, com muito entusiasmo. Krissy suspeitou que ele estivesse encenando uma corajosa cena de resgate, que havia idealizado em sua mente: ele abriria a porta do armário de roupa de cama e encontraria January curvada como se fosse uma bola, assustada e perdida, em sua própria casa. Ele, o herói galante; ela, a vítima de coisa alguma, que poderia se recuperar com um pouco de canja de galinha e um banho morno; Krissy e Billy, os pais bobos e dramáticos. Ela ficou muito irritada.

No entanto, quando eles chegaram aos quartos de Jace e de January, um de frente para o outro no corredor, o coração de Krissy começou a bater com tanta ferocidade, que todos os outros sentimentos desvaneceram. Ela ficou no meio do corredor, entre cada porta, incapaz de olhar através de qualquer uma delas. Seus filhinhos deveriam estar nesses quartos, mas não estavam.

Depois que Robby terminou de olhar embaixo das camas e de revirar os cobertores, eles desceram novamente. Agora, o único lugar que restava era o porão.

— Este é o lugar por onde... — começou Billy, gesticulando para a porta do porão, sua voz falhando ao engolir em seco.

Krissy virou a cabeça de repente para olhar para ele.

— É por aqui que nós, hum, achamos que alguém pode ter entrado. Há uma janela quebrada. Você vai ver.

Robby girou a maçaneta de latão para abrir a porta. Billy o seguiu, mas Krissy hesitou. Levar Jace pela casa com eles era uma coisa, mas o pensamento de tê-lo lá embaixo era demais. Não parecia seguro ele ir até o porão. Ela levou Jace pela mão até a mesa da cozinha e o colocou em uma das cadeiras de madeira. Também não queria deixá-lo ali sozinho, mas seu coração estava acelerado com a ideia de Robby e Billy naquele porão. Krissy precisava ver o que eles estavam vendo. Sim, ela já estivera lá durante a busca que ela e o marido fizeram mais cedo, mas e se ela tivesse deixado alguma coisa escapar?

— Jace? — disse ela, odiando o tremor em sua própria voz. Ela agarrou seus ombros. — Mamãe precisa que você fique sentado aqui por um minuto e não se mova, está bem? Quero que feche os olhos e conte até cem, e então estarei de volta.

Jace lançou para ela aquele olhar estranhamente solene como fazia às vezes — um olhar que o fazia parecer muito mais velho do que uma criança de seis anos.

— Fique aqui.

A lâmpada pendente do teto do porão estava acesa, iluminando o cômodo com um brilho fraco e oscilante. Krissy olhou o espaço em volta, cheio de caixas sem rótulo — enfeites de Natal, roupas e brinquedos que as crianças não usavam mais, registros financeiros da fazenda... Havia um velho sofá xadrez e alguns brinquedos espalhados: uma pequena cama elástica, um poste de plástico para arremesso de argolas, cheio de anéis grossos multicoloridos. Robby estava segurando a Lousa Mágica de Jace, girando-a distraidamente nas mãos, olhando para o vidro quebrado no chão. Uma das três pequenas janelas horizontais, a mais próxima da base da escada, havia sido quebrada.

Sem o corpo quente de Jace contra o dela, Krissy sentiu frio e cruzou os braços sobre o peito. Em alguma ínfima parte de sua mente, ela lembrou que era verão e o frio não poderia ser real.

— Bem — disse Robby. — Parece que alguém poderia ter entrado por aqui. — Ele tocou com a ponta do sapato um dos pedaços de vidro, e os olhos de Krissy se arregalaram de surpresa. Até ela, uma simples dona de casa, sabia que não se deve tocar em peças de uma cena de crime. Ela havia visto episódios suficientes de séries criminais para saber disso.

— Mamãe?

A voz, tão baixinha e suave no grande espaço do porão, fez Krissy pular. Ela se virou, com o coração saltando pela boca, e viu Jace parado no meio da escada, olhando para ela, com os olhos arregalados.

— Caramba! — Krissy colocou a mão no peito. — Jace, você me assustou. O que é? Eu disse para você ficar onde estava.

Os olhos redondos do filho começaram a se encher de lágrimas, e a culpa tomou conta dela.

— Eu estou com medo — disse ele, em uma vozinha que soava como um sino retinindo. — Estou com medo dos homens que estão lá em cima.

* * *

À menção de uma criança desaparecida, o sargento Barker, supervisor de Robby, aparentemente havia chamado a polícia estadual, pois quando Billy, Robby e Krissy — com a mão firmemente apertada em torno da de Jace — voltaram para a cozinha, sua casa havia se transformado. Todos os cômodos na visão periférica de Krissy estavam cheios de agentes uniformizados. Pela janela da cozinha, ela avistou um deles, formando um amplo perímetro em torno da casa, desenrolando um grosso rolo de fita amarela de isolamento. Até o ar parecia diferente, tenso e crepitante.

De repente, como se tivessem simplesmente se materializado ali, duas pessoas pararam bem à sua frente. Uma delas era um homem com o cabelo impecavelmente penteado, dividido de forma tão perfeita que parecia ter sido feito com uma régua. Sua camisa estava apertada em torno de seus braços musculosos. Seus olhos eram de um azul surpreendente. A outra era uma mulher de estatura mediana e cabelo castanho fino e macio, preso em um rabo de cavalo. O homem provavelmente tinha quase cinquenta anos, e a mulher devia ser dez ou quinze anos mais nova. Eram as duas únicas pessoas que não usavam uniformes. Apesar disso, ou talvez por causa disso, Krissy teve a impressão de que eles estavam no comando. O homem emanava um ar de autoridade tão forte que era como se ele o borrifasse junto com seu perfume de manhã.

— Sou o detetive Max Townsend — cumprimentou ele, estendendo a mão para apertar a de Krissy, depois a de Billy, enquanto eles se apresentavam. — Esta é minha parceira, a detetive Rhonda Lacks. Ouvimos dizer que January, sua filhinha, está desaparecida. É isso mesmo?

O detetive Townsend falou em um ritmo rápido e profissional, e Krissy se viu boquiaberta, em silêncio. Ao lado dela, Billy pigarreou.

— Sim, isso mesmo — respondeu ele.

— Lamentamos muito pelo que vocês estão passando — continuou o detetive. — Somos da Polícia Estadual de Indiana e vamos comandar o caso a partir de agora, tudo bem? Quero garantir que faremos tudo ao nosso alcance para trazer sua filha para casa em segurança. A detetive Lacks e eu temos um histórico muito bom para resolver casos como esse. — Ele fez uma pausa, olhando firmemente nos olhos dela e de Billy. Se sua intenção era tranquilizá-los, não estava funcionando. — Vamos começar pelo princípio. Precisamos de uma descrição do pijama que January estava usando ontem à noite. Em seguida, eu gostaria que vocês dois me levassem até o quarto dela para que possam identificar qualquer coisa que esteja faltando ou esteja fora do lugar. Isso ajudará nosso pessoal nas buscas. Tudo bem? E vamos precisar também de algo dela, uma peça de roupa usada talvez, para nossos cães farejadores.

Ele abriu um sorriso solene e encorajador, e Krissy tocou a têmpora com um dedo. Ela queria se agarrar às palavras dele, examinar cada uma delas, para conseguir entender seu significado. No entanto, elas apenas flutuavam ao seu redor em um borrão incompreensível. De repente, parecia que tudo estava acontecendo muito rápido, como se ela estivesse em um filme que estava sendo acelerado.

— Enquanto isso — continuou o detetive Townsend —, acho que devemos tirar o irmão daqui. Esta é a policial Patricia Jones. — Ele gesticulou para uma policial uniformizada, que também surgiu ali magicamente. Era uma mulher alta e com tudo grande: mãos grandes, seios grandes, até as orelhas eram grandes. — Ela vai ficar com o irmão em um de nossos carros, tudo bem? Tire ele de tudo isso.

Krissy ficou confusa e levou um longo momento para perceber que, quando o detetive Townsend disse "irmão", ele estava se referindo a Jace.

— Ah, eu preferiria que ele ficasse comigo. Isso é… confuso para ele. Não quero que fique mais assustado do que já está.

O sorriso compreensivo do detetive Townsend apareceu e sumiu de seu rosto tão rapidamente que Krissy não tinha certeza se realmente o havia visto.

— Eu entendo, mas vamos precisar muito de você e do papai agora, e vou precisar que estejam focados, tudo bem? A policial Jones tem três filhos, então seu filho estará em ótimas mãos.

A mulher alta se abaixou para que seu rosto ficasse no mesmo nível do de Jace.

— Oi, Jace — disse ela, e Krissy se perguntou como ela sabia o nome de Jace. Ela havia contado a eles? — Meu nome é Patricia. O que acha de tomarmos uma limonada? E acho que sei onde conseguir alguns cookies também.

Em seguida, Jace estava concordando com a cabeça, e a mulher grande estava tirando a mão dele da de Krissy e levando-o para longe dela. Enquanto observava o pequeno corpo de seu filho recuar, Krissy sentiu um medo tão forte e repentino, que pensou que poderia se partir ao meio.

— Bem — retomou o detetive Townsend —, quando cheguei, vi algumas poltronas bacanas na entrada da frente. Detetive Lacks? — Ele se virou para sua parceira. — Por que você não vai até lá com o sr. e a sra. Jacobs? Encontro vocês em um instante. Então, nós quatro podemos ir até o quarto de January juntos.

Com o breve aceno de cabeça do detetive Townsend, Krissy entendeu que ela e Billy haviam sido dispensados. Quando se virou para olhar para o marido e segui-lo para fora da sala, percebeu que Robby ainda estava atrás deles. No turbilhão da chegada dos detetives, ela havia esquecido completamente que ele estava lá. A detetive Lacks conduziu ela e Billy para a varanda da frente. Enquanto os seguia, Krissy se virou para olhar para trás, bem a tempo de ver o detetive Townsend olhando de cara feia para seu velho amigo de escola.

— Você é o policial O'Neil, certo? — questionou ele, com sua voz nítida ecoando pelo corredor. — Parece que tenho que agradecer a você por quebrar todos os protocolos existentes de cena do crime. Por isso, vou precisar que me mostre tudo em que tocou nesta casa.

* * *

Alguns minutos depois, Krissy levou Billy e os dois detetives escada acima. Porém, quando chegou à porta da filha, ela parou, como se mãos invisíveis a estivessem segurando, impedindo-a de passar pela soleira. Somente quando ela ouviu o firme "Depois de você" do detetive Townsend, ela se forçou a atravessá-la.

Krissy observou os detetives entrarem no quarto da filha, notando o olhar aguçado que trocaram ao fazê-lo.

Ela olhou ao redor do cômodo tentando ver o que eles viam: o sofá-cama de January, com seu edredom lilás e o dossel branco transparente. Era a cama exata que Krissy sempre havia desejado quando menina, mas estava tão além de suas possibilidades que ela nunca havia sequer pedido. Seus olhos se voltaram para o armário repleto de tutus cor-de-rosa e roxo, *collants* minúsculos desdobrados e pendurados nas prateleiras, como tentáculos, a fileira de sapatinhos de dança, sapatilhas de balé rosa, ao lado das de sapateado, de couro preto envernizado. Ela olhou para o quadro de avisos branco na parede oposta, pendurado acima da estante, cruzado com fitas cor-de-rosa e adornado com medalhas, certificados e fotos de January ao longo dos anos. A maioria delas havia sido tirada antes ou depois dos recitais de dança. Não foi difícil ver o que os detetives viram: essa era uma garota que tinha tudo.

— Tentem não tocar em nada — instruiu o detetive Townsend, de onde ele estava, na porta. — Mas olhem com atenção. Há alguma coisa fora do lugar ou faltando?

Krissy e Billy caminharam lentamente pelo quarto, mas parecia impossível para Krissy saber se alguma coisa estava fora do lugar. As meias de January haviam sido enroladas perfeitamente ontem? Aquele tutu em seu cesto de roupa suja estava pendurado? Aquele porta-retrato na cômoda estava na vertical? Ela olhou para Billy, que estava parado ao lado da cômoda, apoiando-se na quina, como se não pudesse sustentar o próprio peso. Ele tinha apenas vinte e cinco anos, mas com as olheiras profundas e as marcas prematuras na testa, Krissy pensou que ele poderia aparentar dez anos a mais.

— Eu não sei — disse Billy, parecendo muito cansado, depois de um tempo. — Eu não vejo nada.

Krissy balançou a cabeça.

— Não. Nem eu.

Os dois detetives começaram a andar em volta do cômodo, devagar. A busca deles foi diferente da de Robby, tomando cuidado para não tocar em nada, inclinando-se habilmente sobre a cama para examinar as cobertas, agachando-se para olhar o interior do armário. Quando eles se viraram para o mural, o detetive Townsend se inclinou em direção a ele, com as mãos cruzadas atrás das costas, e o nariz a centímetros da superfície entulhada.

— Quantas medalhas para uma criança de seis anos — disse ele, lançando um olhar por cima do ombro para Krissy.

— Ela é muito dedicada e tem aulas praticamente desde que aprendeu a andar.

Ele acenou com a cabeça, voltando seu olhar para o mural.

— Bonitinha — comentou a detetive Lacks, apontando para uma foto antiga de January. Na imagem, ela provavelmente tinha três anos, estava de camisola, com as mãos sobre a cabeça, em uma grosseira aproximação da quinta posição do balé. Em seguida, Lacks desviou o olhar para outra foto, que Krissy não conseguiu ver, pois tinha sua visão bloqueada pelas costas da detetive. — Uau. Townsend, dê uma olhada nesta.

O detetive Townsend se virou, e Krissy observou enquanto ele examinava a foto que sua parceira apontava. Os dois trocaram um breve olhar e Krissy registrou algo nesta interação que a incomodou — algo como uma compreensão tácita.

O detetive Townsend virou-se para ela e Billy.

— Importam-se se levarmos esta? Vamos precisar de algumas fotos recentes dela.

— Vocês podem levar qualquer coisa de que precisarem — disse Krissy, nervosa. Ela sentiu que algo havia mudado na percepção dos detetives; ela só não sabia o que era.

— Esta servirá por enquanto, mas precisaremos que você escolha mais algumas em breve. — Ele se inclinou e removeu a foto do quadro. Em seguida, se virou e levantou a foto para que ela e Billy pudessem ver.

O coração de Krissy parou. Agora, ela sabia exatamente o que os detetives estavam pensando. Na foto, January estava posando, antes de seu último recital de dança. Ela usava uma fantasia de duas peças com tema náutico: uma saia branca, forrada com fita azul-marinho e lantejoulas prateadas, e uma blusa combinando, com um laço vermelho amarrado no centro do peito. Ela estava com um chapéu posicionado em um ângulo elegante. Seu cabelo castanho estava cacheado e fixado com spray, seus olhos estavam enfeitados com cílios postiços e sombra azul. Seus lábios eram de um vermelho brilhante.

As bochechas de Krissy arderam, e ela não conseguiu sustentar o olhar de Townsend.

— Você diria que essa foto é recente? — perguntou ele. Embora sua voz fosse leve, Krissy podia sentir o tom zombeteiro por trás. O julgamento praticamente irradiava dele.

— Esse recital foi há alguns meses. Ela tem seis anos nessa foto. Então, sim.

O detetive Townsend olhou para a foto incisivamente.

— Seis, hein? — Ele soltou uma risadinha e lançou um olhar para a detetive Lacks. — E eu aqui imaginando que ela teria dezesseis anos.

A acusação implícita atingiu Krissy em cheio: *péssimos pais.* Ou talvez, mais direto ao ponto, porque todos sabiam que as mães eram um pouco mais culpadas do que os pais: *péssima mãe.* Em sua mente, aquelas palavras vermelhas brilhantes rabiscadas na parede da cozinha piscaram: *É isso que você merece.* Naquele momento, Krissy sentiu o quanto elas realmente eram verdadeiras.

QUATRO

MARGOT, 2019

O assassinato de January Jacobs, o evento que colocou a cidade natal de Margot no mapa, aconteceu no meio de uma noite quente de julho de 1994. Segundo todos os relatos, a história foi estrondosa e se espalhou como um incêndio na mata, despertando o fascínio mórbido dos americanos, atravessando divisas regionais, socioeconômicas e políticas. Da noite para o dia, a família Jacobs ficou famosa. January tornou-se a "queridinha da América"; seu assassino evasivo, o mais procurado do país. Porém, o caso era complicado e meses se passaram sem uma prisão. Finalmente, a investigação esfriou e o assassinato de January se transformou em um dos maiores mistérios não resolvidos do país.

No entanto, embora para o resto do mundo a garotinha possa ter sido apenas mais um tipo de fábula, ou um episódio de podcast, para Margot, January era real. Elas tinham a mesma idade e moravam uma de frente para a outra. Embora as memórias de Margot de sua primeira infância fossem escassas e esmaecidas, ela ainda tinha alguns lampejos de dias de verão passados no quintal dos Jacobs, enquanto Luke e Rebecca trabalhavam, com ela e January brincando de pega-pega nos milharais. As duas garotas viviam juntas, naquela era mágica antes da imposição de limites, seus corpinhos sempre grudados: faziam tranças uma na outra; batiam as mãos pegajosas ao entoar *Adoleta*; entrelaçavam braços e pernas, enquanto desabavam tendo ataques de risos.

Quando January foi levada de sua casa, Margot estava dormindo a apenas alguns metros de distância, em sua própria casa, do outro lado da rua. Depois, os pais de Margot disseram a ela que sua amiga não iria voltar, e Luke explicou que January havia morrido. No entanto, foi só mais tarde, quando um menino mais velho disse a Margot, durante o recreio, que January havia sido *assassinada*, que ela soube a verdade sobre a amiga. Embora ela devesse ter sentido falta de January desesperadamente, era do medo que ela mais lembrava. Margot começou a imaginar um homem sem rosto, parado entre as duas casas, brincando de *Uni-duni-tê*, com a janela do quarto de sua amiga e a do quarto dela. À noite, ela se deitava na cama, apertando os punhos com tanta força, que as unhas tiravam sangue de suas palmas.

E agora, com o rosto de Natalie Clark espalhado pelo noticiário, parecia que estava acontecendo tudo de novo. A garota desaparecida pode não ter sido tecnicamente uma criança de Wakarusa, mas com Nappanee a apenas alguns quilômetros de distância, era como se fosse.

Na manhã seguinte, após ouvir a notícia no Shorty's, Margot estava sentada à mesa da cozinha do tio, com o laptop aberto à sua frente, e uma xícara de café na mão. Ela deveria estar usando o tempo para atualizar os e-mails de trabalho. Porém, em vez disso, ela estava procurando informações sobre o caso do desaparecimento de Natalie.

Enquanto clicava para voltar à sua página de busca, ela ouviu o ranger de uma porta no corredor. Um momento depois, seu tio apareceu, de calça de moletom e camiseta surrada, com seu cabelo escuro desgrenhado e olhos inchados e vermelhos. Com um clique suave, Margot fechou seu laptop.

— Bom dia — disse ela. — Como está se sentindo?

Ontem à noite, Margot voltou do Shorty's e encontrou Luke parado na sala, tremendo. No momento em que o viu, ela largou a sacola de comida no chão e correu em sua direção.

— O que houve? — perguntou ela, colocando uma mão hesitante em suas costas. Como ele não se afastou, ela a moveu, em círculos lentos e suaves. O toque parecia estranho para ela, a família Davies nunca havia sido particularmente adepta a demonstrações de carinho. No entanto, ela havia lido em algum artigo na internet que isso poderia ajudá-lo a se acalmar quando estivesse tendo uma crise.

O rosto de Luke se contorceu, e ele olhou para Margot como se fosse uma criança. Seu corpo tremia sob a mão dela, e lágrimas escorriam por suas bochechas.

— Ela se foi — sussurrou ele, com uma voz fraca. — Ela se foi.

— Eu sei — replicou Margot. — Eu sinto muito.

Foi então que ela ouviu o murmúrio baixo da TV e viu que estava sintonizada no noticiário, onde Natalie Clark estava olhando para ela com seu sorriso largo e brilhante. De repente, Margot não sabia se o tio estava de luto pela perda de sua esposa morta ou pela menina desaparecida.

Agora, de pé no corredor, Luke olhava para cima, como se a voz dela o tivesse assustado. Mas, quando ele a viu, sorriu suavemente.

— Garota. Bom dia.

Margot sentiu o peso em seu peito diminuir. Ela não tinha previsto o quanto seria difícil viver com alguém que ama, mas que só às vezes se lembra disso.

— Eu fiz caf… — Porém, antes que ela pudesse terminar, seu celular vibrou em cima da mesa. O nome de sua chefe brilhou na tela. — Desculpe. Preciso atender. — Ela ficou de pé, pressionando o telefone no ouvido. — Oi, Adrienne. Tudo bem?

— Margot, oi. Como está seu tio?

Margot deu uma olhada em Luke, que estava abrindo armários, provavelmente em busca de uma caneca. Ela se aproximou, abriu a porta de onde estava guardada a caneca dele e depois se dirigiu para a sala de estar. — Hum, bem. Obrigada.

— Bom, bom — retrucou sua chefe, que parecia distraída. — Ouça, Margot. Você já ouviu falar sobre o caso Natalie Clark?

— Eu estava pesquisando sobre ele agora. — *Pesquisa* era um pouco de exagero para a busca preliminar que ela havia feito naquela manhã. No entanto, queria parecer mais bem informada do que de fato estava. Ela trabalhava na coluna policial do jornal, precisava ficar por dentro de histórias como essa. O fato de ter ficado sabendo sobre o desaparecimento de Natalie por uma atendente de bar havia sido um lembrete desanimador do quanto ela vinha negligenciando seu trabalho.

— Ah, ótimo. Bem, escreva um artigo sobre ele para amanhã, ok?

Margot apertou a ponte do nariz. Ela sabia que precisava compensar a sua chefe pela flexibilidade que ela havia lhe concedido nos últimos meses, mas tinha planos de ir ao supermercado hoje. Do jeito que estava, tudo o que ela e Luke teriam para o café da manhã era cereal murcho e leite quase estragado.

— Sem problema.

— Excelente. Então, vamos cobrir o básico: teorias policiais e qualquer evidência preliminar. Há uma conferência para a imprensa esta noite, e eu pesquisei onde fica. Adivinhe? Você está bem aí. Ah, e adicione um pouco da cultura local também. Converse com a família, se conseguir, ou algum amigo próximo da família, ou então…

— Ei, Adrienne — interrompeu Margot com uma risadinha. — Eu *já* fiz esse trabalho antes. — Era um eufemismo. Ela trabalha no jornal há três anos, e no departamento criminal quase desde o início.

— Eu sei. Mas você precisa arrasar nesse caso. Ok?

O coração de Margot disparou. Seu desempenho no jornal tinha começado a ser prejudicado alguns meses após a morte de sua tia Rebecca, quando sua compreensão da gravidade do quadro de Luke havia se somado ao seu luto. No entanto, foi apenas algumas semanas atrás, enquanto ela se preparava para sua mudança e colocou o trabalho no piloto automático, que Adrienne havia dito algo sobre isso.

— Certo. Eu sei. Vai ser. Obrigada, Adrienne.

Margot achou que seria o suficiente, mas sua chefe continuou:

— Ouça. Acho que deveria saber que Edgar mencionou você outro dia. Ele me disse que notou um declínio em seu trabalho; em sua produção e qualidade.

Margot afastou o telefone e articulou um silencioso *Porra!*

Edgar era o dono do jornal, que ela havia encontrado apenas uma vez na festa de Natal da empresa três anos antes. Ele tinha a reputação de ser impiedoso quando se tratava de qualquer coisa que considerasse uma ameaça para os resultados do jornal.

— ... contei a ele sobre suas circunstâncias — dizia Adrienne, quando Margot pressionou o telefone de volta no ouvido —, mas ele quer ver uma melhora. Rápido.

Margot respirou fundo.

— Eu estava pensando em desenhar alguns paralelos entre o caso de Natalie Clark e o de January Jacobs — declarou ela. — Apresentar a possibilidade de uma conexão. — Isso tinha se infiltrado em sua mente desde o momento em que Linda anunciara a ela que o assassino de January estava de volta. Margot não sabia os detalhes do caso de Natalie, mas quem quer que tivesse levado e matado January ainda estava solto, vagando livremente.

Houve uma pausa no outro lado da linha e Margot presumiu que Adrienne estivesse mudando sua perspectiva, de chefe para editora.

— Existem paralelos?

— Além da questão geográfica e da idade, ainda não tenho certeza. Mas acho que não é exagero explorar.

— Ok... Obviamente, um agressor em série é uma história mais envolvente do que um caso isolado. — Margot compreendeu que sua chefe estava pensando em voz alta, começando a transformar eventos reais em palavras para uma coluna. — Mas não force a barra, não queremos outra Polly Limon.

Margot estremeceu. Polly Limon tinha sido sua primeira tarefa de verdade no *IndyNow*, logo que começou sua carreira. A história da menina de sete anos era como tantas outras: em uma tarde de outono, ela havia desaparecido do estacionamento de um shopping, em Dayton, Ohio. A investigação de pessoas desaparecidas não dera em nada. Até que, cinco dias depois, ela foi encontrada morta em uma vala com sinais de abuso sexual. Margot reportou o caso por semanas, e, embora seus artigos nunca ligassem a morte de Polly à de January, no escritório ela não falava de outra coisa. Ao longo dos anos, a morte de sua amiga de infância havia se transformado, de uma fonte de tristeza e medo, em uma obsessão. Lentamente, January, a garota que ela havia considerado uma amiga, transformou-se em A January Jacobs. As lembranças delas brincando juntas foram substituídas por fatos de seu assassinato. Então, quando Polly Limon foi encontrada morta, e a polícia começou a procurar seu assassino, a mente de Margot foi direto para o caso da garota que morava em frente a sua casa na infância.

— Polly foi encontrada em uma *vala* — ela havia dito a Adrienne na época, repetidamente —, como January. — A causa da morte havia sido diferente: estrangulamento, em vez de traumatismo contundente, mas a cabeça também havia sido lesionada. E, embora January não tivesse sofrido abuso sexual, ela também não tinha ficado desaparecida durante muito tempo. A polícia nunca ligou os dois casos, mas também não prendeu o assassino de Polly. Assim, a teoria de Margot nunca foi refutada, mas ela sabia o que sua chefe queria dizer. Ela não podia se dar ao luxo de ficar obcecada com uma história paralela. Não agora.

— Certo — disse ela. — Vou procurar uma conexão agora de manhã, mas vou para Nappanee algumas horas antes da coletiva de imprensa para fazer entrevistas.

— Bom. Ok — hesitou Adrienne. Então, depois de um momento, ela acrescentou: — Sinto muito, Margot. Sei que tem muito com o que se preocupar agora.

Margot forçou uma voz simpática ao responder:

— Está tudo bem. Sério. Vou lhe enviar a história por e-mail hoje à noite.

Depois que desligaram, ela fechou os olhos e respirou fundo três vezes lentamente.

Na cozinha, Luke estava sentado à mesa com uma xícara de café e seu novo livro de palavras cruzadas em sua frente.

— Puxa, garota — disse ele, quando ela entrou, batendo a ponta da borracha de seu lápis contra a página. — Você me deixou viciado nesse negócio. — Ele olhou para cima. — Tudo certo?

— Sim, apenas coisas do trabalho. Ei... — Ela se acomodou em sua cadeira, de frente para ele. — Posso perguntar uma coisa? Poderia me dizer o que você se lembra sobre o caso de January?

Eles haviam falado sobre isso centenas de vezes ao longo dos anos, é claro, mas ela ainda sabia que era um risco perguntar. Ela não queria desenterrar lembranças ruins, quando a doença dele podia torná-lo tão inconstante. Agora, porém, na mesa da cozinha, seu tio parecia lúcido, perspicaz.

— O caso de January? — indagou ele. — Você não me pergunta sobre isso há muito tempo.

— Estou cobrindo um caso semelhante para o trabalho — explicou Margot. Ela havia aprendido com o tempo que sua memória de longo prazo era muito melhor do que a do dia a dia. Se ele não se lembrava do caso de Natalie Clark, não era ela que iria fazê-lo se sentir mal-informado ou por fora. — Provavelmente não tem nenhuma ligação, mas pensei em pesquisar um pouco.

— O que quer saber?

— O que você lembra sobre Billy e Krissy daquela época? — Margot conhecia os detalhes do caso de January como a palma de sua mão, então não precisava da ajuda dele com isso. E embora ela tivesse crescido na casa de frente para a dos Jacobs, aquele tempo era um mistério para ela. Suas lembranças de Krissy, Billy e Jace eram, na melhor das hipóteses, vagas, e desapareceram quase inteiramente depois que January foi morta, quando Margot parou de visitá-los.

— Bem, como sabe — disse Luke, dando de ombros —, eu não os conhecia tão bem. Não marcávamos para você e January brincarem, nem nada. Você apenas corria para o quintal deles. E Krissy, Billy e eu, apesar de termos estudado todos na mesma turma na escola, você conhece este lugar, o ensino médio era meio que... uma panelinha.

Ela zombou.

— Posso imaginar.

— Mesmo assim, todos conheciam Krissy, porque ela era popular. Selvagem. Ela nunca me deu atenção. Billy era mais reservado, eu acho. E, claro, ele era um Jacobs, o que... você sabe.

Ele havia dito tudo isso a Margot antes, mas mesmo que não tivesse, ela teria entendido do que se tratava. Não era necessário morar do outro lado da rua para conhecer a reputação da família Jacobs. Donos de quase todas as terras ao redor de Wakarusa, eles eram os magnatas agrícolas da cidade. Cada fazendeiro alimentava seu rebanho com ração produzida a partir da colheita de Jacobs. O ginásio da escola recebeu o nome de Ginásio Jacobs, em homenagem a um dos homens da linhagem de Billy. Ele pode não ter sido popular, mas ele era rico.

— Como eles acabaram se casando? Eles namoraram no ensino médio?

Luke apertou os olhos.

— Talvez? Pode ser que eles tenham namorado no verão depois da formatura? Acho que os vi por aí em festas ou coisas assim. Mas, quero dizer, garota bonita e cara rico. Eles não quebraram nenhum dos padrões.

Margot fez mais algumas perguntas, mas não havia muito que ele já não tivesse dito a ela antes, e depois de cerca de dez minutos, ela percebeu que precisava seguir em frente. Ela tinha tido anos para perguntar a Luke sobre a família Jacobs, mas ela nunca havia passado tanto tempo em Wakarusa depois de adulta. Agora, ela precisava entrevistar as pessoas com quem não tinha falado antes.

— Você acha que Billy estaria disposto a falar comigo? — Margot sabia que precisava se concentrar em cobrir o caso de Natalie Clark. Porém, uma entrevista com o pai de January seria um grande ganho.

Afinal, falar com Krissy não era uma opção; ela havia tirado a própria vida dez anos antes. Inicialmente, tinha havido alguma suspeita sobre sua morte — o assassino de January voltou para pegar sua mãe? —, mas isso foi rapidamente descartado pela polícia. Era um caso-padrão: Krissy estava tomando antidepressivos havia anos, aconteceu em sua própria casa, a arma que havia sido usada para atirar em sua têmpora foi encontrada em sua mão. Ela também tinha deixado um bilhete para Jace cujo conteúdo havia sido vazado para a imprensa dias depois que seu corpo fora encontrado. Como muitos detalhes do caso, Margot sabia o conteúdo do bilhete de cor: *Jace, sinto muito por tudo. Vou fazer a coisa certa.*

Nesse meio-tempo, Jace havia desaparecido da cidade aos dezessete anos. Desde então, estava vivendo na obscuridade. Isso significava que Billy era o único membro da família com quem Margot poderia ter uma chance.

— Ah — disse Luke, parecendo ligeiramente surpreso —, bem, Billy não fala mais com muitas pessoas, mas acho que ele ainda vai à igreja, e obviamente ele tem que ir ao depósito de grãos e à loja. Pode ser difícil conseguir uma entrevista com ele. Mas — ele deu de ombros — vale a tentativa.

— Ei, eu preciso fazer algumas coisas para este artigo mais tarde. Tudo bem se eu sair daqui a pouco? — Margot falou.

— Você não precisa tomar conta de mim, garota. Estou bem.

Ela mordeu o interior da bochecha, sentindo-se culpada por deixá-lo, mas as palavras de Adrienne ainda estavam ecoando em seus ouvidos.

— Você consegue se virar com o café da manhã? Posso buscar o almoço e o jantar, mas acho que não temos muita comida em casa.

Luke riu. No entanto, havia um leve brilho de frustração em seus olhos e Margot percebeu que o estava envergonhando.

— Como você acha que eu estava me alimentando antes de você chegar aqui? De qualquer forma, geralmente não como muito pela manhã. Se eu começar a pensar que vou desmaiar, vou a pé até… até o mercado para comprar cereais.

Margot examinou o rosto dele por um momento. Ela teve a impressão de que a pausa em sua fala significava que ele havia esquecido o nome da Despensa da Vovó — a mesma mercearia que ele havia frequentado durante cinquenta anos. Porém, tirando aquela falha, ele parecia completamente consciente. E ela realmente precisava trabalhar neste artigo.

— Ok. Desculpe. Sim, é uma boa ideia.

— Então, para onde está indo?

— Bem, por enquanto, lugar nenhum. Tenho que fazer algumas pesquisas primeiro. — Como Adrienne havia apontado muito claramente, Natalie Clark era a peça central dessa história. Então Margot precisava se preparar para a coletiva de imprensa e as entrevistas em Nappanee antes de passar mais um minuto pensando em January Jacobs. — Mas, depois disso, Shorty's, eu acho. Quero ouvir o que outras pessoas têm a dizer sobre o caso de January. Ver se há alguma similaridade. Acha que vou conseguir fazer alguém falar?

Com isso, Luke soltou uma gargalhada.

— Não há nada que as pessoas aqui gostem mais de fazer. Mas esta cidade crucificou a família Jacobs anos atrás, e eles podem não gostar muito de como isso está parecendo agora. Então, as pessoas vão falar, com certeza, mas você não poderá acreditar em uma palavra do que disserem.

CINCO

KRISSY, 1994

Krissy não sentia mais que estava em sua própria casa. A luz parecia brilhante e estéril, os sons de câmeras fotografando e as palavras cortantes e ríspidas não eram familiares. Até os objetos pareciam não lhe pertencer mais: ela quase pediu permissão ao detetive Townsend para se sentar no sofá em sua sala de estar, que estivera ali desde antes de ela se mudar para a casa, havia mais de seis anos.

— Obrigado por falar comigo, sra. Jacobs — disse o detetive Townsend, quando eles se sentaram de frente um para o outro.

Depois de terem terminado as investigações no quarto de January, o detetive Townsend havia separado Krissy e Billy para que pudesse questioná-los individualmente. Billy ainda estava no andar de cima, no quarto da filha, com a detetive Lacks, enquanto Krissy e Townsend se encaminharam para a sala de estar. Ela se sentiu grata pela mudança de ambiente. Estar no quarto da filha, mais cedo, cercada por todas as coisas de January, deixou-a em pânico e claustrofóbica. Além disso, para alívio de Krissy, o detetive Townsend havia fechado as portas francesas da sala para isolá-los do caos de fora. Toda aquela agitação e os gritos de ordens a deixavam imensamente nervosa.

— Por que não começamos com esta manhã — continuou o detetive. — A partir do momento em que acordou. Você poderia me contar tudo, em detalhes?

Krissy respirou fundo e uma onda repentina de cansaço penetrou o constante fluxo de adrenalina que ela havia sentido desde que tinha descoberto que January havia sumido. O dia parecia estar se desenrolando aos trancos e barrancos. Às vezes, parecia que o tempo estava acelerado; outras vezes, se arrastava.

— Nosso alarme tocou às cinco, como sempre — começou ela. Em seguida, conversou com ele sobre o restante da manhã, em detalhes, até o momento em que ela e Billy haviam chamado a polícia: descer as escadas, ver a pichação na parede, gritar para Billy descer, Jace correr para seus braços, procurar January pela casa.

Townsend estava rabiscando tudo em um pequeno bloco de anotações apoiado em seu joelho. Quando terminou, ele se voltou para ela, com um olhar penetrante.

— E o que pode me dizer sobre ontem? Vamos falar sobre isso também. Especialmente se conseguir pensar em algo estranho que tenha acontecido nas últimas 24 horas mais ou menos.

— Hum... — Krissy tentou se lembrar do que eles haviam feito no dia anterior. Quando não conseguiu, ela tentou se lembrar de qualquer detalhe errático — o que ela havia vestido, o clima, o que as crianças tinham comido no café da manhã —, mas sua mente estava cheia de imagens da filha, morta e descartada em algum lugar. Depois de um momento, ela colocou o rosto nas mãos e pressionou os dedos nas órbitas dos olhos.

— Sei que isso é difícil — retomou Townsend, num tom adulatório. Ele havia abrandado desde seu lapso de grosseria ao encontrar a foto de January em seu traje de dança. No entanto, Krissy suspeitava que isso se devia mais à conveniência do que à sinceridade. — Sua mente está a um milhão de quilômetros por minuto, mas tente se concentrar. Ontem foi sábado. Consegue se lembrar do que fez ontem?

Krissy respirou.

— Certo. Sim. Era apenas um sábado normal. Billy trabalhou. As crianças fizeram suas tarefas pela manhã, elas fazem pequenas tarefas na fazenda: alimentam as galinhas, coletam ovos. Às vezes, Billy as deixa ajudar a alimentar as vacas, coisas assim. Brincaram dentro de casa à tarde. Eu cozinhei, e jantamos. Então, nós apenas assistimos à TV e nos preparamos para dormir, com dois filhos pequenos, isso demora um pouco.

Townsend estreitou os olhos.

— Tudo bem... Isso foi bom, mas você se importaria de rever algumas questões? Desta vez com mais detalhes? As 24 horas antes do desaparecimento de alguém são cruciais, e, em uma investigação como essa, nunca se sabe que detalhes aparentemente sem importância ajudarão a resolver o caso.

— Ah — disse ela, sentindo-se repreendida. — Certo. Claro. — Ela respirou fundo, e começou de novo desde o início, desta vez com muito mais detalhes.

— E depois de colocar as crianças na cama? — perguntou Townsend.

Krissy deu de ombros.

— Tomei um banho e fui dormir. Billy estava lá embaixo, assistindo à TV. Eu já estava dormindo quando ele veio para a cama.

— Hum... — Ele bateu a ponta da caneta na página, olhando para ela como se estivesse tentando resolver um problema de matemática particularmente difícil. No entanto, quando falou novamente, mudou de assunto. — E o que dizer de January? Como ela é? Pode não parecer relevante, mas quero ter uma ideia da garotinha que estamos procurando.

— Certo, eu entendo — disse Krissy, pensando sobre o assunto. — January é...

Porém, sua voz ficou presa na garganta antes que pudesse terminar. Dizer o nome da filha em voz alta finalmente quebrou a barreira emocional dentro dela. De alguma forma, ela havia funcionado como um ser humano normal durante as últimas horas: andando pelos cômodos da casa, sentando onde lhe era dito, falando em frases inteiras e racionais. No entanto, ela havia se sentido como uma marionete sendo operada pelo comando de outra pessoa.

Ela respirou de maneira vacilante. Seu rosto parecia trêmulo, como se suas feições estivessem se distorcendo e derretendo com a emoção repentina. Através de sua visão borrada pelas lágrimas, Krissy viu o detetive Townsend se inclinando para ela com um lenço de papel na mão. Ele sempre parecia fazer isto: coisas se materializarem do nada, como um mágico medíocre. Ela se perguntou se era algo que ele havia dominado devido aos anos no trabalho ou se seu próprio cérebro, de alguma forma, estava piscando, apenas registrando imagens intermitentes. Ela pegou o lenço e enxugou os olhos.

— Desculpe — disse ela. — O que eu estava dizendo?

— Você ia me contar sobre January. Como ela é.

— Certo. Sim. January é... Ela tem uma grande personalidade, adora ser o centro das atenções, ficar sob os holofotes. Você viu todas as coisas de dança dela. Ela faz aulas todas as terças e quintas e adora nos mostrar todos os movimentos que aprendeu. — Ela deu de ombros. — Ela é como eu costumava ser, eu também era dançarina.

No momento em que as palavras saíram de sua boca, ela desejou poder tragá-las de volta. Era algo estranho de se dizer em um depoimento sobre sua filha desaparecida. O detetive Townsend parecia pensar assim também, porque, pouco antes de voltar a aparentar uma expressão neutra, ele havia erguido as sobrancelhas no que parecia ser tanto surpresa quanto desdém.

Krissy continuou, rapidamente.

— January também é muito próxima de Jace. — Novamente, havia uma pitada de falsidade em sua voz, que ela rezou para que Townsend não conseguisse distinguir. — Eles são gêmeos.

Ele a analisou por um momento, antes de dizer:

— Gêmeos, hein? Isso parece um vínculo especial.

Krissy se mexeu, incomodada. Ele a olhava muito atentamente.

— É, sim.

— Bem, a agente Jones está com ele hoje. Se ele disser algo, ela com certeza anotará. Às vezes, os irmãos, mesmo sendo bem jovens, sabem mais do que os pais, e qualquer pista que descubramos neste momento é uma pista que vale a pena seguir.

Krissy sentiu um aperto no peito. Ela odiava a ideia de arrastar Jace para essa situação, mas supôs que fosse inevitável.

— É claro.

— Falando em pistas — continuou ele —, existe alguém em sua vida que você consideraria um inimigo? Alguém que pudesse ter rancor da sua filha ou sua família?

Krissy quase zombou.

— Um inimigo? Não. Aqui é Wakarusa. Todo mundo aqui é muito... próximo.

— Então não tem ninguém em quem possa pensar que escreveria aquelas palavras em sua parede?

Aquelas palavras, pensou Krissy, com um sobressalto. De alguma forma, durante toda a conversa, ela havia se esquecido delas. A única suposição lógica que se poderia fazer sobre elas era que realmente tinham sido escritas por algum tipo de "inimigo". Krissy respirou fundo, pois esta era sua chance de colocar o detetive no caminho certo. Todo o resto era uma distração dessas palavras.

— Ninguém específico me vem à mente — disse ela —, mas, obviamente, foi algum psicopata que escreveu, certo? Algum sociopata? Porque não é o tipo de palavras que se ouve com frequência nesta cidade. — Ela vasculhou seu cérebro para todas as explicações possíveis. — E se for uma questão de inveja? A família de Billy, bem, você não é daqui para saber, mas eles sempre foram uma espécie de realeza. No ensino médio, costumávamos chamar Billy de rei de Wakarusa. E se alguém tiver inveja disso e quiser, não sei, fazer a gente pagar por isso? A família Jacobs sempre foi tão... respeitada na cidade. O avô de Billy doou uma quantidade imensa de dinheiro para a cidade. O ginásio da escola tem até o nome dele. E ele comprou a maior parte das terras por aqui e as passou para o pai de Billy quando morreu.

— Entendo — replicou Townsend. — E o pai de Billy ainda tem essas terras hoje?

— Ah, não! Os pais de Billy morreram em um acidente de carro quando ele tinha sete anos. Ele foi criado pela avó, até que ela morreu alguns anos atrás e ele herdou tudo.

Ele anotou algo.

— E, se for o caso — continuou Krissy, começando a entrar em um fluxo contínuo de pensamento —, provavelmente vão querer algum tipo de resgate.

O detetive estudou seu rosto, então disse:

— Certamente iremos averiguar isso. Temos uma equipe atenta aos telefones, embora ninguém tenha tentado fazer contato. E, até agora, não encontramos nada que indique que alguém esteja fazendo exigências. Mas, como eu disse, vamos ficar de olho. Você tem outras teorias?

Krissy olhou para o colo e notou que suas mãos estavam firmemente entrelaçadas.

— Eu... Bem, e a coisa da dança? Quero dizer, levamos January para as competições. Eu sei que ela tem apenas seis anos, mas elas são verdadeiras. Há jurados, concorrentes de todo o estado. Pode haver 75, cem pessoas na plateia. E January é boa. Você viu todas aquelas medalhas.

O detetive se inclinou para a frente.

— Então está dizendo que acha que poderia ser uma coisa de competição? Alguém estaria com inveja do sucesso da sua filha?

— Bem, ou então... e se houvesse alguém na plateia que não deveria estar lá? Alguns desses homens... — Ela não conseguiu terminar a frase. Entre esse pensamento e aquela foto de January em seu traje com tema náutico, Krissy se sentiu a pior mãe do mundo. *É isso que você merece.*

— Ah — retrucou Townsend. — Entendo. Você acha que as performances poderiam ter atraído alguma atenção indesejada?

Krissy ergueu um ombro, incapaz de olhá-lo nos olhos, com grandes lágrimas caindo em sua calça de pijama.

— Não sei, mas o que mais poderia explicar essas palavras? Elas são... Não é o tipo de coisa que se ouve aqui em Wakarusa.

— Entendo. — Mágico que era, Townsend de repente fez aparecer outro lenço, do nada. — Obrigado por todos esses detalhes, sra. Jacobs. Posso garantir que analisaremos todas as pistas possíveis. — Ele bateu as mãos nos joelhos. — Bem, a detetive Lacks deve estar terminando de conversar com seu marido e acho que está na hora de tirar vocês dois daqui. Gostaria de trocar de roupa? Depois, nós levaremos vocês até a delegacia, onde tiraremos impressões digitais e outras coisas burocráticas. A policial Jones nos encontrará lá com seu filho. Espero que uma mudança de cenário ajude a fazer algo novo surgir.

* * *

Na delegacia da polícia estadual, nas proximidades de South Bend, um policial que eles não haviam conhecido antes orientou Krissy e Billy no processo de coleta de impressões digitais. Em seguida, ele preparou uma xícara de café para cada um e disse-lhes para se sentarem nas desconfortáveis cadeiras de metal no corredor até que alguém os conduzisse para onde eles deveriam ir em seguida. Enquanto eles se sentavam, a policial Jones, com orelhas e seios grandes, apareceu pela porta da frente com a pequena mão de Jace engolida pela dela. Ao ver o filho, Krissy ficou sem fôlego e nervosa. Ela queria guardá-lo, envolvê-lo e escondê-lo. No entanto, ela só teve permissão para um abraço rápido antes que ele fosse levado novamente para "colorir e talvez até outro cookie".

Pouco depois, Krissy se viu novamente sozinha em uma sala com o detetive Townsend, sentada em frente a ele, em uma frágil mesa de metal. No centro da mesa estava um gravador já zumbindo.

— Gostaria de alguns minutos para perguntar sobre você e Billy.

— Billy e eu? — repetiu ela. — O que isso tem a ver com a investigação?

— Bem, como mencionou, quem escreveu aquelas palavras na parede pode ter sido motivado por algum tipo de rancor pessoal.

— Ah. Certo. Claro.

Ele abriu um daqueles seus sorrisos inexpressivos, que ela estava começando a odiar.

— Então, como vocês dois se conheceram?

Ela levantou um ombro.

— Da mesma forma que todos aqui se conhecem: nós nos conhecemos a vida inteira.

— Entendo... E como vocês começaram a namorar?

Com isso, Krissy fechou os olhos, e, então, voltou para o verão de 1987.

* * *

Aquele verão começou com uma festa. Foi uma semana depois da formatura do ensino médio. Dave, amigo de Krissy, tinha tido a ideia de fazer uma festa no campo de futebol da escola. Não era exatamente uma festa, apenas amigos reunidos para algumas cervejas e uma "surpresa" que Dave havia prometido a eles.

A chegada de Billy naquela noite deixou Krissy encantada e chocada na mesma medida. Embora ela o tivesse convidado mais cedo, quando ele estava comprando ração no depósito de grãos onde ela trabalhava, Krissy achava que, nos quatro anos em que estudaram juntos, nunca tivesse visto ele frequentar festas antes.

— Ora, ora — gritou Krissy, do outro lado do campo de futebol escuro, quando sua figura surgiu. — Se não é Billy Jacobs.

Os outros ao redor dela se viraram para olhar.

— Oi — cumprimentou Billy, ao se aproximar do grupinho. Ele era um cara grande, provavelmente um metro e oitenta, musculoso, por trabalhar na fazenda de sua família. Porém, enquanto ele estava lá, com as mãos enfiadas nos bolsos de seu jeans caro, Krissy pensou que ele parecia pequeno e inseguro, quase infantil.

— Não acredito que você veio — disse ela, de olhos arregalados e com um grande sorriso. — Não posso acreditar que sou a sereia que atraiu Billy Jacobs para a favela com gente como nós.

Billy abaixou a cabeça, parecendo tímido e escondendo um sorriso.

— Ah, Kris — disse Martha. — Olhe. Você o deixou envergonhado.

— Marth — ralhou Krissy, de brincadeira —, não faça nosso convidado se sentir indesejado. — Ela se virou para Billy. — Aqui. — Segurando sua lata de cerveja em uma das mãos, com a outra, puxou uma lata do engradado que já estava pela metade. Em seguida, entregou-a para Billy e passou um braço em volta dos ombros dele. — Pessoal — disse ela, virando-se para o círculo —, todos vocês conhecem Billy Jacobs. Billy Jacobs, esta é Martha — ela gesticulou com sua cerveja na direção da amiga —, Zoo, Noah, Caleb e, claro, esse idiota é Dave.

Krissy sabia que Billy já conhecia seus amigos — todos se conheciam desde sempre. Mas, apesar disso, ele ainda era pouco mais do que um estranho para eles.

— Desculpe — disse Billy, franzindo de leve a testa. — Zoo?

— Ah. Chamamos Katy de "Zoo" por causa de seu sobrenome: Zook.

— Ah. Mas Noah é Noah?

Krissy riu.

— Nós só colocamos apelido em alguém quando faz sentido. É uma brincadeira, Billy, não pense demais nisso. De qualquer forma, e você? Como devemos chamá-lo?

Ao lado dela, Dave estreitou os olhos, fingindo analisar o rosto de Billy.

— Acho que Jacobs é um Jacobs, não é, Kris? — Seus olhos deslizaram para os dela. — Bom trabalho, aliás. Você conseguiu fazer o maldito rei de Wakarusa vandalizar o campo de Northlake High.

Dave estendeu a mão para despentear o cabelo de Krissy. Ela se esquivou de sua mão com um grito, tirando o braço que estivera em volta do pescoço de Billy.

— Vandalizar o campo? — indagou ela, encarando Dave.

Ele abriu um sorrisinho.

— Surpresa.

Krissy revirou os olhos.

— Tão esperto. — Mas ela disse isso provocando, já que não se importava com essa escola de merda.

— Então — disse Caleb, curvando-se para tirar algo de um saco plástico. — Eu trouxe tinta em spray.

— Ah, não — disse Dave. — Tinta em spray não é uma boa, ela sai muito fácil. — Ele enfiou a mão em outra sacola de compras a seus pés e tirou uma garrafa de plástico de tamanho industrial. — Herbicida. Dessa forma, eles basicamente precisam replantar todo o campo.

Martha tapou a boca com a mão.

— Meu Deus, Dave, isso é incrível.

Krissy notou Billy enfiar a mão mais fundo no bolso.

— O que vocês vão escrever? — perguntou Martha.

Dave moveu as sobrancelhas depressa para cima e para baixo.

— Não vamos escrever nada, nós vamos desenhar.

— Pinto e bolas — disse Caleb, tentando ser útil.

Todos riram, e Krissy viu Billy rir também. Ela teve vontade de estender a mão e apertar a dele, dizer-lhe que tudo ficaria bem.

— Dave — disse Caleb —, você quer começar?

— E roubar de vocês toda a diversão? — Dave sorriu, estendendo a garrafa de herbicida para Caleb. Em seguida, ele fez uma pausa e se virou. Encarando Billy, ele disse:

— E então, Jacobs, quer fazer as honras?

— Ah. — Billy riu, claramente tentando disfarçar seu desconforto. — Não, tudo bem. Obrigado.

Dave jogou a cabeça para trás.

— Tem certeza? Sem pressão. Se não quiser fazer isso, não precisa. Mas é uma boa oportunidade para dar a este lugar um último dedo do meio.

Billy riu desconfortavelmente de novo, balançando a cabeça negativamente.

— Acho que não odiei tanto a escola quanto vocês.

— Sério? — indagou Dave. Seu tom era firme e inquisitivo, quase atencioso. — Este lugar, que pega tudo o que é único sobre você e subverte para nos fazer parecer totalmente fodidos? — Ele balançou a cabeça, rindo com amargura. — Nossa, meus professores pensaram que eu fosse um adorador do diabo durante todo o segundo ano, porque eu ouvia Nirvana. As pessoas *ainda* chamam Martha de vagabunda, porque ela fez sexo com Robby O'Neil há dois anos...

— Dave! — zangou Martha.

Dave olhou para ela.

— O quê? É a porra da verdade. Não acho que seja uma vagabunda. Você pode fazer qualquer merda que queira fazer. Só estou dizendo que esta cidade coloca um rótulo em nós no dia em que nascemos. Você lembra que Joseph Pinter chamou Kris de "lixo branco" quando descobriu que ela e a mãe moravam em um acampamento de trailers? E o sr. Yacoubian estava bem ali e não disse nada? Ele é professor, e deixou isso acontecer porque Joseph Pinter tem uma casa com cercas brancas, e Kris, não.

Krissy sentiu o olhar de Billy em seu rosto e levantou a cabeça para encará-lo. Ele piscou algumas vezes, depois estendeu a mão para Dave.

— Claro — disse ele. — Por que não?

Billy tinha acabado de delinear a bola esquerda, com o restante do grupo assistindo do chão, quando Krissy ouviu a sirene de aviso de um carro de polícia.

— Ah, merda! — exclamou Zoo. De repente, todos estavam se levantando. Martha soltou um gritinho que se dissolveu em risadinhas e se espalhou pelo grupo. Caleb, que estava bêbado nesse momento, tentou se levantar, mas caiu para trás com um grunhido.

— Vocês, saiam daqui — disse Dave. Em sua voz, havia, de alguma forma, uma risada e um aviso.

Krissy examinou o campo, em busca de seus tênis, que ela havia tirado mais cedo.

— Aqui, Jacobs — ela ouviu Dave dizer, enquanto pegava seus sapatos e calçava um deles. — Me dê isso aí.

Ela olhou para cima para observar Dave estendendo a mão para Billy. Em volta deles, Martha, Noah, Caleb e Zoo rapidamente pegaram suas coisas do chão.

— O que vai fazer com isso?

Dave acenou com a cabeça para o carro da polícia que havia acabado de estacionar e disse:

— Eles ainda nem saíram do carro, tenho tempo para terminar.

Billy abriu a boca, então a fechou novamente. De repente, Krissy entendeu o que ele tinha pensado que estivesse acontecendo. Ele havia pensado que Dave — talvez ela também, talvez todos eles — tinha armado para ele. Que queriam ver o rei de Wakarusa cair em desgraça, haviam desejado ver seu rosto estampado no jornal local como o autor do que, sem dúvida, seria considerada uma "pegadinha ofensiva e de mau gosto".

— Ah, entendi — disse Dave, claramente chegando à mesma conclusão. — Você pensou que eu fosse deixar você levar a culpa. — Ele colocou uma mão no ombro de Billy, gentilmente erguendo a garrafa de herbicida de sua mão. — Eu posso ser um idiota, Jacobs, mas não sou esse tipo de idiota.

Krissy terminou de calçar o outro sapato e, em seguida, correu para colocar a mão na de Billy.

— Billy — disse, agarrando-o, para que a seguisse —, venha. Vamos.

Ao seu toque, ele piscou, virou-se para ela, e apertou a dela.

— Vamos.

Krissy, Billy e os outros correram pela escuridão, com seus passos cambaleantes e bêbados. De vez em quando, o riso borbulhava em um deles, depois se espalhava para outro, até que todos estivessem curvados gargalhando. Krissy e Billy ficaram para trás do grupo, mas em vez de correr para alcançá-lo, Krissy puxou seu braço com força, levando-o em uma direção diferente.

— Por aqui — sussurrou ela, e Billy a seguiu pela escuridão obedientemente. Em pouco tempo, o som dos outros passos desapareceu.

Quando ficaram sozinhos, Krissy e Billy diminuíram a marcha para uma caminhada.

— Onde estamos? — perguntou Billy.

— Nos arredores da fazenda Dixon, podemos nos esconder no milharal.

— É maio, não estará alto o suficiente.

— Estará, se nos deitarmos. — Ela riu baixinho, então acrescentou: — Que fazendeiro.

Com a mão ainda firme na dele, ela o levou para o milharal. Em seguida, ajoelhou-se na planta da altura da panturrilha, e se deitou de costas em uma das fileiras. Sentiu o chão frio através de sua camiseta. Desajeitadamente, Billy seguiu o exemplo. Quando ele se acomodou, não havia nada mais entre eles, além de uma única fileira de milho e o ar. Eles ficaram lá em silêncio, recuperando o fôlego.

— Então — disse Billy, depois de um momento. — Você está planejando ir embora?

Krissy virou a cabeça para olhar para ele.

— Hein?

— Mais cedo, no depósito de grãos, você disse que estava indo embora.

— Ah, sim. — Naquela tarde, quando ele tinha ido até lá, enquanto ela pintava as unhas atrás da caixa registradora, eles jogaram conversa fora. Ela havia mencionado seus planos para o final do verão.

— Por quê?

— Por quê? — Ela riu. — O que você acha? Nós moramos em *Wakarusa, Indiana.*

— Certo. — Um sorriso brilhou em seu rosto, e desapareceu. — Então... para onde você vai?

— Nova York. Manhattan. Eu vou ser uma Rockette. — Só de pensar nisso, ela se sentia mais brilhante.

— O que é uma Rockette?

— O que é uma Rockette?! — exclamou ela, incrédula. — Simplesmente as melhores dançarinas de Nova York. As Rockettes são famosas. Elas estão na TV o tempo todo. Você realmente nunca ouviu falar delas?

Billy balançou a cabeça.

— Mas você é definitivamente boa o suficiente. Ainda me lembro de como você dançou bem no show de talentos do oitavo ano. Você foi incrível.

Krissy arregalou os olhos, surpresa, então riu.

— Billy, aquilo foi no *oitavo ano.* Essas são, tipo, dançarinas famosas. — Mas, mesmo assim, o elogio aqueceu seu peito. Ela não podia acreditar que ele se lembrava dela dançando há tanto tempo. — Estou muito melhor do que no oitavo ano.

Cada centavo que ganhei, gastei em aulas de dança. E eu não frequento aquele estúdio pequeno para crianças no centro da cidade. Vou a um que fica em South Bend toda terça e quinta à noite.

— Eu não sabia disso.

— Sim. — Em seguida, ela virou o rosto de volta para as estrelas. — Agora, só tenho que economizar o suficiente para a viagem de ônibus, e vou embora. Bem, o suficiente para a viagem de ônibus e um apartamento, e comida, e outras coisas. — Sua voz foi sumindo e seu sorriso desapareceu. Pensar em tudo que seria necessário para sair deste lugar nunca deixava de sobrecarregá-la. No entanto, ela não queria se preocupar com isso, não agora. Ela se virou para Billy, apoiando a lateral da cabeça com a mão. — Enfim — continuou ela, tornando sua voz novamente alegre —, eu perguntaria se você vai embora também, mas sei que não vai. Todo mundo sabe que Billy Jacobs vai herdar e administrar a fazenda da família. — Ela disse as últimas palavras como se estivesse dizendo *o trono real*.

Billy sorriu, mas parecia suave, quase triste.

— É, eu não vou embora.

O olhar de Krissy percorreu seu rosto.

— Ei, Bisonho. — Ela teve o desejo de estender a mão para suavizar a linha que havia se formado entre as sobrancelhas dele, então, ela o fez. — Não pense nisso agora.

Mesmo sob a luz fraca da lua, Krissy podia ver as bochechas dele corarem ao toque dela. E, de repente, ela sabia que ele queria beijá-la, que ele estava pensando em fazer isso. Porém, alguns segundos se passaram, e ele não a beijou.

— Bem — tornou ele —, no que *devo* pensar?

— Pense em... — Os olhos dela desviaram dos dele e voltaram. Ela não sabia dizer se queria beijá-lo. No entanto, o que havia de errado em tirar quaisquer outras coisas da mente dos dois? O que havia de errado em beijar esse menino em um milharal, sob a luz do luar? — Pense nisso... — disse ela, inclinando-se para a frente, com as folhas da plantação de milho roçando suas bochechas. Em seguida, ela pressionou seus lábios nos dele.

Na época, Krissy não poderia saber tudo o que aquele beijo traria. Se soubesse, nunca teria feito aquilo. Se soubesse, teria corrido o mais rápido possível na direção oposta.

* * *

Na delegacia, sentada em frente ao detetive Townsend, no dia em que a filha desapareceu, a lembrança parecia surreal para Krissy, como se ela e Billy tivessem sido meros personagens em uma cena naquela noite, duas pessoas completamente diferentes.

— Você se importaria se fizéssemos uma pausa? — pediu ela. — Eu preciso usar o banheiro.

Na verdade, ela só precisava de um minuto sozinha. Ela havia sentido o peso de tantos pares de olhos sobre ela, ao longo do dia, e queria um momento em que não estivesse sendo observada para relaxar os ombros e expirar.

Townsend olhou para ela por um momento desconfortavelmente longo. Então, por fim, disse:

— Fique à vontade.

Krissy não se apressou no banheiro, enquanto jogava água fria no rosto. Mas isso não ajudou a atenuar a forma como as paredes pareciam estar se fechando ao seu redor. Então, no caminho de volta, ao ver as portas duplas para o lado de fora, ela lançou um olhar furtivo por cima do ombro e correu em direção a elas.

Lá fora, o ar quente de julho era uma pausa bem-vinda no frio opressivo da delegacia. Ela o engoliu, como se estivesse se afogando. Ela se apoiou na parede de tijolos vermelhos. Porém, assim que o fez, percebeu que não estava sozinha. Um murmúrio de vozes veio do canto e, embora estivessem falando baixinho, Krissy reconheceria a voz cortante do detetive Townsend em qualquer lugar.

— ... acho que ela está escondendo alguma coisa — ele dizia, e o peito de Krissy se apertou. Instintivamente, ela sentiu que ele estava falando sobre ela. — Ela está nervosa, mas é mais do que isso. Algo está acontecendo com aquela família. Eu só não consigo entender exatamente o que é.

— Para mim, parece uma boa família cristã — respondeu a segunda voz : detetive Lacks.

Townsend soltou uma risada.

— Exatamente, mas todo mundo esconde alguma coisa. E, na casa, você deveria tê-la ouvido. Tinha cerca de uma centena de teorias sobre quem poderia ter levado sua filha.

— E daí?

— Quando as pessoas começam a apresentar tantas teorias de uma só vez — Krissy ouviu Townsend dizer —, nove em cada dez vezes, é porque não querem que olhemos para algo específico. Como um batedor de carteiras à moda antiga, acenando com a mão aqui para que seu alvo não veja que ele o está roubando ali.

SEIS

MARGOT, 2019

Quando Margot chegou à coletiva de imprensa da polícia estadual, sobre o desaparecimento de Natalie Clark, ela já havia começado.

Ela abriu a porta e entrou silenciosamente, juntando-se à multidão de câmeras e equipes de noticiários posicionadas no fundo da sala. Na frente, sobre um pequeno palanque, estava a detetive Rhonda Lacks, a quem Margot reconheceu como uma das pessoas responsáveis pelo caso de January. Entre ela e Margot, havia um mar de jornalistas, sentados na seção de cadeiras onde Margot deveria estar, todos com blocos de anotações nas mãos. Ela deu uma olhada no relógio e murmurou um palavrão. Ela não só estava atrasada, como já tinha perdido metade da conferência.

Ela tentou criar o mínimo de perturbação possível, enquanto se esgueirava entre duas câmeras. No entanto, seu coração ainda estava acelerado de correr pelo estacionamento, e seu corpo inteiro estava formigando devido ao calor do lado de fora. Ela puxou a gola da camiseta com os dedos e soprou sorrateiramente em seu peito. Ao fazê-lo, porém, seu cotovelo esbarrou no homem a seu lado. Ele lhe lançou um olhar irritado, e ela murmurou um *Desculpe*.

Cinco horas antes, Margot saiu de seu quarto na casa de Luke, pronta para ir ao Shorty's. Ela havia acabado de passar uma hora e meia se preparando para entrevistas em Nappanee e tinha reservado mais duas para conversar com pessoas em Wakarusa. Porém, quando saiu de seu quarto, ela parou abruptamente. Algo no ar estava estranho. Estava muito parado, muito quieto.

Ela deslizou sua mochila para o chão, então caminhou até o quarto de Luke com passos leves, caso ele estivesse tirando uma soneca. Porém, sua porta estava aberta e estava escuro lá dentro, e o banheiro da suíte estava vazio. De volta ao corredor, ela chamou seu nome, com a voz ecoando alto pela casa, não houve resposta.

— Tio Luke! — chamou mais uma vez, mas ainda não havia nada. Ela passou pela sala de estar vazia rumo à cozinha, onde se sentiu uma idiota, enquanto girava em um círculo lento e abria a despensa.

O coração de Margot começou a bater forte, mas ela nem sabia se seu medo era justificado. Afinal, Luke era um adulto que, como ele mesmo havia dito naquela manhã, tinha sobrevivido sozinho durante muitos meses. Ainda assim, sair de casa sem um aviso não era do feitio dele. Ela caminhou até a porta da garagem e a escancarou, respirando aliviada ao ver o velho Pontiac do tio acumulando poeira. Pelo menos isso significava que ele não poderia ter ido longe. Ela respirou fundo, tentando acalmar os nervos. Provavelmente, ele estaria apenas fazendo uma caminhada. E, no entanto, esses dois últimos dias em Wakarusa haviam mostrado a Margot o quanto as coisas tinham se tornado complicadas. E se ele entrasse em crise enquanto estivesse fora? E se ele perdesse a noção de onde estava ou de quem era, e estivesse vagando, confuso e assustado?

Ela girou nos calcanhares e caminhou pelo corredor para pegar o celular da mochila. Porém, quando ligou para ele, caiu na caixa postal. Ela tentou diversas vezes, mas só tocou.

— Merda — sussurrou Margot, pressionando os dedos na testa.

Ela desistiu do telefone, pegou as chaves da mochila e correu para a porta da frente. A única coisa que restava a fazer agora era procurá-lo.

Mas Luke não estava na Despensa da Vovó, na farmácia ou no Shorty's, e ninguém a quem ela perguntou, em nenhum desses lugares, o havia visto. E, quando ela verificou o horário, e viu que tinha dirigido durante quase uma hora, começou a entrar em pânico. Até onde ele poderia ter ido? Ela precisaria pegar a estrada, ampliando sua busca, ou ele simplesmente estaria em algum lugar que ela ainda não havia checado? Em seu carro, no estacionamento do lado de fora do mercado, Margot tentou pensar em todos os lugares que o tio frequentava, mas sua mente estava irritantemente vazia. Ela bateu a palma das mãos contra o volante em frustração. Margot conhecia Luke melhor do que qualquer pessoa no mundo. Ainda assim, ali estava ela, incapaz de encontrá-lo em uma das menores cidades do país.

Então, seu telefone tocou. Margot respirou fundo e se virou para pegá-lo no assento ao lado dela. Seu coração disparou ao ver o código de área de Wakarusa. Talvez fosse Luke, pegando emprestado o telefone de outra pessoa. No entanto, quando atendeu, ela não reconheceu a voz do outro lado.

— Alô — disse um homem. — É Margot Davies?

— Sim.

— Ah, oi. Aqui é o policial Finch, da delegacia de polícia de Wakarusa. Estou ligando porque estamos com seu tio aqui.

Margot fechou os olhos com força, sentindo alívio e pavor. Por que Luke estava na delegacia?

— Não estou entendendo. O que aconteceu? O que ele fez?

— Ah, ele não está em apuros, nem nada. Eu, hum, o encontrei andando por aí. Ele parecia... meio fora de si.

Margot suspirou.

— Merda.

— Estou ligando para ver se você poderia vir buscá-lo. Dar uma carona para ele de volta para casa. Eu ficaria feliz em fazer isso, mas ele se recusou a me dizer seu endereço e, bem, acho que ele pode reagir melhor a alguém que conhece.

— Claro. Obrigada. Estarei aí em cinco minutos.

A delegacia de polícia de Wakarusa se encaixava perfeitamente na cidade a que servia. Era pequena, provinciana. Pela aparência dos painéis de madeira falsa nas paredes, e do carpete verde sujo do saguão, também estava claramente presa ao passado. A recepcionista anotou o nome de Margot no diário de visitas, depois a conduziu pela porta, ao final do saguão. Margot a seguiu, com o coração martelando contra o peito. Ela desejou poder, de alguma forma, antecipar em que humor esse surto havia colocado o tio, para se preparar. Estaria ele zangado, triste? Em que ano ele suporia estar? Ele a reconheceria, ou a olharia como se fosse uma estranha?

— Este é o policial Finch — indicou a recepcionista, parando no meio do corredor e acenando para um jovem uniformizado ao final dele, que estava encostado na parede dos fundos, próximo a uma porta de vidro, com os braços cruzados sobre o peito e os olhos focados em algo atrás da porta ao lado dele. — Ele vai assumir daqui. — A recepcionista acenou novamente para chamar a atenção do policial, então deixou Margot sozinha.

O policial Finch caminhou pelo corredor a passos largos para encontrá-la.

— Oi, Margot — cumprimentou ele. — Obrigado por ter vindo.

Margot abriu a boca para perguntar onde estava o tio, mas parou antes que conseguisse.

— Ah — disse ela, em vez disso. — É você. — Fazia vinte anos desde que ela o vira pela última vez. Porém, o rosto do policial lhe era familiar. Ela e Pete Finch tinham estudado juntos do jardim de infância até o quinto ano. Embora a escola secundária local fosse relativamente grande, mesclando alunos de Nappanee e Woodview com os de Wakarusa, a escola primária havia servido apenas à sua pequena cidade. Com cerca de 25 crianças em sua classe, Margot teria reconhecido um de seus antigos colegas em qualquer lugar.

Pete sorriu.

— Faz um tempo. Ouvi dizer que você estava de volta à cidade.

— Sim. Oi.

Apesar de ter passado seis anos confinada em uma sala de aula com ele, Margot não conhecia a versão adulta de Pete. Quando criança, ele havia sido esportista e popular, e ela, nos anos após a morte de January, e à medida que o relacionamento de seus pais ficava cada vez mais conflituoso, havia se tornado mais introspectiva. Enquanto Pete jogava futebol com o restante dos meninos, Margot passava os 45 minutos do recreio sozinha sob uma árvore, lendo livros sobre crianças que resolviam mistérios. Ela imaginava que os dois tivessem interagido bastante ao longo desses seis anos. Mas a única lembrança real que ela conseguiu desenterrar foi dele a ajudando a pegar seus livros uma vez, depois que Bobby Dacey os jogou no chão.

— Foi bom rever você — disse Margot, esperando que isso fosse gentileza suficiente para não parecer rude. Tudo o que ela conseguia pensar era no tio, encolhido em uma sala da delegacia, assustado e confuso. Além disso, se ela não o levasse para casa rápido, corria o risco de perder a coletiva de imprensa. — Obrigada por ajudar meu tio. Ele está...?

— Ele está naquela sala, lá atrás — respondeu Pete, apontando o polegar sobre o ombro. — Eu estava esperando com ele, mas então me pareceu que isso talvez o estivesse perturbando.

— Há quanto tempo ele está aqui?

— Meia hora, talvez? Demorei um pouco para rastrear seu número. Ele parecia não saber. Então, finalmente, descobri que ele estava com o celular no bolso o tempo todo. Quando consegui pegá-lo, bem, seu número estava por toda parte.

Margot pensou nas vinte ou mais vezes que havia ligado para Luke na última hora, e achou perturbador descobrir que ele tinha estado o tempo todo com o telefone. Ele deve ter ficado mais fora de si do que ela havia considerado.

— Sim, eu estava preocupada. — Ela olhou para o corredor atrás dele. — Posso?

— É claro. — Pete se virou, e os dois caminharam até a sala com porta de vidro.

Quando ela o alcançou e olhou, seu peito se apertou. O tio dela estava encostado na parede oposta. Porém, em vez de estar virado para fora, estava de frente para o fundo da sala. Sua cabeça estava curvada, sua testa pressionada contra a parede, os dedos de uma das mãos vagando suavemente sobre sua superfície. A bandana vermelha amarrada em seu pescoço, que ela tinha dado a ele, parecia úmida e suja. A visão fez Margot querer chorar.

Ela respirou fundo. Então, colocou a mão na maçaneta e a girou. Ela esperava que Luke se virasse com o som. Em vez disso, ele permaneceu onde estava, imóvel, como se nem tivesse ouvido. Ela entrou na sala e caminhou silenciosamente ao redor da pequena mesa e das cadeiras ao lado dele.

— Tio Luke? — disse ela, gentilmente.

Novamente, porém, ele não reagiu, não se moveu.

— Tio Luke?

Nada.

Ela estendeu a mão e tocou seu ombro com delicadeza. O toque deve tê-lo tirado de qualquer que fosse o sonho em que ele havia estado, porque ele se virou bruscamente, esticando o braço ao girar. A mão dele acertou o canto da boca de Margot, que deu um passo para trás, levando a mão ao rosto.

Atrás dela, a porta se abriu rapidamente.

— Margot...

Ela acenou para Pete com a mão por cima do ombro. Obviamente, tinha sido um acidente. Agora, seu tio estava parado diante dela, como um animal assustado, com a respiração ofegante e os olhos arregalados e selvagens.

Lentamente, Margot tirou a mão de seu rosto.

— Tio Luke? Sou eu, Margot.

Luke olhou nos olhos dela. Depois de um longo momento, sua respiração começou a se acalmar, e seus ombros relaxaram.

— Garota. Eu não fiz nada, eu juro.

— Eu sei.

— Esse cara me trouxe para a delegacia como um criminoso. — Ele gesticulou com raiva para Pete, mas seus movimentos haviam perdido a urgência e o pânico. — Mas eu não fiz nada.

— Eu sei — disse Margot, novamente. — Eu sei.

Ele respirou fundo. Finalmente, parecia que toda a paranoia havia se esvaído.

— Posso ir para casa agora?

— Sim. É claro. — Ela falou com um nó na garganta. — Desculpe por não ter checado como você estava antes.

Ele não deve ter registrado a última parte, porque ele apenas acenou com a cabeça.

— Bom, bom. — Ele hesitou. — Eu tenho que ir ao banheiro.

— Ok, sim. — Margot se virou. — Pete, você poderia nos mostrar onde é.

— Sim — respondeu Pete. — No final deste corredor, à esquerda. — Ele segurou a porta para os dois, apontando ao tio dela a direção certa.

Margot observou, enquanto Luke recuava pelo corredor, e desaparecia no banheiro. Então ela se virou para Pete:

— Sinto muito — lamentou ela, sentindo um toque de traição, ao dizer isso. Luke não podia evitar o que fez ou disse. A química em seu cérebro estava falhando. — Às vezes, sua doença pode fazê-lo agir como uma pessoa totalmente diferente.

Pete balançou a cabeça.

— Não peça desculpas. Meu avô teve demência. Eu entendo.

— Ele estava com raiva o tempo todo? Meu tio. Não o seu avô.

— Não. Ele ficou agitado depois de um tempo naquela sala, achou que eu o estava prendendo. Mas, quando o encontrei, ele estava apenas aborrecido. Tipo, triste, quero dizer. Ele estava chorando.

Margot engoliu em seco, apesar do aperto em sua garganta.

— Ele disse com o que estava aborrecido?

— Não. Ele apenas ficou repetindo: *Ela se foi. Ela se foi.*

— Você provavelmente sabe disso, mas a esposa dele, minha tia, morreu no ano passado. Com isso, e as questões da memória... tem sido difícil.

— Escute... — disse Pete. — Não quero passar dos limites, nem nada, mas as coisas com meu avô ficaram muito complicadas. Minha mãe cuidou dele o máximo que pôde, mas era um trabalho em tempo integral, e, mesmo assim, chegou a ser demais. Você já... — Ele hesitou. — Você já pensou em colocá-lo em algum lugar?

— Ele é vinte anos mais novo do que a pessoa mais jovem em qualquer casa de repouso — retrucou Margot, de forma brusca. — Eu não vou colocá-lo em uma dessas casas.

Pete assentiu, aparentemente sem se abalar.

— Entendo. Talvez você possa pensar em um cuidador. Eu, obviamente, não tenho interesse nessa questão, portanto, não estou tentando convencê-la de nada. Mas quando meu avô começou a sair de casa, as coisas ficaram muito ruins. Esta foi a primeira vez que vi seu tio assim, mas provavelmente não será a última.

— Certo — disse Margot. No entanto, ela não conseguia olhá-lo nos olhos. — Ok, obrigada. — No final do corredor, ela viu a porta do banheiro se abrindo. Luke saiu, olhando ao redor. Ela acenou para chamar sua atenção, e ele foi até ela. — A propósito — disse ela a Pete —, onde você o encontrou hoje?

— Ele estava na grama, do lado de fora do Community First, perto do cemitério.

Margot suspirou. Aquilo fazia muito sentido, Luke estava chorando, quando Pete o encontrou. Esse era o cemitério onde sua tia estava enterrada. Por que ela não havia pensado em olhar lá?

De volta a casa, Margot continuou lançando olhares ansiosos para o relógio, enquanto conduzia o tio para dentro, depois esquentava duas fatias de pizza que tinham sobrado. Tecnicamente, deveria ser seu almoço. Agora, porém, estava mais para um jantar mais cedo. Ela já deveria estar em Nappanee, trabalhando em entrevistas para seu artigo, e a voz de sua chefe estava ecoando em sua cabeça: *Este trabalho precisa ser bom.*

— Você não vai comer? — perguntou Luke, de onde estava sentado, à mesa da cozinha.

— Tenho que sair um pouco. — A culpa roía suas entranhas. — Você está... bem?

— Sim, garota. Sem problemas.

— Tem certeza? Porque posso ficar, se precisar de mim.

— Não, não. Eu provavelmente vou me deitar um pouco de qualquer maneira. Não sei por que, mas estou me sentindo muito cansado.

Ela estudou seu rosto por um longo tempo.

— Ok, estarei em casa em duas horas, no máximo.

Mas ele já tinha voltado sua atenção para a comida, e ela não sabia dizer se ele a havia escutado.

* * *

Na coletiva de imprensa, Margot tentou se concentrar na detetive Lacks, em vez de no autodesprezo que sentia por deixar seu tio doente apenas uma hora depois de ele ter sido encontrado pela polícia.

— Achamos improvável — dizia a detetive para um repórter que estava na terceira fileira. — Cinco anos é jovem demais para fugir e, de acordo com sua mãe, Natalie não tinha nenhum pertence com ela, enquanto brincava naquela manhã. Sem mencionar que ela desapareceu de um playground lotado, e as crianças geralmente fogem de suas próprias casas. Além disso, o sr. e a sra. Clark não podiam citar nenhuma razão pela qual Natalie estaria motivada a sair por conta própria.

— Então, acredita que ela tenha sido levada contra sua vontade?

— Neste momento, acreditamos que essa seja a explicação mais provável. — A detetive Lacks acenou com a cabeça para outra mão levantada algumas fileiras atrás.

Um homem com cabelo preto bagunçado se levantou.

— Sim. Brian Smedley, do *Indiana Statesman.* O que recomenda a outros pais desta área? O que eles precisam fazer para manter seus filhos seguros?

— Esta é uma área em que não há muitos crimes — respondeu Lacks. — E, até o momento, não temos motivos para acreditar que este não seja um evento isolado. No entanto, se os pais ouvirem seus filhos mencionarem nomes diferentes, ou a presença de um estranho, ou se alguém vir algum comportamento incomum ou suspeito, por favor, ligue para nossa linha de denúncia. E, como lembrete, se alguém achar que sabe algo sobre o desaparecimento de Natalie, por favor, entre em contato. — Ela recitou o número, em seguida examinou a sala. — Temos tempo para apenas mais algumas perguntas. Vamos passar para alguém da parte de trás... sim? — Ela acenou com a cabeça para Margot, que havia erguido a mão.

— Olá — disse ela. — Margot Davies, do *IndyNow.* Você mencionou que acredita que este seja um evento isolado. Mas investigaram uma possível conexão com o caso de January Jacobs?

O som do nome da garotinha fez todas as cabeças na sala virarem em sua direção. No palanque, a detetive Lacks piscou e se admirou.

— O caso January Jacobs — disse ela, após um momento — tem quase 25 anos. Nesse, o corpo de January foi encontrado apenas horas após a denúncia de seu desaparecimento. A cena do crime em sua casa foi… abrangente. Até agora, o caso de Natalie é diferente em quase todos os aspectos. Então, não, não acreditamos que haja qualquer conexão entre os dois.

Ela virou a cabeça para seguir em frente, mas Margot prosseguiu:

— Existe evidência suficiente para excluir completamente uma conexão? Afinal, o assassino de January nunca foi preso. É algo que estejam dispostos a investigar?

Os olhos da detetive Lacks se voltaram para os de Margot.

— Nós não acreditamos — respondeu ela, com frieza — que haja qualquer conexão entre os dois casos.

Havia uma convicção nos olhos da detetive que Margot não entendeu. Como ela podia ter tanta certeza, se o assassino de January nunca havia sido capturado, se ele ainda podia estar por aí, vagando livremente?

Era perfeitamente normal que os detetives escondessem informações do público durante uma investigação, mas eles sempre eram francos quanto a isso, com seu discurso salpicado de *Sem comentários* e *Não estamos divulgando isso neste momento.* No entanto, sua resposta soou mais como uma evasiva e deu a Margot a nítida sensação de que, o que quer que a detetive Lacks estivesse escondendo, tinha a ver com o caso de January, e não com o de Natalie. Então, o que ela sabia, que não estava dizendo?

SETE

MARGOT, 2019

Margot estava sentada no futon do escritório do tio, falando ao telefone com uma agência de cuidadores, quando outra ligação foi recebida. Foi na manhã seguinte à coletiva de imprensa sobre Natalie Clark, e Margot havia ficado acordada até bem depois da meia-noite, para entregar sua história ao jornal a tempo de ser publicada.

Agora, se sentia péssima pela noite maldormida.

Margot olhou para a tela de seu telefone e seu coração disparou. O nome de sua chefe nunca havia causado esse nível de ansiedade nela antes. Porém, desde a ligação do dia anterior, as palavras de Adrienne continuavam a ecoar em sua cabeça de maneira ameaçadora. E, embora ela tivesse feito o possível para escrever uma história interessante na noite passada, Margot sabia que não tinha sido seu melhor trabalho.

— Desculpe — disse ela para a mulher da agência, que estava no meio de uma explicação de como eles poderiam personalizar as visitas de seus cuidadores para caber na agenda de Margot. — Surgiu um imprevisto. Vou precisar retornar a ligação mais tarde. — Ela atendeu a chamada em espera e pressionou o telefone de volta ao ouvido. — Oi, Adrienne.

— Oi. Como você está?

— Bem. — Mas só com essas poucas palavras, Margot percebeu que sua chefe não estava ligando com boas notícias e que não conseguiria tolerar qualquer frivolidade. — O que aconteceu?

Houve uma pausa.

— Margot, eu sinto muito. Edgar deu uma olhada no seu artigo esta manhã e não gostou.

Margot fechou os olhos.

— Sei que estava um pouco irregular.

— Essa não é a questão. Nós lhe dissemos para cobrir o caso de Natalie Clark, e você nos enviou um artigo sobre o aniversário da morte de January Jacobs.

— Espere. Mas você falou que uma conexão seria envolvente.

— Também falei para não forçar a barra. Você não incluiu sequer uma declaração de alguém que mora em Nappanee.

Margot apertou a ponte do nariz e tentou respirar. Ela não havia acrescentado uma citação de nenhum morador de Nappanee, porque não tinha chegado a tempo de entrevistar ninguém. Porém, ela se recusou a usar o tio como desculpa. Além disso, não importava o motivo de ela não ter conseguido fazer seu trabalho, apenas que ela não conseguira fazê-lo.

— E, ainda por cima — continuou Adrienne —, a conexão foi completamente baseada em seu palpite pessoal. Você colocou, inclusive, a declaração da detetive principal dizendo que não havia base para essa correlação. Pareceu um pouco acusatório sugerir que a polícia não está fazendo o trabalho dela corretamente.

— Bem, e se eles não estiverem? — retrucou Margot. — Não é nosso papel como jornalistas fazer denúncias e garantir equilíbrio?

— Claro que é — respondeu Adrienne, soando cansada —, mas você não tinha evidências suficientes para provar nada: nem uma conexão entre os casos, nem a negligência da polícia. Você teve quinze horas. Sua missão era uma cobertura simples sobre o desaparecimento de Natalie Clark, não uma obra especulativa sobre um caso de 25 anos atrás. — Ela suspirou. — Não estou dizendo que não é boa no que faz. Você é. E seus instintos geralmente são aguçados. Mas acho que está influenciada por seu relacionamento com o caso January Jacobs. Nem toda garotinha desaparecida do Centro-Oeste foi levada pela pessoa que a matou.

Margot teve que respirar fundo antes de responder.

— Você tem razão. Eu entendo e... sinto muito. Eu deveria ter ouvido o que você me pediu. Farei melhor da próxima vez. Prometo.

— Bem, Margot... Eu sinto muito. Achei que você tivesse entendido, mas não haverá uma próxima vez.

Margot ficou imóvel. Ela abriu a boca, mas não emitiu som algum.

— Sinto muito — repetiu Adrienne. — Pensei ter deixado claro ontem que esse artigo era o teste de Edgar. Eu lutei muito por você aqui, mas também sei quantas coisas estão acontecendo em sua vida pessoal agora, então realmente acho que isso é o melhor para você. Se afaste do trabalho, concentre-se nas coisas com seu tio e volte quando estiver pronta.

— Você acha que me *demitir* é a melhor coisa para mim?

— Eu gostaria de poder fazer mais. De verdade. Você é uma ótima repórter e sabe o quanto gosto de você, mas... já faz *alguns* meses e o jornal não pode pagar um salário a um escritor que não está produzindo um trabalho consistente.

Uma pontada de humilhação atravessou a raiva de Margot.

— Certo. — A palavra soou quase inaudível, pois o nó em sua garganta parecia sufocá-la.

— Eu realmente sinto muito...

Porém, Margot tinha escutado o suficiente.

— Preciso desligar.

— Eu... — Adrienne soltou um suspiro pesado. — Ok, Margot. Cuide-se.

Quando desligou, Margot atirou o telefone do outro lado da sala, onde ele ricocheteou no chão acarpetado, agarrou o travesseiro, apertou-o contra o rosto e gritou.

Ela não podia acreditar que isso estava acontecendo. Desde jovem, antes mesmo do ensino médio, Margot havia desejado ser repórter. Desde antes que ela pudesse se lembrar, ela havia se sentido compelida a entender as coisas, pesquisá-las, esmiuçá-las, depois transformá-las em algo compreensível. E, mesmo que o *IndyNow* não tivesse o orçamento para o nível de trabalho investigativo que ela estava disposta a fazer, mesmo que eles priorizassem o retorno rápido e histórias facilmente digeríveis, em vez de fazer perguntas e investigar, era um bom jornal e, até agora, eles sempre a haviam apoiado.

No entanto, mais do que a perda da carreira pela qual ela havia trabalhado por toda a sua vida, o que realmente a preocupou foi a perda do salário. Se isso tivesse acontecido há um ano, teria sido devastador, mas seria possível sobreviver. Ela viveria de suas economias e de miojo, até encontrar a melhor saída. Porém, ela não podia se dar ao luxo de não trabalhar agora — não quando estava sustentando a si mesma e a seu tio. Embora a casa dele estivesse quitada, ela ainda estava pagando seu aluguel em Indianápolis, até que seu sublocador se mudasse, e ele ainda não havia confirmado a data. Nesse meio-tempo, ela não queria usar o cartão de crédito de Luke para nada, até ter uma noção melhor de suas finanças. Então, ela estava custeando seus medicamentos caríssimos, comida para os dois, todas as contas da casa e agora, possivelmente, um cuidador domiciliar, cujo preço tinha feito seu coração palpitar, quando ela o havia escutado pelo telefone. Que porra ela ia fazer?

Uma batida na porta a distraiu de seus pensamentos.

— Garota? — chamou Luke. — Posso entrar?

Margot puxou o rosto para fora do travesseiro.

— Só um segundo!

Ela enxugou as lágrimas do rosto e sentiu uma ardência na palma de ambas as mãos. Ao olhar, viu as marcas vermelhas e brilhantes em forma de meia-lua, junto às cicatrizes que já havia ali. Aparentemente, tinha cravado as unhas em sua pele. Ela baixou as mãos, e desviou o olhar, não fazia isso havia muito tempo. Respirando fundo, ela colocou o cabelo atrás das orelhas, levantou-se e caminhou até a porta.

Quando a abriu, imediatamente percebeu que algo estava errado: o rosto de seu tio estava claro e lúcido, mas exibia uma expressão de preocupação.

— Você precisa ver uma coisa.

Margot o seguiu até a sala, onde a TV estava ligada e sintonizada no noticiário. Dois âncoras o apresentavam, um homem e uma mulher.

— ... foi descoberto hoje de manhã, por um funcionário de Billy Jacobs — o homem estava dizendo. O estômago de Margot embrulhou ao ouvir o nome, e ela, involuntariamente, deu um passo para mais perto da tela. — Ao que tudo indica, o sr. Jacobs estava em uma convenção de equipamentos agrícolas nos últimos dias e, ao retornar esta manhã, seu funcionário disse que havia algo que ele precisava ver, uma mensagem escrita na lateral do celeiro dos Jacobs.

Ao dizer isso, surgiu na tela uma imagem que Margot conhecia bem: era a vista que ela havia tido da janela de seu quarto de infância, o grande celeiro vermelho, no jardim do outro lado da rua. Só que agora, estava repleto de palavras rabiscadas em tinta spray preta. A visão lhe provocou um arrepio na espinha.

— Puta merda.

Margot olhou para a foto na TV com o coração batendo tão forte que ela podia senti-lo contra suas costelas. Ela se sentiu paralisada, incapaz de se mover ou até mesmo de pensar. Finalmente, depois de um longo momento, ela deu uma olhada em seu tio. O que isso faria com seu já frágil estado de espírito? A notícia do desaparecimento de Natalie Clark, dois dias atrás, o havia abalado, e isso poderia afetá-lo muito mais do que o caso da garotinha de Nappanee.

Quando o viu, Margot suspirou de alívio. Ele parecia preocupado — braços cruzados sobre o peito, queixo rígido em concentração, uma ruga marcada entre os olhos —, mas tinha tudo sob controle.

— Ei, tio Luke?

Ele virou a cabeça para olhar para ela.

— Vou ao mercado.

Para surpresa de Margot, isso provocou um sorriso irônico.

— O mercado, não é? É assim que eles chamam as cenas de crime hoje em dia?

Apesar de tudo que estava saindo do controle ao seu redor, apesar da angústia que sentiu ao perder o emprego e da ansiedade borbulhando dentro dela por conta daquelas palavras sinistras no celeiro, Margot riu. A doença de seu tio tinha um jeito de fazê-la apreciar aqueles momentos ainda mais. Cada piada, cada vislumbre do homem que ele costumava ser era um pequeno tesouro que ela queria poder segurar em suas mãos. E ele estava certo, é claro. Ela pode ter acabado de ser demitida de seu emprego como repórter, mas este era o potencial desenrolar de uma investigação de assassinato que durava 25 anos. E tinha acontecido a menos de oitocentos metros de onde eles estavam agora. Ela não seria capaz de ficar longe nem se tentasse. Ela estava fadada a voltar para January Jacobs toda vez.

— Ok — disse ela —, você me pegou. Eu provavelmente vou passar na casa dos Jacobs quando estiver voltando para casa. Mas vou mesmo ao mercado. Quero comer três refeições decentes, que não sejam todas compradas, por pelo menos um dia. Você está... você vai ficar bem por um tempo?

Houve um raro lampejo de aborrecimento em seus olhos.

— Eu não preciso de uma babá, garota.

— Certo. — Foi a mesma coisa que ele havia dito a ela ontem, apenas algumas horas antes de Pete Finch tê-lo encontrado vagando do lado de fora do cemitério. Mas, neste momento, ela acreditou nele. Nos últimos dias ali, ela havia começado a entender os ritmos do tio, e parecia que ele era mais lúcido pela manhã. — Estarei com meu telefone — avisou ela —, se precisar de mim, é só me ligar.

Ela pegou a mochila, o celular e as chaves de seu quarto. Em seguida, dirigiu-se para a porta da frente. Enquanto a fechava, lançou um último olhar para Luke, mas sua atenção estava de volta à TV, e seu rosto, mais uma vez, ficou marcado de preocupação.

* * *

Na noite anterior, havia caído uma rara tempestade de verão. As ruas ainda estavam úmidas, e Margot dirigia devagar. À medida que se aproximava da rua em que cresceu, a palma de suas mãos começou a formigar de nervoso. Todas as suas lembranças do lugar foram maculadas pela morte de January, e agora ele voltava a ser uma cena de crime. As palavras que haviam aparecido no celeiro dos Jacobs durante a noite ecoaram em sua cabeça.

Quando Margot entrou na rua, ficou aliviada ao ver que não havia se transformado em um circo midiático. Havia um punhado de pequenas equipes de notícias, mas não era, de forma alguma, a turba que ela sabia que tinha sido há 25 anos. Sem dúvida, todos os repórteres em um raio de trinta quilômetros estavam em Nappanee, concentrados demais em perseguir a família de Natalie Clark e a equipe da detetive Lacks para se desviarem para cá por causa de algumas palavras pichadas em um celeiro.

Ela parou na lateral da via, estacionando atrás de uma van com um grande satélite afixado no teto. Pela janela do carro, ela olhou para a casa de sua infância, a pequena casa de dois andares do outro lado da rua, e percebeu que não voltava ali fazia duas décadas. Nas raras ocasiões em que ela viajou para Wakarusa, nos anos seguintes, ela só tinha ido à casa de seus tios. Afinal, foi naquela casa, não nesta, onde ela havia passado a maior parte de sua infância. Agora, seus olhos se voltaram para a pequena janela redonda no topo: seu antigo quarto. Pela milionésima vez, ela imaginou um homem sem rosto, parado no meio da rua, com o olhar oscilando entre aquela janela e a de January, depois fazendo uma escolha.

Enquanto caminhava pela calçada molhada e escorregadia até o acesso à casa de Jacobs, Margot tentou olhar para o celeiro. No entanto, a visão estava bloqueada por uma fileira de árvores exuberantes, crescendo em ambos os lados da entrada, tão densas que formavam uma parede. Billy deve tê-las plantado após a morte de January, porque Margot não se lembrava delas de sua infância. Uma fita amarela de advertência havia sido colocada na entrada da garagem, e havia dois policiais uniformizados na frente dela. Embora estivessem de costas para ela, Margot conseguia ver que ambos eram homens com cabelo castanho e, assim como o restante da população em Wakarusa, ambos eram brancos. À medida que se aproximava, ela pôde perceber que o mais baixo dos dois estava claramente no meio de alguma história, mas ao som de seus passos, eles se viraram.

— A imprensa não é permitida além deste ponto — avisou o mais baixo.

Porém, Margot não estava olhando para ele.

— Oi — disse ela, ao outro policial.

Pete abriu um sorriso largo.

— Temos que parar de nos encontrar assim. — Ele se virou para seu parceiro e disse: — Essa é Margot Davies.

O policial baixo parecia ser alguns anos mais novo que eles dois e claramente não sabia, ou não se importava, com as fofocas da geração anterior à dele, porque a cumprimentou tediosamente. Em seguida, distraiu-se com algo que vislumbrou acima do ombro dela, e, com um rápido aceno de cabeça para os dois, foi naquela direção.

— Você está cobrindo este caso também? — indagou Pete.

— Eu ia, mas parece que você não vai me deixar passar. — Seus olhos dispararam para a fita de advertência bloqueando a entrada da garagem.

— Bem, é uma cena de crime, então estamos tratando isso de acordo com o protocolo. Mas, cá entre nós, isso não vai ficar aqui por muito tempo. Acho que meu supervisor está sendo mais cauteloso, porque... você sabe. Esta *é* a casa de Jacobs.

Margot ergueu suas sobrancelhas.

— E é só isso mesmo? Cuidado extra?

— O que mais seria?

— Espere. Quer dizer que a polícia não acha que esta mensagem no celeiro esteja ligada ao assassinato de January? Nem que coincide com o desaparecimento de Natalie Clark?

— Bem, a polícia de Wakarusa não tem nada a ver com a investigação da garota Clark. E a polícia estadual acabou de emitir uma declaração dizendo que esta mensagem não tem nada a ver com o caso. No que diz respeito ao caso de January — ele deu de ombros —, não. Nosso departamento está tratando isso como vandalismo.

As palavras feitas com spray vieram à mente de Margot, e ela lançou a Pete um olhar incrédulo.

— Mas essa mensagem... ora, você não acha que quem a escreveu estava falando sobre Natalie? E por que estaria escrito aqui, se não estivesse se referindo também a January?

— Bem, claro, acho que é isso que esse idiota estava querendo que a gente pensasse, mas até agora há razão para crermos que não seja nada além de um trote.

— Um trote? Você acha que isso é um trote?

— Estou apenas repetindo nossa posição oficial. Só isso.

Ela o encarou.

— O quê?

— Eu não acho que esta cidade vai aceitar isso assim. Acho que isso vai gerar uma bagunça com a qual vocês terão que lidar. Quero dizer, outro dia eu estive no Shorty's durante cinco minutos e sei que todos aqui acreditam que quem sequestrou Natalie Clark também matou January. Aposto que vão pensar que essa mensagem no celeiro foi escrita pelo mesmo cara.

Desta vez, foi Pete quem pareceu cético.

— O quê? — perguntou ela. — Eu os ouvi conversando. Linda, a garçonete, disse na minha cara que pensa que o assassino de January voltou. Você acha que estão todos mentindo?

— Não. — Ele balançou a cabeça com bom humor. — É só que, bem, as pessoas nesta cidade se prenderam muito à lembrança de January. É uma compulsão falar sobre isso. E as pessoas se voltaram contra a família Jacobs há muito tempo, por conta do que aconteceu com ela, e acho que, depois que algum tempo passar, as pessoas voltarão a contar a história de sempre.

Os olhos de Margot percorreram o rosto dele, e a palavra *compulsão* lhe causou um desconforto.

— Teoria interessante.

— Acha que estou errado?

Ela balançou a cabeça.

— Não sei o que acho.

Mas, enquanto olhava ao redor, para o lugar que costumava chamar de lar, com as palavras no celeiro surgindo em sua mente e a fita amarela de advertência balançando ao vento, Margot tinha certeza de uma coisa: ela não pensava que isso fosse um trote.

* * *

No momento em que voltou para o carro, Margot tirou o telefone do bolso da mochila, abriu o aplicativo bancário e fez login em sua conta. Por um longo momento, ela olhou para o valor de suas economias, tentando calcular a rapidez com que acabariam sem um salário fixo. Embora não fosse uma quantia completamente anêmica — ela havia feito o possível para economizar ao longo dos anos —, com todas as suas despesas extras e nenhum dinheiro entrando, não duraria muito.

— Duas semanas — disse ela em voz alta.

Ela se daria duas semanas para pesquisar e escrever este artigo. Se essa história fosse tão grande quanto ela imaginava, sua assinatura no artigo seria suficiente para recuperar seu antigo emprego. Ou então, pensou ela, de repente se sentindo animada, poderia ajudá-la a conseguir um novo emprego em um jornal maior, que valorizasse o trabalho criterioso e apoiasse seus escritores. Duas semanas era muito mais tempo do que ela jamais havia tido no *IndyNow*, e se não conseguisse terminar até lá, ela pediria a Linda um trabalho de garçonete no Shorty's até que pudesse encontrar outra coisa.

Se ela pudesse revelar essa história, ela não se importaria com o que tivesse que fazer depois. Porque, instintivamente, Margot sabia que a polícia estadual estava errada. A polícia local estava errada. Pete Finch estava errado. Em uma cidade a treze quilômetros de distância, uma garotinha desapareceu, e, menos de 24 horas após a coletiva de imprensa que cobria seu caso, uma mensagem foi rabiscada no celeiro da família Jacobs. Talvez a idade das duas vítimas e a proximidade de suas cidades natais pudessem ser interpretadas como coincidência, mas esta mensagem no celeiro, não. Alguém estava tentando conectar January Jacobs a Natalie Clark, e Margot ia descobrir por quê.

Ela girou a chave na ignição e olhou para o quintal dos Jacobs mais uma vez. Embora só pudesse ver o telhado inclinado do celeiro acima da linha das árvores, ela podia ver as palavras pintadas com spray com clareza em sua mente: *Ela não será a última.*

OITO

MARGOT, 2019

Quando Margot entrou no Shorty's mais tarde, naquela manhã de sábado, ele parecia quase irreconhecível em comparação com o lugar onde ela havia estado duas noites antes. À luz do dia, ela podia ver que todas as suas superfícies, desde o carpete sujo até as paredes com painéis de madeira falsa, pareciam pegajosas de cerveja. Partículas de poeira rodopiavam no ar preguiçosamente. E, longe de ser o movimentado centro de ação que tinha sido na outra noite, agora estava completamente vazio. A única coisa igual era Linda, atrás do balcão.

— Oi, Margot — disse Linda. Havia um brilho ansioso em seus olhos, que Margot atribuiu ao seu próprio status de recém-chegada. Em Wakarusa, recém-chegados eram sempre fontes potenciais de fofocas, mas então Linda continuou: — Você já soube do que aconteceu com o celeiro dos Jacobs?

— Soube.

— É horrível, não é?

— É, sim. Na verdade, é mais ou menos por isso que estou aqui. Eu esperava conseguir fazer algumas entrevistas sobre isso. Mas... — Margot olhou para as mesas vazias em volta. Duas noites atrás, ela havia avaliado a vibração do lugar como o destino para fofocas da cidade, onde as pessoas paravam para conversar quando havia notícias. No entanto, talvez ela tivesse se enganado. Se fosse assim, ela não iria perder tempo longe do tio sentando-se sozinha em um restaurante. Ela havia passado pela casa dele, depois de ter visitado a casa dos Jacobs, e ele aparentara estar completamente bem. Porém, perdê-lo no dia anterior a havia deixado abalada. Se ia terminar essa história dentro do prazo de duas semanas, imposto por ela mesma, e também conseguir ajudar Luke em casa, ela precisava administrar bem o seu tempo. — Onde está todo mundo?

— Igreja, querida — respondeu Linda, com um olhar que indicava a Margot que essa era uma pergunta idiota.

— Igreja? Mas hoje é sábado.

— Tem algum evento acontecendo por lá, como sempre. Acho que é alguma coisa de meio do verão. É *lá* que todos estão. Ou, melhor dizendo, ninguém está disposto a mostrar o rosto em um bar até que a coisa da igreja termine. — Ela olhou para o relógio de pulso. — Mas o pessoal estará aqui em breve. Eles sempre vêm aqui para beber depois désse tipo de coisa. Em cerca de dez minutos você terá sorte se conseguir uma mesa.

— Acho que vou pegar uma agora então.

Linda estendeu um braço, gesticulando por todo o salão.

— Sente-se onde quiser.

Margot foi até o outro lado do restaurante e se acomodou em uma mesa espremida entre um alvo de dardos e um display de papelão de uma garrafa de cerveja que era mais alto do que ela.

Linda terminou de encher um cesto de plástico com guardanapos e cerejas em calda e depois se aproximou. Ela entregou a Margot um cardápio de plástico pegajoso, mas a moça o colocou na mesa sem olhar para ele.

— Vou levar algo para viagem mais tarde, para mim e para Luke — disse ela. — Mas, por enquanto, vou querer apenas uma xícara de café.

— Aliás, como está o Luke? — indagou Linda. — Tinha tanta coisa acontecendo na outra noite que eu não tive a chance de perguntar a você.

— Ele está bem — disse Margot, automaticamente. Ela não tinha certeza do quanto as pessoas já sabiam sobre o diagnóstico dele, mas o olhar de curiosidade nos olhos de Linda beirava a fome e Margot teve a sensação repentina e desconfortável de concordar com sua mãe: não era da porra da conta deles. — Ele está ótimo. De qualquer forma, Linda, estive pensando no que você falou na outra noite: que Natalie Clark foi levada pela mesma pessoa que matou January. Você realmente acredita nisso?

— Bem, claro que sim. Nossas cidades são pequenas demais, só se comporta um sequestrador de crianças por essas bandas.

Margot se inclinou para pegar seu bloco de notas e o celular de sua mochila.

— Você tem alguns minutos para conversar? E se importaria se eu gravasse?

As sobrancelhas de Linda se ergueram em surpresa. Então, com a mesma rapidez, ela corrigiu sua expressão, endireitou as costas e baixou o queixo em um gesto magnânimo.

— De forma alguma. — Em um breve instante, ela passou do estado de surpresa com o convite para uma entrevista para aceitá-lo de maneira majestosa, como se tivesse esperado sentada pacientemente o dia todo apenas para alguém lhe perguntar isso.

— Obrigada. — Margot sorriu, enquanto Linda se acomodou na cadeira, em frente a ela. — Então você acredita que quem matou January também levou Natalie Clark. E essa mensagem no celeiro dos Jacobs? Alguma ideia de quem a escreveu?

— É tudo o mesmo cara, não é? Ele mata uma garotinha, leva outra e agora está tentando aterrorizar a cidade inteira. É o que todo mundo está dizendo. Que este é o assassino de January que voltou.

— Vamos falar sobre o caso de January — propôs Margot. — O que pode me dizer sobre a família Jacobs? Como eles eram naquela época?

— Bem, antes de tudo acontecer, os Jacobs eram como a realeza por aqui. Billy e Krissy eram dez anos mais velhos que eu, então eu não os conhecia da escola nem nada, mas eu os conhecia porque todos os conheciam. Eles eram donos de praticamente toda a cidade, e tanto Krissy quanto Billy eram muito atraentes, sabe? Billy, com seu cabelo dourado e todos aqueles músculos? E Krissy, bem, ela era um arraso, pura e simplesmente. — Linda soltou um pequeno som com a garganta para dar ênfase. — Eles eram basicamente a típica família americana, andando por aí com aqueles gêmeos adoráveis. Deus abençoe o Jace, mas a joia da cidade era realmente January. Sempre que ela ia para uma de suas competições, o estúdio de dança fazia um banner e o pendurava na praça da cidade para lhe desejar sorte. Quando ela foi encontrada naquela vala — Linda balançou a cabeça —, um pouco de todos nós morreu com ela.

— Como foi nos dias depois que ela foi encontrada? — perguntou Margot. De acordo com sua experiência, as entrevistas funcionavam melhor quando o assunto conduzia a conversa. Então, ela se contentava em seguir a linha de pensamento de Linda para onde quer que ela fosse.

— No começo, todos nós nos unimos a eles de uma maneira quase que incondicional. Aposto que eles tinham comida suficiente para durar uma vida inteira. Sua varanda da frente se transformou em um santuário para January: flores, balões, fotos dela emolduradas. Eu levei um ursinho de pelúcia, porque pensei, bem, que seria bom para ela ter um, aonde quer que tivesse ido.

Os olhos de Linda ficaram marejados. Mortes muito precoces faziam isso com as pessoas: não apenas roubavam a vida das crianças, mas roubavam-lhes o futuro. Vivas, elas podiam crescer e se tornar dançarinas famosas ou repórteres contundentes. Mortas, transformavam-se em nada, além de potencial perdido.

— Mas não demorou muito para que a cidade se voltasse contra eles — continuou Linda. — E tudo começou quando eles foram para a TV. Krissy estava... bem, desculpe, mas ela não estava agindo normalmente, não como uma mãe de luto. Ela apenas olhava para o espaço, apertando com força o ombro do pequeno Jace. E então as pessoas começaram a falar: Krissy sempre quis ser dançarina, isso não era segredo, e ali estava sua filhinha, ganhando competições aos seis anos. Ela foi mais bem-sucedida do que Krissy jamais havia sido ou jamais seria. No ritmo que ela estava indo, January poderia ter sido famosa. E todo mundo sabe que a inveja é um motivador poderoso. Então foi aí que as pessoas começaram a não ser tão legais com eles.

— Desculpe — interrompeu Margot —, mas parece que você acha que *Krissy* matou January.

— Ah! — As sobrancelhas de Linda se ergueram novamente. — Nossa. Não. *Eu* não acho que Krissy tenha matado a filhinha. Estou apenas dizendo o que as pessoas estavam pensando naquela época. Não foi isso que você perguntou? *Eu* acho que, quem quer que tenha levado a pequena Natalie Clark, também levou January. É o que sempre pensei, que ela foi morta por algum... *intruso.* Algum homem mau que estava viajando, de passagem.

Margot teve que se esforçar para manter o rosto neutro. Era revisionismo histórico em sua forma mais desajeitada. Luke estava certo quando disse isso no outro dia: os moradores haviam se voltado contra a família Jacobs, e agora estavam se sentindo culpados.

Linda continuou:

— Quero dizer, por que mais haveria todo aquele vidro quebrado?

Apesar do salto no assunto, Margot entendeu a que Linda estava se referindo: a suposta maneira como o intruso tinha entrado na casa dos Jacobs. Quando a polícia visitou sua casa, na manhã do desaparecimento de January, eles haviam encontrado uma das janelas do porão quebrada e o vidro espalhado pelo chão.

— Eu acho — disse Linda — que um intruso esmurrou aquela janela, entrou pelo porão e arrancou January de sua cama. Eu não sei o que fez nesse meio-tempo. Mas, pelo que parece, agora ele está de volta.

Nesse momento, a porta da frente se abriu e as duas mulheres se viraram para ver uma família de quatro pessoas entrar. Atrás delas, havia uma fila de outras pessoas. Linda não havia exagerado sobre o enxame pós-evento da igreja.

— Droga — disse ela. — Está na hora.

Margot concordou.

— Certo, claro. Obrigada. — Linda se levantou e começou a andar em direção à entrada, mas se virou, quando Margot a chamou de volta. — Ei, Linda, você se importaria de divulgar o que estou fazendo? Que sou repórter e que se alguém quiser conversar pode me encontrar aqui?

Linda sorriu, e Margot percebeu que havia conquistado a garçonete. Pela sua experiência, todos queriam a mesma coisa: alguém para ouvir o que tinham a dizer.

— Com certeza, querida — disse Linda, com uma piscadinha para Margot, antes de retomar seu caminho em direção à porta para receber os clientes.

* * *

Rapidamente, espalhou-se a notícia de que a garota Davies, uma repórter de Indianápolis, estava na cidade conduzindo entrevistas sobre os casos de Natalie Clark e January Jacobs. E, exatamente como Linda havia dito, todos os moradores pareciam acreditar que o autor de ambos os crimes era o mesmo. Por consequência, eles também acreditavam que a família Jacobs era inocente. Dentro de 24 horas, o sentimento da cidade parecia ter dado uma guinada completa. Porém, também parecia que essa mudança de opinião tinha sido tão repentina que as pessoas estavam tendo dificuldade em acompanhar. Assim como Linda, mesmo quando manifestavam seu recém-adquirido apoio aos Jacobs, ainda conseguiam lançar suspeitas sobre eles, ou melhor, sobre Krissy. Embora Luke e Pete tivessem dito que a cidade havia se voltado contra toda a família Jacobs, Margot teve a impressão de que a maior parte de seu rancor agora era direcionado à mãe de January.

— Krissy sem dúvida tinha inveja de January — disse uma mulher a Margot. — Por causa de suas coisas de dança e toda a atenção que as pessoas davam a ela. Mas, é claro, eu não acho que ela *mataria* por causa disso.

— Krissy *tinha* inveja de January — concordou o açougueiro da cidade —, mas não era por causa da dança. Ela não aguentava saber que Billy amava January mais do que a amava. Então as pessoas costumavam suspeitar que isso tinha algo a ver com o assassinato. Mas é claro que agora sabem que não foi nada disso.

— Billy e Krissy se casaram quando tinham dezoito anos — disse uma mulher, que Linda apresentou como sua melhor amiga. — E January e Jace nasceram não muito depois. Podem ter sido nove meses, mas eu não ficaria surpresa se fosse menos. Eles eram bebês, criando bebês! E Krissy não dava conta de uma família. Então algumas pessoas pensaram que talvez, bem, ela tivesse assassinado January para escapar da maternidade, mas se acovardou antes que pudesse chegar a Jace.

— Krissy era uma mãe absolutamente inadequada — disse a professora de catecismo. — Basta olhar para Jace: *sempre* se metendo em confusão. Eu não acho que isso tenha algo a ver com a morte da pobre January, mas acho que você deveria conhecer todos os detalhes.

Depois de agradecer à professora por seu tempo, Margot terminou de fazer algumas anotações, dirigiu-se ao bar para fazer seu pedido para o almoço e saiu. A luz intensa do lado de fora era um forte contraste com o interior escuro do restaurante, e Margot se recostou na frente do prédio esfregando os olhos. Quando os abriu novamente, viu um movimento que chamou sua atenção, uma figura do outro lado da rua. Era uma mulher, com uma camiseta branca e jeans largos, provavelmente de quarenta e poucos anos, com o que parecia ser cabelo tingido de castanho-avermelhado. Ele pendia, esguio e sujo, sobre seus ombros. Algo na maneira como ela desviou o olhar de Margot fez os pelos dos seus braços se arrepiarem. Estaria ela a observando?

No entanto, antes que ela tivesse a chance de fazer qualquer coisa, a porta do Shorty's se abriu e Linda colocou a cabeça para fora.

— Margot… Ah, desculpe, querida, não quis assustá-la — disse ela, quando Margot pulou. — Só queria avisar que sua comida está pronta.

— Obrigada — falou Margot, apressadamente, desesperada para voltar a olhar para o outro lado da rua. — Entro em um segundo.

Linda desapareceu do lado de dentro, e Margot se voltou para onde viu a mulher que estava olhando para ela. Mas ela havia desaparecido.

NOVE

KRISSY, 1994

Krissy andava de um lado para o outro na pequena sala da delegacia, enquanto a detetive Lacks estava sentada à mesa de metal frágil fingindo não estar de olho nela. Na frente da detetive, dois copos descartáveis de café intocados, com guardanapos úmidos embaixo deles, uma oferta simbólica de conforto enquanto esperavam.

Meia hora antes, Krissy tinha contado à detetive sua teoria mais concreta sobre o que havia acontecido com January. Ela sabia, depois de ouvir Lacks e Townsend, do lado de fora, que precisava restringir seu foco para apenas uma. Quando pensou na janela quebrada do porão, e naquelas palavras enervantes na parede da cozinha, a explicação mais óbvia em sua mente era que tudo havia sido feito por um intruso com uma conexão pessoal com sua filha. Um homem instável e lascivo, que pegava o que queria. *Isso* é o que Krissy pensaria se fosse uma detetive no caso. Ela montou uma lista de rostos em sua mente, catalogando todos os homens dos quais ela já havia desconfiado durante as competições de dança de January: um homem que usava camisas polo abotoadas até o pescoço e assistia às apresentações com um olhar cínico; outro cara, que parecia um drogado, magrelo e quase calvo, perambulava pelos corredores onde as garotas ficavam no intervalo das apresentações. Krissy queria que eles fossem presos e interrogados com uma arma de choque.

No meio da entrevista, porém, Townsend a interrompeu com a notícia de que sua equipe havia encontrado o cadáver de uma garotinha descartado em uma vala a menos de três quilômetros de sua casa. O detetive havia escoltado Billy ao necrotério para identificar o corpo, mas Krissy sabia que era mera formalidade. Ela sabia, instintivamente, que a menina era January. Claro que era: eles moravam em uma cidade com menos de duas mil pessoas, e January era a única que havia desaparecido.

Um movimento repentino do lado de fora chamou a atenção de Krissy. Ela observou enquanto o detetive Townsend e Billy apareceram pelas portas duplas de vidro da delegacia. Com certeza, no momento em que ela viu o marido — com seus olhos avermelhados e seu corpo estranhamente abatido —, Krissy sabia que estava certa.

E, no entanto, a confirmação disso ainda causava a sensação de que ela havia levado um tiro no estômago. Pensamentos desconexos giravam em seu cérebro. *Não a minha bebê.* E *Onde está Jace?* E *Eu preciso agir como eles esperam que eu aja.* Em seguida, Townsend e Billy estavam na sala com eles, e a boca de Townsend estava se movendo, mas Krissy não conseguia entender o que ele estava dizendo. Seu corpo estava vibrando, e os cantos de sua visão estavam começando a embaçar e escurecer. De repente, os dois detetives estavam ao lado dela. Townsend puxava uma cadeira, e as mãos de Lacks estavam em seus cotovelos, enquanto ela a guiava para que se sentasse. No momento em que os detetives se distraíram, Krissy ergueu os olhos para encontrar os do marido, e viu que Billy estava olhando para ela com... o quê? Medo? Aversão? Isso fez com que um arrepio percorresse sua espinha como se fossem aranhas. Em seguida, passou. Ela despencou na cadeira e enterrou o rosto nas mãos.

— Sra. Jacobs, sr. Jacobs. — Krissy ouviu o detetive Townsend dizer.

Ela piscou, e percebeu que algum tempo havia se passado. Billy agora estava sentado ao lado dela. Na frente deles, havia duas xícaras intocadas do que parecia ser chá. Seu corpo, Krissy notou, parecia um pouco mais firme. Ela se forçou a olhar para o detetive.

— Sentimos muito por sua perda — continuou, com seu olhar passando entre Krissy e Billy.

Nenhum dos dois falou, nenhum dos dois encontrou seu olhar.

— Com esse desenrolar — prosseguiu ele, em tom prático, como se encontrar o corpo de sua filha em uma vala fosse, de fato, um mero "desenrolar" —, como podem imaginar, a investigação mudou. Vamos chamar mais alguns investigadores do estado, mas a detetive Lacks e eu continuaremos responsáveis pelo caso. Nós vamos fazer tudo ao nosso alcance para encontrar quem fez isso. — Ele pausou por um momento, para que suas palavras fossem assimiladas. — Vamos precisar de sua total cooperação pelas próximas semanas, mas, por enquanto — ele olhou para seu relógio de pulso —, vocês dois tiveram um longo dia. A detetive Lacks irá escoltá-los até sua casa para fazerem as malas, e depois os levará para um hotel para passarem a noite, ok?

Como todo o restante do que havia acontecido naquele dia, este momento parecia estar acontecendo rápido demais. Eles tinham acabado de encontrar o corpo de January no fundo de uma vala, e agora estavam dizendo a ela para fazer uma mala? Parecia que Billy estava tão perdido quanto Krissy, porque, esfregando uma têmpora, ele disse:

— Eu não entendo. Fazer as malas?

Townsend olhou para ele.

— Sua casa é uma cena de crime, sr. Jacobs. Vamos agilizar as coisas da melhor maneira possível, mas vocês três não poderão ficar lá até amanhã, pelo menos.

Ao ouvi-lo dizer *vocês três*, Krissy se lembrou de Jace. O pânico atravessou o seu estômago. O que ele faria quando lhe dissessem que sua irmã gêmea estava morta?

— Onde está Jace?

— Ele ainda está com a policial Jones — respondeu Lacks. — Vocês gostariam de vê-lo agora?

— Não. — Krissy percebeu que devia ter falado rápido demais, porque todas as cabeças na sala se voltaram para ela. — Eu não quero contar a ele ainda. Acho que seria melhor se disséssemos a ele no hotel. Longe de... — Ela olhou ao redor. — Tudo isso.

— É claro. Você pode fazer uma mala para ele também, e eu direi à policial Jones para nos encontrar no hotel. Tudo bem?

Em sua mente, Krissy estendeu a mão e deu um tapa forte na detetive. *Não, detetive Lacks*, ela queria gritar. *Minha filha está morta. Nada está bem. Nada vai ficar bem nunca mais.*

Enquanto sua mente girava, com a impossibilidade do que estava acontecendo, Krissy teve a estranha sensação de que os últimos sete anos de sua vida tinham sido um mero delírio. Que ela iria respirar fundo e de repente estaria com dezoito anos novamente, de volta ao verão de 1987, antes de tudo ter mudado, antes de tudo ter dado tão errado.

* * *

Com Billy e Dave ao seu lado, Krissy passou o verão depois que terminou o ensino médio em um borrão de noites cintilantes. Durante todo o mês de junho e julho, eles andaram no carro de Dave, roubaram engradados de cerveja de garagens e se encontraram com pessoas da escola para tomar cerveja quente em celeiros abandonados fora da cidade. De tempos em tempos, quando não havia outros planos, Krissy entrava sorrateiramente na fazenda de Billy, e eles faziam sexo no palheiro ou nadavam nus no lago sob as estrelas.

Em agosto, porém, Krissy fez um teste, e tudo mudou.

— Então... — disse Billy, e Krissy podia ouvir os nervos vibrando em sua voz. — Como está se sentindo? — Quatro dias depois de ela ter lhe dado a notícia, eles estavam sentados juntos no banco à beira do lago com uma lua cheia brilhando acima deles. — Você tem sentido enjoo de movimento?

Krissy virou a cabeça para olhar para ele.

— Quer dizer enjoo matinal?

— Certo. Isso.

Ela se virou para o lago e olhou fixamente para sua água escura.

— Billy, eu não sei o que fazer.

— Fazer sobre o quê?

Ela hesitou. As palavras que ela precisava dizer pareciam presas em sua boca.

— Dinheiro. Eu não sei o que fazer quanto a dinheiro.

— Ah, isso. — Ele soou aliviado. — Krissy... não se preocupe com isso. Não precisa se preocupar com isso.

Ela virou a cabeça para olhá-lo bem no rosto.

— Sério?

Ele levantou um ombro.

— É claro. Quero dizer, talvez você possa ajudar com a contabilidade ou algo assim.— Ela franziu a testa. *A contabilidade?* No entanto, antes que pudesse dizer qualquer coisa, ele se apressou em terminar. — Mas não precisa, é claro. — Ele soltou uma pequena risada. — Nós vamos ficar bem. Você pode fazer o que quiser fazer.

Os olhos dela se fixaram nos dele, procurando qualquer sinal da anterior hesitação. Mas ele abriu um sorriso, largo e tranquilo. Ela exalou, relaxando os ombros e afundando a cabeça em uma das mãos.

— Obrigada — disse ela, em voz baixa. — Eu só... Estive economizando durante todo o verão, mas não tenho o suficiente. Não para isso e também para Nova York.

Ao lado dela, Billy hesitou. Quando voltou a falar, parecia que estava escolhendo as palavras, com muito cuidado.

— Bem, Kris, a única coisa que nos garantiria dinheiro é a fazenda. — Krissy parou, atordoada. Em seguida, levantou lentamente a cabeça de sua mão. — Quero dizer — acrescentou ele —, eu sei que você queria ir para Nova York, mas eu não posso ir. Não agora, de qualquer maneira. Mas, Kris, eu prometo, se ficarmos aqui, cuidarei de você. E nós iremos para Nova York algum dia. Ficaremos em um hotel chique e veremos as Rockettes.

— Billy — disse ela, após um momento. — Do que você está falando?

— Eu... Como assim? Estou falando do nosso futuro. Eu só não quero que você se preocupe com dinheiro agora. Nós ficaremos bem. Vai ficar tudo bem.

Ela balançou a cabeça.

— Espere. Você está dizendo que quer ter esse bebê? Você quer... se casar?

Billy olhou para ela confuso.

— Bem... sim. Kris, você... você está *grávida.*

E então, de repente, ele estava enfiando a mão no bolso de sua calça jeans, e Krissy estava assistindo com o coração batendo forte no peito. Ele se levantou do banco, virou-se para ela, e se ajoelhou cerimoniosamente. Ele levantou a mão, e ela viu um anel delicado pressionado entre seus dedos grossos e calejados. No centro do anel de ouro havia um pequeno diamante quadrado. Krissy teve a súbita sensação de estar presa em um tornado rápido e forte demais para que ela conseguisse lutar contra ele.

— Krissy Winter — disse Billy, engolindo em seco. — Você me daria a honra de se tornar minha esposa?

À luz da lua, o diamante brilhou, e Krissy olhou para ele durante um longo tempo. Ela sabia que o anel era uma corrente que a ligaria para sempre a este homem, que ela só agora estava percebendo que mal conhecia. Porém, também era um ingresso para muito mais. Este anel poderia abrir seu mundo de maneiras que ela jamais havia imaginado. Isso significava, pela primeira vez em sua vida, que ela poderia parar de se preocupar com dinheiro, que ela poderia parar de se esforçar tão absurdamente por tudo. Significava que, pela primeira vez em sua vida, ela poderia finalmente ser capaz de respirar.

Pouco antes de abrir a boca e dizer sim, Krissy fez uma promessa silenciosa: se Billy não havia entendido que o que ela tinha vindo buscar aqui, esta noite, era dinheiro para um aborto, ela não diria a ele. Nem lhe diria a outra coisa. O custo deste casamento, ela sabia, seria manter esses segredos. Ela só esperava que valesse a pena.

* * *

Enquanto Krissy seguia Billy e a detetive Lacks até a casa deles, ela se lembrou daquele momento perto do lago, o momento em que mudou tudo. Durante sete anos, ela havia mantido essa promessa para si mesma, guardando seus segredos dentro de si. Agora, as apostas eram maiores, e ela tinha muito mais a esconder.

Ela, Billy e a detetive percorreram a casa em uma rota sinuosa, contornando estranhos, que fotografavam e rotulavam tudo, curvados sobre pranchetas de anotações e agachados junto a tábuas do assoalho com suas mãos enluvadas, eficientes e meticulosas. À medida que o trio passava, cada trabalhador da cena do crime olhava para cima e para baixo, com suas expressões irritantemente vazias, como se tivessem sido treinados para fingir que os habitantes da casa eram invisíveis. Krissy se sentiu como um fantasma.

Eles entraram pela cozinha, passaram por aquelas palavras pichadas e subiram as escadas, com Billy logo atrás de Lacks, como um cachorro obediente. Quando Krissy se juntou a eles, no topo do patamar, ela deu uma olhada no rosto do marido, mas ele evitou o seu olhar. *No que ele estava pensando?* Ela se perguntou. *O que estava se passando em sua cabeça?*

— Ok, vocês dois — disse a detetive Lacks. — Vamos agir rapidamente para que possamos tirá-los daqui. — Ela olhou ao redor do corredor e das portas abertas. Seus olhos pousaram em um policial próximo, que estava colando Post-its laranja no quarto de January. — Ah, Tommy. Pode me ajudar?

O policial uniformizado, que estava agachado, com os olhos na altura da penteadeira de January, virou o rosto para olhar para eles.

— Claro, detetive. — Ele se levantou e caminhou até ela.

Ele provavelmente era apenas alguns anos mais velho que Krissy, com marcas de acne nas bochechas. Tinha o mesmo olhar distante de todos os outros, e seu contato visual era inexpressivo e insensível. Krissy estava cansada de todas essas pessoas tratando a morte de sua filha como um evento corriqueiro qualquer.

— Tommy — disse a detetive Lacks —, por que você não acompanha o sr. Jacobs enquanto ele faz as malas para ele e sua esposa. Vou levar a sra. Jacobs para pegar algumas coisas para o filho deles.

Os olhos de Billy se voltaram para Lacks, parecendo em pânico.

— Eu não sei o que levar para ela — disse ele, como se Krissy não estivesse bem ao lado dele.

Lacks estendeu a mão e tocou levemente em seu ombro.

— Você vai conseguir. Apenas tente não tocar em nada que não precise tocar.

Claramente, essa despedida deixou Billy ainda mais nervoso. No entanto, ele engoliu em seco e seguiu o jovem policial pelo corredor até o quarto deles.

Ele, Krissy e a detetive Lacks entraram, saíram e chegaram ao Hillside Inn, em Nappanee, com as malas a tiracolo, em menos de meia hora. Ao ver o hotel, Krissy sentiu uma risada amarga emergir de sua garganta. O exterior era pintado de vermelho, com vigas brancas de madeira, fazendo com que parecesse um celeiro enorme com um formato bizarro. Não importava o quanto ela tentasse, não importava o que ela fizesse, ela parecia estar condenada à vida agrícola.

Lá dentro, enquanto a detetive Lacks fazia seu *check-in*, Krissy registrou detalhes aleatórios: dois relógios pendurados na parede, um deles rotulado Nappanee, o outro, inexplicavelmente, França; um pote de terracota cheio de canetas baratas, com flores de plástico presas às extremidades com fita adesiva grossa no balcão da recepção; uma pequena escultura de celeiro vermelho ao lado do pote.

Lacks entregou a cada um deles um cartão-chave de plástico. Em seguida, levou-os para seu quarto no segundo andar, parando abruptamente diante de uma porta com números de latão que diziam 218. Krissy podia sentir o olhar de Billy sobre ela. Porém, quando ela se virou, ele desviou os olhos. Por que ele continuava fazendo isso?

— Eu me certifiquei de que houvesse uma segunda cama para Jace — comentou a detetive Lacks.

— Obrigado.

— O detetive Townsend e eu entraremos em contato amanhã, mas sintam-se à vontade para nos ligar, caso precisem de alguma coisa ou se algo novo vier à mente.

— Billy deu a Lacks um sorriso obsequioso. Em seguida, como se não pudesse evitar, ele lançou outro olhar para Krissy, que ela não conseguiu decifrar: *Era medo nos olhos dele? Paranoia? Havia alguma mensagem oculta em sua expressão ou ele estava tentando encontrar uma na dela?*

— Obrigado, detetive Lacks — repetiu ele. — Nós somos gratos por tudo o que fez por nós.

Krissy queria que os dois calassem a boca. Ela queria socar, bater, destruir algo com as próprias mãos.

— Eu já quero avisar vocês — disse Lacks —, que amanhã pode ser um pouco… caótico. A imprensa já deve ter ouvido a história toda e…

Porém, Krissy já tinha aguentado o suficiente. O olhar de Billy e a voz de Lacks pareciam garras arranhando sua pele.

— Detetive Lacks — interrompeu ela, com uma voz tensa —, minha filha morreu hoje; minha casa está cheia de estranhos e não vejo meu filho de seis anos há horas. Não consigo pensar no que quer que você esteja dizendo. Então pode, *por favor, simplesmente ir embora?*

O rosto da detetive Lacks permaneceu neutro, aparentemente imperturbável por essa explosão.

Billy, por outro lado, começou a borbulhar com desculpas.

— Sinto muito, detetive Lacks — gaguejou ele. — Minha esposa está chateada. Ela não quis ser rude.

Lacks deu-lhe um sorriso meramente formal.

— Não precisa se desculpar. Vocês dois tiveram um longo dia. Tentem dormir um pouco, pois temo que amanhã seja tão ruim quanto… — Com isso, ela lhes deu um aceno de cabeça e se virou para sair dali.

Krissy precisou de quatro tentativas para inserir o cartão-chave no slot, mas finalmente a porta se abriu, e ela entrou aos tropeços. No momento em que a porta se fechou atrás deles, Billy agarrou o ombro dela cravando seus dedos com força. Ele a girou para encará-lo.

— Krissy, que diabos — rosnou ele. Sua voz estava trêmula. — Não deveria ter feito aquilo.

Krissy se livrou das mãos dele e caminhou para o outro lado do quarto. Ela jogou a mochila dos Power Rangers de Jace na cama.

— Feito o quê? — retrucou ela.

— Você não deveria ser rude com uma detetive que está investigando o assassinato de nossa filha.

— Puta merda, Billy. Você acha o quê? Que essa porra de atitude de se curvar a tudo vai fazer com que eles gostem de você?

Agora, seu corpo inteiro tremia.

— Só estou dizendo que não devemos dar a eles nenhuma munição, nenhuma razão para acabarem suspeitando de nós.

Krissy jogou sua cabeça para trás.

— Billy — disse ela, lentamente —, do que está falando?

Billy puxou a mochila do ombro e jogou-a no chão. Ele se agachou, abrindo o zíper e vasculhando furiosamente.

— *Isso!* — Ele puxou um objeto lá de dentro. — É disso que estou falando. Encontrei isso no cesto. Graças a Deus, cheguei antes da polícia.

Krissy estreitou os olhos, confusa. Em sua mão, havia algo de cor azul-bebê amassado — seu roupão, ela percebeu, de repente. O mesmo que ela havia vestido naquela manhã, o que ela havia tirado antes de a polícia chegar. Apertada com força nos dedos de Billy estava a manga, e Krissy conseguiu distinguir algo na bainha: uma faixa vermelha. Não sangue, mas tinta spray.

Seus olhos saltaram para os de Billy, e ele olhou de volta para ela com uma mistura de pânico e repulsa.

— *O que você fez?*

DEZ

MARGOT, 2019

O primeiro dia completo, do prazo de duas semanas imposto por Margot, era um domingo. Pela primeira vez, em vinte anos, ela iria à igreja.

Depois de fazer algumas entrevistas no Shorty's na tarde anterior, ela havia feito tudo o que podia para começar rapidamente a investigação no dia seguinte. Primeiro, ela não tinha tempo ou dinheiro para continuar comprando comida fora em todas as refeições. Assim, como prometido, ela foi até a Despensa da Vovó e estocou granola, leite, café, lasanhas congeladas, maçãs, manteiga de amendoim, frios e queijos fatiados para sanduíches e qualquer coisa que ela pudesse pensar que seria fácil de preparar. Ela também decidiu que a contratação de um cuidador de meio período poderia esperar. A sugestão de Pete havia sido bastante inofensiva, mas pesquisar na internet e, de fato, ligar para uma agência fez Margot sentir uma pontada de culpa. Ela e Luke não precisavam de ajuda. Eles formavam uma boa dupla, os dois contra o mundo. Além disso, sem a certeza de um salário no final do mês, o preço de um cuidador consumiria suas economias em questão de semanas. Ela só precisaria fazer alguns malabarismos: ajudar na casa e investigar a história, simultaneamente.

Naquele fim de tarde, enquanto Luke cochilava na frente da TV e ela lavava as roupas e os lençóis dele, Margot pensou em seus próximos passos na investigação. Com todos os outros meios de comunicação preocupados com o caso de Natalie Clark, Margot sabia que não seria capaz de chegar perto dessa história, especialmente agora que não tinha credenciais vigentes para legitimar suas perguntas. Então, ela decidiu abordar a história de um ângulo diferente e se concentrar no caso de January. As pessoas com quem ela mais queria conversar eram Billy, Jace e o detetive Townsend, aqueles que haviam estado mais próximos de tudo. O detetive, ela logo descobriu, estava aposentado havia um ano, e a polícia estadual de South Bend deu a Margot seu número de celular sem receios ou perguntas. O próprio Townsend havia aceitado imediatamente o pedido dela para uma entrevista, concordando em encontrá-la na tarde seguinte. Isso deu a Margot a sensação de que ele não sabia muito bem o que fazer com todo o seu tempo livre.

Os outros dois, no entanto, eram muito mais evasivos: não havia como encontrar Jace em lugar nenhum nem mesmo pela internet, e Margot não conseguia descobrir como chegar a Billy, cujo jardim da frente era agora uma cena de crime bloqueada. Além disso, de acordo com Luke, ele havia se tornado intensamente reservado desde a morte de Krissy, dez anos atrás. No entanto, naquela noite, enquanto ela preparava um refogado para o jantar, algo que seu tio havia dito surgiu em sua mente: *Billy não fala mais com muitas pessoas, mas eu acho que ele ainda vai à igreja.*

Então, na manhã seguinte, Margot vasculhou a bagunça de roupas que ainda tinha que tirar da mala, e montou o conjunto mais bonito que conseguiu: uma saia cinza, uma camiseta branca, que ela colocou para dentro da saia, e um par de sandálias de couro. Ela enganchou suas pequenas argolas de ouro nas orelhas, passou um pouco de rímel e estava pronta. No mínimo, ela esperava que as pessoas pudessem perceber que ela havia se empenhado.

— Você está bonita — declarou Luke, quando ela saiu do quarto. Ele estava sentado à mesa da cozinha com uma xícara de café e seu livro de palavras cruzadas.

Margot abriu um largo sorriso.

— Estou indo à igreja. Você quer vir? — Os olhos de Luke se arregalaram de surpresa. Então, ele jogou a cabeça para trás com uma gargalhada. Depois de um momento, ele recuperou o fôlego, enxugou os olhos com a ponta dos dedos e olhou para ela.

— Espere. Está falando sério?

Margot riu.

— Também vou sair mais cedo para comprar uma torta da mercearia. Vou tentar convencer Billy Jacobs a falar comigo.

— Ah, entendi — disse ele, tomando um gole de café. — Você tem boa... — Ele hesitou, procurando as palavras certas, depois terminou com "integridade jornalística". Margot supôs que fosse um substituto para *intuição jornalística.* — Imagino que isso seja para o trabalho?

Margot olhou para baixo, fingindo ajustar a cintura de sua saia.

— Sim.

Ela sentiu como se tivesse mentido mais para Luke nos últimos dias do que fizera em toda a sua vida. Porém, quando Pete disse a ela, na delegacia, que nunca tinha encontrado seu tio vagando pelas ruas até dois dias atrás, Margot percebeu que o declínio repentino de Luke provavelmente era por sua causa. Durante meses, ele havia vivido na solidão, sem ajuda, mas também sem estímulo. Desde que ela havia se mudado, ela só falava do desaparecimento de uma garotinha e do assassinato de outra.

Ela precisava lembrar que ele estava mais sensível agora, mais instável. Ela tinha que parar de falar sobre crimes não resolvidos e, definitivamente, não precisava dizer a ele que tinha sido demitida.

— É para um artigo em que estou trabalhando — comentou ela. — Então, deseje-me sorte.

— Você não precisa de sorte, garota — disse Luke, com uma piscadinha. — Você tem talento de sobra.

* * *

Margot atravessou as portas duplas da igreja para o sol brilhante e ofuscante do lado de fora. Os sons abafados dos hinos de encerramento do órgão reverberaram atrás dela, enquanto ela piscava intensamente, tentando ajustar os olhos à claridade. Quando sua visão finalmente se adaptou, ela pôde ver a figura de Billy Jacobs se afastando, andando rapidamente pela calçada, com as mãos enfiadas nos bolsos da calça do terno e a cabeça baixa.

Margot chegou à igreja dez minutos antes do início do culto e ficou surpresa ao ver quantas pessoas ela conhecia. Ela viu quase todo mundo com quem tinha falado no Shorty's, exceto Linda, que, sem dúvida, estava trabalhando, além de um grupinho de velhos amigos de seus pais, e um de seus ex-professores do ensino fundamental, todos os quais a saudaram, com sorrisos largos e olhos aguçados e curiosos. Billy, no entanto, havia chegado apenas momentos antes do início, depois que ela e o restante da congregação já haviam se acomodado nos bancos. Posteriormente, assim que o som do órgão começou a ecoar, enquanto as senhoras começaram a colocar as bolsas nos ombros e a conversar com as amigas, Margot observou Billy se levantar e sair discretamente. Ela o seguiu.

— Sr. Jacobs! — chamou Margot, descendo as escadas correndo até a calçada. No entanto, Billy só continuou andando rápido, na direção oposta. — Sr. Jacobs! Billy!

Finalmente, ele parou. Hesitou por um momento, então se virou. Margot caminhou rapidamente para alcançá-lo.

— Oi, eu sou Mar...

— Eu sei quem você é — disse ele, sem ser rude. — Você é a garota Davies.

Ela sorriu.

— Isso mesmo. Cresci na casa logo em frente à sua. Eu era amiga de January. — Seus olhos se suavizaram com o nome de sua filha. — Sou repórter agora — continuou Margot. Só depois que havia dito isso, ela percebeu que não era mais verdade, tecnicamente. — Eu adoraria conversar, se tiver um minuto.

Mas, ao ouvir a palavra *repórter*, sua expressão havia se fechado novamente.

— Não sei nada sobre essa mensagem em meu celeiro. Eu nem sequer a encontrei. Um dos meus funcionários a encontrou.

— Tudo bem. Também estou investigando o caso de Natalie Clark, tentando descobrir se há alguma conexão entre o caso dela e o de January.

— Natalie Clark…

O nome parecia significar muito pouco para ele, mas Margot sabia que ele já o havia escutado, porque a garota desaparecida tinha sido o assunto do sermão daquela manhã. O pastor havia usado seu desaparecimento como uma oportunidade para falar sobre fé em tempos de dificuldades e a natureza misteriosa dos caminhos divinos. Margot havia prestado pouca atenção de seu assento no fundo. Seu olhar vagava ao redor das cabeças da congregação, imaginando se dentro de alguma delas havia o cérebro de um sequestrador, de um assassino.

— Eu gostaria de poder ser mais útil — disse Billy —, mas eu não sei nada sobre Natalie Clark.

— Não, eu não pensei que soubesse. Porém, se estiver disposto a falar sobre o caso de January, pode me ajudar a entender se há algo que os conecte.

Billy enfiou as mãos nos bolsos e olhou por cima do ombro de Margot, como se esperasse encontrar alguém para afastá-lo da conversa.

— Escute, Margot, não quero ofender, mas não tive a melhor experiência com repórteres no passado. Não é nada pessoal, mas eu simplesmente não acho que deveria estar falando com uma.

— Eu entendo. Mas aqueles repórteres, naquela época… eles não o conheciam, ou sua família. Estavam tentando vender uma história. — Ela fez uma pausa. — Eu conhecia January. Eu me lembro de brincar no seu quintal, lanchar na sua cozinha. Não estou aqui para manipular nada, de verdade. Só quero entender o que aconteceu com minha amiga.

Talvez devesse parecer errado usar isso como vantagem, mas tudo o que ela havia dito era verdade. E, embora ela soubesse que a morte de January provavelmente ainda trazia para Billy a mesma carga de sofrimento que no dia em que ocorreu, e que reviver isso seria doloroso, havia novidades no caso de 25 anos atrás. Se o fato de reviver suas memórias pudesse ajudar a encontrar o assassino de sua filha, ele não teria algum tipo de obrigação em fazê-lo?

— Esta é uma oportunidade para esclarecer as coisas — continuou ela. — E, caso não dê em nada, no mínimo, pode ser bom se sentar e conversar com alguém que a conhecia. — Ela sustentou o olhar dele. Pelo seu semblante, ela podia dizer que ele estava começando a ceder. — Ah! — acrescentou ela, soltando uma alça de sua mochila do ombro e puxando-a para a frente. Depois de um momento, tirou de dentro dela a caixa que havia comprado mais cedo na Despensa da Vovó. — E eu comprei torta de maçã.

Os olhos de Billy se arregalaram de surpresa. Ele olhou da torta para o rosto de Margot. Então, soltou uma pequena risada entrecortada, como se a ação estivesse enferrujada, por falta de prática.

— Ah, está bem — disse ele. — Mas não aqui. Vamos lá para casa.

* * *

A casa dos Jacobs não era mais a movimentada cena do crime que havia sido no dia anterior. Os poucos membros da imprensa que haviam coberto a história da mensagem do celeiro tinham desaparecido, assim como Pete, seu parceiro e a fita amarela de advertência que bloqueava a entrada. Margot estacionou ao lado do meio-fio e seguiu Billy pelas escadas da varanda da frente. Então, pela primeira vez em sua vida adulta, ela atravessou a soleira da porta da casa dos Jacobs.

Era como entrar em uma memória. Margot havia passado incontáveis tardes de verão percorrendo esses cômodos, e ficou maravilhada ao ver que todos pareciam inalterados, como se a casa fosse uma cápsula do tempo de 1994. Enquanto ela caminhava, detalhes havia muito esquecidos começaram a surgir em sua cabeça: como o lado direito da escada rangia mais do que o esquerdo; como uma das espirais na grade lembrava o desenho de um rosto; como as iniciais dela e de January foram esculpidas na parte de baixo do tampo da mesa de madeira da sala de jantar.

Margot seguiu Billy até a cozinha. Enquanto ele esquentava um bule de café e escolhia pratos e garfos para a torta, ela não pôde deixar de imaginar a sala como havia estado naquela manhã de julho, 25 anos atrás. *Aquela cadela se foi*, pintado com spray, em vermelho berrante, nas paredes brancas. *Quem escrevera aquela mensagem?* Ela se perguntou. *Foi a mesma pessoa que vandalizara o celeiro?*

— Desculpe-me por antes — disse Billy, enquanto cortava dois pedaços da torta e as colocava em pequenos pratos de porcelana. — Não quis ser rude, eu só... Não tenho tido muitos amigos nesta cidade há muito tempo.

— Eu entendo — replicou Margot, aceitando uma fatia de torta. — Especialmente agora, levando-se em conta o que foi escrito em seu celeiro.

— Hum. — Billy ficou pensativo, enquanto colocava as canecas na mesa. Em seguida, ele se acomodou na cadeira, de frente para ela.

Margot tomou um gole de seu café.

— Sei que já disse que não sabe nada sobre isso, mas você tem *qualquer* palpite sobre quem escreveria algo assim?

Billy soltou um suspiro.

— Para ser honesto, Margot, apenas presumi que tivesse sido feito por alguns garotos do ensino médio. Na verdade, a polícia me disse, hoje cedo, que eles acreditam que seja apenas uma brincadeira estúpida.

— Sério? — Ela sabia por Pete que essa tinha sido a teoria da polícia. No entanto, ela não tinha percebido que eles já haviam tornado seu veredito oficial.

Billy levantou um ombro.

— Meus amigos e eu costumávamos fazer as mesmas coisas idiotas. — Seus olhos marejaram quando ele se perdeu em alguma lembrança. Porém, depois de um momento, eles endureceram. — Bem, nós nunca fizemos nada tão cruel quanto o que eles escreveram no celeiro. Mas, como eu disse, não sou muito querido nesta cidade. Não mais.

Margot sabia que era verdade, mas ela também tinha observado mais cedo, enquanto Billy se sentava no banco da igreja, no início do culto. Alguns de seus companheiros da congregação tinham olhado para ele, que acenara com a cabeça como forma de saudação: conciso, mas educado. Margot havia ficado surpresa ao ver o gesto correspondido. Ele pode não ser muito querido, mas não era o pária que Krissy havia sido.

— Podemos falar sobre como era sua vida naquela época? — perguntou ela. — Antes de January morrer?

— O que quer saber?

Margot deu de ombros, como se não tivesse se preparado, e pensado em cada pergunta que tinha.

— Como era a sua família? Eu também os conhecia, é claro, mas não tão bem quanto você. Obviamente. E, bem, eu tinha seis anos. — Estava longe de ser a coisa mais urgente que ela queria perguntar, mas ela estava tentando soltá-lo, deixá-lo confortável para falar. Ela comeu um pedaço da torta. Em seguida, como se fosse uma reflexão tardia, comentou: — Ah, você não se importa se eu gravar isso, não é?

Billy ergueu as sobrancelhas, surpreso, mas depois balançou a cabeça.

— Não. Sem problemas.

— Obrigada. — Margot pegou seu telefone para começar a gravar, então disse: — Por que não começa com January?

Com isso, o rosto de Billy se iluminou.

— Bem, January era... Ela era um foguete, sabe? Sempre brilhante e feliz. Sempre que eu entrava pela porta, ela se aproximava de mim e envolvia seus bracinhos em volta das minhas pernas. — De repente, seus olhos se encheram de lágrimas. Ele pigarreou, esfregando os olhos bruscamente com as costas da mão. — Ela era uma espécie de cola, que nos mantinha juntos. Sem ela, nós... ficávamos um pouco perdidos. Porque ela era sempre tão gentil, sabe?

Margot sorriu. Ela sabia. A maioria de suas lembranças da garota do outro lado da rua eram lampejos borrados, meros vislumbres do tempo. No entanto, a memória mais clara que tinha era da bondade de January.

Margot ainda conseguia visualizar a imagem de uma lembrança, a luz filtrada pelas árvores no pátio de sua escola, talvez, ou no quintal de alguém. Nela, Margot estava sentada, com os joelhos dobrados sob o queixo e as costas apoiadas em uma árvore. Ela estava assustada por algum motivo que já havia esquecido muito tempo atrás. De repente, January estava a seu lado, colocando algo na palma de sua mão. Quando olhou para baixo, Margot viu que era um pedaço de tecido rasgado do tamanho de uma moeda. Era azul-claro, com um floco de neve impresso no centro.

— Quando estou com medo — disse January —, eu aperto isso, e ele me torna corajosa.

Então, Margot tentou, mas não deu certo. January disse que ela não tinha feito direito. Ela precisava apertar de novo, mas desta vez com mais força. Margot apertou novamente, cravando suas unhas na carne, amassando o tecido com o floco de neve entre seus dedos. Dessa vez, ela sentiu. Naquele momento, isso a fez corajosa.

Não muito tempo depois disso, semanas ou dias, January morreu. Margot havia descoberto, através de um garoto mais velho no recreio, que sua amiga tinha sido *assassinada*. Naquela noite, na cama, ela pegou o pequeno floco de neve de sua mesa de cabeceira e o apertou com tanta força que suas unhas tiraram sangue da palma de sua mão.

Agora, Margot esfregou o polegar na palma da mão. Suas pequenas cicatrizes eram como braile.

— Você notou alguma mudança em January? — perguntou ela. — Nos dias ou nas semanas que antecederam sua morte?

— Como o quê?

— Como... seu comportamento, seu humor, seus hábitos, gostos, desgostos. Qualquer coisa.

Ele permaneceu inexpressivo, enquanto pensava nisso. Depois de um longo momento, ele suspirou e esfregou uma das mãos pelo rosto.

— Sinto muito. Faz tanto tempo. Se January mudou alguma coisa antes, não me lembro. Na minha lembrança, ela sempre estava borbulhante. Sempre sorrindo.

— E quanto a Jace? — indagou Margot. — Como ele era naquela época?

— Jace era... — Os olhos de Billy dispararam para os dela, e depois desviaram.

— Calado. Tímido.

Margot o analisou. Ela também se lembrava de Jace como um menino sério e alerta. No entanto, o garoto da casa em frente tinha tido um outro lado, e ela se perguntou o quanto Billy sabia sobre isso, e o quanto ele diria.

A lembrança mais clara que Margot tinha de Jace era tão diferente da que tinha de January; havia acontecido um dia, durante o recreio do quinto ano. Ela estava lendo encolhida em seu lugar favorito, no entroncamento em forma de Y de um grande carvalho, escondida no ponto mais baixo do playground. Era um lugarzinho tranquilo, aonde ninguém costumava ir. Naquele dia, porém, enquanto estava lendo, ela ouviu o som de um galho se quebrando. Quando olhou por cima de seu livro, ela viu Jace. Após a morte de January, quatro anos antes, Margot tinha parado de ir à casa deles, e qualquer relacionamento que ela havia tido com ele desaparecera. Ele estava olhando para baixo, ele não parecia vê-la em cima da árvore, e ela não o chamou, nem fez nenhum barulho. Em vez disso, ela o observou passar por baixo do galho em que ela estava e se agachar para colocar algo no chão. Quando ele se levantou novamente, ela viu que era um pequeno pássaro morto, talvez um pardal ou uma carriça. Ela assistiu, prendendo a respiração, enquanto Jace pressionava a ponta do sapato no peito do pássaro. Ele empurrou lentamente, cada vez mais forte, até que, finalmente, Margot viu sua cabeça inchar e seu olho roxo saltar.

— Jace gostava de coisas artísticas — disse Billy. — Ele nunca se interessou muito pela fazenda, ou por esportes, ou qualquer coisa. Realmente, ele não se encaixava aqui. Então, saía muito sozinho. E depois, quando era mais velho, ele tendia a se meter em encrencas. Nada muito grave, apenas coisas de menino. Ele era um bom garoto, mas passou por momentos difíceis, depois do que aconteceu com January. Bem, todos nós passamos. — Ele hesitou. — Especialmente Kris. Mas suponho que você saiba disso. — Ele lhe lançou um olhar.

— Eu sei, sim — disse Margot. Todos no país sabiam do suicídio de Krissy Jacobs. — Sinto muito. Foi você quem a encontrou, certo?

— Eu tinha ido a uma convenção durante o fim de semana. Quando entrei em casa... — Ele fechou um punho, e pressionou-o em seus lábios.

— Foi aí que você a encontrou? Próximo à porta da frente? — Margot não sabia disso, o que lhe parecia estranho. Quando a maioria das pessoas tirava a própria vida, elas iam para algum lugar privado: um quarto, banheiro, seu carro.

Ele concordou.

— Depois de January, Krissy ficou... Bem, foi um inferno para ela, depois disso. Acho que, depois de um tempo, tornou-se demais.

— Você... — Margot hesitou. Não havia realmente nenhuma maneira diplomática de perguntar o que ela estava prestes a perguntar: — Você acha que a culpa pode ter tido algo a ver com isso?

Billy olhou para ela por um longo momento, inexpressivamente, antes de assimilar o que ela queria dizer.

— Ah, nossa. Não me diga. Você tem falado com as pessoas na cidade. — Ele balançou a cabeça. Quando falou em seguida, sua voz era severa. — Minha esposa não matou nossa filha. Krissy amava January. Ela pode não ter sido a mãe perfeita, mas — ele respirou fundo — ela a amava. Ela não a teria machucado, nem em um milhão de anos.

— O que a tornava "não perfeita"?

— O quê? Não, eu não quis dizer isso. — Billy balançou a cabeça, subitamente parecendo nervoso. — Krissy era uma ótima mãe. Ela sempre esteve muito envolvida na dança de January e em outras coisas. Realmente a estimulava a dar seu melhor. Ela não matou January. Ela não iria... *não poderia* ter feito isso.

Margot olhou seu rosto com atenção. Parecia que suas emoções pela morte de January eram reais, mas as perguntas dela sobre Krissy o haviam deixado nervoso. E aquelas sobre Jace o haviam tornado evasivo, vago. Embora mais de uma década tivesse passado desde que ele havia visto os dois, parecia a Margot que Billy Jacobs ainda estava tentando proteger a esposa e o filho. Ele pode ter dito a ela a verdade sobre sua família, mas, certamente, não havia contado tudo.

— E, acredite — continuou ele, antes que ela pudesse pressioná-lo. — Eu pensei em quem poderia ter feito isso, todos os dias, desde que aconteceu.

— E? — questionou Margot. — Alguma ideia?

— O que eu sempre pensei, a única coisa que faz algum sentido, é que era algum... homem. Algum maluco que a viu no parquinho ou em um de seus recitais e... não sei, talvez você esteja no caminho certo com essa história, Margot. Talvez quem levou essa garota Natalie Clark também tenha levado minha January.

* * *

Margot levou mais meia hora para perguntar a Billy sobre os detalhes do caso de sua filha. Porém, tudo o que ele disse era algo que ela já sabia. E, cada vez que ela dirigia a conversa de volta para Jace ou Krissy, ele repetia suas denominações de "bom filho" e "boa mãe", como um político com uma linha partidária. Finalmente, os dois beberam seus últimos goles de café e comeram seus últimos pedaços de torta, então Margot o agradeceu por seu tempo.

— Ah, uma última coisa — disse ela, enquanto Billy a levava até a porta. — Será que eu poderia dar uma olhada em seu celeiro?

— Bem, fique à vontade — respondeu Billy. — A polícia terminou esta manhã, então acho que não há nada em que não se possa mexer. Posso acompanhá-la se você quiser.

— Ah, não, está tudo bem. Está no meu caminho para o carro, então pensei em dar uma olhada.

— Fique à vontade. — Ele hesitou. Seus olhos passaram rapidamente pelo rosto dela. — Sabe, eu me lembro de você naquela época. Lembro-me de como vocês duas estavam sempre correndo, juntas. E agora, olhe para você, tão crescida. — Seus olhos se encheram de lágrimas repentinas. Ele levou o nó dos dedos até eles, rindo, constrangido.

Margot sorriu, cheia de compaixão. Embora suas repercussões tivessem acontecido há muito tempo, aquela noite de julho, 25 anos atrás, roubara tudo desse homem: primeiro sua filha, depois seu filho, e, finalmente, sua esposa.

— Obrigada novamente pelo seu tempo.

— Venha sempre que quiser.

O celeiro dos Jacobs era um daqueles grandes, tipo industrial, separado da casa por um campo irregular e amarelado. Margot se aproximou, com o sol quente de verão em sua pele. Pela foto que estava no noticiário, ela sabia que a mensagem tinha sido escrita do outro lado. No entanto, quando virou a esquina, ela murchou. As palavras se foram. Em seu lugar, na parede vermelha, não havia nada, além de uma mancha preta desbotada.

— Merda — disse ela.

Ela caminhou lentamente ao longo da lateral do celeiro, examinando as tábuas de madeira, em busca de restos de alguma coisa, qualquer coisa. Porém, não havia nada. Ela olhou para o chão e, na terra sob seus pés, havia dezenas de pegadas diferentes. Não havia como dizer qual pertencia ao autor da mensagem, se é que alguma delas era dele.

Ela não será a última. As palavras se repetiam na mente de Margot, assim como as circunstâncias que as cercavam. Natalie Clark havia desaparecido poucos dias antes da mensagem aparecer no celeiro de January Jacobs. Isso significava que, quem quer que a tenha escrito, estava claramente unindo as duas garotas. A única conclusão lógica, portanto, era que o assassino de January e o sequestrador de Natalie eram a mesma pessoa, embora a linguagem real ainda fosse ambígua. O autor pode ter desejado dizer *January Jacobs não será a última a ser assassinada* ou *Natalie Clark não será a última a ser levada* — embora Margot suspeitasse que fossem as duas coisas. E, de qualquer forma, Wakarusa não era um lugar seguro para garotinhas agora. Porém, a maior questão em sua mente era quem havia escrito a mensagem: o assassino ou outra pessoa?

Margot pegou sua camiseta com os dedos e tentou criar uma brisa contra sua pele, enquanto virava a esquina a caminho das duas grandes portas. Elas estavam fechadas, mas destrancadas. O interior do celeiro estava lotado: tratores, cortadores de grama, uma mesa de trabalho cheia de ferramentas. Levaria horas — dias — para filtrar tudo. Mas o que ela estava esperando? Não era como se o autor da mensagem tivesse assinado seu nome e a polícia de alguma forma não o tivesse visto. Teria sido apenas uma brincadeira maldosa, de alguns adolescentes do colégio? Era possível, ela supôs. Porém, no fundo, ela sentia que não era verdade. Ela acreditava que alguém estava tentando dizer alguma coisa à cidadezinha deles e estava preocupada com o que aconteceria se eles não ouvissem.

Ela estava voltando para o carro, quando parou de repente. Ali, enfiado sob o limpador de para-brisas, e esvoaçando ao vento, estava um pequeno pedaço de papel. Margot olhou ao redor, mas não viu ninguém, e seu coração começou a bater um pouco mais rápido. Ela foi até lá e arrancou o papel do para-brisas. Parecia ter sido arrancado de um caderno, e a escrita nele havia sido feita à mão. Margot leu a mensagem, e, apesar do calor de 38 graus, um calafrio percorreu sua espinha. Mais uma vez, ela olhou ao seu redor, procurando quem o havia deixado ali. No entanto, a rua estava vazia.

Não poderia ter sido Billy, ela sabia. Ele precisaria ter passado por ela, tanto na ida, quanto na volta. E, mesmo que ela, de alguma forma, não o tivesse visto, sua entrada era de cascalho; ela teria ouvido seus passos. De repente, Margot se lembrou da mulher de cabelo castanho-avermelhado, do lado de fora do Shorty's, aquela que achava que a estivesse observando. Com tudo o que aconteceu nos últimos dias, o momento foi apagado de sua mente. E, no dia, ela havia apenas presumido que estivesse sendo paranoica, de qualquer maneira. Agora, parecia sinistro.

De pé, ao lado do carro, os punhos de Margot instintivamente se fecharam, enquanto as palavras em sua mão pulsavam contra sua pele e martelavam em seu cérebro: *Aqui não é seguro para você.*

ONZE

MARGOT, 2019

Margot estava em pé na porta do carro, com o coração disparado e o pedaço de papel apertado na ponta dos dedos. Ela olhou em volta novamente, em busca de um sinal da pessoa que havia deixado isso em seu para-brisas. Mas a rua onde ela havia crescido estava vazia, e as casas, silenciosas e escuras.

Ela levou um tempo para colocar a chave na porta e deslizar para o banco do motorista. Se quem quer que tivesse deixado este bilhete para ela estivesse assistindo, ela não queria deixar transparecer o quanto estava abalada. No entanto, no momento em que entrou, ela trancou as portas e apertou a mão em punho, permitindo-se a reconfortante pressão das unhas contra a pele por um, dois, três segundos, antes de se forçar a parar.

Aqui não é seguro para você. O significado das palavras era óbvio, mas Margot não entendia a intenção por trás delas. O autor estava tentando protegê-la ou ameaçá-la? Mais precisamente, quem tinha escrito isso? Ela começou a vasculhar mentalmente todos que sabiam sobre a história em que estava trabalhando. Porém, a lista de nomes ocuparia duas páginas inteiras de seu bloco de notas. Ela havia entrevistado quase metade da cidade até agora. Era inquietante estar tão exposta.

De dentro de sua mochila, seu telefone vibrou. Ela pulou.

Margot abriu o bolso, puxou-o e olhou para a tela: Hank Brewer, seu velho senhorio. Ela fechou os olhos, enquanto atendia.

— Oi, Hank.

— Margot, oi. Liguei na hora errada? Você parece… preocupada.

Ela olhou para o pedaço de papel ainda em sua mão.

— Tudo bem, pode falar. O que houve?

— Estou ligando sobre o aluguel de julho. Você pode enviá-lo assim que possível?

— Ah. Hum. Não entendo. Ele não… — Ela procurou o nome do sublocador que havia encontrado no anúncio. — James não pagou você?

Houve uma pausa.

— Ninguém me pagou desde que recebi seu cheque do aluguel do mês passado. E eu não soube de ninguém que tenha se mudado para lá ou qualquer coisa parecida. Tem certeza de que o cara que você encontrou quer o apartamento?

Margot ficou completamente desanimada.

— Pensei que sim. — Ligar para seu sublocador tinha estado em sua lista de tarefas, logo abaixo de fazer uma cópia da chave da casa de Luke, nenhuma das quais ela havia feito. Com o artigo fracassado de Natalie Clark, depois sua demissão, depois a mensagem do celeiro, elas tinham parecido tarefas que podiam esperar. Aparentemente, ela havia se enganado. — Vou ligar pra ele. Pode me dar alguns dias para descobrir o que está acontecendo?

— Pode enviar o dinheiro até quarta-feira, ok? Não me importo de quem vem, desde que venha. Isso lhe dará algum tempo para encontrar um sublocador para agosto. Eu sei que está com algumas... coisas acontecendo na sua vida, e não sou insensível, mas você *assinou* um contrato até outubro.

Ah, é assim que funciona o aluguel de um apartamento? Margot queria perguntar. Mas, em vez disso, preferiu:

— Vou lhe mandar o dinheiro até quarta. — Ela desligou a chamada. Em seguida, bateu as palmas das mãos contra o volante. — Merda!

Seu corpo irradiava ansiedade. Primeiro a porra do bilhete, agora isso? Ela olhou para o relógio em seu painel, sabia que deveria denunciar à polícia, e iria, cedo ou tarde; no entanto, deveria estar em South Bend em meia hora para sua entrevista com o ex-detetive Townsend, e precisava que essa história fosse uma história grande, uma que a ajudasse a conseguir um emprego, agora, mais do que nunca.

Respirando fundo, ela deslizou o papel para dentro do bolso da frente de sua mochila, fechou-a e girou a chave na ignição. A caminho de South Bend, ela ligou para seu sublocador, James, depois para Luke, para saber como ele estava. Mas nenhum deles atendeu.

* * *

O ex-detetive Max Townsend morava em uma antiga casa térrea, escondida nos subúrbios de South Bend. No momento em que entrou, Margot percebeu que era o lar de um homem solteiro. A mobília era escura, principalmente de couro, sem uma aparente tentativa de harmonia ou qualquer esquema de design. As paredes estavam nuas e a única alusão à decoração era a enorme quantidade de fotos emolduradas espalhadas por todas as superfícies planas, sempre com a mesma garota, e abrangendo o que pareciam ser vinte anos de sua vida.

— Sua filha? — disse Margot, com um olhar voltado para cima da TV, onde havia um punhado de fotos. Dentro de uma moldura preta, a garota parecia ter uns sete anos. Era loura, de olhos azuis e usava um uniforme de futebol, com uma bola debaixo do braço, exibindo um largo sorriso. Ao lado, estava uma dela e Townsend, em uma praia, ambos sorridentes e com a pele rosada.

Townsend seguiu o olhar de Margot e sorriu um tanto enigmático.

— Jess.

— Bonitinha — disse ela. — Obrigada novamente por me receber.

Ele gesticulou em direção ao sofá de couro marrom, para que ela se sentasse. Apoiando um dos tornozelos sobre o joelho, ele entrelaçou os dedos sobre a barriga, a qual não havia aumentado em decorrência de sua aposentadoria. Na verdade, ele parecia quase completamente o mesmo das fotos e filmagens que Margot havia visto da investigação todos aqueles anos atrás. Ele ainda era alto e largo, com olhos incrivelmente azuis e cabelo grisalho bem cuidado. A única grande diferença era que as marcas em seu rosto haviam se aprofundado.

— Sem problema. — Seu tom era cortante. Mas, mesmo assim, algo em seus olhos deu a Margot a sensação de que ele estava grato pela oportunidade de ser um detetive outra vez, mesmo que apenas para uma entrevista. — Você disse pelo telefone que queria falar sobre o caso January Jacobs?

Margot se inclinou para pegar o telefone no bolso da mochila, os dedos roçaram o bilhete. Quando se sentou novamente, ela mostrou a ele seu telefone.

— Você se importa se eu...?

Ele balançou a cabeça.

— De jeito nenhum.

Ela abriu seu aplicativo de gravação, apertou o botão vermelho, então disse:

— Também estou investigando o caso Natalie Clark, e a mensagem que apareceu no celeiro dos Jacobs ontem. Você ficou sabendo desses casos?

— Fiquei, embora eu não tenha certeza do que o caso Natalie Clark tenha a ver com os outros dois.

— Bem, nem eu, exatamente. Porém, há semelhanças entre o caso de Natalie e o de January. Como tenho certeza de que sabe, Nappanee e Wakarusa ficam a apenas treze quilômetros de distância, são praticamente a mesma cidade. Natalie tem cinco anos. January tinha acabado de completar seis anos quando morreu. E a mensagem no celeiro apareceu apenas alguns dias depois que Natalie foi levada. Acho que quem a escreveu estava tentando conectar os dois casos. Então, é isso que eu estou investigando.

— Entendo — disse Townsend. — Bem, eu posso lhe ajudar com isso. Os casos não estão conectados.

Ela franziu as sobrancelhas. Ele tinha o mesmo tom seguro em sua voz que a detetive Lacks havia tido na coletiva de imprensa. De repente, as palavras da ex-chefe de Margot se misturaram desconfortavelmente com as de Townsend em sua cabeça. *Está influenciada por sua relação com o caso January Jacobs.*

— Hum. — Ela balançou a cabeça. — Desculpe, mas como pode ter tanta certeza? — Era a mesma pergunta que ela havia feito à ex-parceira dele. Porém, Margot sabia que tinha uma chance muito melhor aqui, do que havia tido lá. As regras que governavam a polícia eram estranhas: quaisquer membros ativos da força estavam vinculados a políticas rígidas sobre o que podiam e não podiam dizer a respeito de casos abertos. No entanto, no momento em que um oficial da lei se aposentava, eles estavam liberados dessas restrições. Townsend poderia dizer a ela qualquer coisa.

— Primeiramente — começou ele —, os casos são muito diferentes. Pelo que vi da investigação da garota Clark, é um sequestro simples. Ela é uma criança que foi levada de um playground lotado. Canalhas pervertidos fazem isso o tempo todo. O caso de January, por outro lado, foi muito diferente. A cena do crime foi em sua própria casa, e o crime em si, muito mais pessoal. Aquela cena de crime, a mensagem nas paredes da cozinha de Jacobs, indica que o assassinato de January foi por ódio. E o ódio é próximo e pessoal. O que sugere que ela foi morta por alguém que a conhecia.

Um crime de ódio. Margot nunca havia pensado assim, mas percebeu que ele tinha razão. A cabeça de uma garotinha esmagada, seu corpo abandonado em uma vala, palavras raivosas espalhadas por suas paredes.

— Mas digamos que January tenha sido sequestrada, como Natalie — disse ela. — Digamos que ela tenha brigado com o sequestrador. Ele não poderia ter surtado de raiva? Ele não poderia ter ficado irritado, porque sua vítima não estava cooperando, e bateu sua cabeça em algo até que ela decidisse obedecê-lo? January era a coisa mais próxima de uma figura pública que uma criança de seis anos pode ser. Ela deve ter atraído muita atenção de canalhas pervertidos, que eram obcecados por ela. E a obsessão pode se transformar em ódio rapidamente. Especialmente em uma mente instável.

— É verdade.

— O que significa que nada do que você disse prova que o assassino de January e o sequestrador de Natalie não são a mesma pessoa. Não inequivocamente. Então... como pode ter certeza?

— Porque minha equipe e eu solucionamos o caso de January Jacobs, 25 anos atrás.

Margot ficou perplexa. Ela não estava esperando por isso. Ela abriu a boca, depois fechou novamente.

— Desculpe. O quê?

Townsend deu a ela um pequeno sorriso irônico.

— Isso mesmo. É por isso que posso garantir que os casos não estão conectados. A pessoa que matou January não poderia ter sequestrado Natalie Clark, porque o assassino de January está morto.

Margot ficou petrificada, em choque. As palavras dele ecoaram em sua mente. *O ódio é próximo e pessoal. Morta por alguém que a conhecia.* Ela se lembrou de Billy, tão inflexível e defensivo em relação à esposa ter amado sua filha. Ela pensou em todas aquelas entrevistas no Shorty's, todos na cidade dizendo que a própria mãe tinha inveja de January. Ela pensou no bilhete suicida cheio de culpa, que Billy havia encontrado ao lado do corpo de sua esposa: *Sinto muito por tudo.* No entanto, mais do que tudo aquilo, havia apenas uma pessoa de quem o ex-detetive poderia estar falando, apenas uma pessoa ligada ao caso, que estava morta.

— Krissy — disse Margot, em um tom que não passava de um sussurro.

— Bingo.

DOZE

MARGOT, 2019

Margot estava sentada em frente ao detetive com a cabeça girando. *Krissy Jacobs* havia matado January? Isso era possível? Esta não era, de forma alguma, a primeira vez que ela havia considerado essa hipótese. No entanto, uma coisa era ouvir essa teoria ser cogitada por pessoas preconceituosas e desinformadas no Shorty's. Outra, completamente diferente, era ouvi-la do principal detetive no caso de January. Margot pensou em sua infância, tentando evocar o rosto de Jace e da mãe de January. Ela sabia como Krissy era, por todas as fotos e vídeos que havia visto na internet. Porém, não achava que tivesse nenhuma lembrança orgânica da mulher do outro lado da rua. Para Margot, ela havia sido como qualquer outra mãe, uma adulta sem rosto, que aparecia de vez em quando para dizer aos gêmeos que era hora do jantar ou para preparar um lanche da tarde.

— Mas como… — A voz de Margot desapareceu, e ela balançou a cabeça. — Como sabe? Como resolveu o caso?

— As impressões digitais de Krissy Jacobs estavam, literalmente, por toda a cena do crime original.

Ao longo dos anos, Margot havia lido e relido todos os artigos que existiam sobre o caso de January. Ela sabia que, durante a investigação inicial, os detetives haviam localizado a lata de tinta spray usada para escrever a mensagem escondida no celeiro dos Jacobs. Quando eles processaram as impressões digitais da lata, a maioria pertencia a Krissy.

— Mas impressões em uma lata de tinta spray? E em volta de sua própria cozinha? Parece suspeito, claro, mas não é exatamente uma prova irrefutável.

Townsend balançou a cabeça.

— Não. Não é. Mas não para por aí, longe disso. Comecei a suspeitar de Krissy desde o início. Ela estava agindo de forma estranha desde o momento em que a conhecemos. E não de forma estranha por estar de luto ou estressada, mas parecia desconfiada. Ficou claro que havia algo que ela não estava nos dizendo. A princípio, não sabíamos o que era. Às vezes, as pessoas mentem sobre coisas estúpidas nas investigações, porque acham que vão ter problemas: drogas, por exemplo. Então, nos primeiros dias, pensei que ela pudesse estar apenas escondendo um vício em pílulas para dormir ou um caso trivial com o vizinho do lado.

Após uma breve pausa, Townsend continuou:

— Mas, então, encontramos as impressões digitais. Foi quando realmente comecei a considerá-la uma suspeita. Depois que encontramos o corpo de January, colocamos cães farejadores de cadáveres para vasculhar as duas cenas de crime, e as áreas circundantes, para ver se eles conseguiam detectar algum vestígio de decomposição. Algo para nos mostrar onde o corpo havia estado. Depois disso, ficou bem claro que Krissy Jacobs era a pessoa que estávamos procurando.

— Como assim? — perguntou Margot.

— Os cães farejadores nos levaram até o porta-malas do carro dela. Fizemos uma busca nele e a perícia encontrou fibras da camisola que January estava usando na noite em que foi morta. — Ele deu a Margot um olhar significativo. — Krissy transportou o cadáver da filha em seu porta-malas naquela noite.

— Meu Deus — murmurou ela. Ela sentiu como se tivesse levado um chute no peito com a revelação. Então, depois de um momento, ela acrescentou: — Mas não entendo. Por que ela fez isso? Qual o motivo?

O ex-detetive balançou a cabeça.

— Não é preciso um motivo para provar um assassinato. As provas mostram tudo.

Embora isso possa ser verdade na resolução de crimes, Margot era jornalista. Ela lidava com histórias, e os personagens das histórias precisavam de motivos. E não importava em que direção de pensamento seguisse: Margot não conseguia entender os motivos de Krissy.

— Tem algum palpite?

Townsend deu de ombros.

— Krissy Jacobs era inteligente. Ela era ambiciosa e buscava atenção. Era óbvio, cinco minutos depois de conhecê-la, que ela era... *diferente* da maioria das pessoas naquela cidade. Ela se sentia desperdiçada ali. E eu acho que ela enlouqueceu. Não sei o que a fez surtar no final das contas, mas sei que ela estava investindo demais na dança de January, e era invejosa e controladora. E não me fale sobre o relacionamento dela com Billy. Eles apresentavam uma boa fachada, mas havia problemas lá, sob a superfície. Honestamente, eu não ficaria surpreso se ela tivesse feito isso apenas para magoar o cara.

Ele se inclinou para a frente e apoiou os antebraços nos joelhos.

— É difícil de entender, mas existem pessoas assim. A maioria imagina que esses tipos de crimes sejam perpetrados por estranhos. Eles veem Ted Bundy e o Filho de Sam.

Margot pensou em sua versão mais jovem nos dias após ficar sabendo sobre o assassinato de January, viu seu corpinho encolhido no escuro, apertando os punhos com tanta força, que suas unhas tiravam sangue da palma de suas mãos, enquanto imaginava o assassino de sua amiga do lado de fora de sua janela.

— E essas pessoas estão por aí — continuou Townsend. — Não me entenda mal. Mas, na maioria das vezes, os crimes são cometidos por pessoas que conhecem a vítima.

Tudo o que ele estava dizendo fazia sentido. Ainda assim, algo sobre sua teoria parecia… estranho. Incompleto. E Margot não pôde deixar de sentir certo preconceito profundamente arraigado em suas palavras. Não que ela não acreditasse que mulheres fossem capazes de fazer crueldades, mas dizer que Krissy era culpada, porque era diferente? Margot pensou no nome original de Wakarusa, Salem, e em todas aquelas mulheres sendo queimadas.

— Então é assim que sei que o sequestrador de Natalie Clark e o assassino de January não são a mesma pessoa — concluiu Townsend. — Quanto à mensagem do celeiro, acho que a polícia local acertou desta vez. Provavelmente, foi escrito por alguns garotos punks, aproveitando o legado da cidade e tentando irritar as pessoas após o desaparecimento de outra menina. As pessoas em Wakarusa… — Ele balançou a cabeça. — É um rito de passagem, passar a conhecer a história de January. Você me disse pelo telefone que é de lá, certo?

Ela concordou.

— Então você sabe que o assassinato dela faz parte do DNA da cidade. Não é de se admirar que as crianças se fixem nisso. Em vez de um viaduto, elas picham o celeiro de Jacobs. Em vez de genitais, eles copiam as palavras originais da parede da cozinha.

Margot pensou no que Pete havia dito ontem: *As pessoas nesta cidade se prenderam muito à lembrança de January. É uma compulsão falar sobre isso.* Era verdade, essa compulsão foi uma das razões pelas quais ela havia sido demitida. Mas seria possível que a mensagem do celeiro fosse somente isso? E a mensagem deixada no carro dela? Ela deveria acreditar que tenha sido deixada para ela por algum adolescente?

Ela se inclinou, pegou o pedaço de papel de sua bolsa e entregou-o a Townsend.

— Encontrei isso no meu carro mais cedo. Presumi que fosse porque estou investigando a história.

Townsend segurou o pedaço de papel com delicadeza entre seus dedos grossos, olhando vagamente. Parecia impossível que algo tão pequeno pudesse gerar tanto medo.

— Quando encontrou isso?

— Meia hora antes de chegar aqui. Fui entrar no meu carro e estava preso no para-brisas.

— E seu carro estava estacionado do lado de fora de onde está hospedada?

Margot balançou a cabeça.

— Foi do lado de fora da casa de Jacobs. Eu estive lá, conversando com Billy.

— E você acha que alguém lhe mandou isso, porque está investigando o assassinato de January.

— Bem, isso, ou o caso de Natalie, ou a mensagem no celeiro. Ou os três.

— Hum.

Townsend olhou para o pedaço de papel. Depois de alguns instantes, ele o virou e estudou a parte de trás, enquanto o segurava contra a luz.

— Bem — disse ele, finalmente —, lamento que isso tenha acontecido com você. Deve ter sido inquietante. Mas... pensando pelo lado lógico, muitos repórteres estão cobrindo o desaparecimento de Natalie Clark. Não faz sentido alguém dirigir até outra cidade para atingir o único membro da mídia que não está focado no caso. E não é como se Krissy Jacobs estivesse andando pela cidade e distribuindo avisos para as pessoas que se aproximam demais da verdade. Então, a explicação mais plausível em minha mente é que realmente foi escrito pelo mesmo cara que escreveu a mensagem no celeiro. Parece que ele está se escondendo perto da casa dos Jacobs e viu você como um alvo fácil. Meu palpite é que ele nem saiba quem você é ou o que estava fazendo lá. — Ainda assim — acrescentou ele, devolvendo o pedaço de papel a ela —, você deveria denunciar isso à polícia. Pode ajudá-los a prender quem quer que esteja aterrorizando sua cidade.

Margot pegou o bilhete e o guardou de volta na mochila sentindo-se estranhamente desapontada. É óbvio que adoraria a possibilidade de estar errada sobre alguém a estar seguindo — e agora a ameaçando —, mas ela não achava que estivesse enganada. No entanto, não adiantava discutir sobre isso.

— Eu só não entendo, ainda... — disse ela, depois de um momento. — No caso de January, se todas essas provas lhe davam tanta certeza de que Krissy era a culpada, por que nunca a prendeu?

Townsend soltou um longo suspiro. Krissy Jacobs, estava claro, era o caso sem solução do ex-detetive.

— Eu queria. E tentei. Mas era um caso de grande visibilidade, e não era uma aposta certa, o que é uma péssima combinação, e o promotor não aceitou o caso. Ele sustentou que era muito complicado, que seria preciso mais do que eu havia apresentado para que um júri condenasse uma mãe por matar a própria filha. — Ele abriu um sorriso triste. — Basicamente, Krissy Jacobs bagunçou tanto a cena do crime que ninguém conseguia entender aquela porra. E, por causa disso, ela se livrou da condenação.

TREZE

MARGOT, 2019

Margot encarou o policial sentado à sua frente.

— É só isso?

O Policial Schneider — ou seria Schmidt? — parou de escrever na folha de papel e olhou para cima, confuso.

— Hum... — Seus olhos se moveram para o lado, e depois de volta para Margot. — Sim?

Ela havia dirigido de South Bend até a delegacia de Wakarusa para reportar o bilhete que encontrou em seu para-brisas. E, embora ela quisesse chegar em casa e estivesse começando a ficar ansiosa por deixar seu tio sozinho durante tanto tempo, o processo de denúncia tinha sido irritantemente breve. O policial Schneider-Schmidt — que estava à paisana e sem um crachá — havia feito as mesmas perguntas que Townsend fizera a ela antes e anotou suas respostas em um bloco de notas. Quando ele perguntou se ela tinha alguma ideia de quem poderia ter escrito a mensagem, ela descreveu a mulher de cabelo castanho-avermelhado que a havia observado do lado de fora do Shorty's. E, mesmo assim, quando ele disse a ela que a polícia faria tudo ao seu alcance para encontrar o responsável, seu tom fora leve, quase condescendente.

— Escute — tornou Margot, tentando manter sua voz agradável. — Essa pessoa... — Ela apontou para o bilhete, que agora estava aninhado no canto de um saquinho plástico na mesa entre eles. — Acho que ela está me ameaçando, porque tem medo do que vou escrever. Não acho que seja um simples ato de vandalismo mesquinho. Acho que não querem que eu conte essa história. Isso deveria preocupá-la.

Schneider-Schmidt concordou com a cabeça devagar.

— Se não querem uma repórter contando uma história, porém, por que escrever a coisa no celeiro? Primeiro, chamam a atenção, para depois ameaçarem as pessoas que estiveram lá? Isso parece um pouco... desorganizado.

— Eu não sei. — Margot virou a palma das mãos para cima. — Talvez não seja a mesma pessoa.

— Estamos analisando a mensagem do celeiro, sra. Davies. E vamos averiguar o bilhete também. — Ele acenou com a cabeça para o pedaço de papel. — Posso lhe garantir isso.

— E a mulher que descrevi? Também vai tentar encontrá-la?

Schneider-Schmidt estreitou os olhos e verificou suas anotações.

— A mulher com o… cabelo castanho-avermelhado. — Ele hesitou. — A propósito, o que *é* castanho-avermelhado?

Os olhos de Margot se arregalaram.

— É uma mistura entre o castanho e o ruivo.

— Hum. Isso parece bonito. E você só viu essa mulher uma vez?

Ela inspirou longa e profundamente.

— Sim.

— Preciso ser honesto com você, sra. Davies. Uma mulher de meia-idade não se encaixa exatamente no perfil do tipo de pessoa que picha uma parede de celeiro. E, como você só a viu uma vez, é possível que ela não a esteja seguindo, talvez vocês tenham se esbarrado por acaso.

Margot queria gritar. E não era porque ela não estava sendo levada a sério, mas, porra, ele provavelmente estava certo. Nessa conversa, *ela* parecia a irracional, não Schneider-Schmidt. Será que estava sendo completamente paranoica? Todas essas mensagens eram apenas parte de uma brincadeira de alguns adolescentes? A mulher de cabelo castanho-avermelhado só estava passando pelo estabelecimento, enquanto Margot estava do lado de fora? E, pior de tudo: será que ela estava perdendo um tempo precioso tentando usar essa mensagem do celeiro para conectar January e Natalie, quando, na verdade, não havia nada para conectar?

Ela se levantou lentamente, pressionou a palma das mãos no tampo da mesa e forçou um sorriso educado.

— Obrigada pelo seu tempo.

Ela estava saindo pelas portas duplas da delegacia quando ouviu seu nome.

— O quê? — respondeu ela com rispidez, girando de volta.

Pete Finch, que estava correndo em sua direção, parou onde estava com o rosto aflito.

— Ah — disse Margot, sentindo-se arrependida. — Pete. Oi. Desculpe.

— Você está bem?

— Estou bem. Foi apenas um dia longo.

— O que está fazendo aqui?

Ela contou a ele.

— Ah, merda — disse ele, quando ela terminou. — Não é à toa que esteja abalada.

No entanto, a verdade é que não foi apenas aquele bilhete que deixou Margot tão irascível. Foi tudo. Foi ser demitida, receber aquele telefonema de seu antigo senhorio. Foi se perguntar como ela ia pagar por um apartamento no qual não morava mais, além de todas as despesas. Foi ver o rosto de Natalie Clark no noticiário, toda vez que ela passava por uma TV, e o *déjà-vu* que isso lhe causava, de quando ela havia noticiado Polly Limon três anos antes. Era a sensação de que algo estava acontecendo, que ninguém mais podia perceber, e o medo conflitante e aterrorizante de que talvez ela estivesse realmente influenciada pelo passado. Foi estar de volta a esta cidade claustrofóbica e ver seu tio, a pessoa que ela mais amava no mundo, perder lentamente a sanidade.

— Vou dar uma olhada no relatório, ok? — Pete estava dizendo, quando ela voltou a prestar atenção. — Vou tentar ficar de olho nessa mulher.

Margot abriu um pequeno sorriso.

— Por que está sendo tão legal comigo?

— Na verdade, *é* o meu trabalho.

Ela ergueu as sobrancelhas.

— Você é mais atencioso do que o outro cara.

— Bem, acho que também é um pouco de retribuição.

— Retribuição? Pelo quê?

Ele abaixou a cabeça.

— Ah, vamos. Não me faça dizer.

— Do que está falando?

— Terceiro ano...? No recreio...?

Margot olhou para ele confusa.

— Espere. Você realmente não lembra?

— Lembrar o quê?

— Ah, merda. Agora eu gostaria de não ter mencionado nada. — Pete riu, passando uma mão pelo cabelo. — Bem, quando estávamos no terceiro ano, houve um dia, durante o recreio, em que eu fui até aquela parte do parquinho, aonde ninguém ia, sabe? Com todas as árvores, onde o terreno era um pouco mais baixo que o restante?

— Sim, eu fui até lá porque, antes, estava brincando com um monte de crianças, e Jordan Klein disse algo que me fez rir muito; não me lembro o que era, mas eu ri tanto, que meio que fiz xixi nas calças.

— Ah, não.

— Sim. Obviamente, eu estava morto de vergonha, e não queria que ninguém visse. Então, só escondi minha virilha com as mãos e fugi para o lugar mais próximo que pude encontrar, que não estava cheio de crianças. Eu não podia ir ao banheiro, porque precisaria passar por aquele grande trepa-trepa vermelho, onde todo mundo costumava ficar. Enfim, eu estava parado do outro lado de uma grande árvore, que bloqueava a visão do restante do playground, quando, de repente, você apareceu.

Margot estreitou os olhos. As palavras dele desenterraram a lembrança havia muito esquecida.

— Isso mesmo. Eu me lembro agora.

Como sempre, ela estava em sua árvore favorita, lendo, quando escutou passos.

— Eu estava tentando não deixar você ver — continuou ele. — Mas acho que você já sabia, porque só agarrou meu braço, me arrastou até um bebedouro que ninguém nunca usava e começou a jogar água em nós dois. Lembra como as guerras de água costumavam ser moda? De vez em quando, algumas crianças tentavam ver quem molhava mais as outras?

Ela riu.

— Sim. Tão estranho.

Pete sorriu.

— Você me disse que é o que diríamos quando as pessoas perguntassem. Em vez de ser o otário que fez xixi nas calças, eu era o garoto maneiro que entrou em uma guerrinha de água com uma garota. Não acredito que você não se lembrava disso. Foi bem traumatizante para mim. Ou quase traumatizante, eu deveria dizer.

Margot se lembrou de quando ficara assustada e sozinha e January se esgueirara para seu lado pressionando um tecido com desenho de floco de neve em sua mão. *Quando estou com medo, eu aperto isso, e ele me torna corajosa.*

— Acho que só nos lembramos de nossas próprias experiências.

— Bom, de qualquer forma, chega dessa minha história de xixi nas calças. — Ele enfiou as mãos nos bolsos. — Como está o seu tio?

— Hum, ele está bem — disse ela. Depois, perguntou-se se era verdade.

Ela havia conseguido falar com Luke no caminho de volta de sua entrevista com Townsend. Felizmente, ele parecia estar bem. Ele não tinha sido capaz de dizer a ela se havia almoçado, e tinha soado vago sobre o que ele havia feito naquele dia. Mas estava emocionalmente equilibrado, não com raiva, ou chateado, nem significativamente confuso. E, quando ela o lembrara de que havia fatias de frios e queijo na geladeira, e pão na torradeira, ela o escutara começar a se movimentar pela cozinha. Antes de desligar, alguns minutos depois, ele disse que talvez fosse se deitar para tirar uma soneca. E, no entanto, isso foi há mais de uma hora. Com sua doença, tudo poderia estar diferente agora.

— Eu deveria voltar para casa — disse Margot. — Mas enquanto estamos aqui... Você está familiarizado com o caso de January?

Pete ergueu as sobrancelhas.

— Hum... mais ou menos. Quero dizer, é algo que se ouve o tempo todo por aqui. Mas eu nunca, tipo, vi o arquivo.

Margot olhou para o relógio. Ela estava dividida entre o desejo de chegar em casa e ver como Luke estava e a necessidade de investigar o que Townsend havia acabado de dizer a ela.

Durante a viagem de meia hora de volta a Wakarusa, ela não parava de pensar no olhar do ex-detetive, enquanto lhe explicava por que nunca havia conseguido prender Krissy. Apesar das regras inexistentes para policiais aposentados, e apesar do fato de que, durante toda a entrevista, ele parecera inteiramente acessível, sua reação naquele momento deixou em Margot a sensação inconfundível de que ele não estava dizendo toda a verdade. Será que ela estava imaginando aquela aura estranha e misteriosa? Ela sempre se orgulhara de ser capaz de ler as pessoas. No entanto, sua vida parecia estar começando a desmoronar, e sua confiança estava abalada. Além disso, por que Townsend, um detetive aposentado, sentiria a necessidade de esconder algo dela?

Margot mordeu o interior da bochecha. Estava ficando tarde. Porém, ela tinha, ali mesmo, um policial de Wakarusa que sentia que lhe devia um favor e uma pergunta atormentando sua mente.

— Você tem alguns minutos? — indagou ela. — Há algo que quero lhe perguntar.

* * *

Os dois se sentaram em um banco a meio quarteirão da delegacia. Margot começou a contar a Pete tudo o que havia acabado de saber com Townsend. Ficou claro pelas reações dele, enquanto ela falava, que ele já tinha ouvido tudo isso antes.

— Bem — disse Pete, quando ela terminou —, ele não estava *mentindo* quando disse por que o caso nunca foi a tribunal, por que ele nunca conseguiu fazer uma prisão. Não exatamente. Ele só não estava lhe contando toda a verdade. Aliás, isso não é de se admirar. É por isso mesmo que o departamento de polícia de Wakarusa tem uma rixa com ele e com toda a polícia estadual.

— Uma rixa contra a... Por quê?

— Os caras mais velhos sempre dizem que a polícia estadual entrou na cidade sem saber nada a respeito desse lugar, nem dos moradores, e fez um julgamento instantâneo sobre o que aconteceu com January. Muitos deles pensaram que Townsend estava tão cego por sua crença de que a assassina era Krissy, que ele ignorou detalhes que não se encaixavam em sua própria narrativa.

— Que detalhes?

— Hum... — Pete tentou se lembrar. — Acho que só conheço um, em particular. Mas o boato por aqui é que há uma prova que impediu Townsend de levar seu caso ao promotor. Porque isso deixava sua versão dos fatos naquela noite um pouco nebulosa e desviava a culpa de Krissy.

— Que prova?

Ele hesitou.

— Isso pode ficar só entre nós?

— Claro.

— Ok. Então, para a história fazer sentido, é preciso lembrar a declaração de Krissy e Billy sobre aquela noite. Lembra que eles disseram que todos dormiram a noite toda, inclusive Jace?

— Krissy tinha o hábito de tomar pílulas para dormir, e Billy disse que sempre dormia profundamente. Assim, era difícil realmente responder por alguém, além deles mesmos. No entanto, eles disseram algo sobre Jace ter um sono pesado e raramente acordar no meio da noite. E, quando acontecia, ele sempre chamava por um deles. Bem, eles disseram que ele não os havia chamado naquela noite. Então, ele claramente não havia acordado. — Pete balançou a cabeça. — Seja como for, eles fizeram um estardalhaço sobre isso.

— Ok...

— Bem, de acordo com um relatório do estado, eles confiscaram o pijama que Jace estava usando naquela noite e o levaram para análise forense. Eles encontraram sangue no tecido. Era concentrado, fresco e compatível com o tipo sanguíneo de January. Como gêmeos, eles provavelmente tinham o mesmo tipo sanguíneo, embora não fosse totalmente garantido. No entanto, Jace não tinha nenhum corte, e January teve grande hemorragia interna, o que, quando é na cabeça, como no caso dela, o sangue pode escorrer pelos ouvidos e pelo nariz. E, claro, havia um pouco de sangue na parte de trás de sua cabeça, onde ela havia sido atingida. De qualquer forma, a questão é que era o sangue dela no pijama de Jace.

Margot ouviu, paralisada. Ela havia estudado o caso muitas vezes ao longo dos anos e não tinha ouvido nada disso antes.

— Não sei se você lembra — continuou Pete —, mas nem Krissy, nem Billy, jamais fizeram qualquer declaração sugerindo que January estivesse sangrando antes de ir para a cama. Isso significa que o sangue tinha sujado o pijama de Jace algum tempo depois. Então, muito provavelmente, Jace estava acordado naquela noite e viu, ou fez, muito mais do que ele ou seus pais estavam dispostos a dizer.

Aquela velha lembrança de Jace encheu a mente de Margot. De repente, ela tinha dez anos novamente, sentada em um carvalho, olhando para seu vizinho de frente. Ela observou, enquanto ele pressionava a ponta do sapato no peito de um pássaro morto, empurrando cada vez mais forte, até que sua cabeça inchou. Anos depois, na faculdade, Margot havia feito um curso de psicologia e aprendido a vasta gama de efeitos que o luto pode ter nas pessoas. Ela também se lembrara daquele pássaro morto, mas pensara que, finalmente, havia entendido o comportamento bizarro de Jace. Depois de perder sua irmã gêmea, ele havia desenvolvido uma fixação com a morte, como um esforço para compreender o que tinha acontecido com ela. Agora, porém, Margot se perguntou se ela estava errada e se havia algo mais sombrio crescendo dentro dele.

Pete continuou.

— Então, o que dizem por aqui é que Townsend varreu essa evidência para debaixo do tapete, porque não ajudava em seu caso contra Krissy. E, pelo que você me disse, parece que ele ainda não está disposto a admitir. — Ele olhou para seu relógio. — Ei, desculpe encurtar nossa conversa, mas preciso voltar ao trabalho.

— Ah — disse Margot, sentindo-se como se estivesse em meio a um nevoeiro. Tudo o que ele acabara de dizer estava fazendo sua cabeça girar como uma nuvem de tempestade. — Sim. Sim, claro.

Pete bateu a palma das mãos nos joelhos, depois se levantou.

— Espero que tenha ajudado.

— Ajudou. Obrigada.

Ele se virou para sair, depois voltou novamente.

— A propósito, vou dar uma olhada nesse relatório. Tentar descobrir quem lhe enviou esse bilhete.

Margot, que estava pegando o telefone na bolsa, olhou para ele e sorriu.

— Obrigada, Pete. Agradeço de verdade.

Enquanto ele voltava para a delegacia, ela escreveu uma mensagem para Luke: *Só vou fazer mais uma coisa rápida*, digitou ela, tentando se livrar do sentimento de culpa que a afligia. *Depois, vou para casa. :)*

Poucos minutos depois, ela entrou no Shorty's, que já estava lotado de clientes para o jantar. Margot viu Linda atrás do bar abrindo duas garrafas de cerveja. Ela atraiu seu olhar enquanto se aproximava e Linda abriu um sorriso.

— Ei, Margot — cumprimentou, alegremente, deslizando as cervejas para dois homens do outro lado do balcão. — Vai fazer mais algumas entrevistas?

— Hoje, não — respondeu Margot. — Mas eu estava querendo falar com você.

Linda ergueu as sobrancelhas, claramente tentando mascarar sua alegria com um olhar descontraído e casual.

— Ah, é?

— Sim. Poderia divulgar por aí algo para mim?

Linda abriu um sorriso ainda maior.

— Ora, claro, querida. Sou boa nisso. O que quer que eu diga às pessoas desta vez?

— Diga que estou procurando Jace Jacobs.

CATORZE

KRISSY, 1994

Krissy estava tremendo. O quarto do Hillside Inn estava se fechando ao redor dela, suas paredes tediosamente pintadas cada vez mais próximas. Ela pensou ter sido perfeita, pensou ter coberto todos os seus rastros. No entanto, Billy a havia desmascarado depois de apenas algumas horas.

— O que você fez? — grunhiu ele.

A manga azul aveludada de seu roupão ainda estava apertada em seu punho. Parecia que ele estava lutando contra a vontade de bater a cabeça dela contra a parede. O olhar de Krissy foi da tinta spray vermelha, na manga de seu roupão, para o rosto raivoso do marido.

No dia em que se casaram, sete anos atrás, que parecia uma eternidade, foi como se um interruptor tivesse ligado no cérebro de Billy, transformando-o de adolescente em marido. De repente, ele estava dizendo que a amava, porque, Krissy supôs, era isso que as pessoas casadas diziam. Ele esperava jantar à mesa às seis. Ele parou de lavar sua própria roupa. Para Krissy, por outro lado, ser metade desse todo não tinha surgido naturalmente. Ela queimava refeições, nunca sabia quando ele precisava de meias novas ou quando estava ficando sem xampu, não o chamava de querido, ou amor, ou meu bem. Com o passar dos anos, ela simplesmente parou de se esforçar. E, no entanto, desde que ela agisse conforme o esperado, colocasse um vestido para a igreja e preparasse o café da manhã para as crianças, Billy nunca parecia notar que ela não estava realmente lá.

Agora, diante dele, parecia a primeira vez que ele realmente havia olhado para ela em anos. E, ficou claro, pela fúria em seus olhos, que o tempo de sua complacência havia acabado. Krissy não podia contar a esse homem bravo seu segredo. Eles não eram uma equipe, nem ela confiava nele o suficiente para guardá-lo. As apostas eram muito altas.

— Do que exatamente está me acusando, Billy?

— Eu... — ele hesitou. A expressão de inflexível certeza em suas feições, lentamente começou a se transformar em algo mais vacilante. Uma suspeita profunda, mas nebulosa. — O que... por que há tinta spray em sua manga?

— O que você acha? Eu provavelmente esbarrei na parede.

Krissy sabia que, no momento em que os dois descessem as escadas naquela manhã, a tinta spray já estaria seca, mas Billy não sabia.

Ele olhou para ela durante um longo momento, e seus olhos se estreitaram. Agora, por trás da suspeita, havia uma pitada de confusão. Claramente, ele não sabia o que pensar. Por fim, ele soltou o roupão, deixando a manga azul macia amassada na cama do hotel. Em seguida, deixou cair a cabeça nas mãos.

— Eu não entendo. — Sua voz abafada parecia um coaxar. — Nada disso faz qualquer sentido. Eu...

— Eu sei — tornou Krissy. — Eu também não entendo. Passe para cá. — Ela estendeu a mão. Quando ele olhou para cima, ela acenou com a cabeça, para o roupão na frente dele. — Me dê isso aqui.

Billy titubeou e olhou para baixo.

— Isso? — Ele agarrou a manga, com delicadeza. — Por quê?

— Vou lavar. Caso a polícia encontre. Não significa nada, mas... — Ela respirou fundo. — Mas e se eles acharem que sim?

Assim que fechou a porta do banheiro, Krissy trancou a fechadura e abriu a torneira da banheira o mais quente possível. Em seguida, tirou da embalagem de plástico uma pequena barra de sabão, segurou a manga de seu roupão sob a água fervente e começou a esfregar.

No momento em que ela estava fazendo com que a cor desbotasse em uma mancha irreconhecível, uma batida forte soou na porta do hotel. Ela pulou, com o coração martelando.

— Kris. — A voz de Billy soou pela porta do banheiro. — É a policial Jones, com Jace. Estou me trocando. Você poderia...

— Merda — sibilou Krissy, fechando a torneira. Ela se apressou para enrolar o roupão em uma toalha, enfiou-o no canto do banheiro, depois jogou outra em cima, para que parecesse nada mais do que uma pilha de toalhas usadas. — Estou indo!

Respirando fundo, Krissy saiu do banheiro em direção à porta do quarto de hotel. Ela a abriu, revelando a policial Jones de mãos dadas com seu filho. Krissy sabia que deveria estar grata por ter Jace seguro aqui com ela, longe dos olhos vigilantes da polícia. Mas ela não estava. Em vez disso, tudo o que ela sentiu quando o viu foi um profundo ressentimento por ele não ser a irmã.

* * *

Jace era complicado, desde que veio ao mundo. Enquanto January atingiu todos os marcos esperados para os bebês — sorriu aos dois meses, riu pouco depois —, Jace apenas oscilou entre sério e furioso. Ele podia chorar durante horas a fio, mesmo sem necessidade de ser trocado, alimentado ou colocado para arrotar. Se Billy não tivesse sido tão inútil com os bebês, talvez Krissy pudesse ter lidado melhor. Mas, durante toda a infância dos gêmeos, seu marido nunca perdeu nem uma hora de trabalho na fazenda ou uma hora de sono. Isso não era por maldade, Krissy sabia, mas por falta de imaginação. Na mente de Billy, os homens trabalhavam e as mulheres cuidavam dos filhos. Assim, no primeiro ano de vida das crianças, ela e seu filho estavam em um mundo próprio.

À noite, enquanto January dormia pacificamente em seu berço, Krissy caminhava pelas escadas escuras da casa, embalando um Jace choroso em seus braços. *Eu não pedi por isso*, ele parecia dizer com seus gritos incessantes. *Eu não pedi para nascer.* E Krissy, privada de sono e amargurada, pensava de volta: *Eu também não.*

Aqueles primeiros anos se passaram em um borrão de solidão. A maioria dos amigos de Billy e Krissy tinha ido para a faculdade. Mesmo aqueles que não tinham ido, desapareceram da vida deles. E como Krissy poderia culpá-los? Eles tinham vinte e poucos anos, passavam as noites dirigindo para shows em Indianápolis, tomando bebida barata e dando amassos na parte de trás das picapes dos meninos. Nesse meio-tempo, Billy e Krissy tinham uma família. Dave foi quem ficou com eles durante mais tempo. Ele havia procurado emprego em todas as cidades próximas. Acabou conseguindo algo em Elkhart, mas era uma curta viagem de vinte minutos de Wakarusa. Assim, em vez de mudar de cidade, ele havia se mudado de casa. Saiu da casa de seus pais e foi para uma casa alugada de dois quartos a apenas alguns quarteirões de distância. Porém, mesmo assim, ele não se encaixou em sua nova vida e acabou desaparecendo também.

Em um piscar de olhos, os gêmeos estavam andando e falando. Viver com January era como viver com uma estrela brilhante. Ela brilhava e era feliz em tudo que fazia. Jace, por outro lado, ainda parecia zangado com o mundo. Ele era amuado e calado em um momento; no outro, tinha espasmos de lágrimas indignadas. Quando os gêmeos fizeram três anos, Krissy os matriculou em aulas: dança para January, futebol para Jace. No balé, January floresceu, logo fazendo amizade com as outras meninas e voltando para casa depois de cada aula para mostrar à mãe o que ela havia aprendido. Cada vez que Krissy levava Jace ao futebol, porém, ele se recusava a entrar em campo. Depois de quatro acessos de raiva seguidos, ela cancelou sua inscrição.

Krissy encorajou Billy a passar um tempo com o filho, a ensiná-lo a pescar, a jogar bola, até mesmo a deixá-lo sentar em seu colo enquanto dirigia o trator. Jace, contudo, nunca quis fazer nada disso, e Billy finalmente parou de tentar. O que significava que, a cada duas tardes, Krissy arrastava Jace para o ensaio de January, onde ele ficava sentado no saguão, sem fazer barulho, completamente absorto em seus lápis de cor e uma pilha de papéis.

No entanto, estava nítido que algo se infiltrara no âmago de Jace, porque, na noite após o primeiro recital de January, tudo transbordou.

Enquanto Krissy ajudava January a se preparar para a apresentação, cuidando de sua maquiagem e figurino, Jace assistia assustado e mal-humorado. Depois, ele havia ficado imóvel e mudo, durante todo o recital, e também na volta de carro para casa. Para qualquer outra pessoa, ele pode ter parecido um garoto particularmente bem-comportado, mas seu silêncio enervou Krissy.

No momento em que eles entraram em casa, January anunciou:

— Eu quero fazer o meu recital!

Billy riu com indulgência, mas Krissy disse:

— Querida, você acabou de dançar.

— Eu quero fazer de novo! — January estava pulando na ponta de seus pezinhos calçados com sapatilhas de balé.

— Vamos lá, Kris — disse Billy. — Deixe-a fazer novamente. — January gritou e correu para ele. Seus bracinhos finos envolveram firmemente as pernas do pai.

— Billy — retrucou Krissy, inclinando a cabeça na direção de Jace, que estava tão estático e rígido que parecia um pequeno manequim.

Billy, no entanto, apenas deu de ombros.

— É uma dança.

Então, Krissy colocou o CD de ensaio de January. Billy e ela se sentaram lado a lado no sofá, para serem o público de January pela segunda vez naquela noite. Jace, vestido com suas pequenas calças cáqui e camisa de botão, ficou espremido entre eles. Quando a música terminou, January curvou-se profundamente, prolongando o momento, ao fazer reverências repetidamente em todas as direções.

Billy, que estava segurando o buquê que eles haviam dado a ela antes, no teatro, arrancou uma das rosas brancas sem espinho e jogou-a no chão da sala.

— Bravo! — gritou ele. January lançou-se sobre ele e o pressionou contra o peito. Ele pegou mais algumas hastes, e entregou uma para Krissy e outra para Jace. Krissy jogou a dela no palco improvisado. Jace, porém, segurou a dele com força entre suas pequenas mãos.

— Jace — disse Billy —, você vai jogar a flor para sua irmã?

Jace olhou para um ponto no chão. Seu peito arfava em respirações rápidas.

— Aqui — disse Krissy, levemente, estendendo a mão, para pegar uma flor do buquê nas mãos de Billy. — Por que você não guarda aquela, e joga esta? — Ela lhe entregou a segunda rosa.

Quando ele ainda não se moveu, Billy disse:

— Jace, sua irmã acabou de dançar para nós, e foi incrível. Quer dizer algo a ela?

A essa altura, Jace estava tremendo.

— Tudo bem — disse Krissy. — Se não quiser fazer isso agora, talvez mais tarde você possa dizer.

— Não. — Billy balançou a cabeça. — Jace, dê os parabéns à sua irmã.

Krissy olhou para ele.

— Billy, tudo bem. Eles tiveram um dia longo.

— Não. Jace, diga "para...

Porém, antes que ele pudesse terminar, Jace se levantou. Franziu a testa, ficando vermelho.

— Não! — Ele jogou as duas rosas no chão e pisou nelas. — Eu odeio dança!

— Jace — gritou Billy, com a voz severa. — Essa *não* é a maneira certa de se comportar. Você acabou de ganhar uma surra.

Krissy olhou novamente para o marido.

— Billy...

Jace, porém, estava gritando por cima dela.

— Eu odeio você! — gritou ele para Billy, pressionando a palma das mãos nas coxas. — Eu odeio a mamãe! — Ele disparou ao redor da mesinha de centro, em direção à irmã, que havia assistido à cena se desenrolar com os olhos arregalados. — E eu odeio a January! — Ele a empurrou com tanta força que ela caiu para trás. Seu quadril e ombro colidiram contra a madeira com dois estalos que pareceram muito dolorosos. Ela se desfez em lágrimas. Jace saiu correndo da sala.

Na noite seguinte, quando Krissy a colocou na cama, January virou de lado e Krissy viu um hematoma brotando em seu ombro. Estava bem naquele ponto sensível abaixo do osso, quase do tamanho de um punho. Naquele momento, enquanto olhava para a mancha escura no corpo da filha, Krissy percebeu que estava com medo do próprio filho.

* * *

Agora, diante de Jace, na porta de seu quarto de hotel, Krissy pensou em tudo que havia feito na noite passada para protegê-lo, em cada mentira que havia dito a Billy e aos detetives para mantê-lo seguro. E se perguntou, enquanto ele olhava para ela, com aqueles olhos sérios e vazios, se ela havia tomado a decisão certa ou se protegê-lo tinha sido um erro terrível.

QUINZE

MARGOT, 2019

Passava um pouco das onze da manhã de segunda-feira, e Margot estava dirigindo até a loja de ferragens para fazer uma cópia da chave da casa de Luke. Então seu celular vibrou no assento ao lado dela. Margot deu uma olhada rápida na tela e, quando viu o nome do contato, agarrou-o.

— Oi, Linda.

Do outro lado, ela podia ouvir os sons do Shorty's: o murmúrio alto de uma multidão no almoço, o gelo tilintando nos copos, a TV ligada ao fundo.

— Margot? — Linda quase gritou seu nome, e Margot tirou o telefone de sua orelha. — Oi, querida. Você está bem? Parece cansada.

— Estou bem.

O que era mentira. Margot tinha dormido mal na noite anterior, jogando-se irritada no futon, enquanto sua mente ia de Luke a January, depois a Natalie Clark, e então de volta para seu tio. Ela estava começando a sentir que estava sobrecarregada quando se tratava de ajudá-lo, sem saber como navegar nas águas agitadas de sua doença, e culpada por não se mostrar mais disponível, mais competente, mais... tudo.

Na noite anterior, depois de sua série de entrevistas ao longo do dia, Margot voltou para a casa de Luke. Estava ansiosa para comer, tomar banho e dormir, mas descobriu que tinha sido trancada do lado de fora da casa. Ela sacudiu a maçaneta algumas vezes para ter certeza, empurrando a porta com o pé, só que ela não se moveu. Ela fechou os olhos. Fazer uma cópia da chave estava em sua lista de tarefas, é claro. No entanto, ela havia ficado para o final, definhando, aparentemente menos urgente do que outras tarefas, como garantir que ele tivesse comida e impedir que ele ficasse sem seus remédios.

Ela bateu forte na porta. Em seguida, esperou, mas nada aconteceu. A casa permaneceu silenciosa e escura.

— Tio Luke! — chamou Margot, através da porta. — Você está aí?

Ela olhou para a porta da garagem fechada, visualizando o único controle remoto preso no quebra-sol do carro de Luke. Então, com uma pontada de pânico, ela percebeu que nem sabia se o carro dele estava lá. Ele raramente dirigia hoje em dia, mas e se ele tivesse dirigido hoje? E se ele teve um surto na estrada? E se ele esqueceu para onde estava indo, ficou nervoso e sofreu um acidente? Margot não deveria tê--lo deixado sozinho durante tanto tempo. Ela deveria ter pesquisado o que fazer caso ele decidisse pegar o carro para dirigir. Ela deveria ter feito uma cópia da porra da chave da casa. Todas as maneiras em que ela havia falhado com o tio começaram a se empilhar uma a uma em seus ombros.

Ela bateu a palma da mão contra a porta.

— Tio Luke! Sou eu! Sua sobrinha, Margot.

Nada.

— Tio Luke! Você está aí? Por favor, abra a porta.

Ainda, nada.

— Merda — sibilou ela.

Ela puxou o telefone da mochila e ligou para o celular dele, que não atendeu. Ele também não atendeu o telefone da casa.

— Merda, merda, merda.

Ela desceu do pequeno patamar de concreto e contornou os arbustos que se enfileiravam no exterior da casa. Quando chegou à janela que dava para a cozinha, Margot pressionou o rosto contra a tela, colocando as mãos em volta dos olhos para espiar dentro da casa. Contudo, a cozinha estava escura e vazia. Ela caminhou ao redor da casa, com os arbustos arranhando suas coxas através de sua saia. Ao longo desta parede, havia outra janela. Porém, o chão havia afundado e ela teve que ficar na ponta dos pés para espiar através dela, e quando o fez, seus ombros afundaram, aliviados.

— Porra, graças a Deus.

Ali estava Luke, na sala, sentado no sofá e assistindo à TV.

De volta à porta da frente, ela bateu novamente.

— Tio Luke! — chamou, tentando fazer sua voz alta e calma. — Posso entrar? Sou eu, Margot.

E então, finalmente, ela ouviu o *clique* da tranca e o rangido da porta se abrindo lentamente. Na faixa de espaço entre a porta e o batente, Luke olhou para ela.

— Garota? — Seu olhar disparou de seu rosto para o quintal, e para a rua atrás dela. — Graças a deus você está aqui. Entre. — A ruga profunda de preocupação entre seus olhos fez o coração de Margot disparar. O que estava acontecendo? Ele a conduziu pela porta rapidamente. No momento em que ela entrou, ele fechou a porta e girou o trinco de volta no lugar. — Onde está Rebecca? — perguntou ele. — Pensei que ela tivesse ido buscá-la na escola e estivesse levando você para casa hoje.

Margot piscou e se reorientou. Embora ela sempre se sentisse mal ao descobrir que seu tio estava perdido em outra época, o que ela sentia mais profundamente, nesse momento, era alívio. Ela estava aliviada por tê-lo em casa, seguro; aliviada por saber exatamente em que lugar do passado ele estava.

— Ah — disse ela —, eu fiquei bem sozinha.

Luke balançou a cabeça.

— Não. Eu não gosto de você voltando para casa sozinha. Não hoje. Não depois do que aconteceu com January.

O nome atingiu Margot como um tapa. Ela engoliu em seco.

— Existem pessoas ruins no mundo — disse seu tio, com a voz estranhamente dura. — Ok? Você tem que tomar cuidado.

E, embora Margot soubesse que ele estava preso 25 anos no passado, embora ela soubesse que nada do que ele estava dizendo fazia mais sentido, as palavras dele ainda penetravam em sua espinha com um arrepio.

Agora, no carro, ela trocou o telefone de um ouvido para o outro.

— Sim, eu estou bem — garantiu a Linda. — Eu só tive uma noite longa. O que houve?

— Hum — disse Linda. — Sabe, minha prima confia naquele comprimido. Como é mesmo o nome? Ambien? Diz que a faz dormir como um bebê. Você deveria experimentar.

— Sim. Talvez eu experimente. Então… o que houve, Linda?

— Bem, senhorita abelhinha ocupada, acho que talvez tenha encontrado uma pista para você.

— Para achar o Jace? Uau. Você é rápida. — Fazia menos de 24 horas desde que ela havia pedido a ajuda de Linda.

— Eu disse a você que eu era boa. — Margot podia ouvir o sorriso em sua voz. — Espalhei a notícia para um monte de gente ontem, e, alguns minutos atrás, Abby Mason… você conhece a Abby, não é? A que sabe tudo de todo mundo? — Antes que Margot pudesse responder, Linda já havia continuado. — De qualquer forma, Abby acabou de entrar e me disse que ela ouviu de Brittany Lohman, que ouviu de Ryan Bailey, que eu disse que você estava procurando por Jace Jacobs. Ela falou que Jace era meio solitário, mas ela se lembra de um cara com quem ele andava, o nome dele é Eli Blum.

Margot escaneou o catálogo mental de crianças com as quais ela havia frequentado a escola.

— Não me parece familiar.

— Bem, não teria como. Ele e os pais se mudaram para cá cerca de cinco anos depois que January… — Ela parou de falar. — Vocês dois se desencontraram. De qualquer forma, Eli é um pouco… estranho, se é que você me entende.

Margot não sabia o que ela queria dizer. Em um lugar onde qualquer coisa que não fosse o tradicional cristão americano era estranho, as possibilidades eram infinitas.

— Certo. E Abby tem alguma ideia de onde Eli está agora?

Linda deu uma risadinha.

— Eu sempre esqueço que você esteve fora por tantos anos. Todo mundo sabe que Eli Blum trabalha no Burton's, na West Waterford.

Margot ergueu as sobrancelhas, pois presumira que um "estranho" já teria se mudado, mas a rua West Waterford estava, no máximo, a três minutos de distância. Então se deu conta de que ficava no caminho da loja de ferragens e lançou um olhar ansioso para o bolso de sua mochila, onde havia guardado a chave da casa de Luke. Ela nunca mais queria que acontecesse o mesmo que na noite passada, mas falar com Eli não demoraria muito. Ela simplesmente apareceria no Burton's e faria uma cópia da chave em seguida.

— A propósito — disse Margot —, o que é o Burton's?

— Ora, a locadora de DVD, é claro.

— Certo. Claro.

* * *

Entrar no Burton's DVDs era como voltar ao passado. As paredes estavam cobertas de pôsteres de filmes antigos: *Laranja Mecânica*, *Entre o Céu e o Inferno*, e o balcão de vidro tinha sido decorado com uma colagem de fotos de revistas recortadas à mão. O cara lendo um livro atrás da caixa registradora — Eli, Margot presumiu — parecia ter saído direto dos anos noventa. Com mais ou menos a mesma idade de Margot, ele tinha o cabelo tingido de preto e uma franja que caía sobre um dos olhos, um piercing prateado no nariz, e, provavelmente, a única pessoa nesta cidade que tinha tatuagens.

Ele ergueu os olhos de seu livro, quando o sino acima da porta anunciou a chegada de Margot.

— Bem-vinda.

— Obrigada.

Na porta, Margot hesitou. Ela estava planejando perguntar a ele diretamente sobre Jace, mas algo a impediu — talvez a rispidez de sua voz ou a frieza em seu olhar. Talvez fosse melhor ir com calma. Ela se virou para um corredor e fingiu olhar os DVDs, esperando que ele iniciasse uma conversa. Mas ele permaneceu calado. Enquanto ela caminhava pelo corredor, as imagens nas capas dos DVDs iam se alterando, de antigas em preto e branco para as de casas escuras e títulos escritos em uma imitação de sangue. Ela pegou um ao acaso e levou para o caixa.

O rapaz olhou para o DVD enquanto ela o colocava no balcão.

— Clássico — disse ele.

Margot olhou para o filme, surpresa ao descobrir que já o tinha visto antes. Era sobre uma jovem que volta dos mortos, repetidas vezes, para torturar e depois matar.

— Os clássicos nunca morrem.

Enquanto ele registrava o aluguel, Margot ficou esperando que o cara dissesse alguma coisa — todo mundo nesta cidade estava tão curioso sobre quem ela era, e por que estava lá. Mas ele simplesmente aceitou o cartão de crédito dela sem dizer nada, depois entregou o DVD e o recibo.

— Retorno até quinta-feira.

— Obrigada. — Margot colocou o filme em sua mochila. — Ei, você por acaso é o Eli?

O cara ergueu os olhos do livro para o qual já havia voltado. Por um momento, ele ficou em silêncio. Então respondeu:

— Sim.

— Eu sou Margot Dav…

— Eu sei quem você é.

— Ah. Certo… Então você provavelmente também sabe que estou investigando o caso January Jacobs. Sei que você se mudou para Wakarusa depois do acontecido, mas alguém mencionou que você costumava ser amigo de Jace. Eu gostaria de lhe perguntar sobre ele.

Embora ela não tivesse feito uma pergunta direta, a maioria das pessoas se sentiria compelida a responder pelo menos para evitar um silêncio constrangedor. Eli, por outro lado, apenas a encarou passivamente.

Depois de um momento, ela disse:

— Isso é verdade? Vocês dois eram amigos?

— Nós éramos amigos.

— Vocês ainda se falam?

— Não.

— Por acaso você sabe onde ele está?

— Não.

— Ok… Olhe, peço desculpas por estar insistindo, não estou tentando colocar Jace em apuros nem nada. Eu…

Porém, Eli a cortou.

— Não dou a mínima para isso. Eu não estou, tipo, escondendo nada. Só não sei nada da vida do cara há mais de uma década.

— Certo. Ok. — Margot hesitou. Ela tinha certeza de que ele estava dizendo a verdade, mas também suspeitava que ele sabia mais sobre Jace do que achava que sabia. Ela só precisava persuadi-lo. — Você poderia me dizer como ele era na época em que você o *conhecia*?

— Sinceramente, não o conhecia tão bem. Nós basicamente só… fumávamos maconha juntos.

— Isso é muito mais do que qualquer outra pessoa nesta cidade fez com ele. Você provavelmente se lembra de mais do que pensa. Por favor. Não estou usando isso para um artigo ou algo assim. Eu só estou tentando encontrá-lo.

Eli a encarou por um momento. Então, finalmente, ele suspirou.

— O que quer saber?

Margot abriu um sorriso agradecido.

— Ele alguma vez falou sobre o futuro? O que queria ser, onde queria viver?

— Não que eu me lembre.

— Ok… Do *que* ele falava?

— Eu não sei. Ele era bem calado.

Margot forçou seu rosto a permanecer neutro.

— Como ele era? Personalidade, gostos, desgostos, esse tipo de coisa. — Ela estava se distanciando do que realmente precisava. Porém, neste momento, ela só queria que Eli falasse.

— Hum… Ele gostava de arte, pintura, essas merdas. Ele odiava a família.

— Sério? — Margot ergueu as sobrancelhas. — Como sabe?

— Porque ele dizia coisas como *Eu odeio a porra da minha família*. E, bem — Eli deu de ombros —, eu lia nas entrelinhas.

— Hum. A irmã dele estava incluída nisso?

— January? — Pela primeira vez, Eli pareceu surpreso com a pergunta. — Não sei. Ele nunca falou abertamente sobre ela. — Seus olhos percorreram a loja e parecia que ele estava tentando lembrar se isso era verdade ou não. — É… não. Ele não poderia tê-la odiado. Ele costumava levar flores para o túmulo dela todos os anos.

Margot se admirou.

— Jace trazia flores para o túmulo de January? — Ela o havia escutado de maneira suficientemente clara, mas não estava entendendo, isso não combinava com o menino de quem ela se lembrava, nem com a versão adulta dele, que ela havia criado em sua cabeça. — Todo ano, quando?

— No ensino médio.

— Não, quero dizer em que época do ano? Você se lembra? Era na mesma época todos os anos?

— Ah. Pode ser. Não sei. Só me lembro de uma vez em que estávamos fumando. Era meia-noite, ou algo assim. De repente, ele disse que tinha que ir.

E ele nunca teve um horário para estar em casa, pelo menos nenhum com o qual se importasse. Então, perguntei para onde ele estava indo, e ele disse que precisava levar flores para o túmulo da irmã. Disse que fazia isso todos os anos. Eu me lembro, porque ele nunca tinha falado sobre ela antes, e ficou todo estranho nesse dia.

— Estranho como?

Eli levantou um ombro.

— Não sei. Era como se ele pensasse que tinha cometido um deslize ou algo assim. Como se tivesse falado o que não devia.

— Isso foi no meio da noite?

— E tenho certeza de que foi durante o verão, porque — ele lançou um olhar para cima — sim, eu lembro que estava trabalhando na Despensa da Vovó na época. Foi meu trabalho de verão durante o ensino médio. Eu odiava aquele trabalho.

Nesse momento, a campainha acima da porta tocou e entrou outro cliente.

— Bem-vindo — cumprimentou Eli. Em seguida, olhou para o recém-chegado. — Ah. E aí, Trevor.

— Cara — disse Trevor —, que porra de cena foi aquela luta no final?

E então os dois começaram a conversar, e Margot sabia que seria quase impossível levar a conversa de volta para Jace. Mas ela não se importou. Sua mente estava zunindo.

Se Jace costumava visitar o túmulo de January na mesma época, todos os anos, ele provavelmente o fazia de acordo com alguma data significativa. E a única data significativa ligada a January durante o verão, em que Margot conseguia pensar, era 23 de julho, o dia em que ela morreu. Então Jace havia visitado o túmulo de sua irmã todos os anos no aniversário da morte dela. Agora, a única pergunta era: ele ainda fazia isso? Margot verificou a data em seu telefone enquanto saía da loja: 19 de julho.

Enquanto ela caminhava em direção ao carro, um lampejo de movimento em sua visão periférica chamou sua atenção. Ela levantou a cabeça e viu uma figura do outro lado da rua. Quando percebeu quem era, o coração de Margot começou a bater forte. Era a mesma mulher que ela havia visto do lado de fora do Shorty's, a de cabelo tingido de castanho-avermelhado. O policial Schneider-Schmidt quase a havia convencido de que ela havia transformado uma estranha aleatória e inofensiva em uma perseguidora nefasta. Mas parecia que ela estava certa, afinal. Esta mulher a estava seguindo. Uma de cada lado da rua, elas se olharam nos olhos, e a mulher se virou, desviando-se por trás do prédio em frente ao qual estava.

Margot correu para o outro lado da rua sem olhar antes de atravessar e se virou bem a tempo de ver um SUV preto freando bruscamente. O carro parou a menos de trinta centímetros dela. A adrenalina explodiu em seu corpo, o chiado dos freios ecoando em seus ouvidos.

— Desculpe! — gritou ela para a motorista, que estava com a mão no peito, ofegante de susto. Então, desta vez, olhando para os dois lados, Margot correu em direção ao prédio atrás do qual vira a mulher desaparecer. No entanto, quando virou a esquina, tudo o que viu foi uma rua vazia.

DEZESSEIS

MARGOT, 2019

A caminho do cemitério da igreja, Margot fervilhava de nervoso. Por que essa mulher a estava seguindo? Ela era a mesma pessoa que havia deixado aquele bilhete no para-brisa? Que diabos ela queria?

Aqui não é seguro para você.

Margot olhou novamente o espelho retrovisor, mas parecia que a mulher de cabelo castanho-avermelhado havia parado sua perseguição por um momento. Ou então tinha conseguido despistá-la.

Margot ligou a seta de direção, e, no momento em que virou na rua Union, a igreja surgiu em seu campo de visão. Sem o enxame de congregantes em sua frente, ela de alguma forma parecia menor do que ontem, antes do culto de domingo. A grama ao redor era quebradiça e amarela. Em um letreiro no gramado, lia-se a seguinte mensagem: AINDA QUE EU ANDE PELO VALE DA SOMBRA DA MORTE, NÃO TEMEREI MAL ALGUM, PORQUE TU ESTÁS COMIGO. SALMO 23:4.

Margot parou próximo ao meio-fio, em frente ao pequeno prédio branco, e saiu do carro. Olhou ao redor, para ver se a mulher que procurava estava atrás dela. Embora a rua estivesse silenciosa e vazia, Margot ainda tinha a inquietante sensação de estar sendo observada, mas tratou de afastar essa ideia. Então, caminhou rapidamente até o portão no meio da cerca branca que contornava as sepulturas, abriu o trinco e entrou.

Assim como a igreja, o cemitério era pequeno, com não mais de cem sepulturas. Margot abriu caminho entre as mais recentes, com as lápides ainda lisas, brilhando à luz do entardecer. Ao passar por uma particularmente grande, outra lápide surgiu atrás dela, e Margot parou onde estava. Lá, gravado no granito marmoreado, estava o nome de sua tia: REBECCA HELEN DAVIES, 2 DE MAIO DE 1969 – 7 DE OUTUBRO DE 2018. No entanto, antes que Margot pudesse sequer registrar a dor que crescia dentro dela, ela notou a lápide logo ao lado e ficou sem fôlego. Gravado em um sepulcro combinando estava o nome de Luke com sua data de nascimento abaixo. Sua data de morte era um espaço em branco, limpo. Ela se afastou.

Tinha dado apenas dois passos em direção às sepulturas mais antigas quando uma delas chamou sua atenção. A lápide era maior do que a maioria das outras e tinha um querubim branco sentado no topo. A base estava cercada por oferendas que invadiam e caiam sobre os túmulos de ambos os lados. Havia buquês de flores embrulhados em plástico, margaridas tingidas artificialmente de azul e verde. Havia ursinhos de pelúcia sorridentes segurando corações e pequenas velas de plástico com suas chamas piscando fracamente.

Margot se aproximou para ler a inscrição, embora nem precisasse. Ela já sabia a quem o túmulo pertencia. De fato, ao parar logo em frente, leu: JANUARY MARIE JACOBS, 18 DE ABRIL DE 1988 – 23 DE JULHO DE 1994. Margot olhou para a data da morte. Ela havia passado aquele verão de 1994 com essa mesma garota, e agora estava diante de seu túmulo. Elas haviam brincado de faz de conta, corrido pelos campos de milho, trançado o cabelo uma da outra. Agora, aquele tempo parecia tão distante. Nas duas décadas e meia desde então, Margot tinha vivido tantas coisas; tinha se tornado uma pessoa completamente diferente. Ela havia tido essa vida, porque algum homem escolhera a janela de January em vez da dela? Ela teve todos aqueles anos, porque January não teve? A gratidão que ela sentiu com o pensamento a fez queimar de vergonha.

De repente, um galho se partiu atrás dela. Ela se virou, meio que esperando ver a mulher com o cabelo castanho-avermelhado. Porém, em vez disso, parado a seis metros de distância, na extremidade do cemitério, estava um homem.

— Olá — cumprimentou ele, que parecia estar na casa dos sessenta, com cabelo ralo e braços e pernas longos.

Ela pigarreou.

— Oi.

— O que a traz à nossa vizinhança? — Sua voz era firme, calma.

— Para Wakarusa?

— Para nosso cemitério.

Margot hesitou. Ele estava vestindo shorts cargo e sandálias de velcro, os braços cheios de bichos de pelúcia. Seu batimento cardíaco desacelerou. Se ele estava lá para segui-la, ou ameaçá-la, não estava apropriadamente vestido para isso.

— Só estou visitando. Você trabalha aqui? Na Igreja? — Ela não o reconheceu do sermão de ontem, então sabia que ele não era o pastor.

Ele sorriu.

— Mais como um voluntário em tempo integral. Eu classifico a correspondência, ajudo a organizar o bingo. Esse tipo de coisa... Você está aqui para visitar January? — Ele inclinou a cabeça para a lápide atrás dela. — Ela recebeu muito amor na semana passada.

— Por causa da mensagem no celeiro? — Aquelas palavras atravessaram o cérebro de Margot: *Ela não será a última.*

— Talvez. Mas por causa daquele caso de Natalie Clark isso não teve tanta notoriedade no noticiário. — Ele passou pelo pequeno portão, enquanto continuava. — Mas acho que é porque o aniversário está chegando. De sua morte. O 25º ano. As pessoas também mandaram coisas quando completou cinco anos, dez, e assim por diante. Embora cada vez haja menos.

Ele se aproximou e se abaixou para depositar sua braçada de bichos de pelúcia organizando-os com calma.

— De quem são esses? — perguntou Margot, observando, enquanto ele trocava um ursinho de pelúcia por um golfinho cor-de-rosa. Seu olhar passou por todos os buquês de flores, imaginando se algum deles era de Jace.

Ele deu de ombros.

— Pessoas de todo o país.

— Você sempre cuida do cemitério?

O homem se levantou, enxugando as mãos no short.

— Bem, geralmente não há muito o que fazer. Eu corto a grama de vez em quando, rego as flores que estão crescendo em algumas das sepulturas, esse tipo de coisa.

— E quanto ao túmulo de January? Além das entregas a cada cinco anos, há mais visitas ou entregas regulares?

O homem sacudiu a cabeça negativamente.

— Nenhum visitante, a não ser um turista muito raramente. E nenhuma entrega, exceto aquelas. — Ele acenou com a cabeça em direção às quinquilharias que cercavam a lápide. Em seguida, enfiou as mãos nos bolsos do short. — Embora haja o fantasma que a visita todos os anos.

Margot virou a cabeça para olhar para ele.

— Sim — disse ele, com uma risadinha. — Todos os anos, nessa época, um buquê de flores aparece no túmulo durante a noite. Nunca vejo quem entrega, então eu o chamo de "o fantasma".

O coração de Margot disparou. Uma entrega anual de flores na calada da noite? Só poderia ser Jace; a história se encaixava perfeitamente com o que Eli dissera. Porém, *o que a tradição significava para Jace*, ela se perguntou. Eli claramente achava que seu velho amigo tinha feito isso por amor, mas Margot sabia que havia mais explicações possíveis além dessa.

— As flores chegaram este ano? — perguntou ela. — As do..."fantasma"?

— Com certeza. — O homem lançou um olhar para a lápide. — Aquelas ali.

Margot seguiu sua linha de visão. Porém, havia tanta coisa ao redor da sepultura que ela não conseguia dizer para qual buquê ele estava apontando. Ela se abaixou e tocou em um buquê de lírios embrulhado em plástico.

— Essas?

— As da direita.

À direita, havia um vaso de vidro com as flores enterradas sob os lírios e um ursinho de pelúcia apoiado.

— Você se importa se eu...? — Margot olhou para o homem, que deu de ombros. Ela gentilmente moveu os outros objetos para o lado para revelar um denso buquê de rosas-brancas com suas pétalas já ficando amareladas. — Elas vêm com alguma mensagem?

O homem sacudiu a cabeça.

— E você lembra quando chegaram este ano? Que dia?

— Bem, deixe-me pensar... — Ele puxou o ar através dos dentes. — Eu deveria me lembrar, porque elas apareceram um pouco mais cedo do que o habitual, e antes de todo o restante das coisas. Ah, lembrei! Elas estavam molhadas quando as encontrei, então devem ter sido deixadas na noite da tempestade. Você se lembra da tempestade de alguns dias atrás?

— É claro. — O verão tinha sido quente e seco, por isso a tempestade recente ficou na mente de Margot. No entanto, ela não conseguia se lembrar do dia em que ela havia passado pela pequena cidade deles. Ela olhou para as rosas por mais um longo momento. Em seguida, se levantou. — Bem, obrigada por falar comigo. Agradeço a ajuda.

— Sem problema. Não é todo dia que alguém se interessa por este pequeno pedaço de terra. — Ele inclinou a cabeça. — Tenha um bom dia. — Ele estava do outro lado da colina gramada, e quase na porta dos fundos da igreja, quando se virou para olhar para Margot por cima do ombro. — ah, ei — chamou ele —, se descobrir quem é o fantasma, me avisa, ok? Estive me perguntando sobre ele durante anos. — Com isso, ele se virou e desapareceu no pequeno prédio branco.

Margot se virou, ajoelhou-se no túmulo de January e ergueu delicadamente o vaso de rosas do chão, e a enorme quantidade de bichos de pelúcia ao redor caiu. De joelhos, ela inspecionou o vaso e as flores, procurando qualquer coisa que pudesse indicar de onde elas haviam vindo. No entanto, não havia cartão, nem fita, nada. Então, pouco antes de ela estar prestes a desistir, algo chamou sua atenção: no fundo de vidro transparente, ela viu algo branco e opaco, um pequeno adesivo oval em que se lia: Kay's Blooms.

Margot recolocou o vaso no lugar às pressas, depois tirou o telefone da mochila. Ela digitou o nome da loja em sua aba da internet e analisou os resultados rapidamente, rezando para que Kay's Blooms não fosse uma franquia. Depois de um momento, ela deu um suspiro de alívio. No final das contas, havia uma, e apenas uma cidade em que a loja estava localizada. Isso significava que Margot finalmente havia encontrado Jace: ele estava em Chicago.

Alguns minutos depois, ela estava dirigindo de volta para a casa de Luke, quando pisou no freio. No cemitério, ela não havia se importado com o fato de as flores terem chegado na noite da tempestade. Ela só havia associado sua chegada ao aniversário da morte de January. Agora, porém, ela percebeu em que noite a tempestade havia acontecido. Ela se lembrava, porque tinha visitado a casa dos Jacobs na manhã seguinte, e o asfalto estava escorregadio. Se, naquela noite, Jace havia entregado as flores no túmulo de January, isso significava que ele tinha estado em Wakarusa apenas 48 horas depois que Natalie Clark tinha desaparecido de um parquinho a quinze minutos de distância. Também significava que ele estivera aqui na noite em que alguém havia pichado o celeiro da família Jacobs com spray.

DEZESSETE

MARGOT, 2019

— Ei, Luke? — disse Margot. — Estou pensando em sair da cidade por alguns dias.

Várias horas haviam se passado desde que ela voltara do cemitério, e ambos estavam na cozinha. Ele estava na mesa, e ela, no balcão, preparando sanduíches para eles jantarem mais cedo. A última coisa que Margot queria, agora, era deixar seu tio sozinho. No entanto, ela havia avaliado todas as outras opções e, se quisesse que este artigo fosse bem-sucedido, se quisesse ser capaz de continuar a ajudá-lo, Margot precisava seguir a história, aonde ela a levasse. E agora, ela a estava levando até Jace.

— Aonde você vai? — perguntou Luke.

— Chicago. — Margot acrescentou mostarda em duas fatias de pão. — A trabalho. Teria... algum problema? — Ela terminou os sanduíches. Em seguida, cortou os dois ao meio e levou os pratos para a mesa.

— É claro que não. Obrigado pelo... pelo... — Ele fez uma pausa, e ela sabia que ele estava buscando a palavra *sanduíche*. — Obrigado pela comida.

Margot caminhou até a pia, para pegar copos de água para eles, sentindo um aperto no peito.

— Imagina. De qualquer forma, provavelmente ficarei fora durante alguns dias. Então, estava pensando em pedir a alguém para vir aqui. — Ela manteve sua voz deliberadamente leve e seus olhos focados na torneira. — Apenas no período da tarde para lhe dar uma mão com as coisas.

Mais cedo, quando tinha voltado do cemitério, Margot havia procurado a agência de cuidadores que encontrara alguns dias antes e tinha se sentido culpada ao digitar o número em seu telefone. Ela não tinha combinado nada com a mulher do outro lado da linha, apenas perguntou se eles tinham um cuidador com disponibilidade para vir durante os próximos dias enquanto ela estivesse fora. Eles tinham. Seu nome era Mateo, e aparentemente ele era muito bom em seu trabalho. Margot sabia que seria difícil convencer Luke, e a verdade é que, na maior parte do tempo, ele estava bem. Ele andava esquecido, ocasionalmente irritável e perdia as coisas, mas ainda podia se servir de uma tigela de granola pela manhã e podia ir para a cama à noite. Porém, uma coisa era deixá-lo sozinho durante algumas horas, enquanto ela fazia entrevistas e resolvia algumas questões na rua. Outra coisa era deixá-lo durante a noite.

Margot deu uma olhada no tio. Porém, de onde ela estava, na pia, só conseguia ver as costas dele.

— Tio Luke? — Ela se aproximou e colocou os copos de água na mesa. — Você me ouviu? Pensei em pedir a alguém para vir no período da tarde para dar uma ajuda com as coisas por aqui.

Ela se sentou em sua cadeira. Quando viu seu rosto, ela quase se contraiu de culpa. Ele parecia humilhado, furioso. Depois de um momento, ele se virou para olhar para ela, e Margot precisou se esforçar para manter o olhar no dele.

— Está dizendo que quer contratar uma babá.

— Tio Luke...

No entanto, ele já havia se levantado e estava caminhando em direção à geladeira. Ele abriu a porta, depois tirou uma garrafa de cerveja.

— Sinto muito. — Suas bochechas arderam. — Mas, tio Luke, você está doente. Não é culpa sua, mas está. E eu me sentiria mais tranquila para viajar se soubesse que alguém virá ver se você está bem. Não para tomar conta de você. Apenas vir por algumas horas e se certificar de que esteja tudo bem. Só isso.

— Olhe, garota — disse Luke, fechando a porta da geladeira com violência. Ele abriu a gaveta ao lado e olhou dentro dela por um momento. Em seguida, fechou-a com força e foi para a próxima. — Estou feliz por ter você aqui. E entendo que queira ajudar, porque eu não estou tão afiado quanto costumava ser. Não sou cego, sei que você não veio para Wakarusa para uma "mudança de ritmo". E agradeço por tudo o que tem feito. Sério. Sou muito grato.

Ele examinou o conteúdo daquela gaveta e, não encontrando o que procurava, foi até o armário onde guardava os copos. Margot percebeu, com uma sensação de desânimo, que ele estava procurando um abridor de garrafas. Ele estava do lado errado da cozinha.

— Mas esta ainda é a minha casa — continuou ele. — E não vou aceitar um estranho vindo aqui todos os dias para lavar minhas malditas cuecas. — Ele bateu a porta do armário. Em seguida, abriu a próxima, e bateu aquela também. — Eu tenho cinquenta anos. Então, por favor, pare de me infanti... infanti...

Margot se levantou e abriu a gaveta em que o tio guardava o abridor de garrafas havia trinta anos. Uma onda de emoção encheu seu peito. Ela sentiu compaixão pelo tio, que sempre tivera um extenso vocabulário e uma grande perspicácia, e agora não conseguia se lembrar da palavra *infantilizar*. Ela se sentiu envergonhada por fazer exatamente isso com ele, no momento em que ele estava pedindo para que ela não fizesse e sentiu uma profunda tristeza por essa doença impiedosa estar roubando a autonomia do tio, quando isso era a coisa mais importante que ele já havia ensinado a ela. E, acima de tudo, ela sentiu uma raiva, brutal e furiosa, pela injustiça de tudo isso.

— Por favor pare de me infanti... — ele tentou novamente, enquanto olhava em outra gaveta errada, mas a palavra ficou presa em sua boca. — Diabos! Por que não consigo encontrar essa porra de...

— Aqui — disse Margot, segurando o abridor de garrafas.

Luke ficou imóvel. Ele continuou parado daquele jeito, olhando para o abridor na mão dela. Então ele arremessou sua garrafa de cerveja pela cozinha, onde ela explodiu contra a parede oposta.

Margot estremeceu e ficou muito quieta, olhando para baixo e com o coração martelando no peito. Pela primeira vez em sua vida, Luke a havia feito se lembrar de seu pai.

Os dois ficaram parados assim por um longo momento, sem dizer uma só palavra. A cerveja espumava no chão e cacos de vidro brilhavam em meio ao líquido. A respiração de Luke estava entrecortada e irregular.

— Merda — disse ele, finalmente, com seus ombros caindo. — Desculpe, garota. Não sei por que fiz aquilo.

Margot balançou a cabeça.

— Tudo bem. Está tudo bem.

Do bolso de trás, Luke tirou a bandana vermelha, que ela tinha lhe dado no Natal anos antes, e a esfregou no rosto. De repente, ele parecia vinte anos mais velho.

— Não, não está. Sinto muito. Eu não deveria ter feito aquilo. É essa... — Ele bateu a base da mão contra a testa. — Essa porcaria.

— Eu sei — disse ela, porque sabia. A doença era como uma tênia em seu cérebro, corroendo tudo o que o fazia ser quem ele era. — Está tudo bem.

Luke deixou seus braços caírem ao seu lado, e seu rosto se entristeceu.

— Eu realmente sinto muito, garota.

— Eu sei.

Ele soltou um suspiro cansado. Em seguida, colocou a mão na cabeça dela, e fez um carinho rápido.

— Você merece coisa muito melhor do que um tipo como eu.

— E eu não sei?! — brincou ela, com um sorrisinho irônico. Luke soltou uma gargalhada, e foi quando Margot soube que o tio, o verdadeiro, estava de volta.

Os dois limparam a cerveja e o vidro do chão, pegaram mais duas garrafas da geladeira e tomaram, enquanto comiam seus sanduíches. Álcool provavelmente não era uma boa ideia, mas Margot sentiu que ambos mereciam. Quando terminaram de comer, ela limpou a cozinha e se retirou para seu quarto, onde, sentada na beirada de seu futon, procurou pelo número de Pete.

— Alô? — atendeu ele.

— Pete, oi. Aqui é Margot Davies.

— Ah, Margot, oi. — Ele parecia agradavelmente surpreso. — Como conseguiu meu número?

— Liguei para a delegacia. Deb, da recepção, me passou. Não precisei de muitos argumentos para convencê-la, na verdade.

Pete riu.

— Ah, sim. Deb não é exatamente conhecida por guardar segredos. E aí?

— Estou ligando para pedir um favor. — Margot fez uma careta. Pedir ajuda não era fácil para ela.

— Ok... O que é?

— Estou saindo da cidade por alguns dias, e estava pensando... Você acha que poderia passar na casa do meu tio algumas vezes? Apenas, tipo, uma vez por dia para ver como ele está? Desculpe por pedir isso, mas sugeri um cuidador de meio período e não deu muito certo, e não sei mais o que fazer.

— Ah. Claro — respondeu ele —, sem problemas.

Margot soltou o ar que ela nem tinha percebido que estava prendendo.

— Sério?

— Sim, claro. Como eu disse, passei por isso com meu avô, e é difícil. Eu entendo. — A bondade em sua voz faz Margot sentir um nó se formar na garganta. — De qualquer forma — acrescentou ele —, estarei em patrulha nos próximos dias, então será fácil passar por aí. Só me passe o endereço.

— Obrigada — disse ela, depois de ter passado a ele o nome e o número da rua. — É muito... agradeço de verdade. E, se possível... você poderia tentar ser, bem, sutil quanto ao que está fazendo aqui? Talvez falar a ele que está procurando por mim ou algo do tipo? Não quero que ele...

— Ei... — interrompeu ele, antes que ela pudesse pensar em como terminar. — Eu entendo. Sem problemas.

Ela fechou os olhos.

— Obrigada, Pete. Fico lhe devendo uma.

— Está tudo certo. E para onde está indo?

— Chicago. Tenho certeza de que foi para lá que Jace foi. Vou tentar localizá-lo para uma entrevista.

Houve um breve silêncio.

— Uau. Ok... Tem certeza de que quer fazer isso?

Ela soltou uma pequena risada.

— Eu vou ficar bem, Pete. Não é a primeira vez que entrevisto alguém sobre um crime.

— Não, eu sei. Mas é mais do que isso. Eu me lembro do Jace, da época da escola. Ele não era... um cara do bem.

Margot se lembrou de sua conversa com Eli. Ele havia pintado um retrato de Jace como um adolescente constantemente angustiado que ficava fora até tarde, fumava maconha e provavelmente fazia um monte de outras coisas estúpidas que os adolescentes faziam. Não era mais do que ela mesma havia feito.

— Não podemos ser todos perfeitos, Pete.

— Não, Margot, você não está entendendo. Você saiu da cidade quando tínhamos... o quê? Oito anos?

— Onze.

— Onze. Ok. Então, antes que qualquer um de nós realmente crescesse. Você não viu o que o Jace se tornou. Ele era maluco.

— Como assim, maluco?

— Tipo, ele foi preso no sétimo ano por iniciar um incêndio em uma das latas de lixo do banheiro. Eu não acho que ele estava tentando incendiar a escola nem nada assim, mas o negócio saiu de controle e nós tivemos que evacuar. Ele se meteu em muitos problemas por isso.

— O quê?

— Sim. E no nono ano, ele bateu tanto no Trey Wagner que o cara teve que ir para o hospital.

Ela fechou os olhos, pensando em como Billy havia descrito seu filho nos anos após a morte de January. O que ele havia dito? Que Jace *tendia a se meter em encrencas. Nada muito grave, apenas coisas de menino.* Ela havia tido a sensação de que ele queria proteger Jace ao dizer isso. Porém, a discrepância entre ter alguns problemas e fazer um garoto ir parar no hospital era um abismo muito grande.

— Meu Deus.

— E aquela prova de que lhe falei? O sangue de January em seu pijama? Muitos dos caras mais antigos da polícia acham que isso significa que ele matou a irmã. — A essa altura, Margot havia presumido que alguns membros da polícia de Wakarusa deviam nutrir essa teoria. No entanto, ouvi-la em voz alta ainda a perturbou. — Não tenho ideia do que aconteceu naquela noite — continuou Pete. — Mas, se eles estiverem certos, e Jace, aos seis anos, conseguiu matar alguém, por acidente ou não, pense no que ele poderia ser capaz agora.

— Sim. Ok. — Margot pressionou a ponta dos dedos na ponte de seu nariz. — Olhe, eu preciso ir. Obrigada novamente por auxiliar o meu tio.

Ela desligou, sentindo-se nervosa. Não que Pete tivesse pintado um retrato violento demais de Jace, mas a questão é que ela não fazia ideia de nada disso. Parecia haver infinitas versões do menino que morava do outro lado da rua. Junto com a lembrança do pássaro morto, Margot também conseguia conjurar memórias vagas e difusas, de antes da morte de January, deles três: Jace, January e ela correndo pelos campos, atrás da casa dos gêmeos, brincando de esconde-esconde pela fazenda. Nessas lembranças, Jace era um garoto normal, apenas uma criança. Já para todos que Margot havia entrevistado no Shorty's, ele era um encrenqueiro, resultado de ter sido criado por uma péssima mãe, mas não inerentemente *mau.* Para Eli, ele não havia sido nada além de um rapaz marginalizado.

Margot percebeu, enquanto arrumava a mala, que o aviso de Pete havia saído pela culatra. Em vez de impedi-la de encontrar Jace, isso só havia feito com que ela precisasse entendê-lo mais do que nunca. Porque ela não sabia qual era o papel dele em tudo isso. Tudo o que ela sabia era que ele era uma peça que faltava em seu quebra-cabeça, e ela não podia identificar a imagem até que entendesse onde ele se encaixava.

Na manhã seguinte, ela encheu uma xícara com café, jogou sua bagagem no carro, e se despediu de seu tio, afastando a culpa que crescia dentro dela enquanto fazia isso. Em seguida, ela saiu para a viagem de duas horas na luz da manhã, com a rádio de notícias murmurando baixinho ao fundo e com os pensamentos sobre Jace girando em sua mente. Na verdade, ela estava tão preocupada que, ao entrar na estrada, quase não ouviu o nome de Natalie Clark ser anunciado pelos alto-falantes.

Quando percebeu o que a locutora havia dito, Margot arfou e estendeu a mão para girar o botão e aumentar todo o volume.

— O corpo da menina de cinco anos foi encontrado esta manhã — ecoou a voz da radialista —, na floresta, perto do playground de onde ela desapareceu. Ela foi declarada morta no local. Embora a polícia ainda não tenha recebido os resultados da autópsia, as autoridades acreditam que ela provavelmente tenha sido abusada sexualmente, e que a causa da morte foi por traumatismo craniano, devido a um golpe contundente na parte de trás da cabeça.

A locutora continuou seu relato, mas Margot não estava mais ouvindo. Tudo o que seu cérebro podia fazer era evocar imagens da jovem morta. Nelas, Natalie Clark estava deitada no chão de terra, morta exatamente da mesma forma que January, com seus olhos ainda arregalados de medo e sua cabeça esmagada.

DEZOITO

KRISSY, 1994

No meio da tarde do dia seguinte ao assassinato de January, os detetives Lacks e Townsend escoltaram Krissy, Billy e Jace do Hillside Inn para sua casa. Aparentemente, ela havia sido totalmente inspecionada, documentada e limpa — estava pronta para ser habitada novamente. Na parte de trás do carro de polícia sem identificação, Jace sentou-se entre os pais, e Krissy se manteve pressionada contra a janela durante todo o percurso, tentando evitar seu toque e tentando parecer que não estava ao mesmo tempo.

Quando viraram a esquina de onde moravam, Krissy ficou sem ar. Ambos os lados da rua estavam cheios de vans de mídia com logotipos de canais de notícias em suas laterais impressos em negrito. Krissy leu os logotipos, sentindo-se cada vez mais tonta com cada um deles. Alguns, ela nunca tinha ouvido falar, mas havia alguns que qualquer um reconheceria. No início da longa entrada para sua casa, havia uma parede de repórteres: homens obesos com o cós da calça caído e câmeras enormes empoleiradas nos ombros; suas colegas diante dos aparelhos, mulheres magras e elegantes com o olhar empedernido e o cabelo perfeito, segurando microfones e alisando suas blusas com a palma das mãos. Pareciam enxames, correndo um ao redor do outro, com seus equipamentos pretos e brilhantes.

Townsend direcionou o carro para a horda, avançando lentamente, em guinadas que provocavam enjoo, tocando a buzina — parecia um Moisés irritado abrindo o Mar Vermelho. Krissy assistiu horrorizada enquanto a profusão de repórteres envolvia o carro, engolindo-o, como se fosse um único organismo. No momento em que Townsend parou o carro, eles foram cercados mais uma vez. De seu assento de passageira, Lacks virou-se para trás, olhando de Krissy para Billy.

— Um de vocês deveria segurar a mão de Jace. E preparem-se para correr.

Antes que Krissy pudesse fazer qualquer coisa, antes que ela pudesse respirar ou preparar qualquer expressão específica em seu rosto, os dois detetives saíram do carro e abriram as portas traseiras. A cacofonia do lado de fora os atingiu como uma onda. Jace deslizou sua mãozinha na dela, e Krissy se forçou a não se livrar dele. Em seguida, eles estavam fora do carro, e os três seguiam os detetives, que disparavam através de um túnel de repórteres, cegos pelos flashes.

— Sentimos muito por January! — gritaram tantas vozes, em tons maníacos e distantes, que desmentiam o sentimento das palavras. Longe de lamentar, elas pareciam francamente se divertir.

— Como ela era?

— Fale-nos sobre ela!

— O que aconteceu duas noites atrás?

— Quem você acha que matou sua filha?

Townsend conduziu-os pela escada da varanda, levou-os para dentro e bateu a porta atrás deles. Instantaneamente, o volume de vozes no pátio ficou abafado e fraco. Krissy soltou a mão de Jace.

— Que porra foi aquela? — rugiu Billy, com um dedo trêmulo apontado para a porta da frente.

— Billy! — exclamou Krissy, indicando a presença de Jace com a cabeça. Ela se abaixou na frente do filho, com as mãos fechadas em torno de seus pulsos. Seus olhos estavam na gola de sua camisa, porque ela não conseguia olhá-lo nos olhos. — Jace, pode ir para o seu quarto, brincar um pouco? — Ela não se importava com a linguagem de Billy. Só queria afastar o filho o máximo possível dos detetives.

— Mas... — objetou Jace. — O que eu vou fazer?

— Por que não pinta com seus lápis de cor? Ou brinca com sua Lousa Mágica? O que você quiser.

Lacks pigarreou.

— Se precisa arranjar alguém para cuidar dele...

— Não — interrompeu Krissy. Ela não queria um estranho rondando e fazendo perguntas. — Ele vai ficar bem. Ele fica bem sozinho durante um tempo.

Ela se virou para Jace, segurando a mochila dos Power Rangers que ela havia preparado no dia anterior. Ele a pegou, e, obedientemente, deslizou seus bracinhos pelas alças.

Depois que ele havia desaparecido pela porta, Lacks virou-se para Billy.

— Sr. Jacobs — disse ela —, tentei avisá-lo ontem à noite. Receio que esta seja uma grande história. Quando fizemos a coletiva de imprensa ontem...

— Vocês... o quê? Por que vocês fizeram uma coletiva de imprensa?

Os detetives compartilharam um olhar que não tentaram esconder.

— Bem — respondeu Lacks, lentamente. — Esta é uma investigação de homicídio. É procedimento padrão.

Krissy esfregou as têmporas. Ela agora percebeu que eles deveriam ter esperado por isso, mas eles acabaram ficando muito isolados na delegacia e no hotel. A TV tinha ficado sintonizada o dia todo no canal de desenhos para Jace. E, mesmo que tivessem se preparado, ter uma multidão de repórteres os cercando era muito mais enervante do que ela poderia imaginar.

— Olhe — continuou Lacks —, nós entendemos. A imprensa pode ser um pouco demais. Mas divulgar pode gerar muito mais pistas e informações do público. No final das contas, todos queremos só prender o bandi...

O som da campainha a interrompeu.

Lacks sorriu pacientemente juntando as mãos atrás das costas.

Quando nem Krissy nem Billy fizeram um movimento para atender, ela interpelou:

— Um de vocês dois quer atender à porta?

— Ah. — Perto dos detetives, Krissy se sentia como uma criança, que precisava de permissão para fazer qualquer coisa. — Claro.

À porta, estava um amontoado de mulheres que Krissy conhecia bem: as mães das meninas da aula de dança de January. Todas tinham estudado na mesma escola que Krissy, mas haviam se formado cinco a dez anos antes dela. As Pássaros — como ela as chamava, por sempre se vestirem com cores vivas e se agitarem pelo estúdio, se sentindo muito importantes, repassando fofocas como se fossem minhocas suculentas. De pé, na varanda da frente, as Pássaros olharam para ela com compaixão em cada rosto e uma tigela de comida em cada par de mãos.

— Ah, Krissy — disse a Pássaro da frente, Tracey Miller. — Nós sentimos muito. — A voz de Tracey falhou ao dizer a última palavra.

Krissy sentiu algo enrijecer dentro dela. Todas essas mulheres, com suas filhas vivas e bem, estavam ali para se divertir com o quanto a história de Krissy as fazia sentir benevolentes e tristes. Ela mataria qualquer uma das filhas delas agora com prazer para ter a sua de volta por mais um dia.

— Não podemos acreditar — disse Tracey. — Nós simplesmente... *não podemos.* E todas aquelas *câmeras*? — Ela lançou um olhar para trás, para o enxame de jornalistas no final da entrada da garagem. — Absolutamente nenhum respeito pelo que vocês estão passando.

As Pássaros balançaram a cabeça com um cacarejo coletivo. Então, Sharon Meyer, a que estava ao lado de Tracey, falou:

— Não sabemos de nada que possamos fazer para aliviar sua dor, mas queríamos trazer comida para vocês. Pelo menos para tirar esse tipo de preocupação da sua cabeça durante um tempo. — Ela estendeu uma tigela laranja, com uma tampa vermelha que não combinava, onde ela havia colado um cartão impresso com a imagem de uma cruz e uma pomba no ar. Letras cursivas diziam: *Bem-aventurados os que choram, porque serão consolados.*

Krissy se imaginou arrancando a tigela das mãos de Sharon Meyer, imaginou-se arremessando-a na varanda da frente, onde cairia com um baque, expelindo todo o conteúdo de salada de macarrão.

— Isso é muito gentil. Obrigada.

As Pássaros sorriram e não se moveram. Krissy percebeu, com um sobressalto, que elas esperavam entrar.

— Vou acompanhá-las à cozinha.

Ela se sentiu como um guia turístico relutante, com a fila de Pássaros marchando atrás dela, com suas cabeças girando em direção a Billy e aos dois detetives. Billy movia seus olhos entre o chão e as mulheres desconfortavelmente. Lacks e Townsend assistiram a tudo parecendo completamente à vontade.

No momento em que virou para a cozinha, Krissy parou de repente. Os detetives haviam garantido a ela que sua casa voltaria ao normal, mas parecia que as palavras pintadas com spray tinham sido um incômodo grande demais. Elas haviam sido esfregadas sem entusiasmo, de modo que suas paredes brancas estavam com cor-de--rosa sangrento. Ela quase conseguia distinguir a palavra *cadela* acima da cafeteira. Ela se virou para impedir que as mulheres vissem, mas era tarde demais. Elas estavam olhando, com os olhos arregalados.

Elas disfarçaram rapidamente, apertando os lábios em sorrisinhos arrogantes, o olhar de cada uma se tornando inexpressivo e amigável, mas Krissy sabia que o estrago já estava feito. Se a cidade ainda não soubesse das mensagens pintadas com spray, saberia em breve, e esse punhado de palavras segregaria a ela e a sua família pelo resto da vida deles.

Tracey liderou a iniciativa de estocagem da geladeira, que ela transformou em uma produção completa, movendo caixas de suco e de leite com autoridade exagerada. Ela repreendeu Peggy Shoemaker, que tentou colocar sua torta de milho recheada antes da caçarola de atum de Rachel Kauffman, dizendo que elas tinham que "colocar as tigelas maiores primeiro".

Depois do que pareceu uma eternidade, Krissy as conduziu de volta para fora com um sorriso falso e forçado. Enquanto elas saíam, em fila, cada Pássaro segurou a mão dela e prometeu rezar. Quando finalmente fechou a porta atrás delas, ela soltou um suspiro, fechou os olhos e descansou a cabeça contra a porta.

Ao abrir os olhos novamente, ela percebeu que estava sozinha. Os detetives e Billy haviam desaparecido. No final do corredor, ela ouviu a voz de Billy, que devia estar falando ao telefone, porque era a única voz que ela conseguia ouvir. Depois de um momento de conversa abafada, ela ouviu um clique, quando o aparelho foi colocado de volta no gancho, depois passos no corredor.

— Para onde foram os detetives? — perguntou Krissy, quando ele apareceu na porta.

— Saíram. Por enquanto, pelo menos. Disseram que entrariam em contato amanhã.

Ela suspirou. Tinham sido dois dias de luto e interrogatório, e já parecia ter sido uma vida inteira. Ela sentiu uma exaustão profunda.

— Quem era no telefone?

Billy pigarreou.

— Uma produtora de TV do programa da Sandy Watters.

— Do programa de Sandy Watters? — Esse era um dos maiores programas investigativos da TV.

— Eles querem uma entrevista com a gente.

— Meu Deus...

— Eu acho que devemos fazer isso.

Krissy levantou a cabeça.

— Você... *o quê?* Está louco?

— A produtora disse que o nosso caso já está sendo deturpado nos noticiários. Que estão nos alfinetando.

— Billy...

— Ela disse que, se o pior acontecer, se um de nós for... *preso*, ela não acha que teríamos um julgamento justo em nenhum lugar do país. Por causa de, tipo... vieses e tal. Algo como o júri nos ver como estamos sendo representados e, por isso, não seriam justos. Ela disse que precisamos assumir o controle da narrativa...

Krissy revirou os olhos.

— Billy, claro que ela vai dizer isso. É o trabalho dela.

— Não, Kris. — Sua voz soou incomumente firme. — Apenas ouça. Ela disse que aposta que há uma dúzia de equipes de notícias do lado de fora de nossa casa agora, e eles ficarão aqui, e que o público vai esperar que digamos *algo* a uma delas, algum tipo de declaração. E ela disse que Sandy seria a melhor pessoa para nos ajudar a moldar o que realmente queremos dizer.

Krissy, que ficara esfregando a ponte do nariz, deixou a mão cair.

— Isso não é uma boa ideia, Billy. Não sabemos o que a polícia está pensando agora, e não sabemos o que algum apresentador de TV poderia perguntar...

Porém, Billy interrompeu.

— Ela disse que, se não fizermos algo, se não fizermos algum tipo de aparição, vai parecer que temos algo a esconder. E não podemos deixar parecer que temos algo a esconder nesse momento.

Krissy fixou os olhos nos dele.

— Nós *não* temos nada a esconder. — Billy manteve seu olhar no dela por um longo momento, e ela percebeu que ele não acreditava nisso.

— Exatamente — disse ele, por fim. — É exatamente por isso que devemos ir a este programa.

* * *

O estúdio de Sandy Watters, em Nova York, era maior na vida real do que parecia na TV. Sempre que Krissy assistia ao programa, Sandy e seu convidado pareciam confortavelmente acomodados em cadeiras de couro com flores na mesa de centro entre eles. No entanto, quando ela, Billy e Jace entraram na sala onde filmariam a entrevista, Krissy pôde ver que não era uma sala, mas um cenário com três paredes falsas. Onde ficaria a quarta parede, havia várias câmeras enormes em trilhos com rodinhas com homens de fones de ouvido as guiando. O lugar zumbia com energia e autoimportância.

A entrada deles foi um turbilhão de apresentações: à produtora, que lhes deu o resumo do que esperar; ao cara do som, que prendeu pequenos microfones em seus colarinhos; à maquiadora, que acariciou suas testas com um pincel; e, finalmente, à própria Sandy Watters. Ao contrário de seu estúdio, Sandy parecia menor pessoalmente. Seu icônico cabelo ruivo estava, como de costume, fixado com spray e imóvel ao redor de sua cabeça. Ela usava uma saia azul-bebê e brincos de pérolas. Em seus quarenta e poucos anos, ela atingia o equilíbrio perfeito entre ser sensata o suficiente, para que as pessoas se identificassem com ela, e profissional o suficiente, para ser levada a sério.

Depois que todos haviam se cumprimentado, os quatro foram levados a seus lugares. Jace entre Krissy e Billy, no sofá, e Sandy em frente a eles, em uma poltrona. Sandy fez sua apresentação para a câmera, na qual recapitulou o brutal assassinato de January em tópicos. Em seguida, anunciou seus convidados muito especiais.

— Bem-vinda, família Jacobs — disse ela, com sua voz melodiosa, quando se virou para eles. — Obrigada por virem até aqui esta noite.

Antes de começarem a filmar, Sandy disse a eles para não ficarem nervosos, porque não estavam ao vivo. No entanto, Krissy achava que nunca havia ficado tão nervosa em sua vida. Ela não havia desejado fazer isso com Jace, mas Billy argumentara que ele os faria parecer a família saudável que deveriam ser. Ela não podia insistir sem dizer a ele a verdade. Então, por fim, cedeu, mas só depois de dizer à equipe de Sandy que não haveria perguntas direcionadas a Jace. Quando se deu conta, ela estava reservando os três voos para Nova York no final da semana e um hotel perto do aeroporto, rezando para que uma viagem de 24 horas, no meio de uma longa investigação, causasse menos danos do que ficar em casa e não fazer nada.

Quando o avião começara a descer, Krissy olhava através da janelinha oval para a cidade de possibilidades e luz se roendo de arrependimento. Durante muito tempo, ela havia sonhado em vir para cá, em escapar de Wakarusa e de seu casamento sem saída, sonhado com uma vida grandiosa e deslumbrante. Como eram diferentes as circunstâncias desta viagem. Sua vida havia se tornado tão distante de como deveria ser.

— Essa história — continuou Sandy, inclinando-se ligeiramente para a frente —, a história de January, é uma tragédia tão grande. O pior pesadelo de quaisquer pais. Porém, ainda por cima, é confusa. De tudo o que vimos no noticiário até agora, a investigação parece um pouco bagunçada. Então, esta noite, convido vocês a contar sua versão para esclarecer as coisas.

Krissy sabia que as primeiras perguntas de Sandy eram destinadas a ser fáceis, para fazer com que ela e Billy falassem: *Como era January? Qual foi a reação da cidade? Você pode detalhar aquela manhã terrível, quando descobriu que ela se foi?* Essa última, Krissy havia respondido tantas vezes para a polícia, que provavelmente poderia recitar as palavras enquanto dormia.

— Agora — disse Sandy, depois que eles terminaram. — Acho que a maior parte do país, inclusive eu, está interessada na dança de January. — Krissy sentiu Billy se mexer ao lado dela. — A essa altura, todos nós vimos as fotos. E essas fantasias parecem tão... adultas.

As bochechas de Krissy queimaram, mas ela estava esperando por isso e tinha ensaiado sua resposta:

— As fotos na mídia são das fantasias mais extremas que ela já usou. A maioria delas eram apenas suas fantasias infantis comuns: abelhas, joaninhas, esse tipo de coisa.

— E uma delas era uma marinheira sexy.

Krissy titubeou.

— January adorava dançar e levava isso muito a sério. As fantasias faziam parte daquele mundo.

Sandy estreitou seu olhar, desviou-o na direção de Billy, depois voltou.

— Mas vocês dois não estão aflitos sabendo que a dança de sua filha, e essas fantasias, podem ser parte da razão pela qual ela está morta? Que tenha atraído a atenção de algum tipo de predador?

Krissy mordeu o interior da bochecha e ouviu Billy engolir em seco ao lado dela. Ela sabia que eles não deveriam ter vindo nessa porra de programa. Não importa quantas vezes ela tivesse ensaiado respostas na frente do espelho do banheiro, ela não poderia ter se preparado para isso. Não importa o que eles dissessem, eles estavam admitindo culpa: ou eles haviam vestido sua filha como uma isca humana ou não acreditavam que foi um estranho que a matou, o que direcionaria a atenção de Sandy — e do restante do país — para eles.

— Pensando agora — começou Krissy, depois que o silêncio havia se tornado insuportável —, eu gostaria que tivéssemos escolhido trajes diferentes.

Sandy recostou-se, aparentemente satisfeita em deixar isso pairar no ar por um longo momento antes de continuar.

— Falando em teorias, vamos passar para a investigação policial em andamento, na qual vocês dois foram interrogados. Acho que a maioria das pessoas não sabe bem o que pensar sobre vocês dois, e devo me incluir nesse grupo também. — Seu olhar aguçado se movimentava entre Krissy e Billy. — Por um lado, vocês parecem pessoas normais e legais. São donos de uma fazenda, fazem parte de uma comunidade unida. Vão à igreja todos os domingos. Por outro lado, a polícia informou que vocês estão cooperando *até certo ponto* e as impressões digitais dos dois estão na lata de tinta spray usada para escrever essas palavras horríveis nas paredes de sua cozinha.

Houve um silêncio retumbante, enquanto Krissy permanecia imóvel em seu assento. Como ela havia descoberto? O detetive Townsend havia contado isso para Krissy em uma entrevista menos de 48 horas antes, e ela estava tão chocada com isso agora quanto havia ficado antes. *Townsend* havia vazado isso para a produtora do programa? A polícia estava tentando armar para eles? O pensamento enviou um arrepio de fúria por sua espinha.

No entanto, antes que ela pudesse dizer qualquer coisa, Billy pigarreou.

— Comprei a tinta spray para um projeto que estava iniciando na fazenda. Eu estava retocando a pintura das portas do celeiro.

— Hum... — Sandy desviou seu olhar penetrante do rosto dele para o de Krissy. — E você?

— Fui até o celeiro na outra semana — disse ela, com a voz fraca — procurar uma lata de lubrificante para uma dobradiça que estava rangendo. Eu estava vasculhando e mexi nela. — Isso não era verdade, é claro. No entanto, era o que ela havia dito a Townsend, quando ele perguntara.

— Hum... — repetiu Sandy. Então, ela se virou para Jace.

O coração de Krissy parou. Ela havia insistido que Sandy não o questionasse. Essa foi a única condição que ela havia imposto.

— Eu gostaria de ouvir de você, Jace — disse Sandy, com uma voz gentil e firme. — Você pode nos dizer o que aconteceu naquela noite, do seu ponto de vista?

Krissy se encheu de medo. A adrenalina correu por sua corrente sanguínea tão rápido que chegou a doer. Ela abriu a boca, depois a fechou. O que ela poderia fazer? Jace estava se encolhendo junto ao corpo dela, e ela sentiu o impulso de saltar para longe dele. Em sua visão periférica, um movimento súbito chamou sua atenção. Ela olhou, e viu a produtora, que os tinha instruído mais cedo, fazendo mímica para o cara que estava atrás de uma das câmeras. Pelo gesto que ela estava fazendo, parecia que ela queria que o cinegrafista desse um zoom em Krissy e Jace. *Porra.* Krissy não havia raciocinado. Ela envolveu um braço rígido em torno do filho, tarde demais.

Foi então que Jace finalmente falou. Suas palavras saíram em uma voz monótona e solene:

— Eu não gosto de falar disso.

— Por quê? — perguntou Sandy, toda paciente e compreensiva.

— Eu só não gosto.

— Entendo que provavelmente seja assustador, e que seja triste falar sobre sua irmã, quando ela se foi, mas às vezes falar sobre isso pode ajudar.

Jace hesitou. Krissy queria arranhar o rosto de Sandy.

O som de seu próprio batimento cardíaco martelava em seus ouvidos.

— Não gosto de falar disso — disse Jace, finalmente —, porque não quero ter problemas.

* * *

Naquela noite, enquanto ela, Billy e Jace dormiam em seu quarto de hotel de merda, perto do aeroporto de Newark, Krissy acordou sobressaltada. Ela pensou que algo havia tocado seu pescoço, dedos frios e macios. Ela passou a mão nele, mas não havia nada lá. Piscando na escuridão, ela viu uma figura de pé ao lado de sua cama. Quando seus olhos se ajustaram, ela percebeu que era Jace.

Ela inalou bruscamente.

— Jace? O que está fazendo?

Mas ele só ficou parado ali. Se ela não conseguisse sentir a respiração dele em seu rosto, poderia ter pensado que ele não estava lá, que era apenas sua imaginação, um espectro vindo para assombrá-la.

— Jace?

— Sinto muito por January, mamãe.

As palavras a cortaram. Seu peito e estômago se contraíram com sua força. Nos cinco dias, desde que January havia morrido, Krissy havia se saído tão bem em manter a lembrança daquela noite enterrada no fundo de sua mente. Agora, porém, na escuridão do quarto, e após o pedido de desculpas de seu filho, tudo voltou à tona.

* * *

A primeira coisa que Krissy se lembrou foi o som de um estrondo.

Horas antes, enquanto ela estava se preparando para ir para a cama, ela havia tomado uma pílula para dormir — assim como fazia quase todas as noites nos últimos quatro anos. Antes do casamento e da maternidade, ela nunca tinha problemas para dormir. À noite, ela caía no descanso livre de uma adolescente. De manhã, acordava cheia de energia e possibilidades. Então, em um piscar de olhos, ela era esposa de um homem que mal conhecia e mãe de duas crianças aos dezenove anos. De repente, o simples ato de existir parecia um fardo que ela não era capaz de carregar sozinha. A solidão que roía seu peito era sua companheira constante. O vinho ajudava a entorpecer, mas os comprimidos, ela descobriu, eram os melhores: antidepressivo para passar os dias, e pílulas para dormir à noite. Talvez, depois de tantos anos, ela tivesse se acostumado com a pequena pílula branca ou talvez o som do estrondo tenha sido de fato fora do comum. Porém, independentemente do motivo, nas primeiras horas daquela manhã, Krissy acordou, saindo de sua névoa de medicamentos.

Ela se sentou na cama, com o coração acelerado. A casa da fazenda às vezes parecia viva, rangendo e gemendo durante a noite, mas o estrondo havia sido diferente. Ela olhou para as costas de Billy, mas ele estava em silêncio e imóvel.

Silenciosamente, ela saiu da cama, foi até o banheiro na ponta dos pés e colocou o roupão por cima do pijama. Ela caminhou pelo corredor em direção às escadas, parando do lado de fora do quarto dos gêmeos. O estrondo havia soado distante, de algum lugar nas profundezas da casa, mas ela se sentiria melhor sabendo que seus filhos estavam a salvo e dormindo. No entanto, quando ela enfiou a cabeça pela porta do quarto de January, a cama parecia vazia. Krissy piscou, tentando clarear a mente do sono remanescente. A luz noturna de January era uma daquelas giratórias, projetando lentamente formas ao seu redor: cavalos, flores e coelhos refletidos nas paredes, noite após noite. As imagens dançavam em torno do cômodo, distorcidas e trêmulas, dificultando a visão. Krissy se aproximou da cama, mas January não estava nela. Nem estava debaixo dela, ou dentro de seu armário, ou no banheiro do corredor. Quando Krissy descobriu que Jace também não estava em seu quarto, ela começou a entrar em pânico.

Ela desceu correndo as escadas, com a madeira velha rangendo sob seus pés, as sombras se movendo à sua volta. Quando entrou na cozinha, algo incomum chamou sua atenção: a porta do porão estava aberta. Ela pensou brevemente em pegar uma das armas de Billy do estojo na sala de estar, mas estava muito longe. Além disso, se as crianças estivessem lá embaixo, ela não queria que vissem sua mãe se materializar na escuridão com uma espingarda nas mãos.

No topo da escada do porão, Krissy sentiu um desconforto, um arrepio frio subindo por sua espinha. Algo parecia... errado lá embaixo. Ela se forçou a respirar, então olhou pela escada, mas as três janelas horizontais na parte inferior estavam totalmente escuras. Ela deu alguns passos, lentos e hesitantes, nas profundezas da velha casa. Ao fazê-lo, a lua saiu de trás das nuvens e, de repente, o cômodo se iluminou. Foi quando ela viu.

Ali, deitada ao pé da escada, estava January.

Todo o ar se esvaiu dos pulmões de Krissy. Os olhos de sua filha estavam fechados e seu corpo estava reto e imóvel. Sua camisola branca estava incandescente ao luar, e seu cabelo castanho se espalhava em volta da cabeça. Seu rosto, porém, parecia todo errado. A pele estava inchada e cinzenta; os lábios, estranhamente rígidos. Olhando para ela, Krissy podia sentir a verdade com um terrível peso em seu estômago: sua querida filha estava morta.

E, agachado ao lado de seu corpo sem vida, estava Jace.

Enquanto Krissy olhava para o quadro horrível abaixo dela, sua mente parecia vazia, exceto por uma palavra: *Não.* Ela ouviu um som, um gemido baixo e gutural, e percebeu que tinha vindo de sua própria boca.

Jace deve ter ouvido também, porque ele se endireitou, e, lentamente, virou a cabeça por cima do ombro. Seu olhar impassível a imobilizou, como uma borboleta presa a um quadro de cortiça. Ele a encarou em silêncio por um momento, antes de abrir a boca. Suas palavras, ditas em sua voz suave de menininho, foram como uma lâmina no corpo de Krissy, cortando pele, intestino, útero.

— Podemos brincar amanhã, mamãe? Só você e eu?

DEZENOVE

MARGOT, 2019

Em seu quarto de hotel, Margot deslizou a tranca na porta. Ela tinha quase certeza de que a mulher de cabelo castanho-avermelhado não a tinha seguido até Chicago. No entanto, as palavras escritas no celeiro dos Jacobs e as do bilhete deixado em seu para-brisas ainda enchiam seu cérebro. *Ela não será a última. Aqui não é seguro para você.* Especialmente agora, após a notícia de que o corpo de Natalie Clark fora encontrado, Margot se confortou em estar trancada em segurança dentro de seu quarto. Ela sabia que não estava correndo o mesmo risco que Natalie ou January haviam corrido. Porém, claramente, ela havia atraído a atenção de alguém, e não sabia o que queriam ou o que poderiam fazer para conseguir. Margot pegou seu laptop e se acomodou na cama, recostando-se nos travesseiros e com a colcha barata e áspera contra suas pernas. Desde que tinha começado a investigar o caso de January, dias atrás, ela havia passado incontáveis horas tentando encontrar Jace *on-line*, sem sucesso. Ao descobrir que ele havia ido para Chicago, ela havia sido capaz de restringir essa busca. Ainda assim, tinha sido infrutífera. Por isso, a primeira coisa que fez, logo que chegou à cidade e se registrou em um hotel, foi visitar o tribunal para solicitar todos os documentos legais contendo o nome de Jace. Não era algo garantido, mas poderia produzir resultados que o Google não conseguiria.

E, com certeza, produziu. O primeiro conjunto de documentos que ela recebeu do funcionário do tribunal, com apenas duas páginas, era composto por um relatório: uma prisão de Jace Jacobs, por agressão e ameaça, em 2007. No mínimo, isso era prova de que Jace esteve em Chicago, mas era pouco. Mas, enquanto lia as páginas novamente, desta vez mais devagar, ela viu. Na segunda página, em uma seção que ela tinha lido anteriormente, havia uma linha intitulada "Alcunhas Conhecidas" e, digitado logo abaixo, estava o nome Jay Winter. Enquanto olhava para ele, finalmente todas aquelas buscas inúteis fizeram sentido: Jace havia mudado de nome.

Então, Margot pediu todos os documentos que continham o nome Jay Winter. Desta vez, a pilha de papéis que voltou era maior. Folheando-os, ela podia ver que cobriam dois anos de crimes: desde intoxicação pública até perturbação da ordem. E ali, na página três, havia uma foto de identificação. Parado na frente de uma parede de concreto branco, com seu cabelo escuro despenteado e seus olhos verdes desfocados, Jace Jacobs a encarou com a boca torcida em um sorriso estranho.

Na cama do hotel, Margot batia a ponta dos dedos no teclado, com impaciência, enquanto esperava que ele entrasse em atividade. Desde que deixou Wakarusa, uma parte de sua mente havia estado perpetuamente em seu tio. Embora ela tivesse dito a si mesma que vir para Chicago era a coisa certa a fazer — para a reportagem e para a sua carreira, e, portanto, a melhor maneira de ajudá-lo —, a culpa a corroía. Ela só queria encontrar Jace, falar com ele e voltar para casa o mais rápido possível. Felizmente, com seu novo nome, localizá-lo deveria ser fácil. Hoje em dia, era quase impossível desaparecer sem deixar rastro.

Margot começou com as mídias sociais, mas nenhuma delas, Facebook, Instagram, Twitter, LinkedIn, deu em nada. Havia alguns Jay Winters no mundo, mas não o que ela estava procurando. Ela mudou para uma busca mais ampla, pesquisando *Jay Winter* e *Chicago*, mas ainda não havia nada. Nenhuma foto, nenhum local de trabalho, nem uma única pessoa que o conhecesse. Jace, afinal, havia conseguido a proeza de sumir.

Margot afundou nos travesseiros, olhando para a hora em seu laptop. Já estava no meio da tarde e ela não chegou mais perto de encontrar Jace do que havia chegado três horas atrás. Para onde ela poderia ir quando não tinha mais nada para seguir? Quase tudo o que ela sabia sobre Jace era de uma investigação de 25 anos antes. Fora isso, ela conhecia sua ficha criminal e sua aparência de uma década atrás. Ela sabia que ele tinha uma tendência à violência, fumava maconha no ensino médio e levava flores para o túmulo de January todos os anos. No entanto, a última pista era o único caminho que ela podia explorar, e ela já havia feito isso. Do tribunal, Margot tinha ido direto para a Kay's Blooms, a floricultura onde Jace havia comprado aquele buquê de rosas brancas. Porém, a mulher atrás do balcão tinha acabado de balançar a cabeça negativamente para a foto de Jace. Ela explicara que era uma funcionária de meio período. O proprietário, que trabalhava na maioria dos dias, estava fora da cidade.

Margot fechou os olhos com força, tentando desenterrar qualquer mínima informação que ela ainda não havia averiguado. Porém, tudo o que conseguia lembrar era o aviso de Pete sobre Jace: *Ele não era um cara do bem.* Ela arrastou as mãos pelo rosto soltando um gemido frustrado.

Então, algo que Eli havia dito surgiu em sua cabeça. *Ele gostava de arte, pintura, essas merdas.* Tinha sido um comentário descartável, mas não foi a primeira vez que Margot tinha escutado algo assim sobre Jace. O que Billy dissera a ela? Que Jace gostava de *coisas artísticas?* Uma ideia frágil e vaga formou-se na mente de Margot.

Ela se sentou, ajustou o laptop e digitou na barra de pesquisa: *arte* e *Chicago*. Os primeiros resultados a aparecerem foram o Art Institute of Chicago, o Museum of Contemporary Art e algumas listas das galerias de arte mais bem avaliadas da cidade. Margot percorreu seus sites e contas de mídia social procurando por qualquer indício da presença de Jace, mas não tinha muita esperança. Esses não eram o tipo de lugar onde uma pessoa trabalhava quando tentava desaparecer. Ela passou mais tempo nos sites das galerias menores. Mas, depois de uma hora, ela ainda não havia encontrado nada. Então, mudou a palavra de busca, de *arte* para *pintura*.

— Hum — disse ela, em voz alta, quando os novos resultados apareceram. O primeiro era um lugar chamado Bottle & Brush, e ela imediatamente identificou pelas fotos qual era o tipo de negócio. Em Indianápolis, havia um lugar semelhante, chamado Syrah's Studio, uma franquia de estúdios de pintura para não pintores. Era um espaço aonde noivas e suas madrinhas iam para beber vinho e pintar seu próprio Monet em uma hora e meia. Os instrutores eram todos recém-formados em arte, querendo ganhar um dinheiro extra, com rotatividade rápida e sem intercorrências. Era o tipo de lugar onde se poderia trabalhar com arte e permanecer anônimo, o tipo de lugar que poderia atrair alguém como Jace.

Margot clicou no primeiro dos dois locais. Em seguida, navegou até suas fotos. A maioria apresentava uma sala de aula cheia de pessoas posando com suas pinturas prontas ou sentadas na frente de cavaletes com um pincel em uma das mãos e uma taça de vinho na outra. Ela examinou os rostos de quem ela supôs que seriam os instrutores, aqueles em aventais manchados de tinta na frente da sala. A maioria parecia ter a idade de Jace, vinte e tantos, ou trinta e poucos anos. Havia uma menina morena, com seu cabelo artisticamente penteado e amarrado com uma bandana. Havia um cara negro com dreads e um cara branco com óculos de armação grossa. No entanto, ela não viu Jace. Então, ela clicou na penúltima foto e parou.

Nela, a turma estava espalhada pela sala, dando os retoques finais em suas telas ou se misturando, enquanto bebiam o que restava de seu vinho. Nos fundos, ao lado de uma pia de aparência industrial, Margot viu um cara de avental com um punhado de pincéis. Pela maneira como ele parecia estar deslizando silenciosamente por um grupo, ela imaginou que fosse algum tipo de assistente. Ele estava levemente virado, portanto ela não conseguia ver seu rosto, mas seu cabelo era do mesmo tom de castanho do de Jace na outra foto. O cabelo estava mais longo nesta, abaixo do queixo e enfiado atrás das orelhas. Ela deu um zoom, e seu rosto ficou borrado, mas ela podia ver seu formato, a cor da pele.

O coração de Margot disparou. Rapidamente, ela deslizou o laptop de suas pernas, e caminhou até sua mochila, puxando as páginas que tinha conseguido no tribunal. Ela voltou para a cama, sentando-se sobre os pés, e segurou a foto de Jace ao lado da imagem pixelada do cara na tela. Seus olhos se moveram para a frente e para trás estudando o rosto em ambas as imagens. Sim, Jace parecia mais jovem na foto, e sim, seu cabelo era mais curto na época. No entanto, Margot tinha quase certeza de que eram fotos da mesma pessoa.

* * *

Algumas horas depois, Margot espiou pela porta de vidro da Bottle & Brush. A longa parede do lado direito estava cheia de pinturas amadoras: lhamas sorridentes com coroas de flores, inúmeras *Noites Estreladas*, vasos de plantas e martínis adornados com azeitonas em naturezas-mortas. O lugar estava escuro e vazio.

Através do site, Margot sabia que eles tinham uma aula de "Pinte Seu Cachorro!" hoje, às sete. Ela havia chegado lá um pouco depois das cinco, na esperança de pegar os funcionários antes que os participantes chegassem. Porém, parecia ser cedo demais. Ela bateu com força na porta, então colocou as mãos em concha no vidro e espiou. Nada. Ela esperou, bateu novamente. No fundo, havia uma porta, uma sala só para funcionários, mas ela permaneceu fechada.

— Merda! — exclamou, virando-se para sair. Ela teria que esperar em seu carro, até que as pessoas começassem a chegar. Era frustrante passar horas atrás de uma pista que ela nem sabia se daria certo, mas era a única que tinha.

Enquanto estava se afastando na calçada, ouviu o som de uma porta se abrindo atrás dela.

— Posso ajudar?

O peito de Margot se encheu de esperança. O negócio não era grande; certamente, todos os funcionários se conheceriam. Se Jace trabalhasse lá, quem estivesse na porta agora saberia. Ela se virou, com a boca aberta para explicar, mas, em seguida, ficou imóvel. De pé, na sua frente: cabelo castanho, olhos verdes brilhantes e feições nítidas, estava a versão masculina de January Jacobs.

Quando ele, constrangido, colocou o cabelo atrás das orelhas, Margot percebeu que ela o estava encarando.

— Sim, oi. — Sua voz soou sem fôlego. — Hum...

Ele inclinou a cabeça.

— Está interessada em uma aula? Não estamos abertos agora, e nossa aula de hoje à noite está esgotada, mas posso lhe dar uma programação.

— Ah, obrigada, mas na verdade... — Sua cabeça estava girando. Ao vê-lo, lembranças vagas de sua infância inundaram sua mente. Imagens deles correndo no quintal dele, brincando de esconde-esconde no pátio da escola primária. — Na verdade, estou aqui para ver você.

— Como é?

Ela hesitou.

— Você é Jace Jacobs, não é?

O pânico atravessou seu rosto, e ele começou a se virar.

— Espere! Meu nome é Margot Davies. Eu morava do outro lado da rua da sua casa. Eu era amiga de January.

Jace hesitou, virando-se lentamente. Seus olhos estavam apreensivos.

— Margot?

Ela lhe deu um sorriso hesitante.

— Você se lembra de mim?

— Na verdade, lembro.

Isso a surpreendeu. Ele e January estavam marcados em seu cérebro por causa da tragédia que os cercava. No entanto, ela presumiu que havia desaparecido da memória dele fazia muito tempo.

— Como me encontrou?

Ela ergueu um ombro.

— Não foi fácil.

— E… por que está aqui?

— Você sabe o que aconteceu na fazenda da sua família no último sábado? A mensagem escrita no celeiro? — Ela analisou seu rosto, procurando algum sinal de que o havia desmascarado.

Sua mandíbula ficou tensa e seus olhos ficaram vazios como se ele tivesse fechado uma janela. De repente, ela podia ver o rosto de sua foto policial.

— Você é repórter ou algo assim?

— Só quero conversar.

Ele soltou uma risada irônica.

— Não dá para acreditar nessa porra.

— Jace, por favor…

— Eu agora me chamo Jay — retrucou ele. — Ou sua pesquisa não lhe mostrou isso?

— Jay. Só estou tentando entender se há uma conexão entre aquela mensagem do celeiro e o que aconteceu com sua irmã. Só quero ouvir sua versão do que aconteceu naquela noite.

— Foi bom ver você novamente, Margot — disse ele, enquanto se virava para ir embora.

Mas Margot não podia deixá-lo ir. Não agora, quando estava tão perto. Ela queria uma história, sim — queria ser uma jornalista credenciada novamente —, mas era muito mais do que isso. Tratava-se de entender o que havia acontecido com sua amiga naquela noite, do outro lado da rua, em frente à janela de seu quarto. Tratava-se de desenrolar o fio que ligava January a Natalie Clark. De garantir que mais nenhuma garotinha fosse levada e depois aparecesse sem vida. Margot fechou o punho, roçando a ponta dos dedos nas cicatrizes de meia-lua espalhadas pela palma de sua mão.

— Você ouviu falar de Natalie Clark?

Jace parou e olhou por cima do ombro.

— O quê?

— Natalie Clark — repetiu ela, examinando seu rosto, em busca de qualquer indício de que o nome significasse algo para ele. No entanto, sua expressão permaneceu neutra, quase vazia. Ele estava atuando ou realmente não sabia nada sobre a menina? Para Margot, o nome de Natalie agora era quase tão familiar quanto o de January, mas isso não era normal. A maioria das pessoas não prestava tanta atenção às notícias quanto ela.

— Ela era de Nappanee — continuou Margot. — Cinco anos de idade. Foi levada de um playground há alguns dias, e a polícia a encontrou esta manhã, morta. Assim como January, ela foi assassinada.

Jace olhou para ela. Teria ele tido algo a ver com a morte de sua irmã? Com a morte de Natalie? Tantas imagens conflitantes sobre ele giravam na mente de Margot: Jace brincando de pega-pega no quintal dos Jacobs, Jace enfiando a ponta do sapato naquele pássaro morto, Jace batendo em outra criança, Jace colocando flores no túmulo da irmã. Margot não tinha ideia do que pensar sobre o homem à sua frente. Tudo o que ela sabia era que precisava que ele falasse.

— Jace, Jay, o que aconteceu com sua irmã está acontecendo de novo. E eu estou tentando descobrir quem está por trás disso, antes que qualquer outra garota apareça morta.

Se ele fosse inocente, ou se quisesse *parecer* inocente, recusar-se a falar com ela agora pegaria mal. Margot sabia disso, e sabia que ele também sabia.

Jace ficou parado por um longo momento. Então, ele finalmente suspirou e se virou para ela.

— Eu não posso falar agora. Tenho que preparar o estúdio.

— Ok.

— Que tal depois? Por volta das dez e meia?

Ela concordou.

— Você tem um lugar em mente? Um restaurante, um bar ou algo assim?

Ele olhou para um lado da calçada, depois para o outro.

— Não. Não quero falar em público. Você pode vir a minha casa.

Margot ainda não havia decidido o que pensava a respeito de Jace e não gostava da ideia de ir ao apartamento dele sozinha, à noite, em uma cidade que ela não conhecia. Mas ela mandaria uma mensagem para Pete com os detalhes. E, de qualquer forma, não seria a primeira vez que ela se sentaria diante de um homem potencialmente perigoso para uma reportagem. Ela sorriu para ele.

— É só me passar o endereço.

VINTE

MARGOT, 2019

Margot bateu na porta do apartamento de Jace e esperou. Sentia a garganta apertar em expectativa, embora ela não tivesse certeza se era porque sentia que estava prestes a entender a história de January ou se estava nervosa por se encontrar sozinha com Jace.

Quando a porta se abriu, Margot tentou não encarar. Porém, parecia surreal estar diante do garoto que fora seu vizinho de frente depois de todos esses anos. E o rosto de Jace era tão parecido com o de January. No entanto, ao contrário de sua irmã, havia aquele vazio inquietante em sua expressão, o mesmo que ele tinha demonstrado anteriormente, depois de ter percebido que ela era uma repórter.

— Oi — cumprimentou ele. — Entre.

Quando Margot passou pela porta, foi atingida por um cheiro terroso e um pouco floral. Na mesa de centro, ela viu um incenso se transformando lentamente em cinzas, ao lado de um isqueiro, de um pequeno cachimbo de vidro e de uma cópia em brochura de *A fogueira das vaidades*.

— Quer uma bebida ou algo assim? — perguntou ele. Sua cadência era lenta e apática, quase como se ele estivesse avaliando cada palavra sem pressa, como se tivesse passado uma eternidade suprimindo qualquer emoção. Talvez até tenha.

— Seria ótimo, obrigada. Vou tomar o mesmo que você.

Ele se virou para a cozinha pequena e antiquada. Então, virou de volta.

— Pode se sentar, se quiser. — Ele acenou com a cabeça para o sofá.

Margot se sentou. Enquanto ele vasculhava a geladeira, ela olhava ao redor. As casas diziam muito sobre seus habitantes. E, de acordo com a dele — os móveis antigos, que não combinavam uns com os outros; as paredes bege nuas; a tapeçaria vermelha e laranja pendurada na janela como uma cortina improvisada —, ela imaginou que ele vivia de salário em salário, gastando o que sobrava em maconha.

— Aqui está. — Jace voltou à sala com duas garrafas de cerveja. Ele abriu as duas com um abridor, depois entregou uma para Margot.

— Obrigada mais uma vez por concordar em falar comigo — disse ela, enquanto ele se acomodava na poltrona. — Você se importa se eu...? — Ela puxou o telefone da bolsa para gravar.

Ele a encarou por um momento, então respondeu:

— Não quero ser gravado. Vou falar com você, mas é só isso.

— Ok. — Ela deslizou seu telefone de volta para sua bolsa. — Sem problemas. — Em qualquer outro cenário, ela provavelmente teria insistido. Citar uma fonte anônima era muito menos poderoso do que citar uma identificada, especialmente quando essa fonte era Jace Jacobs. No entanto, seu tom havia sido resoluto, e sua expressão, inflexível. — Sei que, depois de tudo pelo que passou, provavelmente não é um grande fã da mídia.

— Eu disse duas frases na TV, aos seis anos de idade, e as pessoas ainda me chamam de "a cria de Satanás" *on-line*. Não foi à toa que mudei meu nome.

Margot ficou atônita.

— Certo. — Ela havia visto a entrevista que a família Jacobs tinha feito com Sandy Watters todos aqueles anos antes. *Não gosto de falar disso*, Jace havia dito, com sua voz infantil, letárgica e solene. *Não quero ter problemas.* — Posso lhe perguntar, então... por que está falando comigo?

Jace olhou para baixo.

— Eu não sabia sobre aquela garota Natalie. Não dou a mínima para a sua história, mas se isso ajudar a pegar quem a matou, então...

Suas palavras foram sumindo, e a mente de Margot girou com as implicações que poderiam ter. Ele achava que January havia sido morta por um intruso? Algum estranho que estava envolvido nisso? Ou ele estava simplesmente fingindo pensar isso? Ela analisou seu rosto, mas era ilegível.

Mais cedo, em seu quarto de hotel, Margot havia preparado suas perguntas metodicamente, planejando fazer com que Jace falasse como ela havia feito com Billy. No entanto, ele era muito bom em se esconder atrás daquela máscara. Ela precisava atravessá-la.

— Vi as flores que deixou no túmulo de January — comentou ela. Jace arregalou os olhos, claramente surpreso. — Elas eram bonitas. Você faz isso todos os anos, não é?

Jace hesitou.

— Por quê?

— Por que você acha?

Ela balançou a cabeça com um contato visual constante e despretensioso.

— Eu não sei.

Ele a encarou de volta durante um longo momento. Então, lentamente, seu exterior impassível começou a se desmanchar.

— Eu faço por quê... Me sinto mal, eu acho. Não fui um bom irmão para ela, quando estava viva.

Margot esperou que ele continuasse. Como ele não prosseguiu, ela o impeliu:

— Como assim?

— Sinceramente? Eu tinha ciúmes dela, porque ela, bem, ela... *brilhava*. E eu nunca fui assim. — Ele a olhou de soslaio. — Se é que você pode imaginar. — Mais uma vez, Margot esperou em silêncio. Desta vez, porém, ele continuou depois de algum tempo: — Todo mundo a amava tanto, sabe? Meus pais, eles nem fingiam me amar tanto quanto a amavam.

O olhar de Margot passou de relance pelo rosto de Jace, enquanto tudo o que sabia sobre ele ricocheteava em sua mente. O incêndio no banheiro da escola, o pássaro morto, o menino que foi parar no hospital por causa dele, a longa lista de crimes contida naquela pilha grossa de papéis. Seria possível que ele tivesse feito tudo isso porque seus pais não o haviam amado? Bem, pensou ela, claro que seria. Não era por isso que qualquer um fazia algo destrutivo? Por não se sentir amado? A única razão pela qual Margot era levemente bem ajustada era por causa de Luke.

— Pode me dizer o que aconteceu naquela noite? — questionou, com a voz gentil. Ela não queria quebrar o encanto que havia sido lançado no despertar de sua vulnerabilidade. — Em 1994?

Jace tomou um gole de cerveja. Em seguida, colocou a garrafa na mesa de centro com um tilintar de vidro contra vidro.

— Eu acordei no meio da noite...

A expectativa zumbiu nas veias de Margot. Esta era, pelo que ela sabia, a primeira vez que ele contaria isso publicamente. Durante a investigação, ele e seus pais haviam repetido a mesma frase diversas vezes: os três haviam dormido a noite toda.

— Não sei se algo me acordou ou se acordei naturalmente. Mas me levantei e fui para o quarto de January. Eu tinha ciúmes dela, como já disse, mas também éramos próximos, sabe? Nós éramos gêmeos. — Ele olhou para Margot. — De vez em quando, um de nós acordava e ia para a cama do outro, quando tínhamos um pesadelo ou algo assim. Então, entrei no quarto dela, mas ela não estava lá, e eu fiquei com medo.

— Com medo? Como se algo tivesse acontecido com ela?

Jace balançou sua cabeça.

— Não. Apenas uma criança assustada. Ela deveria estar lá, e não estava. Lembro que entrei no quarto dos meus pais, mas ela também não estava lá. Então, desci as escadas, para tentar encontrá-la.

— Espere. Você foi ao quarto dos seus pais naquela noite? Algum deles estava lá? Você se lembra?

— Sim. Eles estavam dormindo.

— Seu pai *e* sua mãe?

Ele olhou para ela meio confuso. Então, depois de um momento, disse:

— Ah, você acha que minha mãe matou January. — Ele disse isso levemente, como se estivesse acostumado com a ideia. — Bem, ela não matou. Ela e meu pai *estavam mesmo* dormindo naquela noite. Eu os vi.

Margot lutou para manter sua expressão neutra. Até agora, ela não tinha certeza se ele estava ou não mentindo, se ele era ou não responsável pela morte de January. Porém, caso fosse, ele havia acabado de desperdiçar o disfarce mais eficaz que tinha à sua disposição. Quando o mundo inteiro acreditava que Krissy havia matado sua filha, teria sido muito fácil para ele deixá-la levar a culpa, especialmente agora, que ela estava morta e não podia se defender. Para Margot, o fato de Jace inocentar Krissy era quase tão bom quanto o de inocentar a si mesmo.

— De qualquer forma — continuou ele —, desci as escadas e, quando cheguei à cozinha, vi que a porta do porão estava aberta. A porta do porão nunca ficava aberta. — Ele respirou fundo. — Fui até a escada que levava ao porão. Quando olhei para baixo, a vi. Ela não estava se mexendo.

Os olhos de Margot se arregalaram. Jace havia encontrado o corpo da irmã morta naquela noite? *Dentro* de casa? Ela sempre tinha achado que January havia sido morta em algum lugar no caminho para a vala.

— Eu tinha seis anos — disse Jace. — Não tinha ideia do que estava acontecendo. No começo, pensei que ela estivesse só dormindo. E eu queria que ela se levantasse, porque não deveríamos estar no porão. Mas eu estava com medo de descer até lá. Então, fui até a mesa da cozinha, onde eu tinha deixado minha Lousa Mágica mais cedo. — Ele olhou para Margot. — Você se lembra desse brinquedo? Lousa Mágica?

— Claro.

— Certo. Bem, seja como for, agarrei o brinquedo e joguei escada abaixo. Algo idiota, eu sei, mas estava tentando acordá-la. E ele fez muito barulho. Eu me lembro daquele som claramente. Os degraus do porão eram de concreto, e com tudo ao redor em silêncio, foi tão alto quanto um tiro. Ainda assim, January não se mexeu.

"Foi quando desci as escadas. Eu me lembro de como ela parecia estar em paz. Tipo, eu ainda achava que ela só estivesse dormindo. Seu rosto estava... sereno, e havia um pedacinho de seu cobertor de bebê em sua mão. Papai nos deu os dois cobertores quando nascemos, e January amava o dela. Mamãe o havia lavado tantas vezes que só o que restava dele era um pedaço pequeno. De qualquer forma, tentei sacudir o braço dela, e lembro que parecia estranho, muito macio, e ao mesmo tempo muito duro. Não sei como explicar."

Ele parecia se perder na lembrança. Seus olhos estavam vidrados, enquanto olhava para um ponto na mesa ao centro.

Depois de um longo momento, quando ele ainda continuava calado, Margot aproveitou a oportunidade para fazer a pergunta que a havia incomodado desde que ele tinha começado o relato:

— Você realmente se lembra de tudo isso tão nitidamente?

Ele deu de ombros, parecendo muito cansado de repente.

— Sim e não. Conto essa história para mim mesmo, todos os dias, há 25 anos. Mas não tenho certeza se meu cérebro se lembra de tudo porque foi muito traumático ou se apenas preencheu as lacunas. Algumas coisas sobre aquela noite são completamente claras. O som da Lousa Mágica, por exemplo, e ver January ao pé da escada. Mas não é tudo uma memória encadeada, é mais como borrões de uma.

— E do que se lembra a seguir?

— Eu estava curvado sobre ela, verificando se ela estava dormindo, quando vi sangue saindo de seu nariz. Achei que o nariz dela estivesse sangrando e por isso estava deitada, para fazê-lo parar de sangrar. Porque é o que nossa mãe sempre nos fez fazer, tipo, inclinar a cabeça para trás. E me lembro de me inclinar para tocá-lo. Na verdade, não sei por que fiz isso, mas eu me lembro, porque pirei quando vi o sangue no meu dedo. Eu só queria limpá-lo. Nunca lidei bem com sangue. Ou talvez não tenha lidado bem desde esse momento. Não sei...

Ele tomou um gole de cerveja. Pela primeira vez em sua vida, Margot pôde, finalmente, ver todos os estranhos pedaços de evidências se encaixando. Ela presumiu que ele estivesse prestes a contar que limpou o sangue na calça do pijama.

— Eu o limpei no meu pijama — confirmou ele. — E foi aí que ouvi algo atrás de mim. Eu me virei e vi minha mãe parada no topo da escada e... desta parte me lembro com muita nitidez. O olhar em seu rosto era... não consigo nem descrever. Era terrível, uma espécie de mistura de horror e raiva. Então, eu... — sua voz falhou.

— Então você...?

Ele balançou a cabeça.

— Nada. Eu simplesmente... Me senti mal por ela. Me lembro de querer fazê-la se sentir melhor, mas não sabia como. Você se importa se eu fumar?

Ele disse a última parte tão abruptamente que, por um momento, Margot não entendeu o que ele havia perguntado.

— Oh, não, claro que não.

Ele pegou o cachimbo da mesa, acendeu-o, e deu uma tragada.

— Quer um pouco? — perguntou ele, com a fumaça saindo de sua boca.

Ela balançou a cabeça. Não seria ruim relaxar, mas ela queria uma mente clara, e já estava bebendo.

— Então, o que aconteceu depois disso?

Ele soltou uma tosse seca.

— O que aconteceu depois disso foi... nada, realmente. O que me lembro é que era de manhã. Durante anos, acreditei que January tinha sido levada por quem escreveu aquelas palavras na parede da cozinha, porque foi isso o que meus pais me disseram que aconteceu. Só mais tarde, descobri que não era verdade.

Ele continuou contando a Margot que, uma década antes, ele havia escrito para sua mãe, e eles haviam iniciado uma correspondência sobre aquela noite.

— Ela me disse que, quando me encontrou ao lado do corpo de January, ela presumiu que eu a tivesse matado. Foda isso, né? — Ele riu, amargamente. — Mas deve ter sido uma imagem muito ruim, eu ali parado com o sangue de January em minhas roupas. Mas acho que minha mãe me amava mais do que eu imaginava, porque ela decidiu me proteger. Ela forjou a cena como um arrombamento para desviar a atenção da polícia quanto a descobrir "o que eu tinha feito". — Ele disse a última parte formando aspas com os dedos no ar. — Ela buscou um martelo no celeiro, para quebrar a janela do porão pelo lado de fora e fazer parecer que foi por onde o intruso entrou. E, quando estava colocando o martelo de volta, ela encontrou a tinta spray e teve uma ideia: ela sabia que escrever aquela mensagem era arriscado, sabia que estava complicando a cena, mas era exatamente isso que ela achava que tinha que fazer. Então, ela escreveu toda aquela merda na parede, colocou a tinta spray de volta no celeiro, e então...

Sua voz sumiu, e ele tomou mais um gole de cerveja.

— Ela moveu o corpo de January. Ela a colocou no porta-malas, dirigiu até aquela vala, e a jogou lá. É por isso que todas as provas apontavam para ela. O país inteiro pensa que minha mãe é uma assassina por minha causa.

Margot estremeceu com o impacto da história de Jace. Era incrível, inacreditável, e, ainda assim, explicava tudo. Tudo, exceto quem era o verdadeiro assassino.

— E o seu pai? — perguntou ela. Durante sua entrevista com Billy, ela havia suspeitado que ele tinha escondido algo sobre Krissy, e também sobre Jace. Ele sabia das suspeitas de sua esposa sobre o filho deles? Sabia o que ela havia feito para protegê-lo? — O que ele sabia? Ele ajudou sua mãe naquela noite?

Jace balançou a cabeça negativamente.

— Segundo ela, ele dormiu durante o tempo em que tudo aconteceu, mas foi só isso que ela realmente disse sobre esse assunto. Só que não consigo imaginar que ele não tenha suspeitado de algo, de mim ou dela, não tenho certeza. Depois daquela noite, todos nós meio que desmoronamos... E, antes que me pergunte, não gosto do meu pai, e ele não foi um bom pai, mas ele não é um assassino. Como eu disse, ele amava January mais do que me amava. A mídia nos fez parecer loucos, mas éramos só uma família comum. Podemos não ter sido felizes, mas éramos normais.

Eles ficaram em silêncio por um momento. Em seguida, Margot perguntou:

— Então, o que acha que aconteceu? Se você não matou January, nem sua mãe ou seu pai, quem matou?

Ele se inclinou para pegar o cachimbo da mesa e deu outra tragada.

— Sempre imaginei que fosse outra pessoa. Alguém... com uma obsessão. Bem, a polícia disse que a porta lateral estava destrancada quando eles chegaram lá, o que... ora, era Wakarusa, em 1994. Todos dormiam com a porta destrancada. Alguém poderia ter entrado direto. Esta é a ironia: a história que minha mãe queria que todos acreditassem foi o que realmente aconteceu. Mas ela estragou tanto as coisas naquela noite, que nunca saberemos quem realmente fez isso.

E, se isso fosse verdade: que um estranho havia invadido a casa dos Jacobs naquela noite, esse mesmo alguém poderia ter escrito essas palavras no celeiro, alguns dias atrás, poderia ter levado Natalie Clark do playground em Nappanee, poderia ter deixado aquele bilhete no carro de Margot.

— Você já contou isso para a polícia?

Ele soltou uma risada curta e sem humor.

— Contei ao detetive Townsend. Alguns meses depois que minha mãe morreu, mostrei a ele tudo o que ela havia me enviado.

— E o que houve?

Jace deu de ombros.

— Nada demais. Ele claramente não acreditava que o que ela havia escrito fosse verdade. Disse que as cartas não revelavam nada concreto, além de que ela havia fodido a cena do crime. Disse que não havia como confirmar que a caligrafia era dela, agora que estava morta. Eu nunca tive muita credibilidade quando se trata de policiais, mas isso me irritou e, bem, depois disso, tudo meio que foi por água abaixo para mim por um tempo.

Margot pensou naquela longa lista de crimes.

— Você se lembra de alguém da sua infância que tenha mostrado um interesse especial em January? Alguém que estava em seus recitais ou práticas que não deveria estar? Alguém que tenha visto por aí em lugares estranhos?

— Não. E, acredite, pensei muito nisso. Não me lembro de um homem estranho, rondando.

— E uma mulher?

Ele ergueu as sobrancelhas.

— Uma mulher?

Ela concordou, a imagem da mulher de cabelo castanho-avermelhado surgiu em sua mente. Nada do que Jace havia dito sobre aquela noite sequer dava um vislumbre a respeito dela.

— Hã... Não que eu me lembre.

— E alguém de quem January tenha falado? Havia alguém que ela mencionasse muito naquela época?

— Nossa, eu não sei! Ela falava sobre as outras garotas da aula de dança. Falava sobre seus professores de dança, a srta. Morgan, ou srta. Megan, ou qualquer coisa assim. Acho que houve uma srta. April, talvez? Não sei. Ah, ela tinha um amigo imaginário — disse ele, com uma risadinha. — Está interessada nele? *Ele* ia aos recitais dela e brincava com ela no parque. Ela o chamava de Elefante alguma coisa, porque ela dizia que ele tinha orelhas grandes. — Ele sorriu com a lembrança. Quando falou novamente, sua voz havia se suavizado, com nostalgia. — Ela também inventou um sobrenome engraçado para ele. Caramba, qual era? Elefante... Elefante... — Ele estalou os dedos duas vezes lentamente. — Ah! Elefante Wallace!

Por um momento, enquanto ria, Jace parecia feliz, leve. Então, ele pareceu se lembrar do que o havia feito falar sobre o amigo invisível de January inicialmente e seu sorriso sumiu. Ele parecia cansado mais uma vez.

— Escute, Margot, eu gostaria de poder ajudar mais. Mas a verdade é que, até alguns anos atrás, eu me odiava tanto que não conseguia pensar direito. Agora sei que isso se chama culpa do sobrevivente, mas, quando eu estava perdido em meio ao que aconteceu, tudo que eu conseguia pensar era que *deveria ter sido eu*. Eu tinha seis, sete, oito anos de idade e realmente desejei ter morrido no lugar dela.

"E então, por muito tempo, tentei enterrar tudo isso. Usei álcool, e drogas, e nada, *nada* melhorou a situação. Fui preso, menti, trapaceei. Bem, estou um pouco melhor agora... não totalmente, mas tanto faz. O que estou querendo dizer é que aquela noite arruinou a porra da minha vida. Claro que pensei em quem poderia ter feito aquilo. Eu penso nisso todos os dias. E eu *não sei*.

Margot ficou quieta. Ela ardeu de vergonha, por fazê-lo passar por tudo isso novamente. Mas, no fundo, algo estava incomodando seu cérebro, algo que ele havia dito tinha desencadeado alguma coisa dentro dela, e ela não conseguia saber exatamente o que era.

— Desculpe — disse Jace após um momento. — Não quero ser... O que aconteceu naquela noite tirou tudo de mim. Roubou a minha irmã, a minha infância... depois disso, ninguém mais podia ser meu amigo. E então, quando finalmente contei a verdade para minha mãe, a primeira pessoa para quem eu contei, isso também a tirou de mim.

Margot balançou a cabeça.

— Espere. O que quer dizer?

— O dia em que ela recebeu minha última carta foi o dia em que ela se matou. O suicídio foi sua maneira de se desculpar por ter feito tudo errado. Ela ainda estaria viva se eu não tivesse contado a ela a verdade.

As palavras do bilhete de suicídio vazado de Krissy encheram a mente de Margot: *Jace, sinto muito por tudo. Vou fazer a coisa certa.* E outra peça do quebra-cabeça se encaixou. Krissy tirou a própria vida, não por se sentir culpada por ter matado sua filha, mas por se sentir culpada por ter entendido tudo errado e por suspeitar do próprio filho pelo assassinato.

— E eu deixei a oportunidade escapar. Em cada carta que escrevia, ela pedia para nos encontrarmos, mas eu nunca ia. Eu nem dei a ela meu endereço, fiz com que ela enviasse as cartas para uma caixa postal. Porra, eu estava com tanta raiva. Agora... — A voz de Jace desapareceu, e ele balançou a cabeça. — Espero que encontre esse cara, Margot, quem quer que seja. Espero que o encontre, e espero que ele queime no inferno.

* * *

Durante o resto da noite, Margot continuou com aquela estranha sensação de algo incomodando sua mente. Porém, o que era, ou o que Jace havia dito que desencadeara aquilo, ela não conseguia identificar. Parecia fora de alcance, como uma velha lembrança enterrada sob camadas de tralhas. Isso atiçou seu cérebro, enquanto ela escovava os dentes e deslizava para debaixo das cobertas de sua cama de hotel.

No entanto, seu subconsciente havia claramente trabalhado nisso a noite toda, porque quando ela acordou, na manhã seguinte, percebeu que era Elefante Wallace, o amigo imaginário de January, que significava algo para ela. O nome, as orelhas grandes, tudo parecia familiar. Mas como poderia? January o havia mencionado a Margot? Margot tinha sido apresentada ao estranho invisível tantos anos atrás? Será que ela, Elefante e January tinham se sentado juntos para tomar chá alguma vez? De qualquer forma, ela achava que não. E, ainda assim, que outra explicação poderia haver?

Isso continuou a incomodá-la, enquanto ela jogava suas coisas na mochila e fazia o *check-out* na recepção. E então, ela finalmente entendeu, e aquilo colidiu com sua consciência com a força de um caminhão desgovernado. Ela estava na estrada, a meio caminho de casa, e quase invadiu a pista ao lado.

Jace tinha entendido errado. Elefante Wallace não era imaginário, nem seu nome era Elefante. Margot sabia disso, porque sabia quem ele era. Ela sabia até mesmo onde ele morava e como era a sua aparência, orelhas grandes e tudo. Três anos atrás, ela o havia entrevistado por conta do caso Polly Limon. Elliott Wallace tinha sido um dos suspeitos.

VINTE E UM

KRISSY, 1994

A entrevista com Sandy Watters saiu pela culatra. Longe de reabilitar a imagem dos Jacobs, serviu de munição com a qual as pessoas costumavam declarar a culpa deles. *Billy havia suado demais*, diziam as pessoas. *Jace era um garoto assustador, que parecia saber algo que não estava dizendo.* E *Krissy era uma mãe inadequada.* A mídia havia analisado tantas vezes a imagem dela envolvendo relutantemente o braço em torno de Jace que o clipe de três segundos ficou famoso. Um programa de TV antigo havia mostrado capturas de imagem do rosto de Krissy enquanto ela fazia isso, com seu olhar severo e sua mandíbula tensa.

— Não estou dizendo que é o rosto de quem matou uma pessoa — dissera Lisa. — Mas, certamente, parece ser o rosto de alguém que está escondendo algo.

Krissy não precisava de nada para alavancar ainda mais seu ressentimento em relação a Billy, mas ele sem dúvida havia conseguido isso ao coagi-la a participar do programa da Sandy Watters. Da noite para o dia, caçarolas pararam de aparecer em sua porta. Cartas de condolências pararam de chegar pelo correio. Quando Krissy ia ao supermercado, as pessoas que costumavam se chamar de amigas desviavam os olhos dela friamente.

Os detetives, por outro lado, eram sempre muito persistentes.

Townsend, em particular, parecia desconfiado de Krissy, com seus frios olhos azuis a observando o tempo todo. Certa vez, ele e Lacks pediram que fosse à delegacia para conversar, onde jogaram uma bomba sobre ela: cães farejadores haviam chegado a seu porta-malas, detectando o cheiro de decomposição. Quando a perícia o revistou mais tarde, eles encontraram fibras da camisola que January havia vestido na noite de sua morte.

Krissy podia sentir o suor atravessar sua camisa, enquanto contava aos detetives que muitas vezes colocava as coisas das crianças no porta-malas, especialmente as coisas de dança de January. Ficava cheirando mal no calor, o que poderia explicar por que os cães foram atraídos para ali. Quanto às fibras, como ela havia acabado de dizer, as roupas da filha ficavam o tempo todo no porta-malas.

— Eu continuo afirmando — adicionou ela, com a voz trêmula —, não tive nada a ver com a morte de January. Vocês deveriam estar falando com todos aqueles homens que espreitavam ao redor de suas competições. — Desde aquele primeiro dia de investigação, Krissy nunca havia desviado de sua história. Era um intruso, um estranho, um bandido.

Nos dias que se seguiram ao interrogatório, Krissy esperou, com enorme tensão, que os detetives Townsend e Lacks batessem na sua porta com um mandado de prisão. No entanto, eles nunca a prenderam. Os dias se transformaram em semanas e, finalmente, a urgência com que os detetives falavam sobre o caso esfriou e se tornou algo próximo a resignação. Townsend parou de encará-la como se ela fosse um animal que ele estava tentando capturar, e começou a olhar para ela como se ela fosse um que tivesse conseguido escapar. Meses se passaram sem qualquer tipo de novidade. Então, em um piscar de olhos, o mundo estava em um novo século e o caso havia sido arquivado.

Para Krissy, os anos passaram em um borrão de pílulas para dormir. Ela continuou se vestindo com as roupas certas para ir à igreja, e a se maquiar quando saía de casa, mas sua mente estava perpetuamente em branco. O entorpecimento era seu único alívio da dor de perder a filha e da tortura de viver com o garoto que a havia matado e com um homem que nunca havia sido o que ela tinha precisado.

E então, em 2004, dez anos depois de perder January, aconteceu algo que tornou os dias toleráveis novamente. Pela primeira vez em sua vida, Krissy se apaixonou.

Tudo começou em uma tarde de quinta-feira, no outono. Krissy havia passado o dia resolvendo tarefas, como de costume, riscando, sem pensar, a lista de atividades domésticas que compunham sua vida. Quando chegou à casa da fazenda, por volta das cinco, descobriu que não conseguia sair do carro. Ela se sentou, vazia e imóvel, enquanto os minutos se arrastavam. A ideia de desafivelar o cinto de segurança, abrir a porta, e entrar na casa que dividia com Jace e Billy, pareceu-lhe fisicamente impossível. Sem pensar no que estava fazendo, ou para onde estava indo, ela girou a chave na ignição e saiu da garagem.

Meia hora depois, Krissy estava em South Bend, entrando no estacionamento do primeiro bar que encontrou. Quando entrou pela porta da frente, pela primeira vez em muito tempo, ela não sentiu o rosto corar, quando todos os olhares se viraram para ela, nem ouviu o murmúrio familiar de sussurros ao passar. O lugar era um boteco com iluminação fraca e um jukebox na parede oposta. A única tentativa real de decoração era o teto, que estava coberto de palitos de dente com as extremidades embrulhadas em plástico colorido. Krissy adorou.

Ela deslizou para dentro de uma das cabines com o plástico vermelho pegajoso contra seu jeans, pediu um vinho para a garçonete, e se deleitou com o alívio incomum de não ser reconhecida. Porém, a sensação não durou muito... Krissy estava em sua segunda taça de vinho quando ouviu seu nome.

— Krissy? — disse uma voz, ao lado dela. — Krissy Jacobs?

Com o coração disparado, Krissy olhou para cima. Ela só queria uma noite livre do olhar crítico e inquisidor dos outros, uma noite em que pudesse respirar. Ela presumiu que ser reconhecida em South Bend significava que, quem quer que fosse, a havia visto no noticiário, e estranhos poderiam ser ainda piores do que pessoas em Wakarusa. No entanto, quando viu o rosto na frente dela, Krissy ficou surpresa ao ver que não se tratava de um estranho afinal.

— Ah — disse ela. — Oi.

— Jodie. — A mulher levou a mão ao peito. — Da Northlake High? Meu sobrenome é Palmer agora, mas eu era Jodie Dienner naquela época.

— Ah, sim. Eu me lembro de você.

Jodie abriu a boca para dizer algo, e Krissy se preparou para o inevitável. *Você está ótima*, as pessoas haviam lhe dito nos meses que se seguiram àquela infame entrevista na TV, em um tom alegre e cheio de repúdio. *Se eu tivesse passado pelo que você passou, nunca mais conseguiria sair da cama, muito menos colocar maquiagem.* Ou, quando ela virava as costas, ela os ouvia sussurrar: *Eu não posso acreditar que ela tenha coragem de mostrar a cara.*

Porém, quando Jodie falou, tudo o que ela disse foi:

— Meu Deus, você não mudou nada.

Krissy examinou o rosto de Jodie, mas parecia sincero e aberto.

— Você, não — retrucou ela. — Você está... incrível.

Krissy se lembrava de Jodie como uma pessoa inexpressiva. Ela sempre havia sido alta e magra, mas o jeito como se portava, os ombros ligeiramente curvados, faziam as pessoas olharem por cima dela. Seu cabelo era de um louro opaco na época, caindo debilmente ao redor do rosto, e ela nunca usava maquiagem, nem roupas que pudessem ser interpretadas como uma tentativa de atrair atenção.

A mulher parada na frente de Krissy agora parecia transformada. Estava usando uma camisa de seda creme por dentro de uma calça jeans justa. Embora seu rosto ainda estivesse sem resquícios de maquiagem, exceto por uma pincelada de rímel, e o cabelo, preso atrás das orelhas, ela não parecia mais estar se escondendo do mundo.

— Não quis dizer que você era feia no ensino médio — Krissy se apressou em dizer. — Desculpe.

Jodie, porém, só riu.

— Não, não. Sei o que quis dizer. — Ela abriu a boca, então fechou. — Ei, você se importaria... — Ela acenou com a cabeça para o assento vazio em frente a Krissy.

— Oh, não. Por favor. — Aceitar companhia deixava Krissy ansiosa. No entanto, fazia muito tempo ela havia aprendido que ser amplamente percebida como uma assassina de crianças significava que suas maneiras tinham que ser impecáveis.

Jodie colocou a cerveja que estava segurando na mesa e deslizou para o assento.

— Então, está em South Bend por esses dias?

— Não. Eu só tinha algumas coisas para fazer por aqui. Ainda estamos em Wakarusa.

Jodie ergueu as sobrancelhas.

— Sério? Uau. Eu presumi, com tudo o que aconteceu... — Novamente, Krissy esperou por algum comentário sarcástico, mas ele não veio.

— Nós pensamos em nos mudar — disse ela, dando de ombros —, mas Wakarusa é nosso lar. — Ela forçou um sorriso para combinar com a velha mentira.

A verdade é que ela havia implorado a Billy para ir embora. A mudança não a havia interessado tanto quanto o divórcio, mas ela não sabia como sobreviver sozinha. Nunca havia mantido um único emprego, exceto seu trabalho de verão no depósito de grãos tantos anos atrás. E ela não sabia o que faria com Jace, se ela e Billy se separassem. Não conseguia digerir a ideia de deixar o filho, nem desejaria viver sozinha com ele. Então, em vez disso, ela havia pedido para se mudar, ansiando por uma vida na cidade, em algum lugar grande e anônimo, mas Billy havia recusado. *Isso era exatamente o que faria alguém culpado*, ele tinha dito. Se fossem inocentes, o que eles eram, ficariam em Wakarusa com a cabeça erguida.

Os olhos de Jodie percorreram o rosto de Krissy, mas ela apenas sorriu suavemente.

— Ei, sabe no que me veio à cabeça recentemente? Você se lembra daquela vez, no sexto ano, quando Dusty Stephens concorreu para tesoureiro da turma e fez aquele discurso no refeitório? E seu suéter estava do avesso o tempo todo? — Ela e Krissy começaram a sorrir com a lembrança. — Tipo, você acha que ele sabia? Foi de propósito? Qual era o objetivo? — Jodie riu, e Krissy não pôde deixar de participar. Logo, as duas estavam relaxadas.

Pelo restante daquele drinque, e pelo próximo, as duas relembraram seu passado compartilhado, e Krissy se sentiu mais leve do que havia se sentido em anos.

— Você precisa ir? — indagou, no momento em que Jodie deu uma olhada em seu relógio. Sua voz era casual ao fazer a pergunta. Mas a ideia de encerrar a noite agora revirou seu estômago. Fazia muito tempo desde que ela havia se sentido tão bem. — Não se atrase por minha causa.

— Desculpe, mas acho que vou precisar ir, sim. Tenho que preparar algo para o jantar. Meu marido já deve estar em casa, mas ele não faz nada sem eu estar presente para segurar sua mão. — Ela revirou os olhos, rindo.

Krissy sorriu, mas parecia forçado.

— Claro, sem problemas.

— Mas talvez... — Jodie hesitou. — Talvez possamos repetir a dose, algum dia?

Havia um leve indício de nervosismo em sua voz, o que deixou Krissy triste. Sua velha colega pode ter sido mais gentil do que a maioria, mas Jodie claramente ainda pensava que estava sentada diante de uma assassina.

— Obrigada, mas você provavelmente não quer andar pela cidade ao lado de uma assassina. — Ela havia tentado soar irônica, mas seus olhos arderam com as lágrimas que se formaram.

Jodie a encarou durante algum tempo.

— Eu não acho que tenha matado sua filha, Krissy.

As lágrimas rolaram pelas bochechas de Krissy tão repentinamente que era como se ela tivesse levado um tapa. As palavras de Jodie eram como luz do sol em sua pele, depois de um longo e rigoroso inverno.

— Ok, então — disse ela, secando o rosto com a ponta dos dedos. — Vou lhe passar meu telefone.

As duas voltaram a beber na semana seguinte e, dois dias depois, se encontraram para tomar café. Logo, estavam se vendo quase dia sim, dia não. Em todas as suas conversas, Krissy soube que Jodie também tinha passado seus anos de ensino médio ansiosa para escapar de Wakarusa. Após a formatura, ela havia se mudado para South Bend, para o primeiro semestre na Notre Dame, e nunca mais saiu. Lá, ela havia estudado espanhol e história da arte — *muito prático, né?* —, e conhecido seu marido. Eles tinham se casado alguns anos depois da faculdade e, embora Jodie tivesse sonhado com uma carreira nas artes, ela acabou engravidando de seu primogênito logo em seguida. Seu segundo filho tinha nascido apenas um ano depois. Com a chegada do terceiro bebê, ela era uma mãe em tempo integral, e seu cérebro estava muito ocupado com horários de alimentação e rotinas de sono para caber qualquer outra coisa. Ao longo dos anos, Jodie e seu marido haviam se afastado cada vez mais, até que ela sentiu que passaram a ser meros colegas de trabalho, com alguns turnos sobrepostos. *Eu ainda o amo*, disse ela a Krissy uma vez. *Mas eu não estou apaixonada há muito tempo.* A história de Jodie era muito familiar para Krissy, e isso a fez sofrer por sua nova amiga. Que pequena tragédia a vida delas havia se tornado.

Havia algo aberto e despretensioso em Jodie que permitia que Krissy relaxasse perto dela de uma forma que não conseguira fazer com ninguém já tinha muito tempo. A sensação de aperto em torno de seu peito afrouxava quando estava com ela. Seus ombros e sua mandíbula se soltavam da constante tensão. Durante anos, ela havia colocado sorrisos falsos no rosto, forçado cordialidade, suportado elogios ambíguos. Com Jodie, porém, ela ria. Às vezes, ela até esquecia.

Krissy estava na cozinha certa manhã, cerca de três meses depois de seu primeiro encontro em South Bend, quando recebeu uma mensagem de Jodie. *As crianças vão para uma festa do pijama neste sábado, então estou me presenteando com uma estadia em um hotel! Quer jantar no hotel? Talvez máscaras faciais no quarto depois?*

A essa altura, Krissy havia desenvolvido uma reação quase pavloviana de excitação ao ver o nome de Jodie em seu telefone. Ela se sentiu reprimindo um sorriso, enquanto digitava sua resposta. *Dã! Vou levar as máscaras e o vinho.*

Pelo restante da semana, toda vez que pensava nos planos delas, Krissy sentia um friozinho na barriga. Quando chegou o dia marcado, enquanto comiam no restaurante do hotel, o ar parecia repleto de eletricidade. Nos últimos meses, Krissy havia sentido algo se formando entre elas, embora não soubesse exatamente o que era. A última vez que havia sentido algo semelhante tinha sido naquele verão, depois do último ano — não com Billy, mas com Dave. Sua amizade com Jodie parecia uma vibração, uma vertigem, uma faísca literal. No entanto, toda vez que seu cérebro ia nessa direção, ela parava de imediato. Ela não era gay. Então, talvez isso fosse simplesmente a sensação de ter uma amiga de verdade. Talvez ela tivesse ficado tão ávida por algum tipo de companheirismo durante tanto tempo que não conseguia ver a diferença entre isso e romance.

Naquela noite, no jantar, elas dividiram uma garrafa de vinho. Depois, rindo e bêbadas, pegaram o elevador para o andar de Jodie. Quando as portas se abriram, Jodie saiu, mas Krissy, que havia acabado de perceber que um botão de sua blusa estava aberto, parou.

— Ah, não — disse ela, rindo. — Eu estava assim a noite toda? — Ela olhou para cima, se atrapalhando com o botão, e viu Jodie pressionando os dedos nos lábios, tentando manter o rosto mais sério. Quando o olhar delas se cruzou, Jodie soltou uma risada. — Ah, meu Deus! — exclamou Krissy, entre risadinhas. — Estava!

Jodie levantou a mão.

— Eu não percebi, juro. — Então, ela explodiu em outro ataque de riso, que se transformou em um gritinho agudo quando as portas do elevador começaram a se fechar. — As portas! — Ela estendeu o braço, agarrou Krissy pela mão e a puxou para fora.

Elas caminharam até o quarto de Jodie. Em seguida, entraram nele tropeçando, sem fôlego de tanto rir, com os dedos ainda entrelaçados. Elas caíram contra a pesada porta, após fechá-la, sacudindo-se com as gargalhadas. Finalmente, o ataque de riso se dissipou e elas recuperaram o fôlego com sorrisos persistentes em seus lábios. Chegou o momento em que seria natural soltar as mãos uma da outra, mas nenhuma das duas o fez. Logo, o momento passou. Depois mais, e mais um pouco.

— Hum. — Jodie se virou para Krissy, com o ombro ainda pressionado contra a porta, e os olhos voltados para baixo. — Você se importaria se eu tentasse... — Sua voz falhou. De repente, ela estava se inclinando para a frente, pressionando os lábios contra o ponto entre a mandíbula e a orelha de Krissy.

Krissy expirou, rapidamente. Seu corpo derreteu e sua mente girou.

— Você já, hum... — Sua voz estava rouca e arfante. — Você já fez isso antes? Com uma mulher, quero dizer?

Jodie afastou a cabeça para olhá-la nos olhos.

— Você já?

Krissy engoliu em seco e negou com a cabeça.

— Você está... Você quer? — Os olhos de Jodie percorreram o rosto de Krissy, demorando-se em seus lábios.

Krissy, porém, não conseguia falar. De repente, a boca de Jodie estava na dela, e Krissy não se importava mais por não ser gay ou por não ter um rótulo para o que sentia por essa mulher. Essa faísca entre elas havia acendido uma chama, e agora ela simplesmente se rendeu.

Quando se viram de novo, alguns dias depois, no almoço em South Bend, Jodie convidou Krissy para ir a sua casa em seguida. No momento em que a porta da frente se fechou atrás delas, elas estavam se beijando. Para Krissy, a conexão delas parecia magnética e segura. Um mês depois, quando Jodie disse que a amava, Krissy não hesitou em dizer que a amava também.

Embora ela inicialmente se preocupasse que Billy descobrisse seu segredo, acabou sendo relativamente fácil esconder um caso dele, por ser um relacionamento gay. Ela simplesmente lhe disse a verdade: que havia se reconectado com Jodie Palmer, da escola, e elas haviam começado uma amizade. Desde que ela estivesse em casa quando ele acordasse de manhã, e que houvesse comida na geladeira, ele não parecia suspeitar de nada. Enquanto isso, Jace havia se tornado um adolescente volátil, às vezes mal-humorado, às vezes zangado, sempre com problemas. Krissy, que muitas vezes se perguntava se havia feito a coisa certa ao protegê-lo, anos atrás, já havia aprendido que a melhor maneira de lidar com ele era o caminho de menor resistência. Parecia que, se ela não fizesse perguntas sobre a vida dele, ele não perguntava sobre a dela. No entanto, Jodie e ela sabiam que nem todos seriam tão cegos. Assim, faziam questão de entrar e sair dos quartos de hotel separadamente e só se tocavam a portas fechadas.

Os anos se passaram e seu caso logo se transformou em algo sólido. Embora não morassem juntas, era com Jodie, não com Billy, que Krissy agora compartilhava sua vida. A única coisa que ela não compartilhava eram seus segredos.

Porém, em 2009, aconteceu algo que mudou tudo.

Era uma manhã de sábado, e Billy estava trabalhando na fazenda, enquanto Krissy lavava roupa e limpava a casa. Ela havia acabado de pegar a correspondência, jogado a pequena pilha na mesa da cozinha, e estava se virando para as escadas para trocar os lençóis da lavadora para a secadora quando um envelope chamou sua atenção. O endereço de retorno era uma caixa postal. No centro, o nome dela estava rabiscado em letras claras e inclinadas. Seu coração batia forte em seu peito, pois ela não via a caligrafia de Jace fazia anos.

Quatro anos antes, aos dezessete, Jace desceu as escadas e comunicou a ela que estava abandonando a escola e saindo de casa. Para onde iria se mudar, ele não disse. Ele estava com as malas prontas na hora do almoço e, enquanto Krissy observava seu velho carro manobrar na entrada da garagem, seus joelhos quase se dobraram de alívio. Ela não sabia como ser mãe dessa estranha criatura fantasmagórica, o menino que matou a irmã. Inesperadamente, porém, outra emoção, que se assemelhava muito com arrependimento, floresceu em seu peito. Ela não sabia como poderia ter feito melhor, mas sentiu que, de alguma forma, havia feito algo errado.

Agora, Krissy estava na cozinha, olhando para a letra do filho no envelope por um longo momento. Então, com a mão trêmula, ela o arrancou da pilha. A carta em seu interior estava escrita à mão com caneta azul.

Mãe,

Quando saí de casa, alguns anos atrás, achei que nunca mais iria querer falar com você ou com papai novamente. Mas faço parte de um programa agora, que orienta a fazer as pazes. Embora, para ser honesto, eu realmente não ache que preciso do seu perdão. Não há nenhuma maneira de começar a equilibrar a balança entre a gente, mesmo com tudo o que eu fiz para você. Sim, sei que fiz besteira, mas eu era uma criança. Você era a adulta. Você deveria ter feito a coisa certa.

Eu sei que perder January foi difícil para você, ela era sua filha, mas foi difícil para mim também. E eu nunca entendi por que a morte dela significava que eu tinha que perder minha mãe também. E, por favor, não aja como se não soubesse o que quero dizer: por onze anos você nem me olhou nos olhos. Eu realmente preciso dizer o quanto isso é injusto? *Eu* estava vivo. No entanto, a única coisa com que você sempre se importou foi January.

Eu sabia que você a amava mais do que a mim muito antes de ela morrer. Todas aquelas aulas de dança para ela, enquanto eu ficava largado em um canto. E, depois que ela morreu, foi como se eu deixasse de existir. Papai era tão ruim quanto, não me entenda mal. Só que ele nunca me entendeu, porque eu não era nada como ele. Você era diferente. Tivemos uma chance, mas você a jogou fora. E não há nada pior do que não ser amado pela própria mãe.

Sei que estraguei o passo de "fazer as pazes" com esta carta, mas eu realmente não me importo. Não tenho sido bom na vida, mas acho que você precisa do meu perdão muito mais do que eu preciso do seu.

A carta caiu da mão de Krissy, flutuando até a mesa, aberta como uma ferida. Ela havia pensado naquele dia durante anos, o dia em que o filho poderia quebrar o silêncio. Agora, o dia chegara, e ela não tinha ideia de como responder. Ela não sabia a que ele estava se referindo quando disse que havia "feito besteira". Ele estava falando sobre todas as vezes em que ele se meteu em encrenca: a maconha, o incêndio no banheiro da escola, quando ele bateu tantas vezes em um garoto — porque ele disse que sua família toda era assassina —, que o havia colocado no hospital? Ou seu "fazer besteira" teria sido matar a própria irmã? *Talvez ele estivesse certo*, pensou Krissy. Talvez ela precisasse do perdão dele, mas o que ela sabia, sem sombra de dúvida, era que ele também precisava do dela.

Lentamente, ela dobrou a carta e a enfiou no bolso de trás do jeans. Durante todo o dia, enquanto fazia suas tarefas em transe, sua mão continuava tocando o tecido de sua calça jeans, como se a carta fosse algo vivo e pulsante. Então, mais tarde, naquela noite, depois que Billy tinha ido para a cama, Krissy se sentou à mesa da cozinha com uma caneta na mão e começou a escrever:

Querido Jace,

Obrigada pela carta. Foi difícil de ler, mas fico feliz que a tenha enviado. Sempre serei sua mãe e, ao contrário do que parece acreditar, sempre vou amar você.

Como pode acreditar no contrário quando tudo o que fiz naquela noite — *tudo* — eu fiz por você? Para proteger você. Pensei que seria tirado de mim e jogado em alguma instituição juvenil, ou, se não fosse isso, imaginei que acabaria sendo rotulado como um assassino pelo resto de sua vida, e eu não poderia suportar isso. Foi a pior coisa que já fiz, e eu faria de novo. Por você.

Confesso que, depois, não soube mais ser sua mãe. Toda vez que olhava para você, eu pensava no que tinha feito a January, e isso despedaçava meu coração. Eu me fechei, mas não apenas porque tinha perdido minha filha, mas também pelo fato de ter perdido meu filho. E, no entanto, ao longo de todos esses anos, nunca deixei de amar você. Então, por favor, não diga que não o amei quando minha vida é uma prova do amor que tenho por você. Cometi muitos erros, e sinto muito por eles, mas não amá-lo nunca foi um deles.

Posso ligar para você algum dia? Ou talvez possamos nos encontrar? Eu adoraria vê-lo. No mínimo, por favor, escreva de volta.

Com amor,
Mamãe.

Krissy levou sua carta até a agência de correio da cidade na manhã seguinte e começou a verificar sua caixa de correio, obsessivamente, nos dias que se seguiram. Ela se sentiu tão desesperada para saber o que ele diria, que se tornou uma sensação física, tão real e cortante quanto a fome. E, no entanto, nada poderia tê-la preparado para o que ele acabou escrevendo de volta na semana seguinte, apenas algumas linhas rabiscadas, que viraram seu mundo de cabeça para baixo.

Mãe, sua carta não fez sentido nenhum para mim. O que você fez por mim naquela noite? Por que achou que as pessoas iriam acreditar que eu era um assassino? Não sei o que acha que aconteceu com January, mas não fui eu que a matei.

VINTE E DOIS

MARGOT, 2019

Margot voltou de Chicago em tempo recorde. Desde o momento em que o nome de Elliott Wallace tinha surgido em sua cabeça, ela havia dirigido acima do limite de velocidade até Wakarusa. Porque era isso: Elliott Wallace era a conexão que ela tanto procurara. Como um suspeito no caso de Polly Limon, *ele* era o elo entre ela e January, e agora Natalie Clark. *Ele* era o estranho sem rosto, que Margot havia imaginado durante toda a sua vida, o homem que havia caminhado pela rua de sua infância e entrado na casa em frente à dela.

Margot irrompeu pela porta da frente do tio e encontrou Luke à mesa da cozinha tomando uma xícara de café e fazendo palavras cruzadas. Apesar de sua necessidade vibrante e propulsora de rastrear Wallace, a visão a deteve, aliviada.

— Tio Luke — disse ela, envergonhada, por sentir uma ardência em seus olhos. Ela só havia ficado fora durante uma noite, e Pete havia enviado uma mensagem na tarde anterior para dizer a ela que tinha passado pela casa e que tudo estava bem. Ainda assim, ao vê-lo, todo o seu corpo relaxou. — Como está? Você está bem?

— Acho que a pergunta é... — retrucou Luke, abrindo um sorriso irônico por cima de sua xícara de café. — Você está?

Margot riu. Sem dúvida, ela parecia tão frenética quanto se sentia. O nome *Elliott Wallace* estava reverberando em seu cérebro como um tambor. — Estou bem. Só tenho que fazer um trabalho. Sei que acabei de chegar em casa, mas... — Ela balançou sua cabeça. — Tem certeza de que está bem?

— Garota, você está agindo de maneira um pouco descontrolada. Por que não vai e faz o que tem que fazer?

Margot soltou outra pequena risada.

— Ok. — Ela deu alguns passos em direção ao corredor. Em seguida, virou-se e foi até a cozinha, colocou a mão no ombro do tio e beijou sua têmpora. — É bom estar de volta.

Em seu quarto, Margot se largou no chão, tirou o laptop da bolsa e o abriu. Ela tamborilou na beirada, com impaciência, enquanto o aparelho ligava. Em seguida, abriu seu armazenamento na nuvem. Enquanto percorria sua longa coleção de pastas procurando por uma chamada "Polly Limon", ela tentou se lembrar dos detalhes do caso da menina.

Polly tinha sete anos quando desaparecera do estacionamento de um shopping em Dayton, Ohio, três anos antes. De acordo com o relatório policial feito pela mãe de Polly naquela tarde de outono, as duas estavam caminhando até o carro, depois de uma tarde de compras. Polly havia corrido na frente, mas quando a sra. Limon chegou ao carro, sua filha não estava lá. Ela havia relatado o desaparecimento de Polly dentro de uma hora, e a busca oficial havia durado cinco dias até o corpo da garota ser encontrado em uma vala a menos de um quilômetro e meio de onde ela havia sido levada. A polícia relatou sinais de abuso sexual e ferimentos na cabeça, embora a causa da morte tenha sido, tecnicamente, estrangulamento.

Ao contrário dos casos de January e de Natalie, a busca por Polly, e a subsequente busca por seu assassino, não haviam atraído muita atenção do público. Bem na época em que foi reportado seu desaparecimento, lembrou Margot, havia ocorrido um tiroteio em massa em uma escola de ensino médio em Columbus. O rosto das sete vítimas de ferimentos à bala eram a única coisa no noticiário local e nacional. Foi por isso que Margot havia conseguido chegar tão perto do caso, todos os outros repórteres estavam a 110 quilômetros de distância.

Durante as semanas que ela havia passado cobrindo a história, ela não conseguia tirar da cabeça as semelhanças entre o caso de Polly e o de January. Elas tinham mais ou menos a mesma idade, ambas haviam sido encontradas em uma vala, ambas haviam sofrido traumatismo craniano. Dayton não ficava muito próximo de Wakarusa, mas ficava a menos de quatro horas de carro. Nunca encontraram quem havia cometido os crimes.

Sentada no chão do antigo escritório do tio, Margot finalmente localizou a pasta. Ela clicou duas vezes para abrir e percorreu uma série de subpastas até o final, onde encontrou uma denominada "Elliott Wallace".

O conteúdo da pasta era escasso: um arquivo com anotações e um com a gravação da entrevista de Margot com ele. Embora estivesse decepcionada, ela não estava surpresa. A pista de Elliott Wallace havia se tornado um beco sem saída rapidamente, tanto na investigação da polícia quanto na dela. Os detetives tinham sido alertados de que Elliott Wallace seria um possível suspeito pela mãe de uma integrante do Programa Equestre para Jovens, do qual Polly também participava. De acordo com a mulher, ele tinha um histórico de espreitar os estábulos durante a prática das crianças. A polícia havia interrogado Wallace várias vezes. No entanto, na falta de qualquer evidência direta que o ligasse ao assassinato, ele acabou sendo liberado.

Margot clicou primeiro no documento de anotações. Era pouco mais do que o básico sobre quem era Elliott Wallace — ou, pelo menos, quem ele havia sido três anos antes. Na época do assassinato de Polly, Wallace tinha quarenta e oito anos. Originalmente de Indianápolis, ele estava morando em Dayton, trabalhando como segurança para um condomínio fechado. Seus pais estavam mortos e sua única família restante era uma irmã mais velha, que morava em Indianápolis, com quem Wallace raramente falava.

Abaixo dessa ficha básica, Margot havia incluído uma foto de Wallace, que tinha encontrado na internet. Nela, ele tinha o cabelo louro-escuro, repartido e penteado para o lado, uma mandíbula angulosa e alegres olhos castanhos. Mas sua característica mais proeminente eram suas orelhas. Desproporcionalmente grandes, elas se projetavam de sua cabeça em um ângulo, fazendo-o parecer um pouco com um elefante. Apesar delas, ele era, por todos os padrões, atraente, e a imagem lhe causou um choque de reconhecimento. Ela se lembrava de estar sentada em frente a ele, na sala de estar da casa dele. Ele era alto e esguio, com longos dedos entrelaçados no colo e longas pernas cruzadas na altura do joelho. Ele pareceu completamente à vontade durante a entrevista, e infalivelmente educado.

Enquanto ela olhava para ele agora, o calor subiu por seu peito e pescoço. Ela sentia, bem no fundo, que este era o homem que havia matado todas aquelas garotas, que ela estava olhando para o rosto de um assassino.

Ela clicou fora do arquivo, selecionou a gravação e apertou o *play*.

Dentro de alguns instantes, o som de sua própria voz ecoou pelo cômodo.

— Então, há quanto tempo você mora em Dayton? — Margot se ouviu perguntar.

— Hã, vejamos... — disse uma voz masculina. Elliott Wallace tinha uma cadência suave, quase musical. Ele estalou a língua, pensativo. — Não muito. Um ano, talvez. Na verdade, suponho que estaria mais perto de dois, neste momento. Mudei-me para cá, de Indianápolis.

— E você é casado? Tem filhos?

— Nenhum, infelizmente. Eu gostaria de ter me casado, acho, mas a mulher certa nunca apareceu. Ocasionalmente, eu namoro, mas se torna mais desafiador à medida que vamos envelhecendo. Acabamos ficando meio presos aos próprios hábitos, suponho. — Ele riu. — Pelo menos, eu fico.

Margot fechou os olhos, para se concentrar nas palavras de Wallace. Ela se lembrou de ter pensado, na época, em como ele era controlado, equilibrado. Aqui, ela o havia questionado em relação ao homicídio de uma menina. Ainda assim, ele tinha conseguido se manter calmo e cooperativo. Agora, porém, Margot ouviu uma cadência performática em suas palavras que ela não havia reconhecido enquanto estava sentada diante dele. Ela estava sendo tendenciosa, por causa de tudo que sabia agora ou não prestara a devida atenção antes?

— E você foi interrogado pela polícia recentemente — sua voz continuou na gravação — sobre o assassinato de Polly Limon.

— Isso mesmo. — De repente, a voz de Wallace se tornou solene.

— Por que pensaram que você estivesse envolvido?

— Ah. — Wallace deu um suspiro. — Porque, no passado, visitei os estábulos onde a menina praticava e competia. Honestamente, não culpo a mãe que deu meu nome aos detetives. Percebo que sou um homem adulto e solteiro e, nos dias de hoje, é uma triste realidade que a percepção disso... não seja boa. Infelizmente, não considerei isso quando fui até lá. Se eu pudesse voltar no tempo, não teria ido, não agora, que sei que fiz essa mulher se sentir desconfortável. Mas a verdade é que sou fã do esporte. E de cavalos, em geral. Costumo visitar os estábulos, quando não há ninguém lá.

— E quando estava nos estábulos — Margot se ouviu dizer —, você alguma vez falou com Polly Limon?

— Eu nem sabia quem ela era até ver seu nome no noticiário. Seu rosto parecia vagamente familiar, mas não tenho certeza se eu teria me lembrado de onde a conhecia se eles não tivessem mencionado suas atividades equestres. — Wallace suspirou mais uma vez. — É terrível o que aconteceu com ela. Como disse, não tenho filhos, mas imagino que não haja nada pior do que perder um.

— Pode me dizer o que estava fazendo na noite de terça-feira, 3 de maio? — perguntou ela. Embora atualmente Margot não se lembrasse do significado da data, ela presumiu que fosse a noite anterior à descoberta do corpo de Polly.

— Posso, sim. Normalmente, não me lembraria tão prontamente do meu paradeiro. Mas como a polícia acabou de me perguntar a mesma coisa, está fresco na minha cabeça. — Havia uma leve frieza em sua voz ao responder, um sinal sutil de sua indignação por ser questionado. — Trabalhei até as seis da tarde, depois fui para casa e preparei um jantar. Apenas uma receita simples de macarrão, nada de especial. Em seguida, fui até uma livraria, onde comprei uma cópia de *Coração das Trevas*. Estou lendo os clássicos. Depois, vim para casa, onde fiquei pelo resto da noite.

— Então não tem um álibi para aquela noite?

— Bem, uma das vendedoras da livraria pode atestar que eu estive na loja. Tenho certeza de que ela se lembra de mim, porque não consegui encontrar *Coração das Trevas*, e, enquanto ela me acompanhava até a seção, iniciamos uma discussão amigável sobre as virtudes de ler os clássicos. Ela era, eu me lembro, mais fã de romances de fantasia. — Houve uma pequena pausa, e Margot o imaginou sorrindo para ela. — Como a vendedora, sem dúvida, disse à polícia, fiquei na loja durante um bom tempo, lendo. Até as oito e meia, talvez. Talvez mais tarde. Não consigo me lembrar. Depois, vim para casa, li um pouco mais e fui para a cama. Portanto, fora a vendedora, não tenho nenhum álibi. — Sua voz se tornou ligeiramente amarga, quando ele acrescentou: — O que é uma pena. Eu gostaria muito de *não* estar envolvido em uma investigação de homicídio.

Agora, recostada no futon, de olhos fechados, Margot balançou a cabeça. Para ela, até mesmo seu álibi parecia calculado. Era frágil o suficiente para parecer improvisado, sólido o suficiente para garantir que ele estivesse dizendo a verdade, e ainda deixava o restante de sua noite em aberto.

— E January Jacobs? Você *a* conhecia?

Margot abriu os olhos de repente. Ela não se lembrava de ter perguntado isso a ele. Ela se recordava de ter contado a Adrienne sobre sua teoria ligando os dois casos, mas não de ter abordado a questão com Wallace. Sentada ali, agora, ela se sentiu quase tonta de gratidão à sua versão mais jovem.

— January Jacobs? — repetiu Wallace, parecendo genuinamente surpreso.

— Isso mesmo.

— Bem, hã... Eu sei a respeito *dela*, é claro. Todo mundo sabe, não?

— Você a conheceu?

Wallace zombou.

— Hum... não. — No entanto, apesar da indignação em seu tom, ele também parecia perturbado. — Desculpe, mas aonde quer chegar?

— Você já esteve em Wakarusa? — perguntou Margot.

— Waka... — Sua voz sumiu. — Não sei. Talvez. Não tenho certeza.

— Não tem certeza se esteve em Wakarusa, Indiana?

— Tenho quarenta e oito anos. Viajei muito na minha vida, então é possível que eu tenha ido. Mas, para ser perfeitamente honesto, não, não tenho certeza. Agora, infelizmente, preciso ir. Tenho um compromisso a que tenho que chegar em meia hora. — Ele respirou fundo e, quando voltou a falar, parecia mais calmo, mais controlado. — Obrigado pelo tempo que dispensou para reportar este crime, Margot, e boa sorte com seu artigo. Espero que esse maldito seja pego. E logo. Qualquer um que mate uma garotinha inocente assim, na minha opinião, deveria ser mandado para a forca.

Houve algum sussurrar, depois um murmúrio abafado de vozes, enquanto o microfone era movido. Em seguida, a gravação se encerrou, com um clique.

Sentada com as costas apoiadas no futon, Margot sentiu um calafrio percorrer sua espinha. As respostas de Wallace sobre Polly tinham sido polidas, a ponto de parecerem ensaiadas. Ele havia admitido visitar os estábulos onde ela praticava e tinha um álibi frágil para a noite de sua morte. E, quando questionado sobre January, ele de repente parecera abalado e encerrara a entrevista, mas não antes de admitir que tinha viajado muito em sua vida. Ele pode não ter se lembrado de todos os lugares em que havia estado, mas Margot tinha pelo menos algumas ideias: Wakarusa, Dayton e Nappanee, as cidades natais de January Jacobs, Polly Limon e Natalie Clark.

Ela não sabia disso na época. Agora, porém, Margot tinha uma certeza profunda: três anos atrás, ela não só havia estado diante de um assassino, mas tinha apertado sua mão e ouvido suas mentiras.

A mente dela disparou. Ela não queria estragar essa história com pesquisas apressadas ou reportando-a cedo demais, o que significava que tinha muito trabalho pela frente. Porque agora, tudo o que ela possuía eram evidências circunstanciais ligando Elliott Wallace a dois de três casos. Ela poderia colocá-lo em Dayton, Ohio, no momento da morte de Polly Limon, e ele havia admitido em gravação visitar os estábulos onde ela costumava cavalgar. Fora isso, Margot tinha a palavra de Jace Jacobs, que havia se recusado a falar oficialmente, ligando Wallace a January como — entre todas as possibilidades — um amigo imaginário. Embora isso fosse o suficiente para ela ter certeza de que estava no caminho certo, obviamente não era o suficiente para pegá-lo. E Margot queria fazer exatamente isto: cortá-lo e servi-lo à polícia em uma bandeja de prata.

Entretanto, antes que pudesse fazer qualquer coisa, ela ouviu um enorme estrondo do lado de fora de sua porta. E logo depois, a gritaria começou.

VINTE E TRÊS

MARGOT, 2019

Margot abriu a porta do quarto e disparou pelo corredor.

— Filho da puta! — rugiu a voz de Luke, ecoando por toda a casa. Ela seguiu o som até a cozinha, onde parou de repente. Seus olhos se arregalaram em choque e tudo a respeito do caso foi apagado de sua mente. A única coisa que ela conseguiu registrar foi a visão diante de si. Quanto tempo ela havia ficado enfurnada em seu quarto? Ela não poderia ter estado lá por mais de uma hora, mas a cozinha parecia completamente irreconhecível desde que ela estivera ali mais cedo.

Uma das cadeiras da cozinha estava tombada — a origem do estrondo, Margot imaginou — e todas as gavetas e armários estavam escancarados e vazios, e os balcões, cobertos com seu conteúdo. Luvas de forno e pegadores de panela estavam sobre uma pilha alta de pratos. Ao lado, havia uma coleção de todos os utensílios que seu tio tinha: facas para bife, facas para manteiga, garfos, colheres de sopa, colheres de servir, conchas. Objetos aleatórios da gaveta de tranqueiras — um minigame, alguns lápis, uma escova de cabelo velha, uma tesoura enferrujada — tinham sido realocados para dentro de todas as suas xícaras. Parecia impossível que os montes e montes de coisas tivessem alguma vez cabido na cozinha. Em meio a tudo isso, de costas para ela, estava Luke.

— Tio Luke? — chamou Margot hesitante.

Luke girou furiosamente com os olhos arregalados e selvagens. Em suas mãos, estava um pote de picles.

— Não consigo achar! — rosnou ele.

Ela ergueu a palma das mãos suavemente.

— Ok. Ok. O que não consegue achar?

— Ora, o que você acha? A maldita mostarda!

Ele bateu o pote de picles na bancada transbordante, empurrando um saco gigante de salgadinhos de milho e um frasco plástico de spray de limpador multiuso para fora do caminho. Pegou uma pilha de jogos americanos de plástico, olhou embaixo deles, depois os colocou de volta.

Margot examinou rapidamente o conteúdo das bancadas em busca da mostarda. Porém, não a viu em lugar nenhum.

— Deixe-me ver se posso ajudar, ok? — Seu coração estava acelerado e ela se sentia sufocada.

— Não vejo por que você seria capaz de encontrá-la, quando eu não consigo. — Ele se virou. Seus olhos vagaram para o outro lado da cozinha, então pararam no forno. Ele se aproximou e o abriu, curvando-se para verificar o interior.

— Você deve estar certo. Mas posso pelo menos ajudá-lo a procurar. — Enquanto Luke fechava e abria os armários vazios da cozinha atrás dela, Margot caminhou até a geladeira silenciosamente. Porém, a mostarda não estava dentro dela. Tudo, exceto uma caixa de leite, tinha sido removido. E, curiosamente, na prateleira do meio estava o telefone sem fio de Luke. Margot tirou-o sorrateiramente e o colocou sobre uma pilha de pratos descartáveis.

Em seguida, ela verificou o freezer. No momento em que ela viu a mostarda aninhada atrás de uma caixa de sorvete, Luke caminhou para o lado oposto da pequena porta do freezer e a fechou. No entanto, Margot estava em seu caminho e a quina pontiaguda da prateleira de plástico bateu contra sua bochecha com força.

Uma dor lancinante a atingiu. Margot arfou e levou a mão ao rosto. Luke contornou a porta do freezer, que, depois de golpeá-la, voltou a se abrir.

— Rebecca? — Ele encarou Margot.

Margot ofegava, ao passo que a dor aumentava e se concentrava. Era como se tivesse sido cortada por uma faca, e sua bochecha parecia úmida sob seus dedos. Quando tirou a mão, viu o brilho do sangue.

— Rebecca? — disse Luke, novamente. Desta vez, havia um tremor em sua voz. — Você está...

Antes que ele pudesse terminar, houve uma batida na porta da frente.

— Cacete — disse Margot, com os dentes cerrados. Ela procurou as toalhas de papel na cozinha, e encontrou um rolo, preso entre a torradeira e o liquidificador. Ela arrancou um pedaço e o pressionou em seu rosto latejante.

Outra batida veio da porta da frente, desta vez mais forte e mais alta.

— Estou indo! — gritou Margot, enquanto enxugava o sangue da bochecha, jogava a toalha de papel amassada no lixo e caminhava até a porta. Quando ela estendeu a mão para abri-la, quem estava do outro lado bateu novamente. — Meu Deus — sibilou ela, abrindo a porta. — *O que é?*

Parado à porta, confuso e alarmado, estava Pete.

— Ah. — O rosto de Margot ficou vermelho. — É você. O que está fazendo aqui?

— Hum. — Ele ergueu as sobrancelhas. — Eu poderia lhe perguntar o mesmo.

— O quê? — Então, ela se deu conta. — Ah, merda. Você veio ver como Luke está. Sinto muito. Esqueci de mandar uma mensagem avisando que estava de volta de Chicago.

— Estou vendo. Você também está sangrando. — Margot tocou seu corte com os dedos. — Está tudo bem?

Pete olhou por cima de seu ombro para dentro da casa.

— Que tal se eu entrar um pouco? Não estou em patrulha hoje, então tenho alguns minutos de sobra.

— Não é uma boa hora, Pete.

— Sim. — Ele a olhou de forma incisiva. — Eu meio que percebi isso.

Sem esperar por uma resposta, Pete passou por ela e entrou. Quando viu a cozinha, não pôde esconder sua expressão de surpresa. No entanto, ele a alterou rapidamente, enquanto Luke se aproximava.

— Oi — disse Pete, em tom alegre. — Eu sou Pete Finch. — Ele estendeu a mão e Luke a apertou, gentilmente. Margot percebeu, pelo jeito vago com que seu tio sorria para ele, que não reconhecera Pete de sua visita de ontem. — Sou amigo de Margot.

— Prazer em conhecê-lo — falou Luke, sua voz soando estranhamente baixa. Então, ele olhou para Margot. — Garota? Você está sangrando. O que aconteceu?

Margot balançou a cabeça.

— Nada. Eu estou bem.

Ao lado dela, Pete lançou um olhar para a cozinha desastrosa.

— Então... — Ele bateu palmas. — Vocês estão fazendo uma limpeza? Precisam de ajuda?

Nas duas horas seguintes, Margot, Pete e Luke reorganizaram a cozinha. No entanto, a maior parte coube a Margot, pois ela era a única que sabia, ou conseguia se lembrar, onde as coisas deveriam ser guardadas. Durante toda a tarde, os três mantiveram uma conversa calma e fútil — a maior parte, histórias que Pete contava, longas e sinuosas, de minúcias de escritório. Margot sabia que ele estava fazendo isso para ajudá-la, mantendo seu tio ocupado, enquanto ela limpava. Durante todo o tempo, ela não sabia dizer se estava mais envergonhada ou agradecida — envergonhada por ter ficado tão absorta com o caso a ponto de não perceber que seu tio estava perdendo o controle no cômodo ao lado; e grata pela gentileza deste rapaz quase estranho.

Quando terminaram, já passava um pouco das cinco horas e estavam todos com fome. Então, Margot pediu uma pizza. Embora ela tivesse colocado a mesa para três, quando Luke viu, ele disse:

— Por que vocês dois não colocam a conversa em dia? Vou assistir à TV, enquanto como.

Mas, quando ele levou suas duas fatias para a sala, Margot percebeu que, na verdade, ele só precisava de uma pausa. Ele parecia completamente exausto. Ela estava começando a perceber que esses surtos causavam isso.

Margot observou o tio, enquanto ele se afundava no sofá, ligava a TV e dava uma mordida na pizza olhando para a tela. Quando voltou sua atenção para a cozinha novamente, ela viu Pete pegando duas cervejas da geladeira.

— Cerveja? — ofereceu ele.

— Com certeza. O abridor de garrafas está naquela gaveta ali.

Pete abriu as tampas e entregou-lhe uma garrafa. Em seguida, despencou na cadeira em frente a ela.

Ela deu um longo gole.

— Ele está piorando.

Os olhos de Pete examinaram seu rosto, pousando em sua bochecha inchada.

— Ele fez isso?

Mais cedo, Margot havia lavado o corte e colocado um band-aid, mas ainda latejava. Ela balançou a cabeça, negando.

— Foi um acidente.

— Há algo que eu possa fazer?

Ela lhe lançou um olhar ligeiramente surpreso.

— Sério? Depois de tudo o que já fez hoje?

— Eu lhe disse. Já passei por isso. É... difícil.

Ela o encarou por um momento.

— Na verdade, pode, sim. — Ela hesitou. — Você poderia rastrear um cara chamado Elliott Wallace para mim?

— Quem é esse?

Então Margot contou tudo a ele. Pete ouviu com um olhar de incredulidade estampado no rosto.

— Puta merda! — exclamou, quando ela terminou.

Ele olhou em torno da mesa, sem prestar atenção ao que via, até parar na fatia pela metade em sua mão. Ele franziu as sobrancelhas, como se estivesse surpreso por estar segurando o pedaço de pizza, e então o soltou no papelão, esfregando as mãos uma na outra.

— Eu sei — disse Margot. — É uma pista real. Posso sentir.

— Sim... Sim, acho que está certa. Minha nossa.

— Então, você acha que poderia me ajudar a localizá-lo? Elliot Wallace? Lembro que ele morava em Dayton, quando nos conhecemos, mas não lembro onde, e não tenho ideia se ele ainda está lá.

Ela sabia que a localização de seu antigo bairro provavelmente estava enterrada em algum lugar profundo em sua mente. No entanto, a casa dele ficava em um subúrbio indistinto, em uma cidade onde ela nunca havia estado antes. Além disso, três anos haviam se passado. Ele poderia ter se mudado.

Pete coçou o queixo.

— Pode ser um longo processo rastrear alguém assim. Pode levar semanas só para receber uma resposta dos lugares com os quais eu precisaria entrar em contato. Isto é, se eu fizer isso de maneira legal.

Margot hesitou.

— E se você *não* fizer de maneira legal?

Pete soltou uma risada abafada.

— É, assim não levaria tanto tempo, mas estou aqui pensando... bem, tem certeza de que é isso que quer fazer agora?

Margot inclinou a cabeça.

— Como assim?

— É porque parece... — Ele apontou com a cabeça em direção à sala atrás dela, onde Luke estava assistindo à TV com o volume alto. — Você tem muita coisa para se preocupar agora.

— Bem... claro. Mas ainda tenho que fazer o meu trabalho.

Ela não havia dito a Pete que tinha sido demitida, e não estava pensando em contar agora. Embora ele pudesse estar disposto a burlar as regras para uma jornalista com uma pista sólida, provavelmente não o faria se soubesse que ela não tinha uma editora para apoiá-la. Sem mencionar a humilhação que sentiria caso contasse a ele. E ela não precisava disso. Não com todo o resto que estava acontecendo.

— Eu sei — retrucou ele. — Mas você não poderia trabalhar em uma história diferente ou algo assim? Uma em que não precisasse perseguir pessoas por todo o Centro-Oeste.

— Estou fazendo o melhor que posso com ele, Pete. — Margot havia tentado manter a voz neutra, mas ainda assim soou ríspida.

— Sei disso. De verdade. Mas deixá-lo por uma noite inteira, quando ele está assim, pode ser perigoso.

Ela sentiu seu peito queimar como se fosse uma erupção cutânea.

— Você está brincando comigo?

— Ei, escute. Não estou tentando lhe dizer como cuidar de sua família, mas...

— Não, eu entendo — retrucou ela, levantando-se tão rapidamente que sua cadeira quase caiu para trás. — Você acha que eu deveria estar em casa, e não no mercado de trabalho.

— Eu... — Pete levantou as mãos. — Uau. Margot, não é isso que estou dizendo.

— Não mesmo?

Na mesa, ao lado dela, seu telefone tocou com uma notificação recebida. Instintivamente, ela o pegou e olhou para a tela.

— Puta merda! — Era um pedido de Hank, seu velho senhorio, no valor de mil e duzentos dólares, o aluguel de julho. Margot havia ligado para seu sublocador várias vezes nos últimos dias, mas parecia que ele havia desaparecido. Agora, ela não tinha escolha, a não ser pagar.

— Tudo bem? — perguntou Pete, hesitantemente.

Margot colocou o telefone de volta na mesa com força um tanto excessiva.

— Está tudo ótimo. Só tenho que pagar o aluguel de um lugar onde não estou mais morando. Mas, sim, talvez eu devesse parar de trabalhar e ficar em casa com meu tio. — Ela se sentiu idiota e uma fraude por estar defendendo um emprego que não tinha mais. No entanto, seu rosto estava latejando, ela estava sobrecarregada com Luke e se sentia a centímetros da maior história de sua vida, se pudesse encontrar tempo para juntar as peças.

— Desculpe — disse Pete, levantando-se. — Eu não quis...

— Está tudo bem. Sério. Mas acho que é melhor eu limpar a cozinha, agora.

— Eu... — Ele suspirou. — Claro. Ok.

* * *

Depois que Pete foi embora, Margot colocou o que restou da pizza na geladeira, limpou a cozinha — de novo —, e mandou o dinheiro para Hank. Em seguida, ela pegou seu laptop do quarto e se acomodou no sofá ao lado de Luke.

Ele abriu um sorriso vago para ela e virou o rosto de volta para a TV. O peito de Margot doía. Ela sabia por que a sugestão de Pete a havia atingido com tanta força, e não era por causa de qualquer insinuação machista. Era porque a reprovação dele era exatamente o que ela dizia a si mesma em seus piores momentos. Ela trabalhava demais. Sua família não podia contar com ela. Afinal, aqui estava ela, após um dos piores surtos de Luke até agora, e tudo em que conseguia pensar era no caso de January. Talvez Pete estivesse certo. Talvez ela devesse simplesmente conseguir um emprego de garçonete e contratar um cuidador de meio período até encontrar um trabalho mais lucrativo e que demande menos dela.

Mas, ainda assim...

O nome de Elliott Wallace ecoava em sua mente como uma provocação. Ela havia se sentado na frente dele, tinha escutado suas palavras e olhado em seus olhos, e ele a enganara. O tempo todo, ele tinha fingido preocupação com o assassinato de Polly Limon, e tinha conseguido se safar disso. Ele havia se safado do assassinato de January, e agora também estava se safando do de Natalie. E Margot era a única que sabia que ele era culpado. Ela sabia disso tão profundamente quanto sabia que amava seu tio; tão certamente quanto sabia que estava destinada a ser uma repórter. Era um conhecimento com peso, densidade. Sólido como um osso.

No sofá da sala, Margot apoiou o laptop nas coxas e o ligou. Se Pete não a ajudasse, ela mesma teria que pegar esse filho da puta. Mas por onde começar? Ela olhou distraidamente para o programa a que Luke estava assistindo — algum documentário de animais, sobre grandes felinos — enquanto tentava se lembrar de tudo que Jace havia dito a ela, sobre o "amigo imaginário" de January. Ele havia dito que Elefante Wallace tinha brincado com January no parquinho, não tinha? Que Wallace tinha ido aos recitais dela?

Margot teve uma ideia e abriu uma guia do Google. Ela digitou as palavras *January Jacobs* e *dança* na barra de pesquisa, depois selecionou a busca por imagens. Normalmente, para encontrar fotos de um caso como esse, ela teria que ir ao estúdio de dança da garota ou entrar em contato com os pais. Mas o caso de January era tão famoso que Margot sabia que todas as fotos anexadas a ele haviam sido divulgadas *on-line*, desde o momento em que a internet surgiu. Com efeito, os resultados se materializaram em segundos, produzindo milhares e milhares de imagens.

As primeiras quinze fotos, mais ou menos, eram todas a mesma, a mais famosa do caso: January com uma fantasia de tema náutico com um penteado volumoso no cabelo castanho e batom vermelho brilhante nos lábios.

Depois disso, foram dezenas de fotos semelhantes: January em trajes de dança, posando sozinha, os lábios pintados sorridentes. Espalhadas entre elas, estavam fotos do caso: Billy, Krissy e Jace em coletivas de imprensa, no sofá de Sandy Watters, do lado de fora de sua casa. Em todas elas, eles pareciam solenes e assustados. Margot rolou a tela para baixo.

A primeira foto em que ela clicou estava na décima segunda página dos resultados. Era uma foto em plano aberto de uma das apresentações de January, capturando todo o palco e parte do público. Margot deu um zoom, examinando os membros da plateia. Porém, aproximadas, eles se transformaram em nada mais do que borrões difusos. Ela clicou de volta na página de resultados.

Margot não tinha certeza de quanto tempo havia se passado quando ela finalmente encontrou algo. Foi só quando Luke virou a cabeça para olhar para ela, que Margot percebeu que tinha arfado audivelmente.

— Rebecca? — disse ele. — Você está bem?

— Bem. Estou bem. Desculpe. — Ela lhe lançou um sorriso fraco e virou-se rapidamente de volta para a foto em seu laptop.

A foto havia sido tirada, sem dúvida, em um dos auditórios onde eram encenados os recitais de dança de January. Ela estava no centro da imagem com um enorme buquê de rosas brancas em seus braços. Atrás dela, havia uma multidão — outras garotinhas fantasiadas, pais e mães, irmãs e irmãos, tios e tias. E lá, no canto direito, minúsculo e embaçado, mas ainda reconhecível, estava Elliott Wallace. Ele estava sozinho, olhando intensamente para a parte de trás da cabeça de January.

Margot o havia encontrado.

Ela olhou com o coração disparado. Margot mal podia acreditar. Depois de escutar tantas vezes que estava errada — de sua ex-chefe, da detetive Lacks, do detetive Townsend —, Margot havia se provado certa.

Então, enquanto ela olhava para o rosto do homem, que tinha certeza de que era um assassino, algo mais chamou sua atenção: uma mancha vermelha familiar na borda da foto.

— Não. — A palavra saiu em um sussurro.

Não era possível. Não fazia sentido. Luke sempre havia dito que não conhecia Billy nem Krissy. E ele certamente não havia conhecido January. Assim, não teria motivos para ir aos recitais de dança dela. Então por que, nessa foto que, claramente, havia sido tirada após uma das apresentações de January, Margot agora estava olhando para ele? Embora metade de seu rosto tivesse ficado fora do quadro, ela podia ver sua imagem, com nitidez. Ele estava em um plano muito mais próximo do que Elliott Wallace, e ela podia ver sua orelha, sua mandíbula e o objeto que o tornava inconfundível: sua bandana vermelha favorita, enrolada no pescoço, a mesma que Margot lhe dera no Natal, todos aqueles anos atrás.

Ela sentia o sangue correr em seus ouvidos. Virou-se para olhar para Luke, e sua respiração ficou presa na garganta. Ele a encarou com o rosto tão inexpressivo e solene quanto o de Jace.

— A propósito — tornou ele —, você viu Margot ultimamente?

Margot engoliu em seco.

— Por que está perguntando?

Ele estreitou os olhos para ela, quase com desconfiança. Em seguida, voltou-se para a TV.

— Estou preocupado com ela. Ela tem perguntado muito sobre January. Tenho medo de que descubra o que realmente aconteceu.

VINTE E QUATRO

MARGOT, 2019

Margot ficou imóvel no sofá, com a respiração presa na garganta e a palma das mãos formigando. Ela encarou o perfil do tio, enquanto ele olhava para a TV. Ele estava a apenas alguns centímetros. Ainda assim, a distância entre eles parecia um abismo intransponível.

Durante toda a sua vida, Luke havia ensinado Margot a ser honesta e verdadeira. Em uma cidade de pessoas que se importavam muito mais com as aparências do que com a verdade, seu tio, despreocupado e despretensioso, tinha sido sua salvação. Luke nunca havia escondido quem ele era — ou, pelo menos, era o que ela sempre havia pensado. Aparentemente, ela estava errada. Aparentemente, como todos os outros nesta cidade, ele também usava uma máscara. Depois de anos afirmando que não conhecia January ou a família Jacobs, ali estava ele, em uma fotografia tirada no recital da garota.

Margot olhou de seu tio na foto para seu tio no sofá.

— Tio Luke?

No entanto, a voz dela soava fraca, e ele não deve ter ouvido, porque manteve os olhos na TV. Ela limpou a garganta.

— Luke?

Ele virou a cabeça, as sobrancelhas erguidas, e Margot percebeu, pelo olhar vago em seus olhos, que ele ainda não a reconhecia. *Quem ela era para ele agora?*, perguntou-se. Sua falecida esposa? Uma estranha?

— Está preocupado que Margot descubra sobre o quê? — perguntou ela.

— O quê? — Ele franziu a testa.

— Você acabou de dizer que está preocupado com Margot, porque ela está perguntando sobre January. E disse que está com medo de que ela "descubra o que realmente aconteceu". O que quis dizer?

Ela se sentiu uma traidora ao usar a doença dele para obter informações. Mas, por outro lado, ele a havia traído primeiro.

— Luke? — chamou novamente após um momento. — Sobre o que estava falando? O que "realmente aconteceu"?

— Hum? — Ele piscou com força, balançando a cabeça, como se estivesse tentando limpar teias de aranha. — Do que está falando?

Naquele momento, um rugido alto veio da TV e ambos se viraram para ver. Na tela, um leão estava rasgando algum animal estripado, com o focinho e a juba cobertos de sangue.

— Cara, eu adoro esse programa! — disse Luke. — Você não gosta?

No entanto, Margot não conseguia falar. Sua mente estava girando com versões conflitantes de seu tio: Luke no recital de January, Luke dizendo a Margot que não conhecia os Jacobs, Luke preocupado que ela pudesse *descobrir o que realmente aconteceu.* Com a mão trêmula, ela fechou o laptop e o colocou debaixo do braço. Precisava se afastar dele. Quando se levantou, ela percebeu que seu corpo estava tremendo.

— Volto já — avisou ela.

Porém, Luke não ouviu ou não se importou. Ele continuou assistindo à TV, enquanto Margot saía da sala.

No momento em que a porta do quarto se fechou atrás dela, ela a trancou. Em seguida, deslizou para o chão com as costas apoiadas nela. O que diabos estava acontecendo? Um minuto atrás, ela havia conectado Elliott Wallace a Polly Limon e January, pensando que tinha resolvido o caso, e agora — *o quê*? O que exatamente ela achava que o tio tinha feito? Só porque Luke tinha ido aos recitais de January, interveio seu cérebro racional, não significava que ele a havia matado. Então, por que mentir sobre isso por todos esses anos?

Margot sentiu como se tudo o que ela sabia, seu mundo inteiro, tivesse acabado de virar de cabeça para baixo. Ela pegou o telefone do bolso de trás em uma reação instintiva de ligar para alguém. No entanto, depois de um momento olhando para a tela, ela o jogou no chão sobre o tapete. Era para Luke que ela ligava em momentos como esse.

Ela ficou ali, encostada na porta, por um bom tempo. Seus olhos vagavam pelo pequeno escritório que virou quarto de hóspedes. Depois de um momento, seu olhar se fixou na velha mesa de Luke. Quando criança, aquela escrivaninha era a única coisa na casa dos tios que Margot não tinha permissão para tocar. De acordo com Luke, seu material de trabalho estava lá, e ele não queria que ficasse desorganizado. Porém, agora que pensou nisso, ela não conseguia se lembrar dele a usando nenhuma vez.

Ela se levantou e confirmou se a porta estava trancada. Em seguida, caminhou rapidamente até a mesa, afundando na cadeira de couro falso, do lado oposto. Na mesa havia um computador com um teclado conectado, um pote de vidro com canetas, lápis e marcadores e uma luminária de mesa de aparência barata com pescoço flexível. Margot ligou o monitor e começou a abrir silenciosamente as gavetas da mesa, enquanto esperava que o computador iniciasse. No escaninho centralizado sob a mesa, entre um punhado de clipes de papel soltos, notas adesivas e tachinhas, ela viu uma pequena chave dourada.

Assim que Margot foi pegá-la, o computador voltou a funcionar com um sinal sonoro alto. Ela se endireitou, atenta para ouvir qualquer movimento do outro cômodo. O que ele faria, ela se perguntou, se a pegasse bisbilhotando em sua mesa? Ontem, a pergunta teria feito Margot rir. Agora, ela a deixava com medo.

Ela voltou sua atenção para a tela, no centro da qual havia uma caixa, para digitar uma senha. Ela mordeu o interior de sua bochecha enquanto pensava. Luke tinha sido um contador, uma pessoa de números, mas também tinha um lado sentimental. Ela digitou os dígitos do aniversário de sua tia, mas a caixinha acusou erro. Em seguida, ela tentou os dígitos dele com o mesmo resultado decepcionante. Ela apagou os números, então digitou seu próprio aniversário lentamente. Quando ela apertou *enter*, o computador tocou alegremente, e a área de trabalho do tio surgiu na tela. Margot sentiu um apertou no peito. Durante cerca de uma hora, ela pesquisou cada arquivo e pasta que pôde encontrar. No entanto, os minutos foram passando, e ela não descobriu nada. Ela decidiu seguir em frente, e verificar o restante das gavetas da mesa. Mas, quando estava prestes a abrir outra, ela ouviu um baque de algum lugar além de sua porta.

Margot se endireitou com a mão no ar e os olhos na porta do escritório. O barulho tinha soado como um passo, talvez, ou um tropeço. Ela ficou quieta, prestando atenção, só que não ouviu mais nada. Silenciosamente, ela deslizou da cadeira, e caminhou até a porta, prendendo a respiração, enquanto pressionava o ouvido contra ela. Tudo o que conseguia ouvir eram os sons da TV. Ela só estava sendo paranoica.

De volta à mesa do tio, Margot continuou vasculhando as gavetas. Porém, o conteúdo de cada uma delas era mais banal que o da anterior. Havia registros e recibos de todo o trabalho que Luke já havia feito em seu carro, até a última troca de óleo. E havia o mesmo para a casa: reparos no telhado, consertos de canos estourados. No meio de tudo, estava uma variedade aleatória de papéis soltos: uma velha lista de compras, uma intimação do júri de 1999, uma pilha de cartas que Margot havia enviado para ele após sua mudança de Wakarusa, escritas com sua caligrafia desleixada de pré-adolescente.

Finalmente, Margot chegou à última gaveta, a maior, no canto inferior direito. No entanto, quando ela foi abri-la, a gaveta estava emperrada. Ela puxou de novo, mas ela não se mexeu. Então, ela viu o pequeno buraco de fechadura dourado no topo e se lembrou da chave. Apressadamente, ela abriu a primeira gaveta novamente e arrancou a chave de dentro.

Com o coração martelando, Margot experimentou-a na gaveta, onde ela girou com facilidade. Porém, quando ela abriu, seu estômago pareceu despencar. Ela não sabia o que estava esperando encontrar, mas dentro não havia nada mais do que um sistema de arquivamento. E, enquanto ela folheava as pastas, sua decepção crescia: eram os registros financeiros dos clientes de Luke. Fazia sentido, ela supôs, trancá-los. Ela afundou na enorme cadeira. Ela deveria ter ficado aliviada. Ela não *queria* que o tio estivesse guardando algum segredo e se sentindo culpado, é claro que ela não queria. Mas ela queria a verdade, uma explicação de por que ele aparecia naquela foto no recital de January. Esses documentos financeiros não eram isso.

Então, ela notou algo que não tinha percebido antes: parecia haver uma discrepância entre a profundidade da gaveta do lado de fora e a profundidade dos arquivos em seu interior — um espaço de cerca de sete a dez centímetros. Ela se levantou de súbito e puxou a gaveta, abrindo-a totalmente. Em seguida, forçando-se a se mover com cuidado, ela removeu a armação de arame que segurava os arquivos, pressionou a mão contra o fundo de madeira da gaveta e tateou ao longo de toda a superfície, até que, em um dos cantos, sentiu um leve ceder, depois um estalo. Seu coração saltou na garganta. O painel de madeira era um fundo falso.

Mas, antes que pudesse removê-lo, ela ouviu outro barulho. Era o mesmo baque de antes, um passo errante ou uma cotovelada contra a parede. Só que, desta vez, soou como se viesse do lado de fora.

Ela correu até a janela e espiou pelas persianas. Parecia ser mais tarde do que ela imaginou, porque agora estava escuro e a única fonte de luz era uma lâmpada fraca. Margot examinou cada centímetro do pequeno quintal do tio, mas não havia ninguém lá. Ela esticou o pescoço para ouvir. Contudo, não ouviu nada, exceto os sons abafados da TV. Seria possível que Luke tivesse sido a fonte do barulho, que fosse ele quem estivesse vagando por aí?

Ela caminhou até a porta do quarto, abriu-a silenciosamente e saiu. Andando pelo corredor, na ponta dos pés, ela parou do lado de fora da entrada da sala de estar e inclinou a cabeça pelo canto da parede. Luke, porém, não havia se movido. Ele estava sentado no sofá, de frente para a TV. Na tela, agora, as leoas estavam caçando, circulando suas presas, metodicamente. Margot olhou ao redor da sala e da cozinha conectada, mas nada parecia estar errado. E o único som que ela podia ouvir era a voz do narrador do documentário, enquanto ele explicava que o gnu não tinha chance contra o bando à sua volta. Margot se virou e voltou para seu quarto.

Ao trancar a porta, soltou um suspiro. Ela se sentiu absurda. Não havia nada sinistro acontecendo na casa. Seu tio não estava atrás dela por estar desconfiada dele.

E, por falar nisso, talvez não houvesse nada para ela saber sobre ele. Talvez houvesse uma razão completamente simples para ele estar no recital de January naquela noite. Era em Elliott Wallace que ela precisava se concentrar agora, não em seu tio. Foi quando as palavras de Luke ecoaram em sua mente: *Ela tem perguntado muito sobre January. Tenho medo de que descubra o que realmente aconteceu.* Margot esfregou as mãos no rosto. Seu cérebro parecia embaralhado.

De volta à mesa do tio, ela se sentou e se inclinou para remover o fundo falso da gaveta. Talvez ela devesse concentrar seus esforços em Wallace, mas primeiro ela precisava tirar isso da lista. Luke havia feito alguns esforços para manter escondido o que estava nessa gaveta. Margot colocou o painel de madeira no chão acarpetado a seus pés. Em seguida, voltou sua atenção para o conteúdo no fundo do espaço, prendendo a respiração.

Por um momento, ela não conseguiu se mexer. Tudo o que podia fazer era olhar, com o batimento cardíaco forte e acelerado. Então, com a mão trêmula, ela se abaixou, tirou a pilha de papéis dobrados da gaveta e os colocou no colo cuidadosamente.

Lágrimas ardiam em seus olhos, enquanto ela folheava os programas. Cada um tinha a mesma ilustração na capa: uma bailarina de tutu com os braços em um círculo gracioso sobre a cabeça. Na parte de cima, lia-se as palavras escritas em formato de arco: *Academia de Dança Alicia apresenta...* e abaixo da dançarina estava o título de cada apresentação em particular: *Revista da Primavera de 1994, Destaques do Outono de 1993.* Dentro de cada uma, estava o nome de January.

Margot apertou os olhos. Seu tio, a pessoa que mais amava no mundo, era um mentiroso — e talvez também algo muito pior. Que explicação ele poderia ter para ir aos recitais de uma garotinha que ele alegava nunca ter conhecido? E por que, por mais de 25 anos, ele havia mantido os programas escondidos e trancados?

Bum.

Desta vez, quando Margot ouviu o barulho, não houve engano. Alguém estava do lado de fora da casa. Ela enfiou os programas de volta na gaveta, recolocou o fundo falso, e a grade de arame. Em seguida, fechou-a, trancou-a e jogou a chave de volta onde a havia encontrado. Ela caminhou rapidamente para a porta, com as mãos em punhos, ao lado do corpo.

Margot saiu silenciosamente pela porta, foi na ponta dos pés até a beirada da sala de estar e espiou pelo canto, meio que esperando que Luke tivesse ido embora. No entanto, lá estava ele, sentado na outra ponta do sofá, com o corpo virado para a TV. Durante um momento, Margot o avaliou. Era apenas imaginação sua ou ele estava respirando muito rápido? Porém, o barulho tinha vindo de fora — pelo menos, ela achava que tinha —, e não parecia possível que ele tivesse saído e voltado, sem que ela ouvisse.

Margot caminhou até a porta da frente e a abriu. No entanto, além do brilho fraco da luz da varanda, havia apenas escuridão. Ela ficou lá, esperando que seus olhos se ajustassem, o som das mariposas batendo contra a lâmpada acima. Margot espiou ao redor, mas não havia nada para ver. Ela tentou escutar algum outro som, mas a noite estava silenciosa. A adrenalina diminuiu em suas veias.

Então, enquanto ela estava se virando para voltar para dentro da casa, algo chamou sua atenção no chão: um pedaço de papel dobrado, embaixo de seu sapato. Embora tenha ficado a marca suja de seu sapato onde havia algumas letras escritas, estava claro que era seu nome na frente. Lentamente, Margot se abaixou, pegando-o com a mão trêmula. Ela lançou mais um olhar ao seu redor, então o abriu.

Esse bilhete tinha sido escrito com a mesma caligrafia do que havia sido deixado em seu carro. Porém, enquanto o primeiro poderia ter sido interpretado como um aviso — *Aqui não é seguro para você* —, esse era uma ordem expressa. E, com apenas duas palavras, sua mensagem era alta e clara:

CAIA FORA.

VINTE E CINCO

KRISSY, 2009

Era tarde da noite de sábado. Billy tinha ido dormir havia muito tempo e Krissy estava sentada à mesa da cozinha com um copo transbordante de vinho branco. A última carta de Jace tremia em sua mão, as palavras dele a encaravam: *Não sei o que acha que aconteceu com January, mas não fui eu que a matei.*

Essa única frase deixou sua mente um caos, como se tivesse se infiltrado em seu cérebro e retirado tudo o que ela conhecia. Ela tomou um longo gole de vinho, e, pelo que parecia ser a milionésima vez ao longo de sua vida, reviveu aquela noite terrível em sua mente: notar a porta do porão aberta, a escuridão escancarada além dela. Ver Jace, agachado ao lado do cadáver de January; sentir o próprio corpo gelar. E as palavras bizarras e insensíveis, que haviam causado um arrepio em sua espinha: *Podemos brincar amanhã, mamãe? Só você e eu?*

A lembrança parecia sólida como um fio entrelaçado em seu DNA. Como Jace poderia não se lembrar? Ele estava mentindo? Mas por quê? Ela já sabia a verdade e o havia protegido. Ele tinha bloqueado tudo em sua mente? Ele só tinha seis anos na época e seu cérebro ainda era muito maleável por ser tão novinho. No entanto, certamente era impossível não se lembrar de matar a própria irmã. Não importa a idade, isso cria uma marca, uma cicatriz indelével na alma.

A mera possibilidade de Jace não ter matado January era como se alguém tivesse revirado sua vida, inundando-a, tanto de alívio quanto de vergonha. Por um lado, isso significaria que seu filho não era um monstro. Por outro, significaria que ela o havia rechaçado sem motivo algum.

Krissy precisava entender. Ela respirou fundo, pegou uma caneta e, em uma folha de papel em branco, escreveu cada detalhe do que se lembrava daquela noite, tudo o que tinha feito. Em seguida, pediu para Jace fazer o mesmo. Ela a enviou pelo correio na manhã seguinte e, ao receber a resposta dele, uma semana depois, nem esperou voltar para casa para lê-la, rasgou o envelope ali mesmo, na caixa de correio, e leu as páginas com o coração martelando. Quando chegou ao fim, ficou claro: ou Jace estava mentindo, ou, durante quinze anos, ela estivera errada sobre tudo.

De volta à cozinha, Krissy pegou o telefone do suporte na parede e, com dedos trêmulos, discou o número de Jodie. Billy estava passando o fim de semana em uma convenção de equipamentos agrícolas em Indianápolis. Então, não importava onde ela falasse ao telefone ou o que dissesse.

— Nossa, oi — respondeu Jodie, quando ouviu a saudação trêmula de Krissy. — O que está acontecendo? Qual é o problema?

— Posso ir até aí? Agora? — Krissy olhou para o relógio na parede da cozinha. Era uma sexta-feira, e ela e Jodie haviam feito planos para mais tarde, naquela noite. O marido de Jodie e os dois meninos iriam passar a noite em algum retiro de futebol, e sua filha estava indo para uma festa do pijama. Com Billy também fora da cidade, era uma daquelas raras ocasiões em que elas tinham uma casa vazia — e uma noite inteira — só para elas. Mas elas marcaram às seis, e ainda eram quatro horas.

— Os meninos já saíram — disse Jodie —, mas Amelia ainda está aqui. Deixe-me ligar para a mãe que está organizando tudo e ver se posso deixá-la mais cedo, ok? Ligo de volta para você em um minuto.

Assim que Jodie ligou de volta e disse para ela ir, Krissy pegou sua bolsa de viagem e pulou para dentro de seu carro. Meia hora depois, ela estava parada na porta de Jodie.

— Oi. Entre — convidou Jodie, abrindo a porta e conduzindo-a para dentro, onde elas trocaram um abraço e um beijo rápidos. — O que houve?

— Acabei de receber uma carta de Jace.

— Ah. — Jodie entendeu. Embora Krissy nunca tivesse dito a ela o quanto sentia medo do próprio filho, era Jodie quem havia segurado a mão dela durante os piores momentos da adolescência do garoto, quem a ouvia enquanto ela desabafava e aquela em cujo ombro Krissy havia chorado cada vez que Jace se metia em confusão.

— Acho que é hora... — Krissy lançou os olhos para o chão. Quando olhou para cima novamente, respirou fundo e disse: — Posso lhe contar o que realmente aconteceu naquela noite? Na noite em que January morreu?

— Ah, Kris. Claro.

Jodie abriu uma garrafa de vinho, e elas se acomodaram na sala de estar com suas taças: Krissy no sofá, Jodie sentada no tapete, em frente à mesa de centro. Então, pela primeira vez em sua vida, Krissy contou a verdade sobre aquela noite, quinze anos atrás. Jodie ouviu, com os olhos arregalados, enquanto Krissy explicava tudo. Desde acordar com o som daquele estrondo e encontrar Jace ao lado do corpo de January, até forjar sua casa para parecer que havia sido arrombada.

— Meu Deus! — exclamou Jodie, quando ela havia terminado. Sua voz soava triste e nervosa. Mas era desprovida de julgamento, e Krissy se encheu de gratidão.

No fundo, ela sabia que Jodie não iria olhar para ela de forma diferente, depois de ouvir a história, mas a confirmação disso foi um alívio. — Eu sinto muito.

Krissy tomou um gole de vinho. Ela esperava que reviver aquela noite a paralisasse com tristeza e raiva como sempre acontecia, porém, compartilhar tudo com Jodie tinha algo de purificador. Parecia que havia uma faixa enrolada firmemente em seu peito desde 1994. Agora, pela primeira vez, ela estava começando a se afrouxar.

— Billy sabe? — perguntou Jodie.

— Ele viu tinta spray na manga do meu roupão, naquela manhã, mas eu disse a ele que encostei na parede. Não tenho certeza se ele acreditou totalmente em mim. Mas, se suspeitou de alguma coisa desde então, de mim ou de Jace, nunca comentou nada. Você é a primeira pessoa para quem eu contei a verdade. — Ela balançou a cabeça, pensando. — E agora, com esta carta de Jace, eu... acho que talvez estivesse errada quanto a tudo o que houve. Ele disse que não a matou, e... não sei, mas acho que acredito nele. Jace não tem motivos para mentir para mim, não depois de tudo o que fiz para protegê-lo.

— É verdade.

— Cacete. E se eu fodi tudo? E se *eu* for a razão pela qual a polícia nunca encontrou o assassino? E se, em vez de proteger Jace, eu, na verdade, estivesse deixando algum... *psicopata* se safar do crime? — Ela deu um tapa no braço do sofá. — Porra! — Seu peito arfava em frustração. Então, depois de um momento, ela acrescentou: — E isso não é tudo.

Jodie olhou para cima.

De repente, dizer a verdade parecia uma compulsão para Krissy. Como algum rito religioso que tinha o poder de purificá-la e torná-la inteira novamente. Ela fechou os olhos e respirou fundo.

— Billy não é o pai dos gêmeos.

— *O quê?* — perguntou Jodie, atônita.

— Você se lembra daquele verão, depois do ensino médio, quando todo mundo fazia várias festas?

Ela balançou a cabeça.

— Eu me mudei para cá logo após a formatura.

— Ah, isso mesmo. Bem, naquele verão, eu, Billy e Dave nos tornamos muito próximos. Nós três saíamos muito juntos, mas, às vezes, quando Billy não estava por perto, Dave e eu acabávamos dormindo juntos. Sinceramente, eu não achava nada demais nisso. Quer dizer, eu sabia que Billy estava a fim de mim, mas não pensei que fosse sério, nem nada, e isso só aconteceu algumas vezes. Mas eu engravidei.

Fui até Billy, para pedir dinheiro para fazer um aborto, porque não achava que Dave tivesse. Foi aí que Billy me pediu em casamento.

— Uau... E você tem certeza de que engravidou do Dave, e não do Billy?

— Fiquei menstruada depois do Billy, antes do Dave. Ele era o único que poderia ter sido. E, mesmo que eu não tivesse certeza antes de os gêmeos nascerem, eu saberia depois. Sempre houve algo neles que... não é do Billy.

— Eles também se parecem com ele. Dave, quero dizer. — Os olhos de Jodie estavam fixos, mas desfocados, como se ela estivesse buscando imagens dos três em sua mente. — Eu não acho que teria feito essa associação se você não tivesse me contado, mas eles parecem, sim.

— É exatamente por isso que eu estava com tanto medo. É por isso que não somos mais amigos do Dave. Eu o afastei, porque estava com medo de as pessoas descobrirem a verdade. — Krissy deixou a cabeça cair em sua mão. Ela ainda podia se lembrar do olhar no rosto de Dave, a expressão magoada quando ele compreendeu a intenção dela.

* * *

Era o fim de uma manhã de domingo, cinco meses depois de os gêmeos terem nascido, e sua pequena família de quatro pessoas tinha acabado de voltar da igreja para casa. Krissy havia ficado acordada a noite inteira ninando um Jace choroso, enquanto Billy dormia. Ela não queria ter ido à igreja naquela manhã, mas Billy a havia convencido.

— Você acha que as pessoas não perceberam que os gêmeos nasceram oito meses depois de nos casarmos? — dissera ele. — Não podemos cometer mais erros.

Com essas palavras, Krissy havia sentido algo dentro de si mudar.

Ele estava certo, percebera ela. Toda a cidade poderia já ter notado que os gêmeos haviam sido concebidos fora do casamento, mas ninguém parecia suspeitar que Billy não era o pai biológico. Pelo menos, por enquanto. E ela precisava manter as coisas assim, com a certeza de que não daria às pessoas nenhuma razão para falarem. Então, ela saiu da cama, tomou banho e vestiu os gêmeos em suas melhores roupas.

Duas horas depois, ao chegarem à sua entrada de cascalho, após o culto, Dave estava sentado nos degraus da varanda da frente. Embora fossem apenas onze da manhã, uma garrafa de cerveja pendia de seus dedos e o restante da embalagem estava a seus pés.

— Kris! — chamou ele, quando os viu, com um sorriso se espalhando em seu rosto. — Jacobs! — Ele apoiou a mão em um dos joelhos e se levantou, enquanto eles se aproximavam. — Quanto tempo. — Ao vê-lo, Krissy sentiu uma onda de pânico em seu peito. Parecia perigoso tê-lo por perto de seus bebês. O rosto deles estava começando a mudar e a se definir. Ultimamente, toda vez que olhava para eles, ela via Dave: na ondulação do cabelo, na covinha do pequeno queixo deles, características que nem ela nem Billy possuíam. Ela não tinha certeza se outras pessoas veriam a semelhança. No entanto, se Dave estivesse ali, constantemente ao lado deles, seria muito mais provável que vissem.

Ao lado de Krissy, Billy se iluminou.

— Dave! — exclamou ele, acelerando o passo pela entrada, deixando Krissy, que empurrava o carrinho duplo com os gêmeos, para trás.

— Cacete, cara — disse Billy, quando chegou à varanda, puxando o amigo para um abraço. — Por onde diabos você tem andado?

Dave deu de ombros.

— Por aí. Foram vocês que desapareceram. — Seu olhar foi para o rosto de Krissy. Ele havia ligado algumas vezes nos últimos meses pedindo para visitar os gêmeos. Porém, cada vez que o fazia, ela dizia que eles estavam ocupados. Billy estava sobrecarregado na fazenda. Ela estava sobrecarregada com as crianças. Não era mentira, só não era toda a verdade, e, pelo olhar de Dave, Krissy imaginou que ele já soubesse disso. Ela só esperava que ele pensasse que fosse por ela se sentir culpada por ter dormido com ele. — Mas não se preocupe — acrescentou, com uma piscadinha, enquanto olhava para o carrinho —, porque não posso ficar bravo tendo esses dois filhotinhos por perto.

Ele se inclinou para colocar sua garrafa cerveja pela metade no chão da varanda e caminhou até onde ela estava. Seu rosto se iluminou ao ver os gêmeos deitados lado a lado. January estava dormindo, com seu vestidinho cor-de-rosa amarrotado na cintura e um rosto angelical e pacífico. Ao lado dela, Jace estava olhando fixamente.

— Ei, amiguinho. — Dave ofereceu a Jace o dedo indicador para ele agarrar, mas ele ignorou. — São as duas melhores coisinhas desse mundo, não são?

Krissy sorriu, mas sentia um aperto na garganta de nervoso. Seus olhos dispararam entre Billy e Dave, tão certa de que o marido finalmente veria a verdade. No entanto, ele apenas riu.

— Você não diria isso se tivesse que viver com eles.

Dave deu um sorrisinho e olhou para Krissy.

— Posso segurá-lo? Talvez entrar, ficar por aqui um pouco. Eu trouxe cerveja suficiente para nós. — Billy abriu a boca, mas Krissy falou primeiro.

— É hora da soneca deles. Desculpe. E eu estou loucamente atrasada em tudo. Preciso fazer faxina e depois o jantar. — Ela se virou para Billy e colocou a mão em seu ombro. — E eu ia perguntar se você poderia finalmente consertar a pia. Nossa conta de água deve vir alta do jeito que está.

Billy piscou. Ela viu um lampejo de confusão sob sua frustração, mas estava contando que seu senso de decoro o impedisse de discutir, ou pelo menos discutir na frente de outra pessoa. Com efeito, ele abriu um sorriso forçado e disse:

— Ok. — Ele se virou para Dave. — Desculpe, cara. Talvez outra hora.

Dave abriu seu sorriso familiar e fácil.

— Sem problemas. — Mas, ao olhar nos olhos de Krissy, ela pôde ver a centelha de amargura quando, por fim, compreendeu o recado de que precisava ficar longe. Seu estômago se contorceu de remorso, e ela desviou os olhos dos dele.

— Fique com a cerveja — disse ele a Billy, com um tapinha cordial no ombro. — Pode ser que precise mais dela do que eu. — Com isso, ele se virou e foi embora.

* * *

— Acho que ele e Billy ainda se viram mais algumas vezes depois disso — disse Krissy a Jodie. — E nós o víamos na cidade, obviamente, mas era só isso. — Ela tomou um gole de vinho. De repente, algo lhe ocorreu. — Acho que preciso dizer a ele.

Jodie a encarou.

— Dizer para quem? *Dave?* Que ele é o pai dos gêmeos?

— Sim.

— Por quê?

— Jo, guardei esse segredo por mais de vinte anos, e só agora estou começando a entender o dano que foi feito.

— Mas, Kris — Jodie balançou a cabeça —, o que acha que vai acontecer se disser a ele?

Krissy passou a mão trêmula pelo cabelo.

— Eu não sei. É que... — Ela estava tendo dificuldade em explicar, até para si mesma, essa necessidade repentina de purgar todas as mentiras que havia mantido dentro de si durante tanto tempo. — Se Jace e eu tivéssemos contado a verdade um ao outro antes, se eu soubesse o lado dele das coisas, há uma chance de que... — Ela soltou um suspiro. — Eu só acho que Dave merece saber. Além disso, Jace está crescendo, e depois de todo esse tempo em que fomos praticamente estranhos um para o outro, ele estendeu a mão. Esta é a minha chance de fazer o que é certo, de compensar tudo o que estraguei. Eu posso ajudá-lo a ter um relacionamento com seu pai. Seu pai *de verdade.*

Jodie analisou seu rosto.

— Também vai contar a Billy?

— Não. Não adianta dizer a ele algo que só trará dor. Mas Dave… ele tem o direito de saber.

Jodie estava olhando para ela com um olhar ansioso no rosto.

— Não sei, não… — disse ela, mordendo levemente o lábio inferior. — Eu não acho que deve dizer a ele.

— Por que não?

— Bem, eu sei que você e Dave eram próximos. Mas já não são há muitos anos. Você não o conhece mais.

— O que isso tem a ver?

— Kris, veja do ponto de vista dele. Você era amiga do cara, dormiu com ele, e então o excomungou da sua vida, sem explicação, afastando-o por completo. Entendo por que você fez isso, mas como acha que ele vai se sentir quando lhe disser que vem mentindo para ele há duas décadas? Você está agindo como se ele fosse ficar feliz em descobrir, com vinte anos de atraso, que ele tem um filho e teve uma filha que nunca sequer chegou a conhecer. Mas e se ele não ficar? E se ele ficar irritado?

Krissy olhou de volta para sua parceira, a mulher que ela amava mais profundamente do que jamais havia amado alguém, além de seus próprios filhos. Ela sabia que Jodie estava apenas tentando protegê-la. Só que Krissy já havia se decidido. Ela iria dizer a verdade a Dave.

VINTE E SEIS

MARGOT, 2019

Margot estava na varanda da frente de seu tio com o pedaço de papel em sua mão trêmula, e todas as mensagens deste caso girando em sua mente. *Aquela cadela se foi. Ela não será a última. CAIA FORA.*

A coisa inteligente a se fazer com esse bilhete, ela sabia, seria levá-lo até a delegacia agora mesmo. Um bilhete em seu carro pode ter sido uma brincadeira. Mas um segundo, deixado na varanda da casa de seu tio? Eles teriam que levá-la a sério. E, ainda assim...

Por cima de seu ombro, e através da porta aberta, Margot olhou para o tio, que ainda estava sentado no sofá, e, ao fazê-lo, ela pensou ter visto os olhos dele deslizarem dela para a TV. Ele a estava observando? Ou teria sido sua imaginação?

Certamente, não poderia ser *ele* quem estava enviando esses bilhetes, poderia? Para começar, a caligrafia não se parecia muito com a dele. No entanto, quando ela olhou para as palavras, era difícil dizer. Estavam todas em maiúsculo e pareciam ter sido rabiscadas às pressas. Mas era impossível que o primeiro bilhete tivesse vindo dele, tinha sido deixado no para-brisa, do lado de fora da casa dos Jacobs, onde Luke nem sabia que ela havia ido. Então, Margot percebeu, com um pequeno sobressalto, que ele *sabia* que ela estaria lá. Ela havia dito a ele, antes de sair para a igreja, que iria abordar Billy para uma entrevista.

Margot pensou naquela pilha de programas dos recitais de January e nas palavras que ele havia dito a ela apenas uma hora antes: *o que realmente aconteceu* com January.

Margot dobrou o bilhete ao meio e enfiou-o no bolso de trás. Até que descobrisse o que diabos estava acontecendo com o tio, ela não iria à polícia.

— Tio Luke? — chamou, depois de ter fechado e trancado a porta.

Ele ergueu os olhos da TV.

— Já passa das onze horas, vamos para a cama.

Margot fechou as janelas e cortinas, enquanto ele se arrumava. Em seguida, entrou no quarto dele, para se certificar de que ele havia escovado os dentes e trocado de roupa.

De volta a seu quarto, depois de ter lhe dado um breve boa-noite, Margot encostou-se à porta e cerrou os punhos. Ela cravou as unhas na palma das mãos até sentir dor, mas não parou de apertar. Tinha que haver uma explicação para tudo isso. Tinha que haver alguma alternativa razoável para a história que seu cérebro estava produzindo. Seu tio era um bom homem; ele não era como Elliott Wallace. Tio Luke nunca, nunca poderia machucar ninguém, muito menos uma menina de seis anos. Mesmo assim, pela primeira vez desde que chegara àquela casa, ela trancou a porta de seu quarto naquela noite.

* * *

Na manhã seguinte, enquanto Margot estava fazendo café, Luke entrou na cozinha parecendo ter envelhecido uma década da noite para o dia. Ela se sentia do mesmo jeito. Seus ataques, este caso, aqueles bilhetes... tudo estava cobrando seu preço.

— Bom dia, garota.

— Bom dia. — Ela abriu um sorriso forçado. — Dormiu bem?

O que ela queria perguntar era o que ele sabia sobre January. Mas não conseguia se obrigar a pronunciar essas palavras. Estava claro que ele estava lúcido esta manhã, como na maioria das manhãs. Porém, o que uma acusação dela faria a seu estado já precário? Pior, o que isso faria com *eles*?

Seu telefone vibrou no bolso de trás de sua calça, fazendo-a pular. Ela pegou o aparelho e olhou para a tela: Pete. Margot hesitou; não queria falar com ele, pois ainda estava irritada com o que dissera a ela no dia anterior. Ela recusou a ligação.

Ela estava pegando duas canecas para o café quando seu telefone vibrou novamente. Mais uma vez, era Pete. Dessa vez, atendeu.

— Pensei que você estivesse me evitando — disse ele.

Ela soltou algo entre um suspiro e uma risada.

— Meu telefone estava em outro cômodo. — Ela serviu café em uma das canecas e entregou ao tio, que se sentou com ela na mesa da cozinha.

— Certo. — Havia algo em seu tom de voz que fez Margot perceber que ele também não havia superado o que tinha acontecido na noite anterior. — Bem. Como está?

— Estou bem. E você?

— Bem. Olhe, estou ligando porque encontrei a irmã de Elliott Wallace. — Ao ouvir o nome, o coração de Margot deu um salto. Depois de praticamente expulsá-lo ontem, ela não esperava que Pete ainda estivesse planejando ajudá-la. Margot se afastou de Luke, que havia começado a preencher seu livro de palavras cruzadas. — Já ele, tem sido mais difícil de rastrear — continuou Pete —, mas vou continuar tentando. Enquanto isso, pensei que você gostaria de ter o endereço dela. Seu nome é Annabelle Wallace e ela mora em Indianápolis.

— Ah, meu Deus, Pete. Eu lhe devo uma. Sério.

— Sem problemas.

Ele informou o endereço, e Margot o anotou em uma toalha de papel.

— Obrigada. E, escute. Sobre ontem à noite...

— Não se preocupe com isso. Eu não deveria ter dito a você como viver sua vida.

— Ah. Ok. Bem, desculpe. E obrigada mais uma vez.

Eles se despediram. Margot estava prestes a desligar, quando algo lhe ocorreu.

— Pete! Espere. — Ela lançou um olhar para Luke, mas ele parecia completamente absorto em suas palavras cruzadas. Ainda assim, ela saiu da cozinha e caminhou apressada para seu quarto fechando a porta ao entrar.

— Alguém na delegacia descobriu alguma coisa sobre quem poderia ter deixado aquele bilhete no meu carro?

— Ah, na verdade, sim. Um dos caras apreendeu alguns adolescentes ontem. Três garotos do penúltimo ano. Eles não confessaram nem nada, mas têm um histórico de fazer esses tipos de merda. O policial disse a eles que, se algo assim acontecesse outra vez, eles iriam receber medidas bem mais duras. Por quê? — perguntou ele, parecendo alarmado de repente. — Você não recebeu outro, não é?

— Não — respondeu ela, um pouco rápido demais. — Eu só estava curiosa...

— Ok, bom. E, falando nisso, também não encontrei aquela mulher que você descreveu. Espero que não tenha sido nada, mas, é lógico, se você a vir novamente, denuncie.

— Certo. Obrigada novamente, Pete.

Quando desligou, em vez de voltar para a cozinha para tomar café, ela trocou de roupa. Margot queria ir para Indianápolis o mais rápido possível. Ela preferia deixar Luke sozinho de manhã, quando ele estava mais lúcido e independente. Porém, mais do que isso, sua necessidade de resolver este caso agora parecia urgente. Provar a culpa de Elliott Wallace não era apenas a garantia de uma notícia de última hora ou a compreensão do que havia acontecido na casa em frente à sua todos aqueles anos atrás. Nem se tratava de levar Wallace à justiça. Agora, o que ela mais queria era simplesmente se certificar de que o tio não tivesse nada a ver com a morte de January, de que ele ainda fosse o homem que ela conhecia, o homem que ela amava.

De volta à cozinha, ela guardou sua caneca e serviu o café em um copo com tampa.

— Vou sair um pouco — avisou a Luke. — Estarei de volta na parte da tarde. — Ela tentou sorrir, mas parecia forçado. Sem olhar em seus olhos, ela correu para fora da casa.

* * *

Três horas depois, Margot estava batendo na porta de Annabelle Wallace. A casa da irmã de Elliott, de tijolos vermelhos, com dois andares, em um subúrbio de Indianápolis, tinha cerca de duas vezes o tamanho daquela onde Elliott morava quando Margot o entrevistou, três anos atrás. Embora não fosse de forma alguma nova, a casa de Annabelle parecia bem conservada, com um gramado bem cuidado e paisagismo impecável.

Em alguns instantes, a porta se abriu, revelando uma mulher de quarenta e tantos anos, vestindo jeans justos e uma blusa branca. Margot percebeu imediatamente que aquela mulher era Annabelle Wallace. Ela tinha os mesmos grandes olhos castanhos de Elliott e o mesmo cabelo louro-escuro. Porém, mais do que isso, Margot reconheceu a mulher pelas orelhas: anormalmente grandes, elas se projetavam no mesmo ângulo agudo que as do irmão.

Ela deu a Margot um sorriso educado e superficial.

— Como posso lhe ajudar?

Margot devolveu o sorriso muito mais calorosamente.

— Oi. Eu sou Margot Davies. Você é Annabelle?

— Sou, sim.

— Prazer em conhecê-la. Desculpe aparecer assim, sem avisar, mas na verdade estou tentando encontrar seu irmão, Elliott.

— O que ele fez desta vez? — Margot abriu a boca para responder, mas Annabelle levantou a mão. — Não, não importa. Eu não me importo. E sinto muito, mas não posso ajudá-la. Não falo com Elliott há anos.

— Ah, entendo. — Margot desviou os olhos para o chão, enquanto fingia pensar no que ela havia dito. Quando olhou para cima novamente, ela tinha no rosto uma expressão que esperava que parecesse inocência. — Nesse caso, *você* estaria disposta a conversar comigo? Apenas por alguns minutos. Sou uma repórter. Saber um pouco a respeito de seu irmão pode me ajudar a encontrá-lo.

Era uma aposta, usar isso como algum tipo de vantagem. A partir de sua experiência, a proclamação de que ela era jornalista, ou despertava a curiosidade das pessoas, ou as fazia levantar a guarda. Para seu grande alívio, parecia que Annabelle pertencia ao primeiro grupo.

— Uma repórter? Em que história está trabalhando? E o que meu irmão tem a ver com isso?

— Bem, sou uma repórter policial e estou cobrindo alguns casos diferentes no momento. Você já ouviu falar de Polly Limon?

Margot observou atentamente o rosto de Annabelle, enquanto ela dizia isso, procurando por qualquer sinal de reconhecimento. No entanto, a mulher apenas olhou para ela, sem expressão.

— Quem?

— É uma garotinha de Dayton, Ohio. Também estou escrevendo sobre January Jacobs.

A princípio, Annabelle pareceu surpresa ao ouvir o nome de January. Em seguida, pareceu confusa. Então, lentamente, sua expressão se transformou em fúria.

— Desculpe-me, mas está insinuando que meu irmão é... que meu irmão teve algo a ver com a morte daquela garota? Porque, se estiver, você está muito enganada.

Margot manteve o rosto calmo, mas, por dentro, ela estava eufórica. A mulher tinha dado a ela a munição perfeita. Quando Margot falou, em seguida, sua voz estava cheia de empatia.

— Novas evidências foram encontradas sobre o caso de January. Alguém se apresentou dizendo que seu irmão compareceu aos recitais de dança de January e que foi ao parquinho onde ela brincava, o que sugere que ele poderia estar ligado à morte dela. — Não era tecnicamente uma mentira, embora a única pessoa que sabia dessa evidência e suspeitasse de Wallace fosse ela. E possivelmente Pete, se ele acreditasse em seu palpite. — Isso não significa que ele seja culpado de nada, mas não importa. Isso pode se transformar em uma caça às bruxas. *É isso* que estou tentando impedir que aconteça.

Annabelle avaliou Margot por um longo momento. Então ela olhou para seu delicado relógio de pulso prateado. Por fim, ela suspirou.

— Tenho uma consulta no dentista em uma hora.

— Serei breve — declarou Margot —, prometo.

Ela seguiu Annabelle até a sala de estar, que era ao mesmo tempo bonita e antiga. Um grosso tapete verde-escuro suavizava o piso de madeira, e o sofá, onde Annabelle gesticulou para que ela se sentasse, era revestido com uma estampa floral antiquada, que combinava com as pesadas cortinas da janela. Sobre a lareira, em frente a Margot, havia uma coleção de fotos em molduras prateadas e douradas. Na maior, havia uma família de cinco pessoas, todas vestidas de azul-claro, sentadas nas dunas de uma praia com o cabelo louro brilhando ao sol.

— Obrigada por falar comigo — disse Margot, enquanto Annabelle se acomodava em uma das poltronas em frente a ela. — Sei que não tem muito tempo, então vamos direto ao assunto. Você parece ter certeza de que seu irmão não teve nada a ver com a morte de January. Como pode estar tão certa?

Annabelle cruzou as pernas, parecendo respirar fundo para se encorajar.

— Elliott só — ela balançou a cabeça — não é assim. Ele não faria algo assim.

Margot manteve a expressão vazia, mas sabia que as palavras de Annabelle não tinham peso. Ninguém era objetivo a respeito de sua própria família.

— Nesse caso, como *é* o seu irmão?

Annabelle estreitou os olhos.

— Você disse que acredita que ele é inocente, certo? É isso que você está tentando provar?

Margot confirmou. Não gostava de mentir para os entrevistados, mas não havia como Annabelle falar se soubesse o que Margot realmente pensava sobre seu irmão.

— Certo. OK. Bem, Elliott é... Não sei. Como se resume uma pessoa?

— Como ele era na adolescência? — Isso, Margot sempre havia acreditado, era um bom ponto de partida para conseguir que alguém falasse sobre sua família. Era inofensivo o suficiente para fazer as pessoas falarem. Ao mesmo tempo, tinha o potencial de ser profundamente revelador.

— Bem... — O olhar de Annabelle deslizou, sem foco, para a mesa de café, enquanto ela pensava. — Quando criança, Elliott sempre foi muito exigente quanto às suas coisas. Eu nunca podia entrar em seu quarto, por exemplo, e nunca podia tocar em nenhum de seus brinquedos, não que ele tivesse muitos, para ser sincera. — Ela olhou para cima. — Nossa mãe era dona de casa e nosso pai, professor de química do ensino médio. Não éramos pobres, mas certamente não éramos ricos. Acho que Elliott sempre achou que nossos pais deveriam ter feito mais. Ele estava sempre falando sobre uma vida maior e melhor.

— Vocês dois eram próximos?

Ela balançou a cabeça.

— Não, na verdade, não. Ele é quatro anos mais velho do que eu, e eu nunca fui interessante ou inteligente o suficiente para o gosto dele, o que sempre deixou bem claro. Elliot estava sempre falando sobre livros e filmes, arte e cultura. Eu me preocupava em tirar boas notas e ser líder de torcida. Então, fui para a faculdade e conheci Bob. Enquanto isso, Elliott já havia abandonado a faculdade e estava fazendo... bem, honestamente, eu não sei o quê. Mas, sabe, ainda nos falávamos por telefone de vez em quando, e eu sempre o convidava para passar o Natal com a gente. Ele só veio uma vez. Ficou algumas noites, e pensei que estivesse tudo bem. Mas, quando foi embora, descobri que meus brincos de diamante haviam sumido e que a carteira de Bob estava vazia.

— Uau. É por isso que vocês dois perderam o contato?

— Isso foi mais como a gota d'água. Desde que me casei com Bob, trinta anos atrás, Elliott nos usou como um banco. Ele não ligava durante meses a fio. Quando ligava, fingia que era para pôr a conversa em dia. Então, inevitavelmente, ele falava sobre como estava falido e que precisava de dinheiro para isso ou aquilo. Bob sempre me disse que eu era muito mole, que cedia muito fácil, mas... — Ela levantou um ombro.

— A última vez que o vi, Elliott estava trabalhando de segurança — contou Margot —, tinha um emprego estável; e sem filhos ou cônjuge para sustentar. Não teria como estar com muitos problemas financeiros, não é?

Annabelle ergueu as sobrancelhas.

— Segurança? — Ela soltou um agudo *Rá.* — Talvez por um tempo, suponho. Mas Elliott é assim. Ele é ótimo em conseguir empregos, mas não é tão bom em mantê-los.

— Por que acha isso?

— As pessoas tendem a gostar de Elliott quando o conhecem. Ele pode ser muito... carismático. E, quando ele presta atenção em você, é como se fosse a única coisa na Terra. Ele também é um entusiasta, sempre trabalhando em algum projeto. Até se entediar. Quando criança, ele sempre tinha alguma ideia grandiosa e ficava todo empolgado com ela; passava a trabalhar no que quer que fosse por uma semana, às vezes duas, sem parar; mas, então, se esgotava e começava outra coisa.

"Em termos de trabalho, posso imaginar que ele seja ótimo em entrevistas, mas isso de trabalhar todos os dias das nove às cinco? Isso cansaria Elliott muito rapidamente. Ele tinha a mesma coisa com os lugares. Depois que largou a faculdade, estava sempre se mudando. Por alguns meses, ele morou em Dakota do Norte, depois, em Illinois, depois, Nebraska. Era impossível acompanhá-lo.

Quando Margot começou a entender Elliott Wallace melhor, ela fervilhava com o pensamento de que a maneira leviana com que ele tratava empregos e lugares era a mesma maneira com que tratava as meninas: obsessiva e apaixonada em um momento, descartando-as no próximo.

— Na sua lembrança, qual foi o último lugar onde ele morou? — perguntou ela.

— Hum... — Annabelle olhou para cima, pensando. — Acho que ele estava em Wisconsin quando nos falamos pela última vez. Não lembro qual era a cidade, mas isso foi há seis anos. Posso garantir que ele não está mais lá.

Margot também sabia disso.

— E não tem ideia de onde ele poderia estar hoje?

Annabelle emitiu um som entre uma risada e uma zombaria.

— Honestamente, ele poderia estar em qualquer lugar. — Ela deu uma olhada em seu relógio de pulso. — De qualquer forma, sinto muito encurtar nossa conversa, mas eu realmente preciso sair. Espero ter ajudado, porque ele não merece ser arrastado sobre as brasas. Meu irmão pode não ser perfeito, e pode ser um bode expiatório fácil para as pessoas, porque é diferente, mas não é um assassino. Posso jurar isso a você.

Margot percebeu, pela expressão em seus olhos, que Annabelle acreditava no que estava dizendo. Margot, por outro lado, agora estava mais convencida da culpa de Wallace do que nunca. Afinal, carisma e inteligência eram duas marcas registradas de assassinos em série, e Wallace tinha ambos de sobra. Um lampejo de Luke, seu inteligente e charmoso tio, surgiu em sua mente, mas Margot afastou o pensamento. Em vez disso, ela pensou em outra pergunta para fazer a essa mulher, qualquer coisa que pudesse levá-la ao homem que ela acreditava ser um assassino.

— Só uma última pergunta: você disse que Elliott estava sempre pegando dinheiro com você. Por acaso, já o enviou para uma caixa postal ou algo assim?

Ela balançou a cabeça.

— Não. Se ele estivesse por perto, ou de passagem, ele vinha até aqui e eu lhe dava o dinheiro. Mas, geralmente, eu apenas o transferia para a conta dele.

— Hum. E para que tipo de coisas ele dizia que precisava do dinheiro? — Agora, Margot estava dando um tiro no escuro, mas o dinheiro podia deixar um rastro. Se Wallace o tivesse pegado emprestado para pagar por uma propriedade, ou algo do tipo, pelo menos ela teria por onde começar.

— Ah. — Annabelle acenou com a mão. — Muitas coisas. Certa vez, ele tinha uma conta médica que não podia pagar. Uma vez, ele disse que queria comprar presentes de Natal para meus filhos, o que ele realmente fez. Eu sempre tentava dizer "não", mas geralmente cedia. Era mais fácil assim. Droga, ainda estou pagando pelo depósito de armazenamento depois de todos esses anos. É exatamente por isso que meu marido diz que sou muito mole com ele. Eu pararia de pagar, mas não sei o que Elliott tem lá e não quero que seja jogado fora. Como eu disse, ele nem gostava que eu tocasse nas coisas dele, quando criança, se eu me livrasse do que quer que ele tenha lá, ele provavelmente ficaria furioso. E, de qualquer maneira, ele é da família.

— Onde fica esse depósito dele?

— Ah, é em uma pequena comunidade, que ninguém nunca ouviu falar: Waterford Mills. Acho que ele gosta de ter algum tipo de base, sabe, por estar sempre se mudando.

— Certo. — Margot abriu um sorriso neutro. Por dentro, porém, ela estava pulando de alegria, porque *tinha* ouvido falar de Waterford Mills. Era uma pequena cidade, a não mais de quinze quilômetros de Wakarusa. E, se havia um depósito de armazenamento lá, Margot apostaria todo o dinheiro que tinha no banco que seria o único.

— Enfim — tornou Annabelle —, já estou atrasada para o meu compromisso, então tenho que ir. Mas vou lhe passar meu número de telefone, caso surja algo. Como eu disse, posso não ser próxima do meu irmão, mas ele não merece isso. Se você está tentando ajudá-lo, vou ajudá-la como puder.

A verdade era que Margot se sentia mal por Annabelle. A mulher estava defendendo cegamente um pervertido, porque a outra opção — a ideia de que seu próprio irmão fosse um assassino — era horrível demais para suportar.

Margot sentiu uma pontada de desconforto ao se lembrar de todas as vezes, durante as últimas doze horas, em que havia dito a si mesma que seu tio era uma boa pessoa. No entanto, não era a mesma coisa. Ela acreditava que Wallace era culpado, porque as evidências a haviam levado até ele, não porque sua culpa significava a inocência de seu tio. Ainda assim, enquanto ela se levantava e agradecia a Annabelle pela última vez, o pensamento que cruzou sua mente, com uma ferocidade que ela não esperava, foi: *Antes a sua família do que a minha.*

* * *

Conforme o esperado, Margot estava certa sobre Waterford Mills. A pequena cidade tinha apenas um depósito de armazenamento, e ela fez um desvio no caminho de volta para Wakarusa para examiná-lo. Assim como a cidade em que estava localizada, a instalação era pequena, com não mais de uma centena de unidades. Margot contornou o perímetro, marcado por uma cerca alta de arame. Em seguida, parou no portão da frente, que estava fechado com uma corrente grossa e um cadeado. Anexado ao portão, havia uma placa, que dizia: *Depósito de armazenamento de Waterford Mills*, com um número de telefone logo abaixo. Margot parou o carro, pegou o telefone e ligou.

— Sim — atendeu uma voz áspera depois de alguns toques.

— Hum, oi. É do...?

— Depósito de armazenamento de Waterford Mills? Sim.

— Excelente. Meu nome é Margot Wallace. Sou sobrinha de um dos seus locadores, Elliott Wallace. Hum, na verdade estou ligando porque meu tio faleceu há algumas semanas e estou ajudando minha família a organizar todas as coisas dele.

Era uma mentira, que poderia ser facilmente refutada se o homem ao telefone ligasse para Annabelle para confirmar ou se apenas fizesse uma rápida pesquisa no Google sobre Elliott e descobrisse que ele não estava mesmo morto. No entanto, Margot sabia que as pessoas geralmente acreditavam nas informações que recebiam. E, mesmo que ele a desmentisse, ela não estaria pior agora do que estava um minuto atrás.

— Sei que ele está alugando um depósito de armazenamento neste local — continuou ela —, mas não sei o número da unidade. Você se importaria de verificar para mim?

Margot não arriscaria a sorte pedindo para entrar. No entanto, com o nome correto do locatário e uma história plausível, ela duvidava que o homem veria mal em compartilhar o número do depósito, ainda mais em uma cidade pequena como esta. Efetivamente, a voz áspera replicou:

— Sim, tudo bem. Como disse que era o nome dele?

— Elliott Wallace.

Alguns minutos depois, o homem voltou à linha e passou para ela o número do depósito de Wallace. Ela o anotou no telefone, agradeceu-o por seu tempo, desligou e ligou imediatamente para Pete.

— Margot? — admirou-se ele. — Oi. E aí? — Por seu tom, ela poderia dizer que suas tímidas desculpas mútuas tinham suavizado as coisas no que dizia respeito a ele. E ela se sentiu grata por isso.

— Encontrei uma pista de Wallace — anunciou ela, sem preâmbulos. — Precisamos obter um mandado de busca para um depósito de armazenamento em Waterford Mills.

— Ei, ei, ei. Devagar. Do que está falando?

Margot se obrigou a respirar fundo. Em seguida, explicou o que Annabelle havia contado a ela sobre o depósito com as coisas do irmão.

— Wallace guarda essas coisas há anos — completou ela, quando esclareceu do que se tratava. — E se ele tiver algo incriminador? Faz sentido. Assassinos em série gostam de manter troféus de suas vítimas. No entanto, Wallace se muda demais para carregar tudo com ele a cada movimento. E se ele os guardasse?

— Ok... Mas espere, Margot. A única coisa que você sabe sobre esse cara é que ele era um suspeito no caso de Polly Limon. Nenhum detetive do mundo vai incomodar um juiz para um mandado de busca por causa disso.

— Não é verdade. Também tenho...

— Ah, sim — interrompeu ele. — Também tem a lembrança de um maconheiro, dizendo que January tinha um amigo imaginário com o nome de *Elefante* Wallace 25 anos atrás.

Margot soltou um suspiro.

— Wallace estava no recital de dança de January. Tenho uma foto que comprova. Isso não é coincidência. Ele está ligado a *duas* garotas mortas.

— Eu sei. E concordo com você. Só estou dizendo que ninguém vai aprovar um mandado de busca baseado nas pistas que tem até o momento. Sinto muito.

Margot fechou os olhos.

— Ele é a resposta para este caso, Pete. Eu sei disso.

— Está bem, então. Continue investigando. Farei o que puder por aqui. Bom, preciso desligar, mas aviso caso encontre alguma coisa.

Depois que desligaram, Margot jogou o telefone no assento ao lado dela e soltou um gemido frustrado que se transformou em um grito. Ela agarrou o volante e o sacudiu com força. Ela tinha tanta certeza de que Wallace era a resposta para este caso, mas como diabos ela poderia provar isso?

Ela soltou o volante e deu-lhe mais um tapa antes de afundar no assento. Ela ficou ali sentada por um longo tempo, esperando a respiração se estabilizar e o batimento cardíaco desacelerar, até, finalmente, girar a chave na ignição. Quando chegou em casa, já estava anoitecendo e o céu estava cinza-chumbo. Mais uma vez, Margot havia deixado o tio sozinho durante muitas horas. Mais uma vez, seu estômago se revirou com culpa. Embora ela já estivesse acostumada com o sentimento, ele não se suavizava.

Ela estacionou na entrada da garagem, depois caminhou pela grama quebradiça até a varanda da frente de Luke. Mas, quando tentou girar a maçaneta, ela travou em sua mão. E foi aí que ela se lembrou de que ainda não tinha feito uma cópia da chave da casa dele. Ela chegara perto disso, dirigira até a metade do caminho certa manhã. Porém, foi interrompida pela ligação de Linda com sua pista para encontrar Jace e acabou se distraindo. Os dias que se seguiram foram agitados devido a uma enxurrada de revelações, e fazer a cópia de uma chave havia simplesmente sumido de sua cabeça.

Margot sacudiu a maçaneta mais uma vez. Novamente, ela não se mexeu. Ela bateu, esperou. Nada aconteceu.

— Merda — sibilou, baixinho. — Tio Luke! Sou eu, Margot!

Ela ficou atenta a qualquer som, mas a casa estava quieta e silenciosa.

— Porra. — Ela bateu novamente, agora mais forte. — Tio Luke! Pode me deixar entrar?

Ela prestou atenção se havia algum barulho. Desta vez, ela ouviu o som de passos se aproximando. Margot soltou um suspiro de alívio. Porém, quando a porta se abriu, ela perdeu todo o ar. A adrenalina percorreu seu corpo tão rapidamente que parecia eletricidade correndo em suas veias. Sua visão embaçou, e seu corpo oscilou.

À sua frente, estava Luke, seu amado tio, a pessoa de quem mais gostava no mundo. E, em suas mãos, havia um enorme rifle de caça apontado para o rosto de Margot.

VINTE E SETE

KRISSY, 2009

Com as mãos trêmulas, Krissy abriu a porta de sua casa, correu para dentro e a fechou logo que entrou. Ela teve a sensação de ser seguida, caçada, mas sabia que era apenas a verdade que a perseguia agora.

Apesar dos protestos de Jodie, Krissy havia se encontrado com Dave. No entanto, agora que o fizera, não tinha tanta certeza de que fora uma boa ideia. Se tudo o que Jace havia dito em sua carta tinha virado o mundo de Krissy de cabeça para baixo, Dave o havia explodido em pedaços. Ela agora entendia quanto dano causara ao guardar esses segredos durante todos aqueles anos, e entendia quanta dor e raiva ela havia infligido.

Ela queria — *precisava* — consertar as coisas.

Krissy largou a bolsa na porta e correu para a cozinha, onde eles guardavam um bloco de papel e canetas. Krissy desejou poder ligar para Jace, mas ele ainda se recusava a dar seu número a ela. Então, ela puxou uma cadeira e sentou-se à mesa da cozinha para escrever para ele. E, ainda assim, quando ela trouxe a caneta para a página, percebeu que não sabia como começar, não sabia o que dizer. Por quinze anos, ela havia rejeitado o próprio filho por um assassinato que ele não cometeu. Como ela poderia pedir desculpas por isso em uma carta? E, além de um pedido de desculpas, tinha o que ela agora precisava explicar, o que precisava dizer a ele. Era simplesmente demais.

Em vez disso, ela inalou uma respiração trêmula e rabiscou um bilhete curto:

Jace,

Sinto muito por tudo. Vou fazer a coisa certa.

Acabei de descobrir algo sobre seu pai; ele não é quem você pensa que é.

Estou escrevendo meu número novamente abaixo, para que possa me ligar. Vamos nos encontrar, e eu explico tudo.

Eu te amo,
Mamãe.

Depois que escreveu o número do celular, ela se levantou de forma abrupta e vasculhou a gaveta de tranqueiras em busca de um envelope e selo. Porém, não conseguiu encontrar nenhum.

— Porra! — rosnou ela, fechando a gaveta com força.

Ela foi até a mesa, pegou a carta e caminhou rapidamente de volta para a porta da frente. Ela dirigiria até a casa de Jodie e a enviaria de lá, pois queria ver sua parceira de qualquer maneira, conversar sobre tudo com ela, ter alguém para ajudá-la a decidir o que fazer a seguir. Ela pôs a carta em sua bolsa, de onde ela apontava para fora como uma bandeira branca de rendição. Seu peito se afligiu diante da visão do nome de Jace.

Na verdade, seu peito estava tão angustiado que ela sentiu como se estivesse à beira de um ataque cardíaco. Mas ela logo reconheceu o que era. A sensação de mãos rastejantes subindo por seu pescoço e restringindo sua respiração não lhe era estranha: pânico. Ela precisava de seus remédios. Só pegaria seus comprimidos e depois iria embora.

No andar de cima, ela abriu o armário do banheiro e pegou dois frascos: um de antidepressivo e outro de pílulas para dormir. Jodie não gostava quando Krissy dependia demais de sua medicação, mas ela teria que lidar com isso hoje. Suas mãos estavam tão trêmulas, que ela precisou de quatro tentativas para passar pela trava infantil dos remédios para ansiedade. Quando conseguiu, ela despejou dois dos pequenos comprimidos brancos na palma da mão, colocou-os na boca e os engoliu com um pouco de água da pia.

Enquanto a torneira estava aberta, algo a fez se sobressaltar e ela rapidamente a fechou. Ela pensou ter ouvido alguma coisa: o som de uma maçaneta girando, o ranger de uma dobradiça. Ela ficou parada, com o coração martelando, enquanto ficava atenta para escutar. Ficou imóvel por um, dois, três longos segundos, mas não ouviu mais nada. A casa estava em silêncio.

Krissy viu o próprio olhar no reflexo do espelho e viu o preço que seu encontro com Dave havia cobrado. Seu rosto estava pálido e seus olhos, vermelhos de tanto chorar. E agora, além de tudo isso, ela estava ficando paranoica. Ela jogou água fria no rosto, secou-o com uma toalha, depois agarrou as bordas da pia com força, deixando os nós dos dedos brancos, obrigando-se a controlar a respiração. E então, quando estava se virando para sair, ela ouviu outro som vindo de dentro da casa: passos.

Krissy ficou imóvel. Seus olhos vislumbraram o relógio de cabeceira através da porta aberta. Os números vermelhos brilhavam *11h13*, o que significava que a pessoa em sua casa não podia ser Billy. Ele não estaria de volta da convenção por mais uma hora, pelo menos. Ela não se moveu enquanto escutava; ela nem respirava. No entanto, a velha casa de fazenda havia ficado em silêncio. Estaria ela ouvindo coisas?

Ela desceu as escadas rapidamente. Ouvindo coisas ou não, ela queria sair daquela casa. Na porta, ela pegou sua bolsa, jogou ali dentro os frascos de comprimidos e a pendurou no ombro. Porém, quando procurou as chaves, elas não estavam no bolso lateral da bolsa. Ela poderia jurar que as tinha colocado lá pouco antes. Ela vasculhou o fundo de sua bolsa freneticamente. Ainda assim, não conseguiu encontrá-las. Foi quando ouviu uma voz familiar atrás dela.

— Está procurando por isso?

Um calafrio percorreu a espinha de Krissy, que se virou, com o peito se contraindo de medo.

— Ooi.

Ela quis aparentar ter sentido uma agradável surpresa, mas a palavra saiu como um gaguejar nervoso.

O rosto do homem, que antes lhe era tão familiar, agora parecia o de um estranho, a raiva o estava contorcendo, transformando-o em algo irreconhecível. Os olhos dela se desviaram dos dele para as chaves em sua mão, depois finalmente para a sala de estar, de onde ele claramente tinha acabado de sair. Em alguma parte obscura de seu cérebro, Krissy registrou que a sala de estar era onde sua família guardava as armas, as que eles haviam mantido em exposição, destrancadas, durante anos.

Krissy tentou sorrir, mas o sorriso pareceu fraco e vacilante.

— O que está fazendo aqui?

O homem caminhou os dois passos que os separavam e alcançou o cós da calça dele, na parte de trás. Krissy se virou para abrir a porta, mas era tarde demais. Pelo canto do olho, ela viu uma arma e sentiu o cano frio tocar sua têmpora.

— Você não deveria ter mentido para mim — disse ele.

Então, tudo se tornou um borrão ofuscante.

VINTE E OITO

MARGOT, 2019

Ao olhar para o cano do rifle do tio, Margot foi tomada pelo pânico. Era como se um fogo de artifício tivesse explodido em seu peito e estivesse lançando faíscas por toda a sua corrente sanguínea. Os cantos de sua visão ficaram turvos e escuros, e ela não conseguia levar o ar para os pulmões.

— O que você quer? — rosnou Luke, com os dentes cerrados.

— Tio Luke? — A voz de Margot estava fraca e trêmula. — Por favor. Abaixe a arma. Sou eu. Margot. Sua sobrinha.

O único problema era que ela não tinha ideia se ele agora estava apontando uma arma para a cabeça dela porque não a reconhecera ou porque sabia exatamente quem era.

Surgiu em sua mente a possibilidade aterrorizante de que ele, de alguma forma, tinha percebido que ela havia descoberto muitas das coisas que ele tinha tentado esconder. Ela sabia, sem sombra de dúvida, que o tio a amava. Ainda assim, depois de tudo que ela passou a saber sobre ele nas últimas 24 horas, ela percebeu que realmente não o conhecia. Ele havia mantido seus segredos afastados dela durante mais de duas décadas. Ela não fazia ideia de quão longe ele iria agora para protegê-los.

— O que está fazendo aqui? — Luke surtou novamente. — O que você quer?

Ele não havia baixado a arma, nem mesmo um centímetro, e seu olhar causou em Margot uma nova onda de pânico. Ela desejou, por tudo nesse mundo, que não tivesse decidido investigar o caso de January. Desejou não saber nada sobre a ligação do tio com a garotinha que morou do outro lado da rua, desejou não ter visto a foto de seu rosto no recital de dança, e a pilha de programas teatrais trancados na gaveta de sua mesa. Se ela simplesmente tivesse vindo para Wakarusa e se concentrado em ajudar o tio, em vez de ir em busca de respostas para um caso de assassinato de 25 anos atrás, talvez ela não estivesse ali agora, do lado errado da arma de Luke.

Margot engoliu em seco.

— Tio Luke?

Luke apoiou o rifle mais alto, em seu ombro. Seu tio nunca tinha sido um caçador de verdade, mas todo mundo em sua cidade natal possuía uma arma. Margot sabia o básico de como a dele funcionava, por causa de alguns dias de prática de tiro ao alvo, muitos anos antes. Ele tinha um rifle de ação única. Isso significava que, se quisesse matá-la, ele não teria que engatilhar o cão, ou fazer qualquer outra coisa. Com um simples puxão do gatilho, ela teria virado pó.

Ela se forçou a respirar fundo.

— Tio Luke. — Dessa vez, sua voz saiu mais clara, com mais firmeza. — Sou eu, Margot. Sua sobrinha.

Algo cintilou nos olhos de Luke, um lampejo de confusão, como se ela tivesse dito algo que não fazia sentido.

— Eu costumava passar todas as tardes em sua casa — continuou ela. — Eu fazia minha lição de casa na mesa da sua cozinha. Você fazia *quesadillas* de queijo para mim, como lanche.

Luke franziu as sobrancelhas devagar, e ela reconheceu um pequeno traço de lembrança nos olhos dele, como se o tivesse feito se lembrar de uma memória enterrada fazia muito tempo.

— Eu, hum, lhe dei uma bandana vermelha idiota no Natal quando tinha uns cinco anos. E você a tem usado desde então. E... — Margot atormentou sua mente por algo, qualquer coisa, que pudesse refrescar sua memória. — Pedíamos pizza e jogávamos batalha naval nas noites de sexta-feira. Você me mostrou como me defender e me ensinou todas as palavras do vestibular que eu conheço.

Luke ainda estava apontando a arma para ela. Então, ela continuou:

— Você me incentivou a seguir meu sonho e me tornar uma repórter. Me ensinou a ser honesta, a sempre dizer a verdade.

A ironia desta última frase provocou uma pontada em seu peito, mas parecia estar funcionando. Sua raiva estava lentamente se transformando em algo diferente.

— Meu nome é Margot — repetiu ela, pelo que parecia ser a milionésima vez. — Mas você costuma me chamar de "garota".

E então, finalmente, o olhar de confusão no rosto de seu tio se dissipou como se uma luz tivesse se acendido em sua cabeça, e ele finalmente pudesse ver.

— Garota?

Seu aperto no rifle afrouxou. Quando ele olhou para baixo, foi como se o estivesse vendo pela primeira vez. O pânico tomou conta de seu rosto, e ele se atrapalhou, e a arma escorregou de suas mãos.

Margot se lançou em direção a ela, passando um dos pés pela porta, enquanto o outro ainda estava na varanda, e tomou o rifle dele antes que caísse no chão. Ela imediatamente apontou o cano para baixo, depois entrou na casa. Instintivamente, Luke recuou.

Ela não tinha descarregado a arma do tio desde que provavelmente tinha quinze anos, quando ele a havia levado para atirar em latas de refrigerante em um campo vazio. Porém, ela se lembrava de como fazer isso. Ela esvaziou a câmara, depois o pente, e enfiou as balas no bolso. Em seguida, colocou a arma no chão e a deslizou para debaixo de uma poltrona.

Quando ela se voltou para o tio, seu peito se contraiu. O olhar dele estava fixo na porta aberta, como se ainda pudesse ver o rosto aterrorizado da sobrinha através da mira de sua arma. Lágrimas escorriam por suas bochechas. Suas mãos tremiam. Margot caminhou timidamente em direção a ele, que virou a cabeça para olhar para ela.

— Me desculpe, garota — disse ele, através das lágrimas. — Eu sinto muito. Não sei o que está acontecendo comigo.

Ver o tio assim, arrasado, fez Margot quase cair em prantos, mas ela engoliu o choro. Ela não o deixaria ver o quanto ele a havia assustado, pois não queria causar mais dor a ele. Ela colocou uma das mãos em suas costas, gentilmente. Para sua surpresa, Luke deixou-se guiar para seus braços. Ele era quase trinta centímetros mais alto do que ela, então a cabeça dele não alcançava o ombro dela. Mesmo assim, ele soluçou abraçado a ela, seu corpo tremendo.

— *Shhh...* — Ela continuou acariciando as costas dele. — Está tudo bem.

Era estranho ser aquela que confortava o tio, já que era ele quem sempre havia feito isso por ela. E parecia ainda mais estranho abraçar o homem de quem ela ainda suspeitava. Porque, embora ela sentisse profundamente que Elliott Wallace havia matado January, Polly e, possivelmente, Natalie Clark, isso não explicava por que Luke tinha ido aos recitais de January, ou mantido seus programas de dança, ou mentido sobre tudo isso.

Deve ter sido o mesmo sentimento confuso que Annabelle Wallace sentira essa tarde. Apesar de tudo o que seu irmão havia feito com ela ao longo dos anos, apesar do fato de que ela sabia que ele estava sendo acusado de assassinato, Annabelle o defendeu, porque ele era da família.

Se Margot descobrisse estar errada, e Luke fosse um assassino, ela o odiaria. Ela o excomungaria de sua vida, e, sempre que pensasse nele, ficaria cheia de raiva. Ainda assim, ele seria seu tio. Por baixo de toda a raiva e o ódio, ela sabia que nunca conseguiria deixar de amá-lo.

Os dois ficaram assim: Luke curvado, Margot ficando dolorida sob seu peso, por um longo tempo. E então, finalmente, seu choro diminuiu, depois parou.

— Que tal se fôssemos para a cama cedo, hein? — propôs ela. — Por que não vai se preparar para dormir?

Ela odiava tratá-lo como uma criança e sabia que ele também odiava. No entanto, ele parecia esgotado demais para se importar. Ele simplesmente se endireitou, concordou com a cabeça e limpou o nariz com a parte de trás do pulso como um garotinho. Então, ela o acompanhou até o quarto, esperou do lado de fora, enquanto ele escovava os dentes e tomava banho. Ela teve vontade de colocá-lo na cama, mas ficou ao lado da porta, enquanto ele deslizava sob as cobertas. Ela esperou até que ele se acomodasse para apagar a luz. Enquanto fechava a porta do quarto dele, ela já podia ouvir sua respiração se aprofundar com o sono.

Após sair do quarto dele, caminhou até a porta da frente, foi para o lado de fora e andou até o meio-fio. No momento em que sentiu que havia espaço suficiente entre ela e a casa do tio, ela se soltou — toda a determinação e força que demonstrou na última meia hora finalmente desmoronaram.

Ela se contraiu, como se tivesse levado um chute no estômago, e enterrou o rosto nas mãos trêmulas. Ela havia segurado as lágrimas durante muito tempo. Não tinha chorado naquele primeiro dia, quando Luke olhou para ela e viu outra pessoa. Não havia chorado quando foi demitida, nem quando recebeu qualquer um daqueles bilhetes ameaçadores. Não tinha chorado ao ver o tio na foto da apresentação de January. Agora, porém, todas aquelas lágrimas acumuladas jorravam dela. Sua respiração começou a vir ofegante e irregular.

Vagamente, através do som de seus próprios soluços, Margot ouviu o zumbido do motor de um carro ao longe. Depois de um momento, percebeu que estava ficando mais alto. Ela não queria que ninguém a visse assim. Mesmo na escuridão da noite, Wakarusa era tão pequena que qualquer pessoa que passasse dirigindo, sem dúvida, a reconheceria. Então, ela virou de costas para a rua e secou as lágrimas de seu rosto. Ela estava tão preocupada e chateada que mal percebeu quando o carro parou a poucos metros de distância, e mal registrou o som de uma porta de carro se abrindo.

De repente, havia alguém atrás dela, com uma das mãos tapando sua boca e um braço circundando seu corpo. Então, o mundo de Margot estava girando, ela estava sendo puxada sobre o meio-fio. Ela tentou se libertar, mas seus braços estavam presos a seu lado. Ela tentou correr, mas não conseguiu encontrar apoio no chão abaixo dela, seus pés se arrastando debilmente. Ela tentou gritar, mas não conseguia nem respirar. E então, ela estava sendo arrastada pelo asfalto e jogada na traseira de um carro.

VINTE E NOVE

MARGOT, 2019

Margot caiu de cara no banco de um SUV, e um dos apoios de braço bateu dolorosamente em seu estômago, deixando-a sem ar. A porta bateu atrás dela, e ela se virou para abri-la. Porém, quando puxou a maçaneta, ela clicou inutilmente. Seus olhos procuraram o botão de destravar, mas, para seu horror, não havia nenhum. Ela pulou para o outro lado do carro, mas aquela porta também estava trancada. E então, seu sequestrador, usando um moletom azul-marinho, estava abrindo a porta do lado do motorista. Em um piscar de olhos, ele estava atrás do volante, e já girando a chave na ignição.

— Que porr…? — gritou Margot.

Porém, sua última palavra foi cortada, quando o carro deu um solavanco e ela foi jogada contra o encosto do banco do motorista. Ela ficou momentaneamente desorientada, mas se recuperou rapidamente e começou a escalar o console frontal. Ela não tinha um plano, além de simplesmente agarrar o que quer que suas mãos conseguissem — os braços, os ombros, o rosto de seu sequestrador — qualquer coisa para impedi-lo de levá-la para onde quer que estivessem indo agora.

Porém, antes que ela pudesse alcançar qualquer coisa, o homem lhe deu uma cotovelada, acertando a boca de Margot. Sua cabeça foi jogada para trás com o impacto e a dor se espalhou por seu rosto.

— Filho da puta! — gritou ela, tapando a boca com a mão.

Ela podia sentir o gosto de sangue em sua língua. Seu lábio latejava.

— Desculpe — pediu o sequestrador. E então Margot percebeu que não era, de fato, *ele*. Seu sequestrador era uma mulher.

A mulher girou bruscamente o volante, e Margot foi jogada para a direita. Ela caiu para o outro lado do carro, estendendo as mãos para suavizar a queda. Nesse momento, avistou o perfil dela. Para sua completa falta de surpresa, Margot a reconheceu como a mulher de cabelo castanho-avermelhado que ela havia visto pela primeira vez fora do Shorty's alguns dias e, ao mesmo tempo, uma eternidade atrás.

— É você… — disse ela. Seu lábio, que sangrava, doeu com o movimento.

— Sim. Agora se acalme.

Os olhos de Margot se arregalaram, enquanto ela subia no banco atrás dela.

— Você me perseguiu, me trancou em um carro em alta velocidade, acabou de me dar uma cotovelada no rosto e agora está dizendo para eu me *acalmar*?

— Só espere um pouco — retrucou a mulher, impaciente. — Me dê mais um minuto e prometo responder a todas as suas perguntas.

Margot ficou sem reação. Essa mulher estava planejando falar? Ou isso era apenas um truque para que Margot não a atacasse outra vez? O olhar de Margot varreu todo o carro, e sua mente acelerou. Ela poderia tentar dominar a mulher novamente. No entanto, assim que a ideia surgiu, Margot percebeu que pouco dano havia sido causado a ela. A mulher não a havia drogado com clorofórmio, nem amarrado seus pulsos, nem a nocauteado. Ela nem sequer tinha vendado seus olhos. Para uma sequestradora, ela era bem inofensiva.

Antes que Margot pudesse entender a situação ou decidir o que fazer, a mulher girou o volante, e a estrada pavimentada se transformou em terra, com pedras rangendo sob os pneus, ruidosamente. Margot deu uma olhada pela janela e viu que a estrada onde haviam virado separava um milharal, de um lado, e um pequeno bosque, do outro. A única fonte de luz eram as estrelas e a lua. Depois de um momento, o carro diminuiu a velocidade e parou. A mulher apertou um botão em seu apoio de braço e todas as quatro portas clicaram alto. Ela se virou para olhar para Margot.

— Pronto. As portas estão destrancadas. Não estou mantendo você prisioneira. Só quero conversar.

Margot agarrou a maçaneta, empurrou-a, e a porta se abriu. Ela ficou sentada lá, olhando durante alguns segundos para a pequena lasca de noite entre a porta e seu batente, antes de fechá-la novamente. Então, ela se virou para a mulher no banco do motorista.

— Se só queria conversar, por que diabos me sequestrou?

— Sinto muito, mas eu estava tentando proteger você. Preciso que escreva sua história, e posso ajudá-la com isso, mas você não está segura aqui. Além disso... para ser sincera, não achei que viria comigo de outra forma. Sei que me flagrou enquanto a seguia.

Margot balançou a cabeça.

— Do que está tentando me proteger?

A mulher mordeu o lábio inferior.

— Puta merda! Você diz que está me protegendo porque estou em perigo, e agora nem me diz que perigo é esse?

A mulher levantou as mãos.

— Vou lhe contar. Eu vou. Mas você não deu atenção a nenhum dos meus avisos, então não acho que vá começar agora. Pelo menos, não até entender algumas coisas primeiro. Você precisa saber quem eu sou e como sei o que sei. Caso contrário, não acho que vá acreditar em mim.

Margot não precisava de confirmação para saber que fora essa mulher quem havia lhe enviado aqueles bilhetes ameaçadores, aqueles avisos, mas agora ela a tinha. Fervendo de raiva e frustração, ela olhou para o rosto da mulher. Ela a havia aterrorizado durante dias e, de repente, queria que Margot a ouvisse com calma? E, no entanto, sua porta ainda estava destrancada. Seu único ferimento era um lábio latejante. E agora, que o pânico de Margot estava começando a diminuir, a curiosidade estava tomando seu lugar.

— Ok, então... Quem é você?

— Meu nome é Jodie Palmer. Eu era... amiga de Krissy Jacobs antes de ela morrer.

Margot estreitou os olhos. Algo na maneira como a mulher disse isso a fez suspeitar que não fosse inteiramente verdade.

— Escute... Jodie, certo? Foi você quem acabou de me jogar no banco de trás de um carro. É você que quer falar. Então, por que não começa a me dizer a verdade?

Jodie hesitou.

— Se eu disser... isso não pode fazer parte de sua história.

— Ok. Extraoficialmente, então.

— Não, não só isso. Não pode ser divulgado de jeito nenhum. Não pode aparecer de nenhuma maneira.

Margot analisou o rosto de Jodie. Ela parecia feroz, e um pouco assustada.

— Você tem a minha palavra.

— Ótimo. — Jodie respirou, de forma trêmula. — Krissy Jacobs e eu estávamos em um relacionamento.

— Espere. O quê? — De tudo o que a mulher poderia ter dito, essa era a última coisa que Margot teria imaginado.

— Ficamos juntas durante cinco anos.

Jodie começou a contar a Margot os detalhes: como ela e Krissy haviam crescido juntas em Wakarusa, como elas haviam se reencontrado anos depois em um bar em South Bend, como elas haviam ficado juntas até a morte prematura de Krissy.

— Ela não matou January — afirmou Jodie, ao terminar todas as explicações. — Krissy e eu contávamos tudo uma à outra, e a noite da morte de January a destruiu. Ela amava a filha. Ela *nunca* a teria matado. A razão pela qual a polícia suspeitava dela...

Margot levantou a mão.

— Eu já sei o que Krissy fez naquela noite. Sei que ela não matou January.

— Você sabe?

— Jace me disse. Sobre as cartas... tudo. Mas o que eu não entendo é: se só queria me dizer que Krissy é inocente, por que me perseguiu? Por que simplesmente não se aproximou de mim?

— Eu não podia.

— *Por quê?*

— Bem... primeiro de tudo, não sabia se eu sequer queria. Eu sabia que todo mundo nesta cidade diria a você que Krissy matou January, e eu precisava ver se você acreditaria neles ou se iria mais fundo na investigação. Então, vi aquela coletiva de imprensa na TV, aquela sobre Natalie Clark, e ouvi você fazer aquela pergunta, sabe... por que a polícia não estava investigando conexões entre o caso de Natalie e o de January. Eu queria entrar em contato com você na época, mas, para ser sincera, eu não confiava em você. Ainda não, de qualquer maneira. E eu não podia ir à polícia, porque... — Ela balançou a cabeça. — Ainda estou com meu marido. Temos três filhos. Sabia que, se eu fosse à polícia, toda a cidade saberia de tudo em questão de dias.

— O que Natalie Clark tem a ver com você e Krissy? — De repente, ela se deu conta de uma coisa. — Espere um segundo. Na manhã seguinte à coletiva de imprensa, aquela mensagem apareceu no celeiro de Jacobs. *Você* a escreveu?

Jodie hesitou.

— Você a escreveu, não foi?

— Eu estava tentando ajudar. O assassino de January ainda está por aí. Isso significa que ele, quem quer que seja, poderia ter levado Natalie. Ninguém estava nem sequer cogitando essa ideia, exceto você. E ninguém estava levando você a sério. Achei que ajudaria você e a polícia a fazer a conexão. Contudo — acrescentou ela, amargamente —, *eles* ainda estavam tão convencidos da culpa de Krissy, que não conseguiram reconhecer uma pista quando foi pintada com spray em letras garrafais.

Mesmo com a mente rodopiando em confusão com tantas revelações, Margot também sentiu uma leve satisfação. Ela estava certa. O autor daquelas palavras no celeiro havia tentado conectar a morte de January à de Natalie Clark. Pode ter sido complicado e enganoso, mas havia mantido Margot nesse caminho. No entanto, muito do que Jodie estava dizendo ainda não fazia sentido.

— Você disse que não podia se aproximar de mim porque não *confiava* em mim? Por quê? Sou uma repórter de fora da cidade. Eu era a única a fazer todas as perguntas que você aparentemente queria que fossem feitas, a única que você achava que estava no caminho certo.

Jodie olhou para baixo, hesitante.

— Não confiava em você, porque… eu sabia quem você era.

— Você sabia quem eu… o quê? O que isso significa?

— É a mesma razão pela qual tenho tentado protegê-la. Quero que escreva sua história para ajudar a pegar quem matou January e Natalie. Quero que limpe o nome de Krissy. Mas, para fazer isso, você precisa se manter viva. E isso não é garantido agora. — Ela lançou um olhar hostil a Margot e o manteve. — Não quando você está morando com seu tio.

Margot congelou.

— Meu tio? O que ele tem a ver com isso?

— Ele tem tudo a ver com isso. E é por isso que demorei tanto para confiar em você, por causa do seu sobrenome. — Jodie fez uma pausa. Quando voltou a falar, sua voz era suave, compreensiva. — Luke Davies é um criminoso, Margot. Você está vivendo com um assassino.

TRINTA

MARGOT, 2019

Após a acusação de Jodie, Margot sentiu-se paralisada. Mesmo que a suspeita estivesse pairando em sua mente desde que ela viu o rosto do tio naquela foto, ouvi-la ser dita em voz alta, e por uma pessoa totalmente estranha, causou nela uma dor cortante.

Luke Davies é um criminoso. Você está vivendo com um assassino.

Não, Margot queria dizer. *Não, você está enganada.*

Luke tinha lhe dado um lar, um refúgio de seus pais. Ele a amava mais do que a qualquer outra pessoa, e ela a ele. *Ele não é um assassino. Ele é meu tio*, ela queria dizer. *Elliott Wallace é o assassino.* Porém, as palavras não vinham. Com a cabeça baixa e a mente girando, ela apenas encarou um ponto no chão do carro.

— Sinto muito — disse Jodie, depois de um momento. — Mas é verdade. Ele matou Kris...

Sua voz falhou, e a cabeça de Margot se ergueu de súbito. Ela estava certa de que Jodie iria terminar aquela frase com o nome de January. Margot abriu a boca, e fechou-a novamente. Em seguida, balançou a cabeça.

— O quê?

— Seu tio matou Krissy.

— Não — zombou ela. — Krissy Jacobs se suicidou. Meu tio mal a conhecia. — Margot sabia disso, porque Luke havia dito isso a ela toda vez que ela perguntava a ele sobre o caso de January. — Por que diabos ele faria isso?

— Seu tio conhecia Krissy muito bem. Ele era o pai de seus filhos.

Margot ficou imóvel, enquanto as palavras de Jodie penetravam em sua consciência e eram lentamente assimiladas. Essa mulher estava delirando? Desequilibrada? Ou simplesmente estava mentindo? Mas, ainda que essas suspeitas florescessem na mente de Margot, havia outra parte que não podia descartar a afirmação de Jodie tão facilmente.

— Será que você pode só... começar do começo?

— Sim. Claro. — Jodie respirou fundo, e então começou. — Krissy, Billy, eu e seu tio crescemos juntos aqui. Eu acho que ele atende pelo seu primeiro nome agora, Luke, mas nós sempre o chamávamos de Dave.

O apelido, explicou Jodie, era uma abreviação de seu sobrenome, o que, aparentemente, eles às vezes faziam, como Zoo para Katy Zook, por exemplo. Em seguida, ela contou a Margot tudo o que Krissy lhe dissera dez anos antes: durante o verão, após o último ano, Luke, Krissy e Billy se tornaram amigos íntimos. Krissy engravidou dos gêmeos e Billy a pediu em casamento. No entanto, o pai era Luke, e não Billy. Para proteger seu segredo de Billy, e do restante da cidade, Krissy havia se afastado de Luke. Então, um dia, 21 anos depois, quando recebeu uma carta de Jace, ela decidiu contar a verdade a Luke. E 24 horas depois, Krissy estava morta.

— Entende o que aconteceu? — prosseguiu Jodie. — Ela contou a verdade ao seu tio, mas aos olhos dele, era tarde demais. Jace havia crescido e ido embora, e January estava morta. Krissy não só mentiu para ele, por mais de vinte anos, como também roubou sua única chance de ser pai. — A mente de Margot passou pelo quarto de criança da casa do tio, aquele que sempre havia estado vazio. — E ele enlouqueceu — acrescentou ela. — Eu avisei que isso aconteceria, mas ela confiava nele.

De repente, Margot percebeu que estava tocando sua bochecha, cutucando distraidamente o ponto sensível logo abaixo de onde a porta do freezer havia cortado sua pele. Ela deixou a mão cair no colo.

— Mas a arma encontrada na mão de Krissy — retrucou ela — era dela, deles, dos Jacobs. Eles a mantinham em uma caixa na sala de estar.

— Como eu disse, Dave, quero dizer, Luke, os conhecia muito bem. Antes de as crianças nascerem, ele costumava ir à casa deles o tempo todo. Ele sabia onde estava o estojo da arma, e que também nunca ficava trancado.

Margot balançou a cabeça.

— Não. Não, Luke não teria feito aquilo.

— Sei que é difícil de acreditar, mas...

— Não — falou novamente, em um tom mais ríspido. — Não é isso. Ou sim, é. Mas não é *só* isso. Luke não teria matado Krissy quando ela lhe contou sobre os gêmeos, porque não foi quando ele descobriu isso. Ele já sabia que era o pai deles.

Margot havia percebido isso no momento em que Jodie lhe contara o segredo de Krissy. Porque foi ali que tudo o que ela havia descoberto sobre seu tio nas últimas 24 horas, de repente, fez sentido. Explicava por que Luke ia aos recitais de dança de January, por que mantinha uma cópia de cada um de seus programas. Se Jace tivesse feito uma atividade, Luke teria ido a seus eventos também. Seu tio não tinha uma paixão pervertida por January. Ele a amava, e a Jace, como um pai.

Isso até explicava por que Luke havia mentido para Margot sobre não conhecer a família Jacobs. Ele estava guardando o segredo de Krissy também, não para evitar fofocas, não para evitar que Billy se machucasse, mas para proteger a esposa e a sobrinha: Rebecca, que havia tentado engravidar durante anos; e Margot, que, apesar de muito jovem, já não se sentia amada pelos próprios pais. O que isso teria feito a ela, saber que o menino e a menina que moravam do outro lado da rua eram, na verdade, filhos do homem que ela considerava seu próprio pai? Ela não sabia.

O alívio que ela sentiu a inundou. Claro, seu tio sabia que era o pai dos gêmeos. Deve ter sido óbvio. Embora Krissy também estivesse fazendo sexo com Billy, na época, se ela tivesse dormido com Luke naquele verão, e nove meses depois tivesse dado à luz, Luke saberia que havia uma chance de 50% de os gêmeos serem seus filhos. E, agora que Margot pensou nisso, ela podia até ver a semelhança. Era vaga, pois as feições de Krissy eram muito mais pronunciadas, mas havia uma leve covinha no queixo de Jace e no de January que fazia Margot se lembrar de seu tio, além de certa ondulação em seu cabelo castanho.

Margot explicou tudo isso para Jodie. Ela ouviu, com as sobrancelhas franzidas e o olhar desfocado.

— Ok... — disse ela, depois que Margot havia terminado. — Mas, ainda assim, Krissy contou a verdade ao seu tio e, em poucas horas, ela estava morta. Isso não é coincidência. *Mesmo que* ele já tivesse adivinhado ser o pai dos gêmeos, não sabemos como foi essa conversa entre ele e Krissy. Ela mentiu para ele por mais de vinte anos, essa é a única explicação lógica que existe.

No entanto, a acusação não tinha peso para Margot agora. Ela estava convencida de que Luke não tinha matado Krissy por esconder a verdade, porque ele já sabia a verdade. Tampouco ele havia matado January; ele a havia amado.

Estou preocupado com ela, Luke havia dito a Margot, na noite anterior. *Ela tem perguntado muito sobre January. Tenho medo de que descubra o que realmente aconteceu.* Longe de alguma indicação sinistra de culpa, Margot agora percebia que seu tio tinha apenas tentado proteger seu eu mais jovem. Durante muito tempo, todos os adultos de sua vida tinham dito a ela que a morte de January havia sido um acidente. Luke tinha ficado preocupado como Margot, de seis anos, lidaria com a descoberta de que sua amiga mais próxima tinha, na verdade, sido assassinada. Assim como havia feito durante toda a sua vida, seu tio tinha cuidado dela. Pela primeira vez, em 24 horas, Margot sentiu seus ombros relaxarem.

— Margot!

Ela olhou para Jodie, as sobrancelhas erguidas em questionamento.

— Você me escutou? Eu disse que é a única explicação.

— Jodie... Sei que você acredita que o que está dizendo é verdade, mas é tudo baseado em uma coincidência. É só um palpite. Você não tem nenhuma evidência, certo? Não tem nenhuma prova.

— Não preciso de provas. Conheço Krissy, e ela não se matou.

Margot não respondeu. Afinal, o que ela poderia dizer sobre isso? Então, algo lhe ocorreu.

— Espere um segundo. Você escreveu aquela mensagem no celeiro dos Jacobs para, de alguma forma, incriminar meu tio pela morte de January? Porque você acha que ele matou Krissy? — Não faria muito sentido se ela tivesse feito isso, pois a mensagem do celeiro não apontava para Luke, mas Jodie estava desesperada, e o desespero levava as pessoas a fazerem coisas ilógicas o tempo todo.

— O quê? — Jodie balançou a cabeça. — Não. Eu lhe disse, estava tentando ajudá-la a conectar a morte de January a Natalie Clark. Não estou mentindo quanto a isso.

Margot olhou nos olhos de Jodie. Depois de um momento, decidiu que acreditava nela.

— Então... você acredita que o assassino de January ainda está por aí? Que ele é alguém desconhecido?

— Foi o que Krissy pensou, depois que Jace explicou o que houve naquela noite, Krissy começou a acreditar que a história que ela havia tentado forjar, na verdade, estava certa o tempo todo. Mas, ao tentar proteger Jace, ela estragou tanto a cena do crime, que ninguém jamais poderia provar.

Margot ficou imóvel por um longo momento. O homem que Jodie estava descrevendo, é claro, era Elliott Wallace. Talvez com exceção de Pete, parecia que essa mulher era a única pessoa no país que poderia acreditar na teoria de Margot sobre Wallace estar por trás da morte de January. E Jodie havia sido próxima de Krissy, sabia mais sobre a família Jacobs do que praticamente qualquer outra pessoa. Além disso, ela estava motivada a pegar o homem que havia arruinado a vida de sua parceira.

Lentamente, uma decisão começou a se formar na mente de Margot. Talvez fosse estupidez confiar nessa mulher, pedir sua ajuda. Mesmo que Jodie acreditasse que o assassino de January ainda estava solto, ela também achava que o tio de Margot era um assassino. Por muitas razões, Pete teria sido um aliado muito melhor. Ainda assim, foi Jodie quem havia provado que não se importava em quebrar as regras. E aquilo em que Margot precisava de ajuda exigia exatamente isso.

— Acho que posso limpar o nome de Krissy — disse Margot. — Porque eu sei quem matou January. E Natalie Clark. E uma garotinha de Ohio chamada Polly Limon. O nome dele é Elliott Wallace. E acho que sei como encontrá-lo.

TRINTA E UM

MARGOT, 2019

Duas horas depois, Margot e Jodie pararam junto à calçada, do lado de fora do depósito de armazenamento, em Waterford Mills. Passava um pouco da meia-noite e somente um velho poste iluminava a escuridão. Margot olhou pela janela do carro para a pequena instalação. Em seguida, virou-se para Jodie, no banco da frente.

— Tem certeza disso?

Mais cedo, sentada no banco de trás do carro, Margot havia contado a Jodie tudo o que sabia sobre Elliott Wallace, desde sua entrevista com ele, três anos antes, até a descoberta do depósito.

— Eu quero arrombar essa unidade — confessara Margot. — Ele se muda muito. Então, faz sentido que guarde as coisas que não quer que se percam. Além disso, caso estivesse se protegendo de um mandado de busca em potencial, ele iria querer manter qualquer coisa que pudesse incriminá-lo em algum lugar difícil de conectarem a ele. O único problema é que não sei como transpor fechaduras. São cadeados de combinação, com parafusos de metal grossos, em forma de U.

Jodie havia fechado os olhos, hesitando, enquanto se decidia. Então, por fim, ela os abriu e falou:

— Temos alicates em nossa garagem. Incrível o tipo de coisas que conseguem cortar.

Assim, elas haviam dirigido para a casa de Jodie em South Bend, onde ela entrara silenciosamente pela porta da frente, voltando alguns minutos depois, com um enorme alicate em uma das mãos e dois bonés de beisebol na outra.

— Para as câmeras — Jodie havia dito, entregando um deles a Margot.

— Boa ideia!

Depois disso, Margot havia encontrado a farmácia 24 horas mais próxima em seu telefone e pedido a Jodie que passasse por lá. Usando o boné de beisebol, ela foi até lá e voltou alguns minutos depois com duas lanternas pequenas e uma caixa de luvas de látex.

— Para as impressões digitais — ela havia respondido ao olhar confuso que Jodie lançara para a caixa.

— Boa ideia!

Não havia garantia, é claro, de que encontrariam alguma coisa caso conseguissem entrar no depósito de Wallace. E mesmo que *encontrassem*, arrombar e entrar era ilegal, o que significava que Margot só poderia relatar suas descobertas à polícia como uma denúncia anônima. No entanto, ela sentia, de várias formas, que o tempo estava se esgotando. Seu tio estava piorando, e Margot queria resolver logo tudo isso para poder se concentrar na saúde dele. Ela queria criar um cronograma com Luke, e cumpri-lo, fornecer a ele um ambiente estável, queria arranjar um novo emprego, com horários regulares e benefícios e queria dinheiro o bastante para poder pagar um cuidador no longo prazo. Além de tudo isso, ela queria levar Elliott Wallace à justiça por tudo que ele havia feito. E ela não iria esperar, enquanto a polícia contornava os obstáculos burocráticos e dava a Wallace tempo suficiente para escapar, ou pior, tempo suficiente para sequestrar e matar outra garotinha.

No carro, do lado de fora do depósito, Margot se virou e viu Jodie examinando o boné de beisebol em suas mãos.

— Jodie?

Durante toda a viagem até Waterford Mills, Jodie parecera determinada, resoluta. Agora, porém, a realidade do que elas estavam prestes a fazer claramente a estava atingindo. Ela estava respirando profundamente pelo nariz e soltando lentamente pela boca.

Jodie olhou para Margot.

— E se você ligar para o gerente outra vez amanhã? Ele lhe passou o número da unidade. Ele pode deixar você entrar.

— Ele não vai deixar uma pessoa estranha entrar em uma unidade aleatória. Minha identidade nem tem o mesmo nome que eu disse a ele por telefone.

— Ok… Mas ainda acho que, se fôssemos à polícia…

— Eu já fiz isso. Não temos provas suficientes para um mandado de busca. Este é o único jeito.

Jodie franziu as sobrancelhas.

— Escute — prosseguiu Margot. — Você não precisa fazer isso, pode esperar no carro, se quiser. Eu só… eu pelo menos preciso de uma carona para casa. — Era verdade. Ela não precisava de uma cúmplice para invadir o depósito. No entanto, se Jodie fosse com ela, poderia ajudar a ficar de olho nas câmeras. E, mais importante, uma vez que elas entrassem, ter outra pessoa para examinar as coisas de Wallace reduziria o tempo de busca pela metade.

— Porra! — murmurou Jodie. — Ok. Vamos fazer isso.

— Tem certeza?

Jodie confirmou.

— Se tudo o que você disse é verdade, este homem matou três meninas e arruinou a vida de Krissy. Se pudermos provar... — Sua voz se desvaneceu. Ela concluiu o pensamento colocando o boné de beisebol na cabeça.

Margot deu a ela um pequeno sorriso.

— Obrigada.

Ainda usando seu próprio boné, ela enfiou as lanternas e dois pares de luvas de látex no bolso da calça jeans, pegou o alicate do banco traseiro e saiu do carro, fechando a porta silenciosamente. Jodie seguiu o exemplo, juntando-se a Margot do outro lado, e as duas foram até a cerca de arame.

Talvez pela primeira vez em sua vida, Margot se sentiu grata pelo provincianismo da pequena cidade do Centro-Oeste. O depósito de armazenamento de Waterford Mills estava longe de ser algo de última geração. Embora a cerca tivesse entre dois metros e meio e três metros de altura, não havia arame farpado no topo, então era escalável. Mesmo tendo visto uma câmera de segurança afixada no canto de uma unidade próxima, ela tinha suas dúvidas se realmente funcionava. Ainda assim, ela se sentia muito nervosa. Caso fosse pega, não apenas perderia sua pista para encontrar Wallace, mas também enfrentaria acusações criminais. Tudo pelo que ela havia trabalhado tanto escaparia por entre seus dedos.

Margot olhou para o depósito de Wallace.

— Este é o dele. — Ela gesticulou com o queixo. — Número 74. O terceiro, da direita para a esquerda.

Jodie concordou.

— Vou subir primeiro — afirmou Margot, curvando-se para pressionar as duas lanternas através de um dos elos da cerca de metal. — Em seguida, você pode jogar o alicate para mim e pular.

Jodie olhou para o topo da cerca.

— Espero que eu consiga.

— Você consegue.

Jodie podia estar à beira dos cinquenta, mas estava em forma, o que sugeria corridas regulares e pilates.

Jodie a encarou.

— Você é consideravelmente mais jovem do que eu, Margot.

— Você vai ficar bem.

Margot olhou em volta uma última vez, verificando se havia sinal de alguém. Mas não havia nada além de campos vazios. A noite estava tranquila e silenciosa. Ela respirou fundo. Então, agarrou a cerca, enfiou a ponta do pé nela e se ergueu.

O metal balançou violentamente com seu peso. Porém, Margot se segurou e, depois de um momento, a cerca ficou imóvel. Ela estendeu a mão para se segurar em um ponto mais acima. O metal marcou dolorosamente sua pele — se sustentar apenas com os dedos e a ponta dos sapatos era muito mais difícil do que ela havia esperado. No entanto, depois de mais ou menos cinco minutos, ela alcançou o topo, passou a perna para o outro lado e desceu pela cerca. Finalmente, ela pulou na grama irregular, grata por estar de volta em terra firme.

Margot se abaixou para pegar as lanternas e as enfiou de volta no bolso. Porém, assim que fez isso, ela ouviu o som de um carro se aproximando. Através da cerca, ela captou o olhar de Jodie, se arregalando em pânico. O coração de Margot batia forte enquanto ela escutava, imóvel. Então, ela percebeu que o som do carro estava se distanciando. Ela esperou, até que silenciasse por completo, e soltou um suspiro.

— Ok — disse ela. — Jogue o alicate.

— Ai, meu Deus — murmurou Jodie, balançando a cabeça, antes de jogar a ferramenta e começar a escalar a cerca. Ela demorou mais do que Margot, mas acabou conseguindo. Jodie prendeu a respiração, enquanto Margot buscava o alicate, e as duas caminharam, rápida e silenciosamente, em direção à unidade 74.

— Tudo bem — disse Margot, em voz baixa, enquanto elas paravam do lado de fora da enorme porta do depósito. Ela olhou ao redor, tomando cuidado para manter a cabeça baixa, no caso de estar errada a respeito das câmeras. — Pode ficar de olho?

Como ela tinha visto, ao explorar as instalações, horas antes, a porta do depósito de Wallace estava, como todo o resto, trancada com um cadeado. Enquanto ela olhava para baixo, parecia impossível que uma mera ferramenta pudesse romper seu grosso laço de metal. Porém, era a única chance que tinha.

Ela encaixou o alicate ao redor do metal e apertou a alça com força e rapidez. Margot pressionou o máximo que pôde, mas o metal era grosso e as lâminas não penetravam. Ela continuou a apertar, cada vez mais forte, até que seus braços começaram a tremer. Finalmente, quando não tinha mais força, ela desistiu e puxou o alicate. Ela sentiu como se as lâminas nem tivessem raspado a superfície da argola de metal. No entanto, quando o examinou, com a respiração ofegante, ela viu duas pequenas marcas de cada lado.

— Cacete! — exclamou. — Acho que pode estar funcionando.

Ela tentou mais uma vez.

— Passe para cá — disse Jodie, quando Margot soltou o alicate. — Vamos nos revezar.

Margot o entregou, e Jodie prendeu suas lâminas ao redor da argola de metal, tentando unir as alças com tanta força que seus braços também ficaram trêmulos. Quando finalmente desistiu, Margot pôde ver que as marcas amassadas estavam ficando mais profundas. Elas se alternaram assim, avançando cada vez mais. Até que, finalmente, na quinta tentativa de Margot, enquanto ela pressionava as alças, o laço de metal se rompeu e o cadeado caiu no chão. Ela olhou para Jodie, que, lentamente, abriu um sorriso que se espalhou por seu rosto.

— Conseguimos! — exclamou Jodie.

Margot soltou uma risada irônica.

— Agora, vamos esperar que tenha valido a pena.

Nesse momento, o som do motor de outro carro acelerou, ao longe.

— Merda — sibilou Margot. — Entre. Depressa.

Rapidamente, ela abriu a trava e puxou a porta de metal. As dobradiças rangeram ruidosamente, e Margot estremeceu, ouvindo o carro se aproximar cada vez mais. Quando o espaço era suficiente para passar, elas correram para dentro e Margot fechou a porta, envolvendo-as em uma escuridão tão profunda que ela não conseguia ver o próprio corpo. As duas ficaram imóveis, ouvindo o carro a distância, o som da respiração acelerada das duas ecoando nos ouvidos de Margot. Finalmente, o barulho do motor do carro desapareceu na noite. Margot expirou. Ela estava sendo paranoica. Ninguém estava assistindo às imagens das câmeras ao vivo. Ninguém sabia que elas estavam ali.

Ela puxou as lanternas do bolso de trás e as acendeu, iluminando o depósito de armazenamento. Finalmente, elas podiam ver. Ela entregou uma das lanternas para Jodie e as duas olharam ao redor.

Margot não sabia exatamente o que estava esperando, mas ficou desapontada com a banalidade das coisas de Wallace. Havia uma cômoda de madeira, um sofá de aparência velha, um abajur, pilhas e mais pilhas de caixas de papelão sem rótulo. Vasculhar tudo isso levaria horas.

— Vamos nos dividir — sugeriu ela, olhando para Jodie. — Eu começo por aqui.

— Vou começar com aquelas. — Jodie apontou para uma coleção de caixas do outro lado da unidade.

— Ah — tornou Margot —, quase me esqueci. — Ela tirou as luvas de látex do bolso, e entregou um par para Jodie. Ambas as colocaram, depois seguiram em direções opostas.

Margot parou na frente de uma das caixas de papelão menores, ao pé do velho sofá xadrez. Segurando sua lanterna com uma das mãos, ela abriu as abas de papelão com a outra, revelando uma coleção de livros antigos. A visão deles lembrou-a de sua entrevista com Wallace, três anos antes, quando ele disse que estava lendo os clássicos. Margot pegou um dos livros de bolso do topo, uma cópia desgastada de *Moby Dick*, e folheou as páginas com o polegar.

Ela vasculhou o restante dos livros rapidamente, procurando por qualquer coisa que pudesse estar enfiada neles. No entanto, não encontrou nada nem remotamente incriminador, além de uma cópia bem usada de *Lolita*, que revirou seu estômago, mas que seria inútil como prova de qualquer coisa.

— Encontrou alguma coisa? — indagou Jodie, baixinho, do outro lado da unidade.

— Não. Só livros. E você?

— Nada. Roupas.

As duas mexeram nas coisas de Wallace por cerca de duas horas, parando de vez em quando por causa de algum som distante. A cada vez, elas olhavam uma para a outra através da unidade e ficavam imóveis, esperando. Margot apertava os punhos ao lado do corpo, com o coração saltando na garganta, imaginando a porta se abrindo e revelando o gerente de voz áspera, ou a polícia, ou o próprio Elliott Wallace. Só que ninguém apareceu.

E então, quando Margot estava começando a pensar que tudo foi em vão, ela abriu a última caixa de papelão e seus olhos se arregalaram.

— Puta merda! — sussurrou ela, olhando para o conteúdo da caixa. Por um longo momento, ela se sentiu paralisada. Em seguida, ela piscou e pigarreou. Mesmo assim, quando chamou a outra mulher, sua voz não passava de um coaxar. — Jodie! Venha aqui.

— Achou alguma coisa? — Margot a ouviu se levantar e andar apressada, mas com cuidado, pelo labirinto de objetos. — O que f… — Porém, quando Jodie se aproximou de Margot e olhou para dentro da caixa, sua pergunta se transformou em um arquejo. Ela colocou a mão sobre a boca, e suas palavras saíram abafadas e fracas. — *Ai, meu deus.*

TRINTA E DOIS

MARGOT, 2019

Margot e Jodie ficaram lado a lado, olhando para a enorme caixa de papelão entre elas, imóveis e em silêncio. Até que, finalmente, Margot se forçou a respirar fundo.

— Olhe os nomes.

— Sim. — Pelo sussurro sufocado de sua voz, Margot percebeu que Jodie estava chorando.

Na caixa, havia uma coleção organizada de recipientes de plástico do mesmo tipo, provavelmente com quatro ou cinco camadas empilhadas, cada um do tamanho de uma caixa de sapatos, com tampa branca e um nome escrito em preto. Os quatro primeiros diziam: Natalie, Hannah, Mia, Polly.

— Ah, meu Deus — murmurou Jodie. — É ele.

Margot olhou fixamente para a pilha de recipientes à sua frente. Ela ainda não tinha certeza do que havia neles. No entanto, somente a visão dos nomes dessas meninas, escritos de forma tão arrogante, tão possessiva, fez com que se sentisse ao mesmo tempo nauseada, triste e furiosa. Ela engoliu em seco.

— Pode apontar sua lanterna? Preciso tirar uma foto.

Depois de tirar a foto, Margot enfiou a mão na caixa de papelão, trêmula, e pegou o recipiente rotulado "Natalie", grata pelas luvas de látex. Margot não queria suas impressões digitais nem perto disso. Ela colocou a caixa sobre as outras e abriu a tampa. Quando viu o conteúdo, seus olhos arderam com lágrimas.

Não era justo ter a vida de uma menina reduzida ao que havia dentro dessa caixinha, essa variedade aleatória de coisas. Havia uma escova, com longos fios de cabelo castanho ainda emaranhados nela, ao lado de uma garrafa de água roxa, coberta de adesivos brilhantes de borboleta, com "NAT" rabiscado em uma letra infantil. Abaixo deles, havia um punhado de grampos de cabelo em forma de borboleta, e, enfiada em um canto, uma pilha organizada de fotos.

Quando Margot as tirou da caixa, viu que a primeira foto era de Natalie Clark. Seu rosto era familiar, por causa da imagem no noticiário. Nela, Natalie estava com uma *legging* roxa e uma camiseta branca, balançando em um trepa-trepa de playground, as pernas dobradas e seu rostinho contorcido, concentrado. O peito de

Margot doía. No entanto, quando ela virou, sua tristeza se transformou em raiva. As palavras *Natalie Clark, cinco anos de idade, 2019* haviam sido escritas na mesma letra elegante que os nomes na tampa das caixas. Elliott Wallace se imaginava um colecionador — tanto de romances clássicos quanto de garotinhas.

— Que filho da puta — silvou Jodie.

— Sim. — Foi a única coisa que Margot conseguiu dizer.

Ela passou para a próxima foto, que claramente havia sido tirada no mesmo parquinho. Nesta, Natalie estava vestindo shorts jeans e uma camiseta verde neon. Ela estava descendo um escorregador. Na parte de trás, estavam seu nome, idade e data.

Margot passou pelo restante das fotos, uma a uma, com as imagens se misturando. Ficou nítido que Wallace tinha perseguido a menina durante um tempo, tirando fotos e coletando clandestinamente objetos do chão onde ela os tinha deixado. A maneira meticulosa como ele havia feito tudo provocou um arrepio na espinha de Margot.

Quando terminou de examinar a pequena pilha, ela recolocou as fotografias, tirou uma foto do conteúdo da caixa com a câmera de seu telefone e recolocou a tampa.

— Deve haver uma dúzia de caixas aqui — estimou Jodie. — Uma dúzia de garotas.

Margot concordou.

— Acha que... que estão todas mortas?

— Não sei. Espero que não.

Enquanto Jodie segurava sua lanterna, Margot vasculhava cuidadosamente o restante das caixas de tampa branca. Ao fazê-lo, as duas perceberam que as caixas estavam empilhadas em ordem cronológica, com as datas nas fotos em ordem decrescente. E, quanto mais ela voltava no tempo, menos objetos e fotos havia. Parecia que Wallace havia evoluído ao longo dos anos, ficando mais paciente e meticuloso com cada vítima subsequente.

Margot tirou uma foto do conteúdo de cada nova caixa, enquanto Jodie fazia uma busca no Google em seu telefone pelo nome correspondente. As meninas, elas descobriram rapidamente, estavam localizadas em todo o Centro-Oeste. Sally Andrews, de Dakota do Norte; Mia Webster, de Illinois, Hannah Gilbert, de Nebraska — todos lugares nos quais Annabelle Wallace disse que Elliott havia vivido.

— Não precisa pesquisar esta — Margot avisou a Jodie, quando elas chegaram à caixa de Polly. — O nome dela é Polly Limon. É de Ohio. Ele a matou.

De acordo com as buscas de Jodie, assim como Polly e Natalie, a maioria das meninas havia sido reportada como desaparecida e encontrada alguns dias depois, morta. Todas haviam morrido por estrangulamento ou traumatismo contundente na cabeça. Todas tinham sinais de abuso sexual.

No entanto, algumas das buscas no Google não produziram notícias inquietantes e obituários comoventes, mas resultados normais, de garotas normais e vivas. Leah Henderson, originalmente de Wisconsin, estava atualmente no segundo ano de uma faculdade comunitária local. Becca Walsh, de Dakota do Sul, fazia parte da orquestra de sua escola. Aparentemente, Wallace não havia tido sucesso com todas as garotas.

Quando chegaram à penúltima caixa, elas tinham descoberto que sete, das catorze caixas, pertenciam a garotas que haviam sido assassinadas. O restante tinha sobrevivido.

Margot se abaixou para pegar a caixa intitulada "Lucy", mas não era nela que estava interessada. Ela queria ver o nome que estava logo abaixo, mesmo que já soubesse o que iria encontrar.

Efetivamente, quando ela removeu a caixa de Lucy, o nome "January" estava estampado no recipiente. Quando Margot olhou para o nome da menina da casa em frente, a menina que havia sido sua amiga mais próxima, a menina que ela agora sabia que havia sido sua prima, ela percebeu que suas bochechas estavam úmidas. Depois de todos esses anos de dúvidas, de obsessão, de esquadrinhar o rosto de cada homem por quem passou, ela finalmente havia encontrado aquele por quem tanto procurou. E, definitivamente, tinha as evidências para provar o que ele havia feito.

TRINTA E TRÊS

MARGOT, 2019

Margot acordou na manhã seguinte com o toque de seu celular. Ela se virou no futon e esticou a mão para a pequena mesa lateral, tateando sem olhar. Quando seus dedos pousaram no plástico frio de sua capa de telefone, ela o agarrou e estreitou um dos olhos para ver a tela. Era Adrienne.

Margot tentou parecer acordada quando atendeu, mas sua exaustão deve ter sido óbvia, porque as primeiras palavras de sua ex-chefe foram:

— Ah, me desculpe. Acordei você?

— Não. — Ela pigarreou. — Só estou cansada.

— Imagino. — Pelo seu tom de voz, Adrienne estava sorrindo.

Na noite anterior, depois que Margot e Jodie haviam documentado toda a coleção perversa de Elliott Wallace, elas escaparam da unidade, pularam a cerca e seguiram para Wakarusa. Enquanto Jodie dirigia, Margot procurou o número da linha da Polícia do Estado de Indiana para denúncias anônimas e informou tudo a eles: a localização do depósito, em Waterford Mills, o número da unidade de Wallace e as provas incriminatórias que haviam encontrado lá dentro.

Jodie deixou-a na casa de Luke, e Margot passou o resto da madrugada escrevendo uma reportagem sobre Elliott Wallace conectando-o a oito garotas do Centro-Oeste que haviam sido sequestradas e mortas em um período de 25 anos. Por volta das seis da manhã, Margot enviou seu rascunho para Adrienne. Em seguida, desabou na cama.

— Quando eu terminei de ler sua história — continuou Adrienne —, pesquisei o nome de Wallace. Tenho certeza de que já sabe, mas a polícia acabou de fazer a prisão.

— Ah, eu não sabia, na verdade. Isso é bom.

Com a notícia, uma sensação calorosa de justiça se espalhou pelo corpo de Margot. Ela sabia que as provas em seu depósito de armazenamento seriam suficientes para qualquer promotor, em qualquer lugar, colocar Wallace na frente de um júri confiantemente. Levaria tempo, mas ele iria para a cadeia por tudo que fez, e cada garotinha do Centro-Oeste estaria um pouco mais segura.

— E sua reportagem — prosseguiu Adrienne. — Bem, Margot, sei que provavelmente já sabe, mas é fantástica. — Havia um tom de desculpas em sua voz, que mostrava que ela percebia o quanto a situação era constrangedora. Ela havia demitido Margot poucos dias antes por tentar seguir essa mesma história. Agora, claramente, ela queria publicá-la.

— Obrigada.

— Sério. Este trabalho é... bem, é o melhor que já recebi de você. Consegue convencer o leitor da culpa de Wallace sistematicamente, sem nunca o acusar de forma direta. E a estrutura, o jeito como começa com Natalie Clark, volta e abre para o restante das meninas, depois termina com a especulação sobre January. É... é um jornalismo grandioso.

— Obrigada.

Adrienne hesitou.

— Certo. Bem, suponho que este seja o momento de me desculpar.

— Seria bom... — provocou Margot, sorrindo. Ela ainda estava chateada por ter sido demitida, é claro. Mas, nos últimos dias, ela havia percebido que talvez Adrienne a tivesse mantido por mais tempo do que ela merecera. E Margot tinha que admitir que, se não tivesse sido demitida, não teria tido tempo de investigar a história de January e não teria encontrado Wallace.

— Bem, eu sinto muito — disse Adrienne. — Sério. Você é uma grande repórter, e eu gostaria de ter lutado mais por você. Porém, para minha sorte, você lutou muito por si mesma. Suponho que seja por isso que enviou seu artigo para mim, e não para algum outro jornal. Você quer que nós o publiquemos?

— E também quero meu emprego de volta.

A ideia havia se infiltrado no fundo da mente de Margot durante as quatro horas que havia levado para escrever seu artigo. Apesar de seu ego estar ferido, ela acreditava que o *IndyNow* era a melhor publicação para contar aquela história. Wallace era de Indianápolis, e o *IndyNow* era o maior e mais respeitado jornal da cidade, provavelmente o melhor do estado. E, mesmo tendo fantasiado em levar sua história e seu currículo para algum lugar como o *Times*, ela percebeu que queria ficar em Wakarusa com o tio, e queria trabalhar em um jornal que servia à sua comunidade. Além disso, exceto pelos acontecimentos recentes, ela gostava de trabalhar com Adrienne. Ela era uma boa editora e tornava Margot melhor.

— Eu adoraria ter você de volta — afirmou Adrienne.

— E quero um aumento.

Margot informou a ela a quantia a que havia chegado para ajudar a cobrir as despesas do tio e as dela.

— Acho que podemos providenciar isso.

— E quero trabalhar daqui, de Wakarusa, e ter mais tempo e mais autonomia para trabalhar em minhas histórias. Também gostaria de cobrir a prisão e o julgamento de Wallace, fazer algo bem-feito, com calma.

— Trabalhar remotamente não será um problema. E vou falar com Edgar sobre a outra questão, mas acho que ele vai aceitar. Você provou o que pode fazer, quando tem tempo para isso.

— Ok. Bem... ótimo. — Margot fechou os olhos, e seus batimentos cardíacos se estabilizaram. Embora ela tivesse saído por cima, ela estava com medo de pedir o que queria. — Avise-me sobre o que Edgar diz. E, enquanto isso, vou tentar conseguir mais algumas citações para o artigo de amanhã.

Margot havia incluído citações de suas entrevistas com Annabelle e Elliott Wallace. Mas ela também queria entrar em contato com Townsend, Jace e Billy para dar a eles a oportunidade de abordar os últimos acontecimentos.

— Sim, seria ótimo — disse Adrienne. — E vou enviar algumas observações minhas também. Isto é — acrescentou ela, um pouco sem jeito —, se você as quiser. Está muito bom como escreveu, mas temos tempo e queremos que este artigo viralize.

Margot sorriu.

— Eu adoraria receber suas observações.

Quando desligaram, Margot vestiu uma calça de moletom e saiu do quarto. Do corredor, ela viu Luke em seu lugar habitual da manhã: na mesa da cozinha, com uma xícara de café e um jogo de palavras cruzadas à sua frente. Ao vê-lo, ela parou, inesperadamente, com um nó na garganta. Após dias se sentindo distante dele, Margot finalmente tinha seu tio de volta. E, embora ele tivesse contado mentiras e guardado segredos, como todos nesta cidade, ela agora entendia por que ele havia feito isso. Ele pode não ter sido perfeito, mas ele era bom.

O fato de ter duvidado disso, de ter realmente, por um momento, suspeitado que ele tivesse *assassinado* alguém, fez Margot fervilhar de culpa. Claro que o tio não tinha matado ninguém. January fora a primeira vítima de Elliott Wallace, e, embora Jodie pudesse não acreditar, Krissy havia tirado a própria vida, da forma como todos sempre haviam pensado. Margot, por exemplo, não achou esse triste fato tão surpreendente. Krissy tinha perdido a filha, depois o marido e o filho. Mesmo que nem todos tivessem sido mortos, Elliott Wallace havia roubado Krissy de toda a sua família, e a dor se tornou grande demais para suportar.

Enquanto Margot olhava para Luke, um milhão de perguntas ricochetearam em sua mente. Ela queria perguntar a ele quando descobriu ser o pai de Jace e January, queria perguntar como foi vê-los crescer de longe. E também tinha tantas coisas que queria contar a ele, sobre Elliott Wallace e o que havia acontecido com January. E talvez eles falassem sobre tudo isso um dia. Porém, por enquanto, ela só queria se sentar na frente dele e tomar uma xícara de café.

— Bom dia, garota — cumprimentou, quando ela entrou na cozinha.

— Bom dia.

— Você dormiu até tarde, está se sentindo bem?

Ela sorriu.

— Sim, só precisava terminar algo para o trabalho.

— E como ficou?

— Bom. Muito bom. — Ela caminhou até a cafeteira. — Ei, tio Luke, quer fazer alguma coisa mais tarde? Só, tipo, distrair a cabeça ou algo assim?

Ele sorriu.

— Seria ótimo.

— Ok. Legal.

Ela se serviu de café e tomou um gole.

— Ei, garota?

Margot olhou para ele.

— Estou muito feliz que esteja aqui.

Ela sentiu o nó na garganta aumentar.

— Sim. Eu também.

Margot passou o resto do dia editando o texto e obtendo mais citações. Ela sabia que, quando os jornais saíssem na manhã seguinte, todos em Indiana teriam algum tipo de sinopse a respeito da prisão de Wallace. Mas ninguém teria nada tão extenso quanto a matéria dela. Assim que seu artigo foi concluído, ela se sentiu mais orgulhosa dele do que de qualquer coisa que já havia escrito antes. Ela enviou o texto final para Adrienne por volta das seis da tarde. Em seguida, imprimiu uma cópia e a enfiou no bolso de trás. Com uma rápida despedida a Luke, prometendo que voltaria em breve com uma pizza, ela escapuliu para a luz minguante do dia.

* * *

Cinco minutos depois, Margot havia caminhado até a casa dos Jacobs e estava batendo na porta de Billy.

Para Margot, encontrar Elliott Wallace dera a ela a sensação de um desfecho para o caso de January, uma sensação de paz. No entanto, ela sabia que, para

Billy, as notícias de Wallace seriam muito mais complicadas. Embora desse a ele as respostas que, sem dúvida, procurava havia muito tempo, também infligia a nova dor de saber que sua única filha havia sido perseguida em sua própria cidade e arrebatada de sua casa por um homem muito pervertido. Mais cedo, quando Margot lhe contou a notícia pelo telefone, Billy havia desmoronado, e ela queria dar a ele o presente de ler os detalhes com antecedência e em particular.

Depois de um momento, ela ouviu passos se aproximando. Em seguida, a porta se abriu ligeiramente. Na fresta entre a porta e o batente, Margot viu os olhos azuis de Billy, espiando. Quando registrou o rosto dela, ele escancarou a porta, com um largo sorriso.

— Margot.

Ela sorriu de volta.

— Olá, Billy. Desculpe incomodá-lo. Vim até aqui porque queria lhe dar isto. — Ela pegou a cópia impressa de seu artigo do bolso e a estendeu para ele. — É a reportagem que sairá no jornal de amanhã.

— Ah. — Seu rosto oscilou. Ele comprimiu os lábios com força, enquanto aceitava as páginas.

— Obrigada por falar comigo no outro dia — disse Margot, dando-lhe um momento para se recompor. — E por sua declaração.

Ela não ia apontar que ele havia encoberto a verdade sobre sua família durante aquela primeira entrevista para tentar proteger Krissy, que tentara proteger Jace. E, embora os dois possam ter involuntariamente prejudicado uma investigação, que poderia ter levado a polícia a Wallace tantos anos antes, Margot entendeu muito bem o instinto de proteger um membro da família.

Billy ergueu os olhos das páginas, piscando inúmeras vezes.

— Não. — Ele balançou a cabeça. — Eu que devo agradecer. Por tudo.

O momento parecia, ao mesmo tempo, monumental e insignificante.

— Você, hum... — Ele pigarreou. — Gostaria de uma xícara de café? Sei que está quase na hora do jantar, mas... — Ele deu de ombros, parecendo um pouco constrangido.

— Eu adoraria.

Margot atravessou a soleira da velha casa, tão familiar, seguindo Billy pelo corredor com as fotos de família. Como repórter, ela sempre acreditara que conhecer a verdade era uma das coisas mais importantes do mundo. Mas, enquanto seus olhos passavam pelas imagens de seus filhos — dos quais ele não era pai — e de sua esposa — que amara outra pessoa —, Margot se perguntava se, às vezes, acreditar em uma mentira era melhor. Não fazia sentido Billy descobrir a verdade sobre sua família; isso só iria destruí-lo.

Eles entraram na cozinha, onde ele já tinha um bule de café pronto. Ele puxou uma velha caneca de cerâmica de uma prateleira e a encheu. Em seguida, encheu uma para si próprio.

— Leite ou açúcar?

— Leite, por favor.

Eles se acomodaram à mesa da cozinha ao mesmo tempo. Margot não pôde evitar que seu olhar se desviasse para as paredes brancas, onde aquelas palavras terríveis haviam sido escritas tantos anos antes. Era irônico, agora que sabia que elas tinham sido escritas por amor, e não por ódio.

Em frente a ela, Billy pigarreou.

— Não acredito que descobriu tudo. Depois de todo esse tempo. Você era apenas a garotinha que morava do outro lado da rua. Eu estava aqui e não fui sequer capaz de enxergar. — Seu rosto queimou com emoção repentina. — Eu devia ter percebido.

Margot o analisou. Embora ela tivesse dormido um total de quatro horas, nas últimas 36, Billy parecia mais exausto do que ela se sentia.

— Bem... — começou ela, mantendo sua voz suave. — Wallace se manteve nas sombras quando estava perseguindo aquelas meninas. Principalmente com January. Era a primeira vez que fazia isso, e foi cauteloso.

O recipiente de plástico com o nome de January havia sido o mais esparso de todos. Wallace havia guardado alguns de seus programas de dança, e o paralelo com Luke provocou um arrepio na espinha de Margot. Porém, fora isso, ele não tinha colecionado nada que tivesse pertencido a ela. Além da pilha de fotos em sua caixa ter sido pequena. Enquanto provavelmente tinha duas dúzias de fotos de Natalie Clark, ele só tinha cinco de January, todas tiradas de longe. Embora ele tivesse feito contato suficiente com January para que ela comentasse seu nome com Jace, ficou claro para Margot que, quando Wallace a estava perseguindo, ele ainda não havia descoberto como ser o predador em que havia se transformado. Por isso, o assassinato de January foi diferente dos outros sete.

Margot havia revisado isso uma centena de vezes, juntando as peças do que deve ter acontecido naquela noite. O que ela havia cogitado era que Wallace tinha entrado pela porta destrancada, planejando simplesmente voltar carregando January nos braços. Só que deu algo errado ao longo do caminho. Talvez, de acordo com o que Krissy sempre havia dito, January tenha lutado ou gritado, e Wallace tenha entrado em pânico. Talvez ele a tenha golpeado na cabeça, mais provavelmente com uma arma que tinha trazido com ele, depois deixado o corpo no fundo da escada do porão. Ou então eles haviam brigado na cozinha, e ele a havia jogado lá embaixo, onde ela poderia ter batido a cabeça no chão de concreto.

Por isso, January foi sua única vítima a não ter sofrido abuso sexual antes de sua morte. E isso fez Wallace mudar seu *modus operandi*. Depois de January, ele começou a levar meninas de parquinhos e estacionamentos, onde era mais fácil abandonar o plano caso não funcionasse.

— Acho que — conjecturou Margot —, especialmente no caso de January, teria sido difícil perceber que algo estava errado até que acontecesse.

Ela pode ter exagerado um pouco quanto a isso, afinal, Wallace havia feito contato com January, talvez até várias vezes, mas sentiu pena do homem sentado à sua frente. Tudo havia sido tirado dele, e ela queria devolver um pouco, para apagar parte da culpa com a qual ele havia vivido nos últimos 25 anos.

— Você tem filhos, Margot? — perguntou ele.

Ela balançou a cabeça.

— Bem. Quando tiver, vai entender. O trabalho de um pai é proteger seus filhos, e... eu falhei. Eu falhei.

Um soluço irrompeu dele. Billy fechou um dos punhos e apertou-o com a outra mão, pressionando ambas nos lábios, como se quisesse empurrar a emoção de volta para dentro.

— Não consigo nem imaginar o quanto deve ser difícil. Lamento por trazer tudo à tona de novo.

Billy balançou a cabeça.

— Não me resta muito no mundo, mas você me deu respostas, levou esse idiota à justiça *e* limpou o nome de Krissy. Sou muito grato.

Margot sentiu um nó na garganta. Ela estava satisfeita por capturar Wallace e resolver o mistério da morte de January. Mas ainda havia muita coisa que ela queria saber sobre todo o resto. Ela queria perguntar se Billy já havia olhado para seus gêmeos e visto o rosto de outro homem. Ela queria perguntar se ele tinha sentido que seu amor por Krissy não era correspondido durante aquele verão, quando ela havia dormido com Luke, ou anos depois, quando ela tinha ficado com Jodie. Porém, é claro que ela não poderia perguntar nada disso. Então, em vez disso, ela apenas disse:

— E *eu* sou grata por este café. Faz dias que não durmo.

Billy riu.

— De qualquer forma, é melhor eu ir andando. Vou levar o jantar para mim e para meu tio. — Ela fez uma pausa. — Você poderia passar lá qualquer dia, se quiser. Sei que vocês dois eram amigos há muito tempo. — Parecia uma pena desperdiçar essa amizade, especialmente agora que Billy não tinha mais ninguém no mundo e Luke estava se perdendo em si mesmo.

Mas, quando ela disse isso, algo obscuro cintilou nos olhos de Billy.

— Talvez... — disse ele, com um sorriso forçado. — De qualquer forma, obrigado por ter vindo, Margot.

Ela examinou seu rosto. No entanto, qualquer sinal sombrio havia desaparecido, levando Margot a se perguntar se tinha mesmo visto aquilo.

Eles refizeram seus passos pela casa, com as velhas tábuas do assoalho rangendo sob seus pés. Ao passarem pelo corredor repleto de fotos, uma delas chamou a atenção de Margot. Nela, January parecia ter cinco ou seis anos, talvez apenas alguns meses antes de sua morte. Ela estava empoleirada no balanço de pneus que Margot reconheceu do quintal dos Jacobs, com os olhos apertados de tanto rir e a boquinha bem aberta. Mas o que chamou a atenção de Margot foi algo em sua mão: espremido entre os dedos e a corda estava um pedaço de tecido azul-claro com flocos de neve brancos.

A mente de Margot trouxe à tona aquela lembrança de tanto tempo atrás, quando ela estava encostada em uma árvore, encolhida e assustada, e January se aproximou dela, colocou em sua mão um tecido azul-claro com as bordas irregulares, como se tivessem sido rasgadas, e um floco de neve impresso no meio. *Quando estou com medo*, January havia dito, *eu aperto isso, e ele me torna corajosa.* Ao olhar para a foto, Margot fechou a mão em punho, a ponta dos dedos roçando as cicatrizes de meia-lua na palma de sua mão.

Billy, que havia chegado à porta da frente, virou-se para encará-la.

— O que é isso? — perguntou ela, apontando para a foto.

Ele estreitou os olhos, focando no objeto.

— Ah, a coisa na mão dela? Esse é seu cobertor de bebê. Ou o que restou dele. Eu costumava dá-lo a January sempre que ela ficava com medo, e dizia que, se ela o apertasse, isso a faria corajosa. Acho que comentei com ela que o tecido possuía uma magia que o tornava poderoso. — Ele riu com a lembrança, seu olhar suavizou. — Era uma coisa nossa, minha e dela.

Margot sorriu. Porém, alguma coisa, alguma lembrança, parecia estar no fundo de sua mente. E então recordou as palavras de Jace: *Eu me lembro de como ela parecia estar em paz*, ele havia dito sobre January, quando a viu morta na parte inferior da escada do porão. *Eu ainda achava que ela estivesse dormindo... e havia um pedacinho de seu cobertor de bebê em sua mão.*

— Assim como na noite em que ela morreu — murmurou Margot. As palavras escaparam impensadamente de sua boca.

No momento em que elas saíram, Margot percebeu seu erro.

January havia morrido de traumatismo contundente na cabeça. Teria sido impossível para ela ter segurado seu cobertor de bebê durante o que quer que a tivesse matado. Isso significava que alguém o havia colocado em sua mão, depois que ela morreu, antes que Jace e Krissy a tivessem encontrado.

Margot ficou imóvel, seu coração acelerado.

Uma suspeita começou a surgir dentro dela, fundindo-se em algo rígido, sólido. Sua mente disparou, enquanto todas as peças do assassinato de January começaram a se encaixar. Ela era a única garotinha que não havia sido abusada sexualmente. Ela era a única que havia sido morta em sua própria casa. Margot havia presumido que tudo isso significava que Elliott Wallace simplesmente havia evoluído como um assassino. Mas e se January tivesse sido uma das garotas que ele havia perseguido, mas não matado? Alguém havia colocado seu cobertor de bebê em sua mão, depois que ela havia morrido, antes que Jace a tivesse encontrado. Isso não foi o ato pervertido de um pedófilo, mas um ato de amor.

Margot pensou naquele vislumbre sombrio que tinha acabado de passar pelo rosto de Billy ao mencionar Luke. Tinha sido tão fugaz, que ela pensou que talvez o tivesse imaginado, mas não. Aquele olhar, ela percebeu agora, tinha sido de ódio. Billy detestava seu tio. E Margot tinha um bom palpite do porquê. Ele sabia sobre o caso de Luke com Krissy, sabia que Luke era o pai dos gêmeos.

Ela estaria enganada sobre a história toda? Estaria, como tantas pessoas a haviam acusado, tão convencida de que o caso de January estava ligado ao de Natalie e ao de Polly que havia ignorado as diferenças gritantes entre eles?

Poderia ter sido Billy, e não Elliott Wallace, quem havia matado January, todos aqueles anos atrás? Mas... *por quê?*

Embora o motivo não importasse, ela havia acabado de revelar que sabia de algo que não deveria saber. Será que Billy a teria ouvido? Ele entendeu?

Seu cérebro acelerou, com pensamentos de autopreservação. *Faça uma encenação. Não deixe que ele perceba que suspeita dele.* Saia. Ela forçou um sorriso em seu rosto, enquanto se virava da foto para Billy. Ele estava parado, com a porta aberta e a mão na maçaneta.

— Bonitinha — disse Margot, dando um passo à frente.

No entanto, Billy a estava encarando com um olhar estranho.

— O que você acabou de dizer?

Margot deu outro passo em direção à porta aberta, só mais alguns passos e estaria fora da casa. Ela a atravessaria calmamente, e, uma vez que saísse da vista de Billy, correria direto para a delegacia.

— Ah, eu só disse que ela está bonitinha. — Margot sorriu, mas sua voz estava tensa. — Obrigada novamente pelo café.

Porém, pouco antes de ela chegar à porta, Billy a fechou e suspirou.

— Não foi isso que você disse.

Margot conseguiu dar uma risadinha, fingindo estar confusa.

— Hum. Sinto muito, mas eu realmente tenho que ir.

Ele balançou a cabeça sem olhá-la nos olhos. Seu rosto mostrava desapontamento. Margot olhou para seus ombros enormes e seus antebraços grossos, músculos fortalecidos por décadas de trabalho em uma fazenda. Ela desejou que ele apenas abrisse a porta.

— Acho que você sabe o que disse. E eu... — Ele hesitou, passando uma mão pelo cabelo, com a outra ainda firme na maçaneta. — E acho que sabe o que isso significa. Posso ver que você sabe.

Margot balançou a cabeça.

— Desculpe. Não sei do que está falando.

— Eu a amava, sabe... — Seu rosto enrugou. — Foi um acidente.

Margot perdeu completamente as esperanças. A porta estava fechada, e ele havia confessado. Ele não a deixaria ir embora agora.

Como que para confirmar, ele prosseguiu:

— Sinto muito. Mas não posso deixar você ir.

Em seguida, trancou a fechadura.

O pânico percorreu o corpo de Margot, que estava tremendo e com a mente acelerada. Ela precisava sair de lá. Mas como? Billy estava bloqueando a porta da frente. Ela poderia correr para a porta da cozinha, mas agora ele estava muito perto para ela conseguir se afastar e chegar até lá. Se ela tentasse, ele a ultrapassaria e a dominaria. Ela deu o menor passo para trás, pois precisava de tempo para aumentar a distância entre eles. Depois, ela correria.

— Sério — disse ela, com a voz fraca. — Não sei do que está falando.

— Pode parar de atuar. É óbvio, pela forma como está me olhando, que você sabe. É o mesmo olhar de Krissy quando descobriu.

Margot ficou imóvel. Apesar de seu medo quase paralisante, ela se sentiu momentaneamente distraída. Krissy também tinha desmascarado Billy? Krissy, que havia sido baleada na cabeça com uma das armas de Billy. Krissy, que havia sido encontrada por Billy, não em algum lugar recluso, mas na entrada da casa deles. *Eu conheço Krissy,* Jodie havia dito, *e ela não se matou.*

— Você... — Margot engoliu em seco. — Você também a matou?

— Eu fui obrigado — respondeu Billy. — Ela descobriu o que eu tinha feito, e pude perceber que ela não deixaria pra lá. Ela ia contar para Jace. Eu vi uma carta na bolsa dela dizendo isso.

Margot estava indo lentamente para trás, até que o que ele havia dito tomou conta de sua mente. Uma carta? Em nenhuma das cartas que Jace recebeu de Krissy ela havia mencionado Billy. E a última coisa que ela tinha escrito para o filho foi...

— Seu bilhete de suicídio. Mas era apenas um pedido de desculpas para Jace. Não dizia nada sobre você.

— A parte de cima era um pedido de desculpas, mas tinha mais. Ela disse a ele que havia descoberto algo sobre mim.

Os olhos de Margot percorreram o corredor, enquanto ela imaginava o que devia ter acontecido. No dia em que morreu, quando Krissy se encontrou com Luke, para contar que ele era o pai dos gêmeos, Luke deve ter contado a ela algo sobre a morte de January. O que era, Margot nem imaginava, mas claramente tinha levado Krissy à verdade sobre o marido. Ela a havia escrito em uma carta para Jace. Quando Billy a encontrou, ele arrancou a parte inferior incriminadora, e deixou a parte superior, para fazer parecer um bilhete de suicídio.

— Eu obviamente não poderia deixá-la contar a ninguém o que eu tinha feito — falou Billy. — E eu...

Margot, porém, tinha ouvido o suficiente. Ela não sabia exatamente o que ele tinha feito com January, mas havia atirado em sua própria esposa por muito menos. Margot precisava sair dali. Com o coração martelando em seu peito, ela deu mais um passo para trás, depois se virou e correu. Ao fazer isso, Billy se lançou atrás dela com passos rápidos e pesados. Margot correu para dentro da cozinha, em direção à porta dos fundos. No entanto, quando colocou a mão em torno da maçaneta, ela girou inutilmente.

— Não — murmurou, enquanto se atrapalhava com a fechadura, o som dos passos de Billy vindo rápido atrás dela. Seu corpo parecia energizado, com a necessidade de escapar, mas a trava parecia emperrada. Então, finalmente, ela conseguiu torcê-la e abrir a porta. Mas, assim que conseguiu, uma enorme mão estendeu-se por cima de sua cabeça e a fechou com força.

Billy lançou seu corpo contra o dela. Margot foi arremessada de lado, atingindo o chão da cozinha com força. Seu ombro e cabeça protestaram de dor. Ela tentou ficar de pé, mas Billy chegou até ela rápido demais. Ele estendeu a mão, agarrando-a pelo cabelo. Lágrimas brotaram em seus olhos.

Então, ele a arrastou, e ela lutava, chutando, socando, batendo em seus braços. Porém, ele agarrava com muita força. Logo ele parou na frente de uma porta fechada. Billy a abriu, e o porão da casa escancarou-se diante deles, como uma boca larga e berrante. E, de repente, embora a maior parte de sua mente estivesse concentrada em lutar, arranhar e gritar, alguma parte escura de seu cérebro relampejou para January todos aqueles anos atrás. Morta no fundo dessas escadas, morta por esse mesmo homem.

Margot pensou em Krissy, em Natalie, em Polly, em todas as garotas das caixas de Elliott Wallace, e em todas as garotas do mundo, que haviam ficado presas sozinhas em lugares com homens como ele, e outros como Billy. Homens que, de um jeito ou de outro, jogavam garotas fora. Para muitos, essas garotas não tinham nome nem rosto. Eram números em uma lista triste e crescente. Não havia nada que ela não faria, pensou Margot, enquanto Billy a arrastava para mais perto da porta do porão, para impedi-lo de transformá-la em uma delas: apenas mais uma garota esquecida, adicionada a uma lista.

EPÍLOGO

BILLY, 1994

Tudo havia começado com um telefonema.

Talvez tudo tivesse começado anos antes, no verão de 1987, quando ele começou a sair com Krissy Winter e Luke Davies. No entanto, quando Billy pensou em todo o curso de sua vida, era do telefonema que ele se arrependia.

O telefone tocou duas vezes antes de Dave atender.

— Jacobs? — indagou ele, depois de Billy anunciar quem estava falando. — E aí? Tudo certo?

Billy tirou o telefone do ouvido e olhou para ele, perplexo. Normalmente, sempre que Dave ouvia que era Billy na linha, ele inventava alguma desculpa e desligava. No entanto, algo estava diferente na voz de Dave naquela noite. Parecia densa, embargada.

— Está tudo bem. Só assistindo à TV. — Billy hesitou. Depois de tanto tempo sem falar com o amigo, parecia que estava enferrujado. — Eu estava pensando naquela noite, no campo de futebol, com o herbicida. — Ele riu. — Se lembra daquilo?

— Como eu poderia esquecer? Nós éramos tão idiotas naquela época.

— Sim — concordou Billy, embora realmente não se sentisse assim.

Ele amava Krissy e as crianças, é lógico, mas o casamento e a paternidade não eram exatamente como ele havia imaginado. Para ele, aquele verão foi a melhor época de sua vida.

— Bem, de qualquer forma, só queria ligar para saber de você. Faz tempo que não nos falamos.

— Sim…

O olhar de Billy vagou pela cozinha, onde ele estava, ao lado do telefone fixo. Talvez tenha sido um erro entrar em contato com Dave. Talvez ele devesse desligar logo, antes que ficasse ainda mais estranho. No entanto, antes que pudesse, Dave disse:

— Ei, quer dar uma volta? Como nos velhos tempos? Preciso de ajuda com uma embalagem com seis latas de cerveja.

Mais uma vez, Billy lançou ao fone um olhar de incredulidade. Não era apenas um convite incomum — ele e Dave não saíam havia anos —, como já era quase meia-noite. Porém, ele não se importou. Krissy e as crianças já tinham ido para a cama fazia muito tempo, e ele merecia um pouco de diversão. Um sorriso se espalhou lentamente em seu rosto.

— Seria ótimo.

Dez minutos depois, ele e Dave estavam dirigindo para fora da cidade, passando por milharais que se estendiam por quilômetros. Havia poucos e esparsos postes, e a única fonte de luz além deles era a da fina lasca de lua. Dave estava estranhamente calado. Sempre que Billy tentava conversar: *Se lembra do nosso professor, sr. Yacoubian? Eu o odiava.* Ou: *Se lembra daquela festa no milharal, quando Robby O'Neil brigou com Caleb Shroyer?* Dave apenas balançava a cabeça vagamente em resposta.

Porém, quando ele virou em uma estrada de terra que separava o milharal de uma parte de floresta, Dave perguntou:

— Como estão as crianças?

Billy tomou um gole de sua cerveja.

— Estão bem. — Mas Dave havia parado o carro e estava com o corpo inclinado na direção dele, claramente esperando que ele continuasse. — Hum... — prosseguiu Billy. — January está indo bem nas aulas de dança. Ela está sempre correndo pela casa, fazendo passos de coreografias.

Dave sorriu, mas seus olhos estavam distantes e tristes.

— Às vezes, ouço Margot falar dela. Parece que elas estão ficando cada vez mais próximas.

— Quem?

— Minha sobrinha. Margot. — Ele fez uma pausa. — Ela mora na casa de frente para a sua, cara.

— Ah, certo, certo. — Adam Davies, que morava do outro lado da rua, era tão diferente de seu velho amigo, que às vezes Billy esquecia que eles eram parentes. Porém, ele conhecia a sobrinha de Dave. Ela e January estavam sempre correndo pela fazenda juntas. — Preciso de outra cerveja — declarou ele, curvando-se, para puxar uma lata da embalagem. — Quer uma?

— Claro. Por que não. — Mas havia uma leve tensão em sua voz. Dave aceitou a cerveja, e a abriu. — E Jace?

— Hum?

— Como está Jace? — Ele articulou o nome do filho de Billy com clareza, como se ele pudesse não o reconhecer.

— Ah, sim, ele está bem. As duas crianças estão bem. — Ele tomou um longo gole de cerveja, olhando pela janela lateral, em direção ao milharal. À noite, a plantação ficava escura. Ele não queria falar sobre o filho, a quem não conseguia compreender. Ele nem queria falar sobre January. Só queria beber e ficar de bobeira com o amigo como nos velhos tempos. — Mas e você, hein? Fazendo alguma coisa divertida ultimamente?

Por um momento, Dave ficou em silêncio. Então, Billy ouviu um som engasgado do banco do motorista e virou a cabeça, de olhos arregalados. Dave, a quem Billy nunca tinha visto chorar, estava pressionando o punho contra a boca com os olhos bem fechados. Seu peito arfava e pequenos soluços irrompiam de sua garganta.

— Nossa, cara — disse Billy. — Você está bem?

Dave, porém, não conseguia falar. Ele manteve os olhos bem fechados e o punho pressionado contra os lábios. Até que, por fim, sua respiração desacelerou, e ele abriu os olhos, que felizmente estavam secos. Olhando para a frente, ele disse:

— Rebecca teve um aborto espontâneo.

Billy engoliu em seco. Ele não tinha ideia do que dizer sobre isso. A expressão *aborto espontâneo* fez um arrepio de desconforto atravessar seu corpo. Ele não conseguia acreditar que Dave tinha acabado de revelar algo tão íntimo.

— Cacete, cara. Eu, hum... Sinto muito.

— Aconteceu, tipo, algumas horas atrás. A gravidez não estava avançada, mas... — Ele balançou a cabeça. — Foi bem ruim.

Billy absorvia as palavras de Dave lentamente. O aborto de Rebecca havia acontecido naquela noite? Billy achou que pelo menos alguns dias tivessem se passado, mas agora tudo fazia sentido. Foi por isso que Dave havia falado com Billy pelo telefone e por isso tinha sugerido um passeio. Não porque ele queria ver Billy, mas porque precisava da porra de um ombro para chorar. E, no entanto, nos últimos seis anos, toda vez que Billy tinha precisado de um amigo, Dave não estivera por perto. Teria sido bom dar um passeio naquela noite, depois que ele e Krissy haviam levado January para o hospital com quarenta graus de febre. Teria sido bom tomar uma cerveja com o amigo depois que Jace havia tido um ataque porque não queria andar de trator com ele. Porém, em meio a tudo isso, Dave não estivera por perto. Billy sentiu toda a empatia que começara a brotar em seu peito endurecer.

Ele tomou um gole de cerveja.

— Uau. Isso é uma merda.

Ao lado dele, Dave ficou imóvel. Lentamente, ele levantou a cabeça.

— *Isso é uma merda?* Minha esposa perde um bebê e você diz que isso é *uma merda?*

Billy sentiu a indignação se espalhar através dele como uma chama. Ele era o único com o direito de ficar bravo, não Dave.

— Crianças são difíceis, cara. Talvez seja uma bênção disfarçada para dar a vocês algum tempo para se prepararem.

Dave estava sentado, imóvel, com os olhos fixos nos de Billy. Então, para surpresa de Billy, ele jogou a cabeça para trás e riu. Porém, não era a mesma risada da escola, cheia de alegria e zombaria. Esta era ríspida, amarga.

— Uau. Você é inacreditável, Jacobs. Eu sabia que você poderia ser um idiota às vezes, mas não sabia que era tão babaca. — Ele balançou a cabeça. — *Uma bênção disfarçada?* Você é o cara mais sortudo da porra do mundo inteiro e nem *se importa.*

— Certo — retrucou Billy. Ele tinha um emprego, onde o trabalho nunca parava. Ele tinha uma esposa inquieta e descontente e um filho que parecia odiá-lo. January era seu único ponto positivo real, mas ele já conseguia ter vislumbres da adolescente que ela se tornaria. Dentro de alguns anos, ela pararia de correr para ele quando entrasse em casa. — Eu sou o cara mais sortudo do mundo inteiro.

— Caramba — Dave zombou. — Porra, você não faz a menor ideia, não é?

Billy ficou imóvel.

— Do que está falando?

Dave olhou para ele por um momento, então balançou a cabeça.

— Esquece.

— Não. O que você quis dizer?

— Falei para você esquecer.

No entanto, uma suspeita obscura e nebulosa estava florescendo no fundo da mente de Billy.

— Não. — Sua voz era dura. — Que porra você quis dizer?

— Não é nada, Billy. — Dave virou-se para o volante e girou a chave na ignição. — Vamos apenas parar por hoje.

— Dave, se você sabe algo sobre minha família, eu tenho a porra do direito de saber. Ok?

Dave deu um suspiro.

— Talvez você esteja certo. Talvez seja a hora. — Ele fechou os olhos por um longo momento. Quando ele os abriu novamente, ele se virou para Billy. — Você notou como Krissy me afastou depois que os gêmeos nasceram? Já parou para pensar por quê? — Ele olhou para Billy esperando uma reação. Porém, Billy ficou quieto. — Os gêmeos — disse Dave. — Já reparou como os gêmeos se parecem comigo?

* * *

Cinco minutos depois, Billy saiu do carro de Dave sem dizer nada e bateu a porta. Ele não se moveu, enquanto o som dos pneus no cascalho diminuía, depois desaparecia. Estava na frente de sua casa, olhando para a janela escura do quarto onde, durante sete anos, ele havia dormido ao lado de Krissy, sua esposa mentirosa e traidora. Sentia a raiva irradiar por seu corpo.

Ele se lembrou daquela noite, muito tempo atrás, quando ele havia se ajoelhado e estendido o anel de sua avó. Na época, ele estava tão cheio de esperança, um futuro pai e o futuro marido da porra da Krissy Winter. Mas agora ele entendia que o fato de ter aceitado o pedido dele era uma mentira. Ele pensou que ela o amava, mas, na realidade, ela estava dormindo com seu melhor amigo. Ele pensou que ela o amava, mas ela só o estava usando.

Billy subiu lentamente os degraus da varanda e passou pela porta da frente com as mãos ao lado do corpo, se abrindo e se fechando em punhos. Lá dentro, ele olhou em volta, para a casa escura e silenciosa, para o corredor cheio de fotos de família, todas as quais eram mentiras. Toda a sua casa era uma mentira, toda a sua vida. Tudo por causa dela: aquela cadela, vadia, puta.

Billy foi até a cozinha, então ficou imóvel. Ele tinha ouvido alguma coisa. Passos, suaves e distantes. Ele olhou ao redor e notou a porta do porão aberta, o que era estranho. Eles nunca mantinham a porta do porão aberta. Então, ele ouviu de novo: passos vindos de dentro da casa, seguidos pelo rangido agudo da porta da secadora. Uma nova onda de fúria irrompeu através dele. Krissy. Aparentemente, sua esposa vadia não estava dormindo, e uma fantasia repentina começou a girar na mente de Billy.

E se Krissy caísse pelas escadas do porão? E se ela rachasse a cabeça no chão frio de concreto? E se ela sangrasse lá embaixo, gemendo de dor, mas sem ninguém para ouvi-la, porque ele e as crianças estavam dormindo dois andares acima? Ela provavelmente estava tão dopada, com suas pílulas para dormir e vinho, que ninguém iria duvidar que tivesse errado um passo no escuro.

Ele fechou os olhos, desfrutando da fantasia. Tudo o que ele teria que fazer era deslizar pela parede da cozinha e se esconder atrás da porta aberta do porão, esperar que Krissy subisse as escadas, depois bater com a porta na cara dela. E Billy poderia ouvir seu corpo rolar escada abaixo; poderia ficar agachado a seu lado enquanto ela morria, e ver seu olhar ao perceber o que ele havia feito e por quê. *Você não deveria ter mentido para mim*, diria ele. *Você não deveria ter me usado. Você não deveria ter sido uma vadia.*

Na cozinha escura, Billy expulsou a imagem de sua mente. Ele não podia fazer aquilo. Era um absurdo. E ele realmente queria que Krissy morresse? Ou só queria lhe dar uma lição, assustá-la? Uma vez que ela estivesse bem, e com medo, pensou ele, ela nunca mais o trairia. Talvez ela até parasse de reclamar da vida deles. Talvez ela realmente fosse grata a ele — por sua vida, sua casa, seu dinheiro, que ela usou para comprar todas as suas roupas, seus comprimidos e seu vinho. Talvez ela realmente se esforçasse um pouco para fazer o jantar, ou usar alguma maquiagem, ou beijá-lo nos lábios quando ele chegasse em casa à noite.

Billy ouviu outro ranger da porta da secadora. Então, sem realmente dizer às suas pernas para fazerem isso, ele estava andando silenciosamente pelo chão e deslizando para o espaço entre a parede e a porta aberta do porão. Ele ouviu, enquanto os passos de sua esposa começaram a subir as escadas. E então, lá estava ela, no topo, pisando no patamar.

Billy manteve uma imagem de Krissy em sua mente... ela estava arrependida, implorando por perdão e prometendo ser uma esposa melhor, e colocou os dedos em volta da maçaneta, empurrando a porta com força. Houve um baque alto, como um martelo contra a madeira, quando a porta colidiu com ela. Ele a ouviu cair escada abaixo, aterrissando com um estalo na parte inferior. O silêncio depois disso foi ensurdecedor.

Billy ficou parado na escuridão, com a mão ainda na maçaneta, paralisado. Não podia acreditar que havia feito isso. O pânico começou a borbulhar em seu estômago. Ele abriu a porta e deu a volta com cuidado. Porém, algo estava errado. O corpo ao pé da escada era muito pequeno. Ele olhou atônito em sua direção, com seu cérebro funcionando em câmera lenta. Krissy não usava aquela camisola. Seu cabelo não era tão claro. Quando finalmente entendeu, ele se contraiu. Seu estômago embrulhou. Era January. Era a sua filhinha.

— Não.

O pânico turvou sua visão, enquanto ele descia as escadas até ela. Ele tentou se mover rápido, mas se sentia como se estivesse debaixo d'água, com o ar viscoso ao seu redor. O corpo de January parecia todo errado — seus membros estavam dobrados em ângulos agudos, seu rosto estava frouxo. Ele estendeu a mão e tocou suavemente sua bochecha.

— January? — Sua voz era hesitante.

Ela não se moveu.

— January?

Nada, ainda.

— Não! — murmurou, colocando a mão sobre a boca. Bile subiu em sua garganta. — Não, não, não.

Tremendo, ele se abaixou e pegou o corpo dela nos braços, embalando-a como um bebê.

— January, acorde. Me desculpe. Papai cometeu um erro. Me desculpe.

No entanto, seu corpo permaneceu flácido, e seu rosto, inexpressivo. Se não fosse pelo ângulo extremo de seu pescoço, ela poderia estar dormindo.

— January. — Agora, sua voz era um comando áspero. — Acorde! — Seus braços se apertaram ao redor dela, sacudindo seu corpo, tentando fazê-la abrir os olhos.

E então, ele viu a vibração de suas pálpebras. Seu coração disparou no peito e ele soltou um soluço. Ela estava viva. Ela estava viva, estava viva, estava viva. Em seus braços, sua filha soltou um pequeno gemido, virando levemente a cabeça.

— Boa menina — disse Billy, com a voz trêmula. — Boa menina.

Ele lançou um olhar para as escadas do porão. Billy sabia que precisava pegar o telefone na cozinha para chamar uma ambulância. Porém, não sabia se deveria mover o corpo dela. Isso tornaria tudo pior? Ele olhou para o rosto de January. Até agora, ela havia piscado e estava olhando para ele parecendo confusa.

— Papai?

— *Shh*, querida. Não fale. Vou deixar você aqui por um segundo, Ok? Você vai ficar bem. Vou buscar ajuda. — Movendo-se com mais cuidado do que nunca, Billy colocou o corpo dela no chão, endireitando seus braços e pernas.

Ele se levantou para sair. Mas quando estava se virando para subir as escadas, a vozinha de January disse:

— Você me machucou, papai.

Billy ficou imóvel. Uma frieza fluiu de sua cabeça através de seu corpo. Ela sabia. Ela sabia o que ele tinha feito. Ele ficou parado, imóvel, por um longo tempo. Então, finalmente, ele se virou e se ajoelhou.

— Não, não, January. Eu não fiz isso — disse ele, lentamente. — Não diga isso.

January começou a choramingar, parecendo assustada.

— Fez, sim.

— Não fiz, *não*. Então não diga isso.

Seus olhos se arregalaram de medo.

— Onde está a mamãe?

— *Shhh...* Fique quietinha.

Porém, ela agora estava chorando e sua voz estava ficando mais alta.

— Eu quero a mamãe!

Billy agarrou os lados do rosto de January com força.

— Cale a boca.

Ela começou a gritar:

— Mãe...

Mas Billy colocou a mão sobre a sua boca.

Ao fazê-lo, a cabeça dela virou levemente. De repente, Billy viu no rosto da filha o formato dos olhos de Krissy, o ângulo do queixo de Dave, e lembrou que January não era sua filha — não de verdade. E então, sua mente ficou em branco. Ele se ouviu dizendo, como se de uma grande distância:

— Cale a boca, cale a boca, cale a boca. — Ele observou, indiferente, enquanto suas mãos apertavam a cabeça de January e seus polegares fechavam seus olhos, pressionando-os para que ela não pudesse mais vê-lo, para que ele não pudesse ver Krissy. E então, ele desviou o olhar, enquanto levantava sua cabeça e a batia no chão. Só foi necessária uma tentativa para ela parar de se mover.

Billy se agachou, imóvel, ao lado do corpo dela. Sua respiração estava curta e irregular. De algum lugar muito distante, como se debaixo d'água ou através de camadas de vidro, ele ouviu alguém chorando; e depois, vagamente, percebeu lágrimas em suas bochechas ficando pegajosas em sua mandíbula.

— Meu Deus.

O que ele havia feito? Ele olhou para January e seu estômago revirou. O que ele tinha feito com sua amada garotinha? Então, muito lentamente, ele se levantou, enquanto uma nova pergunta se formava em sua mente: o que deveria fazer agora?

Ele olhou em volta, para a escuridão do cômodo subterrâneo, sentindo como se estivesse dentro da boca de um monstro. Ele não queria deixar January ali embaixo, em suas mandíbulas, mas estava começando a se dar conta de que não tinha escolha. Ele não podia chamar uma ambulância agora. Não podia chamar a polícia. Seria muito suspeito: ele encontrando January no meio da noite, momentos depois de ela ter morrido. Ele precisava colocar distância entre si mesmo e o corpo dela. Precisava que a morte de January parecesse um acidente. Quando ele e Krissy acordassem na manhã seguinte e encontrassem January morta no pé da escada, a única suposição lógica seria que ela havia caminhado como sonâmbula e caído para a morte. Seria horrível, e plausível.

Ele não olhou para ela, enquanto se virou para as escadas. Ele deu um passo, depois outro, e foi quando o viu: o pequeno pedaço de cobertor de bebê na escada do porão. Então era por isso que January tinha ido até lá naquela noite. Ela nunca dormia sem seu cobertor de bebê, mas Krissy o havia colocado para lavar mais cedo. Ele se lembrou, porque January tinha feito um grande alarde durante o jantar. Ela deve ter acordado no meio da noite para buscá-lo.

Silenciosamente, Billy subiu as escadas para pegá-lo, depois voltou para o lado de January. Ele não podia deixá-la assim, sozinha e com frio. Ele tinha dado o cobertor a ela no dia em que ela nasceu. Ele sempre disse a ela que a tornaria corajosa se ela apenas o apertasse bastante. Era o lance deles dois, seu pequeno segredo. Ele se inclinou para enfiar o pedaço de tecido com estampa de um floco de neve em sua mão flácida. Ele sabia que era estúpido e inútil, sabia que ela não precisaria dele, onde quer que estivesse agora. Porém — quem sabe? — talvez, apenas talvez, poderia lhe trazer um pouco de paz.

Billy abandonou January e subiu as escadas. Sua mente já começava a girar com o que o dia seguinte traria: ele estava se preparando para a *performance* de sua vida.

ASSINE NOSSA NEWSLETTER E RECEBA
INFORMAÇÕES DE TODOS OS LANÇAMENTOS

www.faroeditorial.com.br

CAMPANHA

Há um grande número de pessoas vivendo com HIV e hepatites virais que não se trata. Gratuito e sigiloso, fazer o teste de HIV e hepatite é mais rápido do que ler um livro.

FAÇA O TESTE. NÃO FIQUE NA DÚVIDA!

ESTA OBRA FOI IMPRESSA
EM ABRIL DE 2023